Peer Berling

Die Brüder im Licht

Wirtschafts-Thriller

2. Auflage, mit 18 Bildern

Die Brüder im Licht
Peer Berling

© 2003, Peer Berling. Toronto, Athen

Print:
Deutsche Ausgabe ISBN 978-3-945072-05-9
Englische Ausgabe »The Enlightened Brotherhood«
ISBN 978-3-945072-06-6

eBook:
Deutsche Ausgabe ISBN 978-3-945072-07-3
Englische Ausgabe »The Enlightened Brotherhood«
ISBN 978-3-945072-03-5

© 2013-2014, Eschverlag DE 12489 Berlin

www.eschverlag-berlin.de

Die Strukturen einer Kraft,
die Gutes will
und dennoch Böses schafft.

Der Autor

Peer Berling

1959 geboren in Athen,
war 20 Jahre Ritterkommandeur
des Ordenskapitels einer deutschen Großloge.
Er lebt in Toronto, Athen und Berlin.

Hintergrund für Peer Berlings REALO THRILLER sind präzise recherchierte Szenarien aus dem aktuellen Wirtschaftsgeschehen. Peer Berling zeigt, wie höchste Regierungsebenen die steuerliche Ausbeutung der Staatsfinanzen nicht nur ignorieren, sondern sogar erst möglich machen. Berling: »So verlieren die Staaten unzählige Milliarden – zu Lasten ihrer Steuerzahler!" Dilettantische Ministerarbeit ist dabei nur eine der Ursachen, ebenso wie rücksichtsloser Lobbyismus zweifelhafter Regierungsberater. Der staunende Leser erfährt, wie Regierungen selbst warnende Hinweise aus internationalen Bankenkreisen ignorieren, weil beispielsweise bevorstehende Wahlen günstig beeinflusst werden sollen. Berling: »Bis die Regierenden endlich zulassen, dass Staatsanwälte in solchen Fällen ermitteln, sind die Akteure dieser profitablen Aktivitäten längst untergetaucht. Inzwischen wurden die ungeheuren Beutesummen durch global agierende Geldwaschmaschinen gereinigt und in den legalen Kapitalmarkt zurück geschleust.«

Dass Peer Berlings brisante Storys in der internationalen Freimaurerei spielen, ist kein Zufall. Der Autor war mehr als zwanzig Jahre lang im inneren Zirkel einer deutschen Großloge engagiert.

Die Story

In der angesehenen Großloge des Freimaurer Lichtordens in Berlin schmiedet der Logenrat einen Mordplan gegen den Großmeister. Dessen hohe Prinzipien von Ehrbarkeit und der Verantwortung des Einzelnen gegenüber dem Gemeinwohl stören die Pläne einiger Würdenträger des alten Ordens, die die edlen Ziele der Freimaurerei für skrupellose Geschäfte nutzen.

Da der Großmeister auf Lebenszeit gewählt ist, kann erst nach seinem Tod ein Nachfolger bestellt werden. Schon werden dessen Getreue beseitigt, weil sie der neuen Führungsclique im Weg sind.

Der Großmeister soll durch einen jungen Freimaurer aus dem Weg geräumt werden, der nur zu diesem Zweck in den Orden aufgenommen wurde.

Mächtige Mitglieder der höchsten Ordensstufe, die »Trojaner«, pflegen Top Kontakte bis in erste deutsche Regierungskreise, und überall laufen die Fäden von Machenschaften, die sich als harmloser Lobbyismus tarnen. Über perfekt geschaltete Kanäle nehmen sie Einfluss auf Entscheidungen der Öffentlichen Hand, der Gerichtsbarkeit und sogar auf die Gesetzgebung. Nicht nur in den europäischen Wirtschaftszentren, sogar jenseits des Atlantiks funktionieren die profitablen Verflechtungen des Netzwerks.

Der jungen Kommissarin Brigitte Yalmiz gelingt es zusammen mit dem Journalisten Frank Artman, einem Mitglied der Großloge, die geheimen Strukturen aufzudecken. Allerdings geraten beide so in das tödliche Ränkespiel der »Trojaner«, bevor die Drahtzieher enttarnt und ausgeschaltet werden können.

In diesem Wirtschafts-Thriller beschleicht den Leser das beklemmende Gefühl, dass die Story mehr Facts als Fiktion enthalten könnte.

Prolog

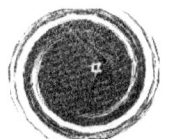

Juni 2006, Zürich, Bahnhofsplatz

Ha, dieser Wicht!

Eines Tages – jawohl, schon sehr bald – würde dieser Jonathan Schartek dafür büßen, dass er, Cornelius Frey, sich so erniedrigen musste!

Man sehe keine Möglichkeit etwas Derartiges zu finanzieren, hatten ihm die Herren der GreenBank von oben herab mitteilen lassen – »etwas Derartiges« Unerhört! Aber so ließ er sich – er, Cornelius Frey – niemals behandeln!

Und dass Jo Schartek dahinter steckte, war völlig klar, dieser arrogante Groschenverleiher! Hatte ihm Jo Schartek nicht gesagt, er solle sich die Reise sparen und stattdessen lieber mit Isabel ausgehen?

Isabel war ihm sicher, das stand für Cornelius Frey fest, und notfalls würde er seine Pläne aus Isabels Mitgift finanzieren! Er durfte jetzt nicht aufgeben, konnte auf keinen Fall aufgeben, denn dies war seine letzte Chance, dem freien Fall ins Nichts zu entgehen.

Mancher Entgegenkommende sah dem jungen Mannes verstohlen ins Gesicht, seine Augen flackerten, und seine Kiefer mahlten, als er über die Trambahngeleise vor dem

Bahnhof zur Limmatbrücke hinüberging. Die Limmat wälzte ihre Wasser durch die Stadt, und Cornelius Frey bemerkte zwei Fischer in orangefarbenen Overalls, die mit Haho und Hohe einen bis zur Hälfte versunkenen Kahn zum Ufer bugsierten. Und dieser Kahn war – höchst seltsam, fand Cornelius – mit dem zweiflügeligen Propeller eines vermutlich kleinen Motorflugzeugs beladen. Welches aberwitzige Zusammentreffen zweier Requisiten aus gegensätzlichen Welten wie Himmel und Wasser, dachte er und ging über die Brücke auf die andere Straßenseite.

»Das lohnt nicht«, sagte der Mann, der Zeitung lesend neben ihm stand, als sich Cornelius vergeblich bemühte, eines der vorbei fahrenden Taxis herbeizuwinken. Am späten Nachmittag sei in Zürich am Bahnhof kein Taxi zu bekommen, und ohnehin würde in einer Minute der Airport-Bus von hier abfahren.

Und so war es, denn man stand tatsächlich unter dem Halteschild am Bus-Stop. Als Hieronymus Schmidt (kurz Hus genannt, setzte der hinzu) stellte sich der freundliche Ratgeber vor; man habe sich bereits vor einigen Wochen auf einem Empfang der Hongkong-Handelskammer im Berliner Schloss Hotel Grunewald flüchtig bekannt gemacht. Cornelius war nicht ganz sicher, glaubte sich aber zu erinnern.

Die Spätmaschine nach Berlin dürfte brechend voll sein, dachte Cornelius als jener Hus Schmidt mit einem nachsichtigen Lächeln erwähnte, er habe zwar keine Reservierung, aber das würde sich arrangieren lassen. Und tatsächlich war der Flug ausgebucht, aber da geschah Seltsames. Noch als der Swiss Airlines-Angestellte lebhaft bedauerte, die Warteliste habe eine hoffnungslose Länge erreicht, erregte dieser Hus Schmidt mit einer ungewöhnlichen Geste die Aufmerksamkeit von Cornelius. Er winkelte nämlich den rechten Arm an bis er mit Zeigefinger, Mittelfinger und Daumen die rechte Schulter berührte und führte dann die drei Finger schnell waagerecht am Kehlkopf vorbei bis zur linken Schulter, wo er die Hand entlang des linken Arms hinunter gleiten ließ.

Ein wenig scharfsichtiger Beobachter hätte gewiss vermutet, jener habe lediglich den Sitz seiner Krawatte prüfen wollen. Cornelius jedoch erinnerte die Geste eher an Halsabschneiden. Aber die Reaktion des Angestellten hinter dem Counter deutete auf etwas anderes. Dieser hatte mit einem unmerklichen Neigen des Kopfes geantwortet und leichthin bemerkt – er wolle doch mal sehen..., es könnte sein..., sieh da, Sie haben Glück... überreichte Herrn Schmidt – als sei dies das Selbstverständlichste der Welt – eine rote First Class Bordkarte und wünschte einen angenehmen Flug.

»Man muss zur richtigen Familie gehören, dann klappt alles«, sagte jener Hus Schmidt wohlgelaunt und genoss sichtlich die Verwunderung seines Begleiters.

»Ob das auch für Bankkredite gilt?« hatte Cornelius etwas unbestimmt und zweifelnd gefragt.

»Warum nicht?« war die Antwort, mit einem Augenzwinkern.

Eilig strebten die beiden der Passkontrolle zu als der letzte Aufruf für den Berlin-Flug über die Lautsprecher hallte.

1 Die Verschwörung

»Der Alte muss weg!« sagte die tonlose Stimme am Fenster im Halbdunkel der schweren Samtportiere.

Der kleine Mann dort unten wandte den Kopf und sah nachdenklich herauf. Bedächtig strich er sich über das schüttere weiße Haar, dann wandte er sich ab und stieg in den Fond des Wagens. Geduldig hielt der Chauffeur den Schlag des schwarzen Bentleys geöffnet, die Hand an der Mütze.

Das Fahrzeug setzte sich langsam in Bewegung und passierte kurz darauf das schmiedeeiserne Tor, das sich lautlos schloss.

Guido Hassenbrink, seines Zeichens Würdiger Meister der Loge *'Zum Todtenkopfe mit den Drei Fackeln'* nahm seinen Platz wieder ein. Der Hochstuhl neben ihm, mit geschnitzten Armstützen und der mit Intarsien verzierten Rückenlehne war nur dem Großmeister vorbehalten und blieb deshalb frei. Mit einem prüfenden Blick musterte der Würdige Meister die anderen um den runden Tisch. Dann eröffnete er mit einem harten Hammerschlag das traditionelle Zirkelgespräch des Logenrats. Durch die hohen Fenster des Ordenshauses im vornehmen Berlin-Dahlem fielen die Strahlen der kräftigen Mittagssonne und bemalten die blau-samtenen Tapeten mit tanzenden Lichtkringeln, die der große Kristalllüster reflektierte. Die alten Bäume des Anwesens mit ihrem sommerlich dichten Laubwerk hielten die Geräusche der Welt da draußen fern, und so war es nur eine dicke Fliege, deren behäbiges Summen das betretene Schweigen der Männer begleitete. Von den Wänden blickten die alten Großmeister des Lichtordens aus schweren Goldrahmen herab auf die kleine Versammlung. Einige trugen eherne Rüstungen und weiße Umhänge, die das Zeichen des Kreuzes zierte. Alle waren gegürtet mit Schwertern und kündeten von prunkvollen, aber auch von schweren Zeiten, welche die Vorväter der Großloge immer wieder zu überstehen hatten.

Die Stimme von Miguel Santana zitterte leicht: »Wir verdanken ihm viel, Würdiger Meister!«

»Mancher, der dir früher eine Lichtgestalt war, ist heute nur noch ein Mühlstein an deinem Hals!« sagte jemand.

»Wie ich sagte: Der Alte muss weg – und zwar schnell. Ich denke, er hat genug für uns getan«, sagte Guido Hassenbrink so beiläufig als würde er über das Wetter sprechen.

»Ich muss doch sehr bitten«, ereiferte sich Karl von Gemmern und schüttelte empört seinen grauen Löwenschädel. »Das ist ungeheuerlich! Das ist Aufruhr! Unser Großmeister ist auf Lebenszeit gewählt! Und wenn er tatsächlich sein hohes Amt früher zur Verfügung stellt, dann wird er den Zeitpunkt selbst bestimmen! Alles andere wäre Hochverrat!«

»Auf Lebenszeit, du sagst es«, entgegnete Guido Hassenbrink kühl, während er beiläufig in einigen Papieren blätterte. Dann schob er mit dem Zeigefinger ein amtliches Dokument über die mit Intarsien verzierte Tischplatte dorthin, wo Karl von Gemmern seinen Platz hatte.

»Gepflegt albern ist das! Ich höre wohl schlecht!« stieß Karl von Gemmern zwischen den Zähnen hervor.

»Genau so – auf Lebenszeit!« wiederholte Theodor Blechschmied, der das Amt des Ersten Aufsehers versah. Leise setzte er hinzu: »Genau so wird es sein, und nicht anders!«

Die Blicke der anderen wandten sich zögernd dem Ersten Aufseher zu, als suchten Sie in seinem Gesicht nach einer Antwort auf die Frage, die niemand zu stellen wagte.

»Was ... was willst du damit sagen?« fragte Andreas Terhorst, er waltete bei festlichen Anlässen der Loge als Tafelschaffner, und ihm war das leibliche Wohl der Brüder anvertraut.

»Nichts, nichts Bestimmtes«, antwortete der Gefragte zögernd. »Nur, dass es nach der Lebenszeit vorbei ist mit den Ämtern.«

»Und auch mit den Titeln, nicht wahr?« setzte Isaac Welstraat hinzu und blickte fragend in die Runde. Dabei suchte er mit wedelnder Hand und anhaltendem Pusten den Rauchschwaden zu entkommen, die Gerald Nebel seiner Zigarre entlockte.

»Du solltest das entspannt betrachten, mein Lieber«, sagte Gerald Nebel nachsichtig. »Schließlich ist bei uns Toleranz das oberste Gebot, auch gegenüber Nichtrauchern.« Missbilligende Blicke trafen Gerald Nebel, denn niemand war nach Scherzen zumute.

»Die Weltfreimaurerei hat ihre Entscheidungen immer nach den Grundsätzen der Vernunft getroffen«, ließ sich Thomas Richter mit seinem dröhnenden Bass vernehmen, während er etwas Wasser aus einer silbernen Karaffe in seinen Becher goss. »Und damit waren wir bisher immer auf dem richtigen Weg – oder ist jemand anderer Meinung?« Diese Frage war rein rhetorischer Art, denn andere Meinungen als seine eigene nahm Thomas Richter kaum zur Kenntnis. Er war nicht nur dem Namen nach, sondern auch von Berufs wegen Richter und hatte sich, wie im Bruderkreis bekannt war, vor einigen Jahren von einem Verwaltungsgericht in Potsdam an ein kleines Amtsgericht in die Uckermark versetzen lassen. Erstaunlich genug, denn diese freiwillige Versetzung – aus Herzensgründen, wie gelegentlich gesagt wurde – hatte dem herrischen Bruder Richter niemand zugetraut.

»Hör' mal Thomas, willst du damit sagen, dass du ernsthaft eine …«, Karl von Gemmern zögerte »…eine andere … Möglichkeit, ich meine eine andere Lösung als seinen Rücktritt in Betracht ziehst?«

Einige der Brüder waren aufgesprungen, setzten sich jedoch zögernd wieder, als Theodor Blechschmied mit erhobener Hand Ruhe gebot. Nur Frank Artman blieb stehen, ballte die rechte Hand in der Tasche seines Jacketts und sagte mit tonloser Stimme, fast beiläufig: »Und an welche Lösung denkst du?«

Die Stille war fast greifbar. »Das kommt darauf an, das wird sich erweisen«, sagte Thomas Richter.

»Es werden sich sicherlich Gesichtspunkte finden lassen, die ihm einen vorzeitigen Rücktritt – äh, sagen wir – plausibel machen«, bemerkte Ehrenfried Thürmann und schüttelte seine welke Kanzleihand über dem Kopf. Als Schatzbewahrer des Ordens war er beständig um Ausgleich bemüht. Wenn man ihn deshalb mit dem Spitzname ‚die Waage‘ bedacht hatte, dann war das durchaus berechtigt. Ehrenfried Thürmann pflegte Vermittlungsvorschläge zu Streitfragen selbst dann noch zu präsentieren, wenn eine Sache längst in Vergessenheit geraten war. Manch einer wies dann darauf hin, dass er im Finanzamt für Erbschaftssteuern eben nur mit Toten zu tun habe.

»Das glaube ich auch! Er wird zurücktreten. Er wird sich überzeugen lassen, wenn wir ihm die Gründe erläutern«, wandte Siegelbewahrer Miguel Santana zögernd ein.

»Und wie viele Leute gedenkst du mit dieser Überzeugungsarbeit zu beschäftigen?« wollte Thomas Richter wissen.

»Wieso Leute? Ach was!« entgegnete Theodor Blechschmied unwirsch. »Der Starke ist am mächtigsten allein – hat schon Napoleon gesagt.«

»Das war nicht Napoleon, sondern Wilhelm Tell«, antwortete Frank Artman beiläufig, während er in seinem Handy nach einer Telefonnummer suchte. Frank war der

Redner der Loge und angesehener Journalist bei der Wirtschaftspresse.

»Quatsch! Wilhelm Tell ist eine Sagengestalt und hat nie gelebt!«

»Trotzdem hat er das gesagt«, entgegnete Frank. »Und zwar in dem Bühnenstück von Schiller.« Niemand wollte sich dazu äußern, denn in solchen Fragen galt Frank als unanfechtbar, er galt als letzte Instanz.

»Warum denn jetzt noch Überzeugungsarbeit?« bemerkte Guido Hassenbrink so leise, als spräche er nur zu sich selbst: »Dafür ist keine Zeit mehr. Die Zeit ist um.«

»Wer mich kennt weiß, dass ich in meiner Eigenschaft als Ordenssenior – und auch als Mensch jede Form von Gewalt mit Entschiedenheit ablehne – alles andere geht nur über meine Leiche«, stieß Karl von Gemmern heftig hervor.

»Geduld liebe Brüder! Wir werden das in Ruhe bedenken. Inzwischen wird uns dieses hier ausgiebig beschäftigen...«, dabei schwenkte Guido Hassenbrink einen Briefbogen kurz in die Runde, so dass der Bundesadler in der rechten oberen Ecke zu erkennen war. »Taufrisch aus dem Faxgerät«, sagte der Würdige Meister beiläufig. Damit reichte er das Blatt dem Großarchivar: »Lies vor – nicht alles, das Wichtigste genügt – ich habs markiert«, sagte er.

Benjamin Dietrich nahm das Papier mit spitzen Fingern, ganz so, als fürchte er sich vor dem Blatt und las aufmerksam die wenigen Zeilen. »Hört bitte zu, geliebte Brüder«, sagte er – in seinem Amt als Großarchivar hielt er sehr auf die alten Formen. »Hier steht, dass unser Bundespräsident außerordentlich bedauert, doch die Dringlichkeit anstehender Amtsgeschäfte lassen den für morgen vorgesehenen Empfang des Erleuchteten Großmeisters der Großloge in naher Zukunft als nicht

14

realisierbar erscheinen... et cetera ... et cetera.« Dann gab er das Dokument an den Würdigen Meister zurück und sah wortlos vor sich nieder, wobei er die Lippen spitzte und die Fingerkuppen beider Hände gegeneinander stellte. Hab ichs nicht geahnt, Freunde – war aus seiner Mine zu lesen.

Alle schwiegen betroffen, nur der Erste Ordenssenior erhob sich drohend von seinem Stuhl. »Was soll das?« rief Karl von Gemmern, »Wer sind wir? Bittsteller im härenen Gewand? Mann, waren das Zeiten als unsere Großlogendelegation regelmäßig zum Neujahrsempfang beim Bundespräsidenten Antrittsbesuch machte ...«

»Karl bleib auf dem Teppich!« sagte Frank leise. »Es ist doch klar, dass diese neue Affäre dem Ansehen des Lichtordens erheblich schaden wird – darüber gibt es wohl nicht den geringsten Zweifel, oder?«

»Was heißt hier neue Affäre?« brauste Karl von Gemmern auf. »Nur weil ein Boulevardblatt einen Bestechungsskandal konstruiert um seine Auflage zu steigern, ist noch gar nichts bewiesen! *Ex-Stuhlmeister Ushkinov fädelt Kampfpanzer-Deal mit Saudi-Arabien ein. Staatssekretär Sinclair untergetaucht.* Das sind uralte, aufgewärmte Spinnereien – dass ich nicht lache!«

»Und ausgerechnet ein Freimaurer dealt in Saudi-Arabien mit Kampfpanzern!« lachte Thomas Richter. »Das ist ein Witz der Extraklasse. Der Mann wäre sofort des Todes, wenn man ihn dort erwischte!«

»Was machen wir jetzt?« wollte der Würdige Meister wissen. »Karl? Du bist dran, raus mit der Sprache! Und du Bruder Richter? Das ist ein juristisches Problem. Dafür bist schließlich du zuständig – also?« Der Würdige Meister funkelte die beiden an, als wären sie persönlich für diesen Artikel verantwortlich.

Doch Thomas Richter spielte den Ball geschickt weiter: »Karl, du so sprachlos? Kaum zu glauben!« Karl von

Gemmern fixierte sein Gegenüber und knurrte nur: »Lass mich zufrieden, Euer Ehren! Schließlich bin nicht ich der Jurist, sondern du – beim Sirius!«

Thomas Richter zuckte kurz und schoss einen giftigen Blick zu Karl hinüber: »Erlaube mal! Wieso denn ich – bin ich Stulle oder was?«

»Tommy – bleib cool! Du warst doch schon immer Stulle, schon seit Sandkastenzeiten«, sagte Gerald Nebel und schlug sich lachend auf die Schenkel. »Weißt du noch, als Claus…«

Jetzt tat der Würdige Meister mit dem elfenbeinernen Logenhammer einen harten Schlag auf das Ritualbuch: »Ruhe bitte, und vor allem ruhig Blut, meine Brüder! Übrigens – von einem Staatssekretär Sinclair weiß ich nichts, nie gehört von diesem Mann, oder kennt den jemand?«

»Aber das ist doch der …«

»Ich sagte bereits, dass wir diesen Mann nicht kennen«, wiederholte der Würdige Meister eisig.

»Außerdem sind seit dem Zeitungsbericht schon drei Tage vergangen – da kommt nichts mehr nach, Ihr werdet sehen!« warf Miguel Santana ein.

Frank widersprach: »Machen wir uns doch nichts vor! Die Sache mit der Steuerfahndung vor zwei Jahren ist noch nicht vergessen – und jetzt dieses neue Ding! Da blieb dem Bundespräsidenten doch nichts anderes übrig, als den Empfang abzusagen. Und ich fürchte, was wir jetzt erleben, ist erst der Anfang! Schluss mit Lustig.« Er blickte in die Runde und sah in verschlossene Mienen.

Karl von Gemmern beschwichtigte: »Und dennoch liebe Brüder, das wird alles in Ordnung kommen! Und wenn Karl das sagt, dann isses auch so! Verlasst euch auf Karl!«

»Na klar, wenn unser Karl das sagt, dann wird unser Bundespräsident doch nicht widersprechen«, ließ sich Fritz von Cannenberg vernehmen; er versah das Amt des Ober-Zeremonienmeisters. Jeder wusste, dass Karl im vergangen Jahr bei der Wahl zum Ritterkommandeur des Ordenskapitels knapp die Nase vorn hatte und nun als Ältester der Ritterkommandeure als designierter Nachfolger des Großmeisters galt. So blieb dem Ober-Zeremonienmeister nichts anderes übrig, als sich zu gedulden, falls nicht einer der betagten Ritterkommandeure das Zeitliche segnen würde. Seitdem sprachen die beiden alten Herren nicht mehr miteinander. Die Trojaner, wie die Ritter des Ordenskapitels genannt wurden, verstanden sich als geistige Elite und hatten durchaus ihren eigenen Ehrenkodex.

Karl von Gemmern ignorierte die Attacke seines alten Weggefährten und wandte sich an die anderen: »Was ham wir dafür jahrelang hinter den Kulissen gearbeitet, Spenden hier, Spenden da, einen neuen Helikopter für das Christophorus Hilfswerk, ein Waisenhaus saniert, einige Millionen an die Parteien gespendet – und was nicht noch alles...!«

»Investiert haben wir jedenfalls jahrelang, und mehr als genug«, warf Gerald Nebel ein, der sich von seiner Schützenhilfe für den Ober-Zeremonienmeister einiges versprach. »Wäre es nicht langsam an der Zeit, dass endlich die Früchte unseres Goldregens sichtbar werden, den du in alle Winde verstreut hast?«

»Karl, Karl – um dich muss man sich echt Sorgen machen«, wandte Isaac Welstraat ein. Er kannte Karl sehr gut. Woche für Woche chauffierte er ihn zur Loge, weil Karl seinen Führerschein vor einem Jahr freiwillig abgegeben hatte. Und das nicht ohne Grund, wie einige Eingeweihte wussten. »Willste nicht langsam kürzer treten bevor du neunzig wirst? Du hast so viel für den Orden getan und hast einen ruhigen Lebensabend mehr verdient als jeder andere!«

»Du redest Stuss, mein Lieber!« knurrte Karl grob, und dabei schwoll die kleine blaue Ader auf seiner Stirn bedrohlich an. »Wie so oft hast du nicht die geringste Ahnung, Brüderchen. Dieser Empfang beim Bundespräsidenten war vor drei Jahren schon in trockenen Tüchern, aber dann kam die dumme Geschichte mit der Steuerfahndung dazwischen! Haben wir zwar mit Mühe und Not ausgebügelt, aber so was kratzt eben am guten Ruf! Scheiß-Presse, sag ich da nur!« Dabei stieß Karl seine silberbeschlagene Ebenholzkrücke zornig auf den Boden.

»Und mit Recht, Karl!« warf Frank ein, der sich sonst gut mit dem Ordenssenior verstand. Aber nun sah er sein Image als Journalist gefährdet. »Das musst du doch zugeben: Die Öffentlichkeit hat einen Anspruch darauf, solche Dinge zu erfahren.«

»Ich denke nicht, dass wir diese alten Geschichten ...«, begann Andreas Terhorst, aber Karl von Gemmern schnitt ihm mit einer Handbewegung das Wort ab und sagte: »Das ist Sache der Logenregierung, alle anderen haben hier nur zu arbeiten – ansonsten aber zu schweigen!«

Und dann, zu Frank gewandt: »Mach' halblang, Frank – das waren schließlich logeninterne Angelegenheiten, oder wie seht Ihr das?« wandte sich Karl hilfesuchend an die Runde.

»Karl, wenn jeder die Steuer beklaut, wo kommen wir denn da hin!« hielt Frank dagegen. »Und bei unseren Grundsätzen von Moral, Recht und Ordnung darf so was gar nicht möglich sein. Oder siehst du das anders?«

»Gepflegt albern ist das! Frank, in welcher Welt lebst du bloß?«

»Aber Frank, beruhige dich doch!« wandte auch der Ober-Zeremonienmeister ein und genoss es sichtlich, einen Keil zwischen Karl von Gemmern und seinen Schützling zu treiben. »So was gibts seit Steuern erfunden wurden und kommt außerdem in den besten Familien vor.«

Einige schielten zu dem Bruder Ehrenfried Thürmann hinüber, der jedoch unbeirrt mit wichtigen Papieren beschäftigt war.

»Frank, aus dir spricht schon wieder der Moral-Apostel!« schlug sich nun sogar Karl von Gemmern auf die Seite seines Widersachers. »Du bist zwar 'n heller Kopf, aber ein hoffnungsloser Idealist. Und wie es in der Welt wirklich zugeht – davon haste wenig begriffen! Fuffzig Jahre und kein bisschen weise, sag ich da nur!«

»Karl, du gestattest, dass ich das anders sehe! Meine Ansicht dazu ist bekannt.«

In Karls Gesicht arbeitete es. Er stand abrupt auf und stieß den schweren Stuhl mit der hohen geschnitzten Lehne zurück. Dabei schob er einige Papiere in seine schmale schwarze Aktenmappe und wandte sich zum Gehen. »Gepflegt albern, wie gesagt! Das Licht sei mit euch, meine Brüder!« knurrte er, dann fiel die hohe Eichentür hart ins Schloss.

»Warum fühle ich mich jedes Mal wie ein Depp, wenn der hinter sich die Tür zu macht!« sagte der Würdige Meister leise. Dabei ballte er die rechte Hand zur Faust, und seine Knöchel waren weiß.

»Momentan ist Karl hier der Boss, das ist so«, stellte Gerald Nebel fest und zündete sich eine neue schwarze Brasil an.

»Davon weiß ich nichts, wo steht das geschrieben?« giftete Theodor Blechschmied

»Also nochmal langsam, und bitte merken!« sagte Gerald Nebel. »Karl hat als Stellvertreter des Großmeisters den Hut auf. Basta!«

»Es gibt Fakten, die sind als Tatsachen akzeptiert und müssen nicht unbedingt irgendwo geschrieben stehen«, dröhnte Thomas Richter. »Und außerdem..., ja doch, was ist denn?« Thomas Richter unterbrach sich, denn draußen an der Tür war ein rhythmisches Klopfzeichen zu hören, zwei kurze leise Schläge und ein kräftiger Schlag, etwas lauter. Bruder Thürmann wiederholte die Klopfzeichen auf der Tischplatte, und sogleich wurde die Tür geöffnet. Drei jüngere Brüder traten herein und warteten wortlos bis sie angesprochen wurden.

»Wen oder was suchet Ihr Brüder?«

»Wir suchen das Licht.«

»Nehmt Platz, junge Brüder.«

Die Drei setzten sich schweigend auf die einfachen Holzstühle im Hintergrund. »Also«, setzte Thomas Richter seine Rede fort, »wie gesagt – es gibt Fakten, die nirgendwo geschrieben stehen und dennoch uneingeschränkt gelten. Solche Regeln hats hier schon immer gegeben. Denkt an die Zeit der Strikten Observanz. Schon damals galt als höchste Pflicht: Nicht fragen, sondern gehorchen.«

»Die Strikte Observanz? Ich bitte dich, davon weiß doch heute keiner mehr was«, brummte Pierre Lefebvre, der nur kurz dazu gekommen war, um sich ein Ritualbuch aus dem Regal zu nehmen. »Das ist schon ewig lange her, mindestens hundertfünfzig Jahre!« Pierre Lefebvre war Mitglied der Schottischen Andreasloge und versah dort das Amt des Sekretärs. Da Pierre beruflich Franks Konkurrent war (er schrieb für die ‚EU Wirtschaftswelt‘), konnte sich Frank nicht verkneifen, Pierre zu korrigieren, was dieser verärgert zur Kenntnis nahm: »Nicht nur hundertfünfzig, sondern sogar zweihundertfünfzig Jahre, um genau zu sein«, sagte Frank. »Damals galten hier sogar noch die Regeln der Alten Tempelritter. Darüber sollte in diesem Hause jeder Bescheid wissen, auch die Brüder der unteren Grade.« Nur wer Frank Artman gut kannte, sah sein

verstecktes Lächeln.

»Nomen est Omen«, fügte Thomas Richter hinzu. »Schließlich hieß – und heißt, bitte schön – *'Strikte Observanz'* auch heute nichts anderes als unbedingter Gehorsam. Damals leitete der Herzog Ferdinand von Braunschweig als oberster Führer den Orden. Und als er feierlich in sein Amt eingesetzt wurde, folgten dem feierlichen Zug 26 deutsche Fürsten.«

»Und worauf bezog sich dieser *'unbedingte Gehorsam'*?« wollte einer der jungen Brüder wissen.

»Ganz einfach: auf alle Anordnungen, die von den Ritterkommandeuren erlassen wurden«, antwortete Thomas Richter. »Es ist höchste Zeit, dass die löbliche alte Sitte auch in diesem Hause wieder zur Geltung kommt. Dabei bezog sich dieser unbedingte Gehorsam nicht nur auf Ritterkommandeure, die jeder kannte. Es gab damals auch die so genannten *'Unbekannten Oberen'*, denen man Gehorsam schuldig war.«

»Und was war mit Leuten, die damit nicht einverstanden waren?«

Thomas Richter wies wortlos mit dem Daumen über seine linke Schulter hinweg zur Tür. Die jungen Brüder sahen einander an, und in den Gesichtern war ungläubiges Staunen.

»Kannst du uns sagen, Bruder Richter, welche Art von Anordnungen damit gemeint sind?«

»Natürlich kann ich das«, dröhnte Thomas Richter. »Damit sind auch heute noch alle Anordnungen und Befehle der Ritterkommandeure gemeint. Alle, wie ich schon sagte. Ganz einfach zu merken, nicht wahr?«

»Noch eine Frage, wenn du erlaubst: Wo können wir diese Anordnungen zuvor nachlesen, mit denen wir einverstanden sein müssen?«

»Ihr jungen Brüder habt das offenbar noch immer nicht begriffen! Also, zum letzten Mal, und langsam und zum Mitschreiben: Diese Anordnungen stehen nirgendwo geschrieben. Diese Anordnungen und Befehle gelten ab dem Augenblick, wenn sie von den Ritterkommandeuren erlassen werden. Dabei ist es völlig gleichgültig, ob euch diese Anordnungen bekannt sind oder nicht!«

»Oha«, sagte da einer der jungen Brüder. »Anordnungen befolgen, die ich überhaupt nicht kenne? Kann das nicht gefährlich werden?«

»Was kann für wen gefährlich werden, mein Bruder? Und was meinst du mit gefährlich?« grollte Thomas Richter, und jeder der jungen Brüder verspürte jenen kalten Unterton, der einen leichten Schauer erzeugt. »Schließlich habt Ihr dieses Gelöbnis schon bei eurer Aufnahme in den Orden abgegeben, und sogar unterschrieben – oder nicht?«

»Ich muss gestehen«, bekannte da einer der drei, »bei meiner Aufnahme war ich so verwirrt von den vielen Eindrücken der Zeremonie und des Rituals, sodass ich mich kaum noch erinnern kann.«

»Keine Ausreden! Das Wichtigste ist, dass sich ein jeder an sein Gelöbnis und an die gelobte Verschwiegenheit erinnert, das reicht! Alles andere könnt Ihr im Großen Ritualbuch nachlesen.«

»Das Buch findet Ihr in der Bibliothek«, ergänzte Ehrenfried Thürmann begütigend.

»Außerdem hat jeder heute Abend die Gelegenheit, sich des Rituals zu erinnern, denn wir sehen uns doch zur feierlichen Aufnahme des Novizen Cornelius Frey. Oder etwa nicht?« setzte Thomas Richter beunruhigend leise hinzu.

»So ist es!« bestätigten die drei Jungmaurer eilig.

»Dazu ist noch zu erwähnen«, ergänzte Thomas Richter, »dass sich besonders die Aufnahmerituale bei den Steinmetzgilden seit Jahrhunderten nicht geändert haben. Ja, es sind bis heute noch rituelle Elemente erhalten, die aus der Schottischen Kilwinning Lodge von 1642 stammen. Damals gehörte es zu den Pflichten...«

»Mein lieber Thomas«, schaltete sich da Ehrenfried Thürmann ein, »du solltest der heutigen Tempelarbeit nicht vorgreifen – wir werden sehen, wir werden sehen!«

»Aber eines ist hier noch anzumerken, junge Brüder: Damals erhielten die als würdig befundenen Brüder mit ihrer Ernennung zum Ritter die Ordenstracht und wurden mit Helm und Harnisch bekleidet... Übrigens, Ihr entschuldigt mich, der Hausmeister hat mich gebeten nach dem Rechten zu sehen, weil hier nachher das Wasser abgestellt wird. Der Ärmste sitzt beim Zahnarzt und büßt für seine Sünden… bis später also.«

»Man muss unseren lieben Bruder Thomas Richter öfter mal ausbremsen«, sagte Ehrenfried Thürmann kurz darauf in der Garderobe zu einigen der Brüder. »Er neigt gelegentlich zum endlosen Reden und kommt dann ungehemmt vom Hundertsten ins Tausendste.«

»Und vergesst nicht: euer Erscheinen ist heute Pflicht, meine lieben Brüder«, schloss hier der Würdige Meister versöhnlich, aber mit dem gebotenen Nachdruck. Man würde sich am Abend nicht nur zu der feierlichen Aufnahme des neuen Bruders, sondern danach auch zur Großen Tafelloge wieder sehen. So ging man auseinander. Nur einer der Lehrlinge wollte von Frank wissen, ob denn die Strikte Observanz heute überhaupt noch eine Bedeutung habe – das sei doch wohl nicht mehr zeitgemäß.

»Die Strikte Observanz als Logensystem existiert schon lange nicht mehr«, erklärte Frank dem jungen Bruder. »Das alte System hat sich längst überlebt.«

»Und trotzdem gehört noch immer der unbedingte Gehorsam gegenüber den Führern des Ordens zu den höchsten Pflichten?«

»Ja, aber nur in den Fragen des Rituals und der rituellen Ordnung. Diese Pflichten gelten vor allem für die jüngeren Brüder, also der Lehrlinge, in der Zeit ihrer Bewährung«, betonte Frank.

Frank ahnte nicht, dass er schon bald das Gegenteil dieses Satzes für richtig halten würde.

2   Geheime Strukturen

»Nun sage mir einer, dieses neue Ritual hat es nicht in sich! Du Karl, war das nicht schon der Zweite, der in diesem Monat beim Aufnahmeritual umgekippt ist?«

Frank und Karl von Gemmern waren damit beschäftigt, den Bankettsaal für die festliche Tafelloge herzurichten. Weiße Damast Tischdecken, schimmerndes Porzellan mit goldenen Logensymbolen versehen, schweres Tafelsilber, funkende Kristallkelche und zahllose neunarmige Silberleuchter würden dem folgenden Teil des Abends das gebührende Gepräge verleihen. Die Tafelloge sollte zwar ein streng ritueller, aber geselliger Abschluss des strengen Aufnahmerituals sein. Damit würde die Aufnahme des Neuen im heiteren Beisammensein aller Brüder und in gelöster, festlicher Stimmung besiegelt werden.

»Nö, das war schon der Dritte!« grinste Karl derweil er einen Stapel lichtblaue Servietten neben die einzelnen

Gedecke rund um die Tafel verteilte. »Aber wenn du mich fragst – das ist in Ordnung so. Ist doch ein klares Prinzip: Die Guten überstehen das und die anderen – na ja...«, und dabei lacht er wie einer, der Bescheid weiß.

»Karl, Karl! Von Altersmilde ist bei dir aber nichts zu spüren! Wenn ich dich nicht besser kennen würde...!«

»Was heißt denn hier Altersmilde? Diese jungen Knilche – sag mal Frank, siehst du den Logenhammer irgendwo? – den wollte ich doch ... ah, da liegt er ja! – wo war ich stehen geblieben? – ach, diese jungen Knilche von heute haben doch keinen Mumm in den Knochen! Da gings früher anders zu – und Schwächlinge waren von vornherein unten durch!«

»Mensch, Karl! Nun hör' aber auf! Du kannst doch nicht gestandene Männer als Knilche bezeichnen, nur weil sie nicht so abgebrüht sind wie du! Aber mal ehrlich – mit deinen Fünfundachtzig könntest du langsam mal etwas nachsichtiger werden!«

»Frank, ich sag dirs im Vertrauen: Bevor die nicht fünfzig sind, kannste nichts Rechtes mit ihnen anfangen.«

»Mein väterlicher Bruder Karl, nun denk' doch mal nach!« lachte Frank. »Wir brauchen junge engagierte Leute! Wer soll denn am Ritual mitwirken, wenn die Alten die Gicht plagt, sodass sie nicht mal mehr den Symbolteppich aufdecken können?«

»Frank! Was du da wieder redest! Unser Würdiger Meister ist doch noch ein jungscher Bursche – gerade erst Fünfundvierzig geworden, wenn ich richtig weiß!«

»Karl, der Normalfall ist das bei uns nicht, das weißt du ebenso gut wie ich! Und wenn der nicht mit einer kräftigen Spende nachgeholfen hätte...! Aber mit seiner Immobilienspekulation in Florida kann der sich das wohl leisten!«

Aber Karl mochte darauf nicht eingehen, denn er sagte nur: »Jedenfalls kommt erst mit Fünfzig das richtige Alter für ein Logenamt; das siehste doch an dir selbst. Außerdem ist Fünfzig noch kein Alter – Ihr könntet alle meine Söhne sein!« räsonierte Karl von Gemmern weiter.

»Versteh' ich nicht! Wieso denn erst mit Fünfzig? Hab ich meinen Job in den letzten zehn Jahren vielleicht nicht gut gemacht?«

»Frank bleib' ruhig! Von dir spricht doch keiner! Du bist doch die rühmliche Ausnahme und gehörst als Redner sowieso zum Rückgrat der Loge!«

Das ist Karls einfache Philosophie, dachte Frank. Alles Alte ist schon deshalb gut, weil es alt ist! Aber war Karl nicht das lebende Beispiel? Als Mann vom alten Adel und ehemaliger Kriminalkommissar hatte er eiserne Prinzipien. Auf Karl konnte man sich unbedingt verlassen.

»Also Frank, ich geb' das ja zu, teilweise – so unter uns Pastorentöchtern! Und dass sich die Zeiten ändern. Das kannste heute wieder mal deutlich sehen: Schon den dritten neuen Bruder unter vierzig nehmen wir auf, und das innerhalb von sechs Wochen! Aber jetzt musst du bald richtig ran, Frank! Und das weißt du auch!«

»Was anderes, Karl: Steht denn am Platz des Ober-Zeremonienmeisters auch eine rote Rose? Immerhin ...«

»Klar, Frank, weißte doch!« Und dann fuhr Karl unbeirrt fort: »Jetzt ist es deine Aufgabe, diesen jungen Brüdern den richtigen Schliff beizubringen! Die Ritualtexte muss einfach jeder drauf haben – ohne Wenn und Aber! Und wenn einer drei Sätze zu sagen hat, dann sagt er die gefälligst auswendig her und muss sie nicht erst vom Spickzettel ablesen!«

Mahlzeit, dachte Frank, das ist Karls Thema, und davon lässt er sich nur schwer wieder abbringen! Laut sagte er:

»Karl, ich werde dafür sorgen, dass die das Ritual so verinnerlichen, als hätten sie es mit der Muttermilch eingesogen – versprochen! Aber wir müssen auch daran denken, dass die jungen Knilche, wie du sie nennst, alles Autoritäre ablehnen. Und wenn du mich fragst – ich bin überzeugt, dass das zu deiner Jugendzeit auch nicht anders war.«

»Frank, rede mir keinen Schwachsinn ein, du weißt doch von früher gar nichts! Früher wurde hier noch was verlangt – und auch was geleistet, jawoll! Aber heute? Und ich sag dir auch woran das liegt – das liegt daran, dass die jungen Kerle nicht mal stramm stehen können – auch moralisch nicht. Und marschieren könn'se auch nicht – aber das lassen wir mal weg, das wird doch kaum noch gebraucht!«

»Karl, ich fass' es nicht!« feixte Frank. »Wenns nach dir ginge würdest du hinterm Ordenshaus einen Exerzierplatz anlegen lassen.«

»Wär' auch keine schlechte Idee – aber nee Frank, das mit dem Exerzierplatz wird nischt! Da kommt der Erweiterungsbau vom Ordenshaus hin! Das weltweit bedeutendste freimaurerische Zentrum. Wirst sehen – bald ham wir wieder so viele Mitglieder wie zu Kaisers Zeiten, wenn nicht noch mehr!«

»Und das glaubst du, Karl?«

»Siehste doch Frank, wie die Jungen wieder nach edlen Werten streben! Deshalb brauchen wir den neuen Tempel unbedingt! Und das mit der Finanzierung kriegen wir auch hin. Auch wenn sich die Kerle noch 'ne Weile zieren – wirst schon sehen! Lächerlich – wegen dieser schlappen hundertfünfzig Millionen! Wenn wir richtig wollen, dann kaufen wir ganz Charlottenburg!«

»Wenn aber die Bank nicht einsteigt..., was'n dann?«

»Die Bank wird schon, da mach' dir mal keine Sorgen. Dafür ham wir unseren Ushki im Aufsichtsrat, der wird das schon bewegen! Und nu Frank – rede nicht lange rum, hilf mir lieber die Festtafel eindecken – guck mal, da drüben fehlt noch'n Leuchter.«

»Karl, hetz mich nicht – außerdem ham wir noch Zeit! Aber sag' mal, wen nehmen wir denn heute auf? Ich weiß nur, dass er ein erfolgreicher Jung-Unternehmer sein soll!«

»Ja Frank, das stimmt – und Gottseidank nicht wieder so'n Schwuler wie neulich! Und ich sag dir noch was: Dieser Cornelius ist ein prima Junge! Den kenn ich – seit er so war«, und dabei zeigte Karl mit der flachen Hand eine unbestimmte Höhe, etwa eine Handbreit unter der Tischplatte.

»Aha«, machte Frank. »Aber sag mal Karl, was haste denn gegen Schwule? Hält'ste so 'nen Standpunkt für richtig, bei deiner freimaurerischen Toleranz! Und zeitgemäß ist das schon lange nicht mehr!«

»Ob zeitgemäß oder nicht – jedenfalls ist der Neue stinknormal! Und ein gesundes Selbstbewusstsein hat der – aus dem wird was, das sag ich dir!«

»Wie meinst' denn das mit dem Selbstbewusstsein?« fragte Frank schnell, denn zum Thema Homosexualität war Karl nicht der richtige Gesprächspartner.

»Was war mit Selbstbewusstsein?« fragte Karl, der den Raum kurz verlassen hatte und mit einem Stapel Papier zurückkam. »Hier ist der Text fürs Deutschlandlied – damit die nicht wieder alle so rumstottern«, brummte er und legte die Blätter am Platz des Zeremonienmeisters ab.

»Ich wollte nur wissen, wie du das meintest, von wegen Selbstbewusstsein bei dem Neuen«, wiederholte Frank.

»Hab ich was von Selbstbewusstsein gesagt? – warte mal... Faden verloren... ach so: Als der Cornelius noch ein

Knirps war, da sprach der niemals in der dritten Person von sich, wie das Kinder tun, etwa 'Cornelius hat Hunger, Cornelius will essen' – nein! Der sagte von klein auf: *ich* hab' Hunger, *ich* will essen! – Ja ja, Cornelius Cornelius ist schon was Besonderes!«

»Sag mal, was heißt denn das: *‚Cornelius Cornelius'*? «

»Da staunste Frank«, lachte Karl. »Der junge Mann heißt wirklich zweimal Cornelius, einmal weil seine Eltern das so wollten und einmal weil sein Großvater so hieß!«

»Karl, kann es sein, dass du mich auf den Arm nimmst?« Frank musste laut lachen.

»Frank, das verstehst du nicht. In Österreich kommt das vor. Der Großvater war ein gestandener Wiener Heurigenwirt und wollte unbedingt im Namen seines Enkels verewigt sein!«

Nanu, dachte Frank, das gibt es? Kann sein, aber manchmal verschaukelt Karl zu gern die Leute.

»Und noch was, Frank – ich bin richtig froh, dass wir den Kleinen überzeugen konnten, bei uns mitzumachen! Junge Leute in dieser Kategorie muss man inzwischen mit der Lupe suchen, das kannste mir glauben!«

Hallo, dachte Frank, das hört sich fast so an, als hätten wir uns bei dem jungen Mann beworben, und nicht umgekehrt. Finde ich aber richtig, dass wir jetzt auch von uns aus auf junge Leute zugehen.

»Wo sind denn die Liedertexte, Frank?«

»Haste doch soeben dort hingelegt, Karl – guck mal, da auf dem Beistelltisch!«

»Ach so, stimmt! Siehste Frank – das ist auch so 'ne Sache! Das Deutschlandlied muss einfach jeder auswendig können! Das ist schließlich die Hymne unserer Nation!

Aber wir lernen das wieder – hier wird alles wieder wie früher, du wirst sehen...«

»Und das willst du, Karl? Ich weiß nicht!«

»Frank – wenn Karl das sagt, dann isses auch so! Verlass' dich drauf!«

»Karl, was vorbei ist, ist vorbei. Und bei manchen Dingen kann man dafür nur dankbar sein.«

»Aus dir spricht mal wieder der Idealist! Frank, fuffzig Jahre und kein bisschen weise, aber das sagte ich schon!« und Karl lachte versöhnlich, aber auch etwas verlegen dabei, wie Frank bemerkte.

«Das mag zwar sein, aber mit solchen Affären können wir nicht erwarten, dass unsere Großlogen-Delegation auch nur einen Fuß ins Schloss Bellevue setzen wird.«

»Schon recht! Aber inzwischen ham wir wieder alles fein ausgebügelt.«

»Ansichtssache Karl, aber sag mal...«

»Frank, vergiss deine Rede nicht! Kannst du mir sagen, was ‚cats and dogs' heißt?«

»Karl? Willst du etwa auf deine alten Tage noch Englisch lernen?« lachte Frank. »Cats and dogs sind nichts anderes als ‚Katzen und Hunde' – wieso fragst du?«

»Nö, Frank. Englisch kann ich zwar nicht, aber dass das Katzen und Hunde sind, weiß ich auch so! Ich denke nur, dass es dafür vielleicht noch 'ne andere Bedeutung gibt. Ich hab da so einen – wie sagt Ihr immer – scharfen? Witz gehört, den ich nicht verstehe, du weißt schon für den Skatabend, höhöhö, ist aber nicht so wichtig. Weiter im Text – wo waren wir stehen geblieben?«

»Warte – ach ja: Bekommt der Ober-Zeremonienmeister nicht das goldene Tisch-Set? Mir war so!«

»Frank, Frank! Was für'ne Frage! Klar steht dem Herrn Ober-Zeremonienmeister das goldene Tisch-Set zu! Ohne dieses Edelteil geht doch der Vorhang gar nicht hoch!«

»Aber Karl? Das hört sich so an, als hätt'ste was gegen unseren Ober-Zeremonienmeister!« lachte Frank anzüglich.

»Aber nicht doch, niemals Frank! Ehre wem Ehre gebührt, sag ich immer! Das gehört doch einfach dazu. Ich dachte du hättest das Ding längst besorgt! Nun aber fix, Junge! Die werden bald runterkommen, hörst du – im Tempel singen'se schon ‚Dir, Seele des Weltalls...' – oh Mann ist das ein Wahnsinn, das rührt mich immer wieder bis ins Mark, stammt auch von unserem Bruder Mozart! Das ham wir damals gesungen, als zu unseren Tempelarbeiten mehr als hundert Brüder in der Kolonne standen. Im alten Tempel in Schöneberg hatten noch viel mehr Platz. Das waren Zeiten, heiliges Kanonenrohr! Wenn ich da heutzutage die paar zwanzig Figuren sehe, dann wird mir ganz elend! Aber nun mal los Frank, leg' doch da drüben das fehlende Gedeck noch auf – und etwas Beeilung bitte! Inzwischen werde ich das Tisch-Set für den Ober-Zeremonienmeister holen – die kommen bestimmt gleich von oben runter!«

»Mach' ich Karl – und ruhig Blut, wir haben doch alles bestens im Griff! Sag mal, könnten wir oben an der Tempelpforte nicht 'ne Lichtschranke anbringen, dann würde hier unten eine Lampe aufleuchten, wenn die Jungs den Tempel verlassen«, lachte Frank.

»Gepflegt albern ist das! Frank, ich sags dir – so'n technischer Kram ist nicht mein Ding. Und außerdem: Solchen Pipifax haben wir früher auch nicht gebraucht. Du Frank, sind denn die Degen der Aufseher schon da? Bloß nicht noch mal so'ne Panne wie beim letzten Mal! Und damals sogar in Gegenwart unseres Großmeisters – das war doch grauenhaft, einfach blamabel! Und leg' auch das

Ritualbuch da vorn hin! Weißte – früher, da war es für jeden Würdigen Meister eine Ehrensache, seinen Ritualtext auswendig zu können, aber heute...!«

»Alles in Butter, Karl, das Ritualbuch liegt doch schon dort! Kann gar nichts mehr schief gehen!«

»Na, gut! So – was wollt' ich? Ach ja – das Tisch-Set für den Ober-Zeremonienmeister!«

»Soll ich das holen, Karl?«

»Nee, lass nur, ich bin schon unterwegs und auch gleich wieder da – und du – mach schon, dort drüben – neben diesem Gedeck da vorn am Tisch fehlt noch 'ne Rose, jetzt aber dalli!«

»Karl, du brauchst deinen Stress«, lachte Frank. »Sonst hörst du vermutlich auf zu leben.«

»Mein lieber junger Bruder! Erstens hält Stress frisch im Kopf... Frank, um alles in der Welt – vergiss diese Rose nicht!«

»Und zweitens, Karl? ... Zweitens?«

»Wie? ... Ach so! Also – zweitens? ... zweitens ist das Leben kürzer als man denkt! Stimmt doch, oder?« sagte Karl schmunzelnd beim Hinausgehen.

3   Empor zum Licht

Der Würdige Meister tat drei Hammerschläge auf den Knauf seines Schwertes.

Cornelius schreckte aus seinem Sinnen hoch, als der Erhabene das Wort an ihn richtete: »Novize! Entspricht es Ihrer aufrichtigen Gesinnung, dass Sie diesem geheimen und ehrbaren Bund auf ewig angehören wollen?«

Noch ehe Cornelius antworten konnte, hob der Erhabene mahnend die Hand gegen ihn und sprach: »Bevor Sie endgültig einwilligen, Novize, hören Sie jetzt mit gesammeltem Gemüte und mit bewegtem Herzen das Vermächtnis, das unseren ehrwürdigen Licht-Orden seit alten Zeiten trägt:

Ich stamme aus jener Zeit, da Menschen erstmals von Gott träumten. Ich erschuf mich selbst. Die Jahrtausende haben mich geprüft und für beständig befunden. Den Sand im Stundenglas der Zeit werde ich überdauern, denn ich war von Anfang an.

Die Pfade der Welt tragen die Spuren meiner Schritte. Die Kulturen der Völker der Erde zeugen von meiner Hände Kunst. Mein Geist schenkt Weisheit, Stärke und Schönheit allen, die danach streben.

Das Buch des heiligen Gesetzes ziert meinen Altar, und meine Gebete sind gerichtet an den einen, allmächtigen Gott. Meine Söhne arbeiten und beten zusammen ohne Ränke und Zwietracht. Mit Zeichen und Symbolen führe ich sie hin zur Erkenntnis über Leben und Tod. Meine Arme sind Männern von gutem Ruf geöffnet, wenn sie aus eigenem Entschluss zu mir streben.

Ich stelle meine Söhne in die Verantwortung gegenüber Gott, für ihr Vaterland, für ihre Nachbarn und für sich selbst. Sie alle sind frei, und durch kein Dogma gebunden. Diese Freiheit lieben und hüten sie wachsam gegen alle Gefahren. Bis zum Ende ihres Lebens geleite ich die Meinen zu dem Weg, der sie hinüberführt in das Licht des ewigen Ostens.

Ich bin keine politische Partei, keine Kirche und keine selbständige Philosophie. Nur einfache Regel bin ich, nichts weiter als ein Lebensstil – mein Name: Freimaurerei.«

Und damit richtete der Würdige Meister nochmals die vorige Frage an den Novizen: »Wenn es Ihr freier Wille ist, diesem geheimen Bund ehrbarer Männer auf ewig anzugehören, dann vollenden Sie jetzt Ihr Werk mit Nachdenken.«

Cornelius schwieg, denn er war unsicher, was von ihm erwartet wurde. Er kniete auf einem samtenen Kissen vor dem Altar des Tempels der Ehrwürdigen Loge *'Zum Todtenkopfe mit den Drei Fackeln'*. Gebannt blickte er über die aufgeschlagene Bibel hinweg zu der hehren Gestalt im Schatten des Altars. Die drei flackernden Kerzen verbreiteten einen spärlichen Schein und ließen dessen Gesichtszüge nur erahnen, denn der tiefere Raum um den Altar lag im Dunkel verborgen. Die Zeichen seines Amtes zierten den Erhabenen, einen großen goldenen Winkel trug er an einer vielgliedrigen goldenen Kette um den Hals, dazu einen ebenfalls goldenen Zirkel, mit Brillanten besetzt. In der rechten Faust hielt er als Zeichen seiner Macht einen kostbar verzierten Hammer aus Ebenholz und Elfenbein.

Da sprach der Würdige Meister erneut: »Ehrenwerter Novize, Sie knien hier nicht vor Menschen, sondern vor Gott, dem Baumeister aller Welten. Unser Orden stammt aus alter Zeit. Unsere Gesetze und sind überliefert aus dem Brauchtum der Steinmetzgilden des Mittelalters, die Dome und Kathedralen bauten für die Ewigkeit. Unser heiliges Zeichen ist der rechte Winkel, das Symbol der Ordnung. Ferner der Zirkel, das Symbol der Aufrichtigkeit und Rechtschaffenheit. Wir kennen keine Dogmen und sind tolerant gegen jedermann. Ein Versprechen auf Zirkelwort gilt uns wie ein heiliger Schwur. Und so frage ich Sie, Novize: Weshalb sind Sie hier? Wollen Sie einer der Unseren werden und die Tugenden der Freimaurer-Ritter mit allen Ihren Kräften üben?«

»Das will ich«, antwortete der Novize mit fester Stimme, denn er hatte sich inzwischen auf die einstudierten Antworten besonnen.

»Ich muss Sie warnen, Novize! Gar viele unserer Feinde sind ausgezogen, gegen die Freimaurer-Tugenden zu streiten.«

Friedrich der Große

Jetzt wandte sich der erste Aufseher zu dem Novizen: »Unsere Bande reichen um die ganze Welt, bis in alle Staaten, über Berge und Seen, durch Wüsten und Wälder bis ans Ende der Tag- und Nachtgleiche. Getreu folgen wir den Spuren und Bräuchen der christlichen Tempelritter, die uns vorausgegangen sind. Deshalb können nur freie Männer von untadeligem Ruf bei uns Aufnahme finden. Solche Männer nehmen wir auf und lehren sie, die Werkzeuge des Geistes und der Menschlichkeit zu gebrauchen. Indem sie lernen, finden sie den Weg zur eigenen Vollkommenheit, die so schwer zu erreichen ist. Und so frage ich Sie noch einmal, Novize: Wollen Sie einer der Unseren werden und unseren Idealen nachstreben?«

Ja, das will ich«, antwortete der Kandidat mit Entschlossenheit und mit fester Stimme.

Eindringlich sprach hierauf der Würdige Meister: »Befürchten Sie nicht, dass bei uns etwas stattfände, das gegen Gott oder die Religion, gegen das Vaterland oder gegen die guten Sitten steht. Ich versichere Ihnen auf Zirkelwort, dass dies nicht so ist.«

Darauf wandte sich der Zeremonienmeister an den Novizen: »Große Geister unserer hohen Kunst wie Goethe und Mozart, Wissenschaftler wie Sir Alexander Fleming, der das Penicillin erfand, der Astronaut Edwin Aldrin, der den Mond betrat, aber auch hervorragende Repräsentanten ihrer Zeit, wie Friedrich der Große, Voltaire, ebenso Sir Winston Churchill hatten keine Scheu, sich als Freimaurer aufnehmen zu lassen. Auch Charles Lindbergh, der als erster den Atlantik überflog und viele der Gründerväter und Präsidenten der Vereinigten Staaten von Amerika gehörten unserer weltweiten Bruderkette an. Viele Unbekannte und Namenlose sind diesen Großen

vorausgegangen und ihnen gefolgt. Sie alle waren und sind noch heute lebende Bausteine am Tempel der Menschheit.«

»Wenn Sie weiter auf Ihrem Vorsatz beharren wollen«, sprach der Würdige Meister, »in diese ehrwürdige Loge aufgenommen zu werden, so müssen Sie jetzt einwilligen, Ihr Blut mit dem Blut der Brüder zu vermischen!«

Cornelius erschrak bis ins Mark, obwohl er Derartiges geahnt hatte. Vor seinem inneren Auge erstanden Bilder von Kandidaten die, an Händen und Füßen gebunden, freiwillig und mannhaft die Marter der brüderlichen Blutmischung über sich ergehen ließen um schließlich diesem verschwiegenen Bund freier Männer für immer anzugehören. Von Eidesformeln aus alten Zeiten hatte er vernommen, wonach Wortbrüchigen und unehrenhaften Gesellen die Zunge herausgeschnitten, die Gedärme ausgerissen und alles in die Tiefen des Meeres versenkt wurde. Der Kandidat zweifelte nicht, dass dies einst genau so gehandhabt worden war. Aber ebenso sicher war er auch, dass diese verschworene Gemeinschaft noch heute Mittel und Wege kannte, ihre Geheimnisse zu bewahren. Durch seine Gedanken drang die Stimme des Erhabenen zu ihm: »Und so frage ich Sie ein drittes Mal, Novize: Wollen Sie in diesen Weltbund des Zirkels aufgenommen werden?«

»Sind Sie dazu bereit, Novize?« wiederholte drängend aus dem Dunkel hinter ihm ein Anderer mit Ungeduld die Frage des Erhabenen. Cornelius vernahm die gesichtslose Stimme, und er rang stöhnend um eine Antwort. Als sich endlich ein raues Ja aus seiner Brust löste, fühlte er sich nackt und wehrlos. Aber welche andere Wahl bliebe ihm? Eine Weigerung zu diesem Zeitpunkt der Zeremonie und man würde ihn verschwinden lassen, ohne Aufsehen und ohne jede Spur – dessen war er gewiss. Und so vernahm er mit Ergebenheit die gleiche Frage eines anderen

Gewaltigen aus dem Dunkel ein weiteres Mal, laut und eindringlich: »Novize, ich frage Sie zum letzten Mal ob Sie bereit sind!« Cornelius wusste, dies war keine Frage mehr, jetzt war es ein Befehl, und mit dem aufsteigenden Grauen fühlte er seine Sinne schwinden. »Ja«, krächzte er aus trockener Kehle, mit Mühe und mit kaum verständlicher Stimme während dichte Schleier vor seinen Augen tanzten, und »ja«, hauchte er nochmals, nur noch für den Nächststehenden hörbar – er wankte, tastete um sich – griff ins Leere. Und hätten nicht die beiden wachsamen Aufseher zu seiner Rechten und Linken entschlossen zugegriffen – Cornelius wäre ins Nichts gesunken.

Von der lichten Höhe des Altars hernieder ertönte die Stimme des Würdigen Meisters durch das gedämpfte Licht des matt erhellten Tempels: »Der Novize schickt sich an, die Niederungen dieser Welt verlassen. Bruder Bader walten Sie Ihres Amtes und lassen Sie ihn zurückkehren.«

»Es wird sogleich geschehen, Würdiger Meister«, antwortete der Angesprochene, der im Dunkel des Tempels seinen Platz hatte und offenbar ein Arzt war. Er begab sich zu dem Kandidaten, wobei er seinen rechten Arm rechtwinklig gebeugt hielt. In der rechten Faust hielt er das goldene Symbol eines altägyptischen Skalpells als Zeichen seines Amtes. Der Novize lallte Unverständliches als der Bruder Bader dessen Kopf auf das schwarze samtene Kissen vor den Stufen des Altars bettete und den obersten Knopf seines Hemdes öffnete.

Aus dem Lichtraum des östlichen Tempels ertönte die Stimme des Würdigen Meisters: »Der Zeremonienmeister führe die Brüder Paten des Novizen zum Altar des Tempels, damit wir in den Gebräuchen des Alten Rituals fortfahren und die Aufnahme des Novizen vollenden.«

Der Zeremonienmeister gehorchte augenblicklich diesem Befehl und begab sich mit gezogenem Degen zu dem befohlenen Platz. Dann geleitete er die Brüder Paten in den Osten des Tempels, wo beide rechts und links vor dem Altar Aufstellung nahmen. Dabei hielten beide ihre Degen aufgerichtet in der rechten Faust, wobei der rechte Arm im rechten Winkel gebeugt blieb.

»Wir, die Brüder Paten des Kandidaten Cornelius Frey sind zur Stelle, Würdiger Meister«, meldeten beide wie aus einem Munde.

»Brüder Paten, sind Sie bereit für den Novizen Cornelius Frey, Ihr beider unmündiges Mündel, die Gelöbnisse abzulegen, die der Orden von ihm fordert.«

»Wir sind dazu bereit, Würdiger Meister!« antworteten beide, und es klang so, als habe nur einer gesprochen.

»Wird er sich daran ebenso halten, als hätte er selbst diese Gelöbnisse abgegeben?«

»Er wird sich so daran halten, als hätte er es selbst gelobt, Würdiger Meister!«

»Brüder Paten, versichern Sie für den Novizen Cornelius Frey, Ihr beider unmündiges Mündel, dass er zu einer anderen Stunde bereit sein wird, sein Blut mit dem Blut der Brüder zu vermischen?«

»Er wird zu einer anderen Stunde bereit sein, Würdiger
Meister!«

»Brüder Paten, wird er zu jeder anderen Stunde bereit sein,
wann immer wir diese befehlen?«

»Er wird zu jeder anderen Stunde bereit sein, wann immer
ihm dies befohlen wird, Würdiger Meister!«

»Der Erste Aufseher fordere die Brüder auf, sich von ihren
Plätzen zu erheben.«

»Es geschehe, Würdiger Meister«, antwortete der Erste
Aufseher und wandte sich an die Versammelten: »Meine
Brüder und Herren Ritter, treten Sie jetzt in Ordnung!«
Die Versammelten erhoben sich, sie hielten die Degen
aufgerichtet in der rechten Faust, wobei jeder den rechten
Arm im rechten Winkel gebeugt hielt.

Nun befahl der Würdige Meister: »Der Zeremonienmeister
verbinde dem Novizen die Augen, damit er sein inneres
Wesen und die Bedeutung dieser Stunde erkenne!« Dies
geschah mit einer breiten schwarzen Binde, die der
Zeremonienmeister einer Schatulle auf dem Altar

entnommen hatte. Der Kandidat jedoch nahm dies nicht wahr, denn tiefe Finsternis umfing seine Sinne.

Darauf sprach der Würdige Meister: »Meine Brüder, stecken Sie Ihre Degen ein! Der Zeremonienmeister entzünde die Fackel der Wahrhaftigkeit!« Die Anwesenden taten wie ihnen befohlen war, und ein Bruder reichte dem Zeremonienmeister eine Fackel, die dieser an der Kerze der Wahrheit am Altar entzündete. Dies gelang jedoch nicht ohne Schwierigkeit, da die kleine Kerzenflamme an der großen Fackel mehrmals zu erlöschen drohte. Es war der Würdige Meister, der ungeduldig abhelfen musste, bevor beim dritten Mal die Kerzenflamme endlich auf die Fackel übersprang.

»Seht hier meine Brüder das Licht der Wahrhaftigkeit!« meldete der Zeremonienmeister den Brüdern.

»Das Licht der Wahrhaftigkeit«, wiederholten alle Anwesenden einmütig und zogen erneut die Degen. Im Schein der blakenden Fackel hoben sich weitere Schemen ans Licht. Übergroße goldene Symbolzeichen wurden zwischen den hohen Säulen an den Wänden sichtbar. Senkblei, Wasserwaage, Zirkel und Winkel – die wichtigsten Werkzeuge der alten Steinmetzzünfte kündeten in ihrer übertragenen Bedeutung von den Idealen der Freimaurerei. Die Tugenden der Wahrhaftigkeit, der Rechtschaffenheit, der Gesetzestreue und Toleranz hatte der Orden von alters her verteidigt.

»Bekräftigen die Brüder Paten, dass dieses folgende Gelöbnis den Novizen Cornelius Frey, Ihr beider unmündiges Mündel ebenso binden und verpflichten wird, als hätte er es selbst abgelegt?«

»Wir bekräftigen das, Würdiger Meister!« war wiederum die gemeinsame Antwort der Paten.

»Gelobt der Novize Cornelius Frey, Ihr beider unmündiges Mündel, den gegenwärtigen und zukünftigen

Ordensgesetzen allzeit gehorsam zu sein, egal ob ihm diese heute oder in Zukunft geoffenbart werden?«

»Er gelobt dieses, Würdiger Meister!«

»Man entzünde die Fackel der Verschwiegenheit!« befahl der Würdige Meister. Wiederum wurde dem Zeremonienmeister eine Fackel gereicht, die er an der zweiten Kerze, dem Licht der Verschwiegenheit entzündete. Nun war auch der Raum hinter dem Altar in einen flackernden Schein getaucht. Der Thron des Erhabenen war zu erkennen, ein mächtiger Thronsessel, dessen Lehne reiche Schnitzereien und kunstvolle Intarsien zierten. Mannshoch über dem Platz des Erhabenen schwebte wie schwerelos ein goldenes Seil, in dessen Mitte ein merkwürdiger Knoten geschlagen war.

»Seht meine Brüder, hier das Licht der Verschwiegenheit!« meldete der Zeremonienmeister den Versammelten.

»Das Licht der Verschwiegenheit«, wiederholten alle und senkten die Degenspitzen zum Fußboden des Tempels.

»Gelobt der Novize Cornelius Frey, Ihr beider unmündiges Mündel, volle Verschwiegenheit in allen Angelegenheiten des Ordens gegenüber den Außenstehenden und Uneingeweihten?«

»Er gelobt dieses, Würdiger Meister!«

»Gelobt der Novize Cornelius Frey, Ihr beider unmündiges Mündel ferner diese Verschwiegenheit für alle Angelegenheiten des Ordens, gleich welcher Art diese sein mögen?«

»Er gelobt dieses, Würdiger Meister!«

»Gelobt der Novize Cornelius Frey, Ihr beider unmündiges Mündel weiterhin, diese Verschwiegenheit in allen Dingen zu üben, die den Orden betreffen, mögen ihm diese heute oder später bekannt werden?«

»Er gelobt dieses, Würdiger Meister!«

»Man entzünde jetzt die Fackel des Gerichts!« Der Zeremonienmeister entzündete eine weitere Fackel an der dritten Kerze auf dem Altar, dem Licht des Gerichts. Diese Fackel erhielt ihren Platz auf einem erhöhten Kubus aus behauenem Sandstein. Ihr Schein erhellte im Tempel alles was bisher im Dunkel verborgen war. Den Fußboden bedeckte ein schwarzer Teppich mit geheimnisvollen Symbolen. An drei Ecken des Teppichs waren mannshohe Leuchter aufgestellt, deren erster an der vorderen linken Seite den Buchstaben »J« trug. Auch die vordere Säule an der rechten Seite trug offenbar ein geheimes Zeichen, dieses war jedoch durch ein blaues Tuch verdeckt. Die Decke des Tempels erglänzte in tiefem Azurblau, bestrahlt von Tausenden kleiner und größerer Lämpchen und angeordnet wie die Sternbilder des südlichen Nachthimmels. Diese Sternbilder, so würde Cornelius später erfahren, entsprachen der Planetenkonstellation der Zeitenwende, also zur Geburt Jesu Christi, den diese Großloge als ihren Leuchtenden Obermeister angenommen hatte. An den Längsseiten des Symbolteppichs standen die versammelten Brüder nun in drei Reihen, angetan mit dem Schurzfell der Alten Steinmetzen. Einige trugen Orden und Amtszeichen der verschiedensten Art. In den Händen hielten sie die Degen, deren Spitzen noch immer zum Fußboden des Tempels gerichtet waren.

»Seht hier meine Brüder, die Fackel der Prüfung und der Strafe!« ließ sich der Würdige Meister vernehmen, als er in demselben Augenblick die lodernde Flamme der Fackel mit der Klinge seines Schwertes teilte.

»Das Licht des Gerichts erhelle und entdecke die Taten der Treulosen«, riefen die Versammelten mit lauter Stimme und richteten die Degenspitzen auf den Novizen, der reglos am Boden hingestreckt lag.

»Willigt der Novize Cornelius Frey, Ihr beider unmündiges Mündel ein, dass ihm die Zunge ausgeschnitten, der Kopf abgeschlagen, das Herz ausgerissen und sein Körper verbrannt und die Asche in alle Winde zerstreut werde, wenn er sein Gelöbnis auch nur im geringsten brechen sollte?«

»Er steht mit Leib und Leben, auch mit Hab und Gut dafür, Würdiger Meister!«

»Der Zeremonienmeister prüfe, ob der Novize in die sichtbare Welt zurück gekehrt ist!« rief der Würdige Meister und richtete ebenfalls sein Schwert auf den Kandidaten.

Der Zeremonienmeister versetzte dem Novizen auf jede Wange einige leichte Schläge mit der Hand und meldete sodann der erhabenen Versammlung: »Der neue Bruder ist in die sichtbare Welt zurückgekehrt.«

»Der Zeremonienmeister richte den neuen Bruder auf und verhelfe ihm zum Licht der Erkenntnis und Wahrheit!« befahl der Würdige Meister.

Und so geschah es. Nachdem der Novize mit Hilfe der beiden Aufseher aufgerichtet und auf seine Füße gestellt worden war, riss ihm der Zeremonienmeister die schwarze Augenbinde ab. Cornelius blickte, durch die Lichtflut geblendet, in die Spitzen der vielen blanken Degen, die auf ihn gerichtet waren, und eine nie gekannte Verlorenheit ergriff seine aufgewühlte Seele. Doch sogleich richtete der Würdige Meister warme und begütigende Worte an ihn: »Mein Bruder, Sie sind durch Ihr freimütiges Gelöbnis und durch das Gelöbnis Ihrer Paten einer der Unseren und ein Mitglied dieses ehrbaren Licht-Ordens geworden. Erheben Sie also Ihr Herz, mein Bruder! Alle diese Degen, die Sie jetzt auf sich gerichtet sehen, werden Sie nach Ritterart schützen und verteidigen. Ihre Brüder werden Ihnen in jeder Not beistehen, sogar wenn es deren eigenes Leben gilt! Diese Degen werden aber auch die gerechte Strafe an Ihnen vollstrecken, wenn Sie jemals Ihr feierliches Gelöbnis brechen sollten. Es sei so!«

»So sei es!« antworteten die versammelten Brüder wie aus einem Munde und steckten die Degen weg.

Der Würdige wandte sich an den Zeremonienmeister: »Bruder Zeremonienmeister, welche Zeit ist es, zu der wir die Aufnahme unseres neuen Bruders in die Matrikel dieser leuchtenden Loge verzeichnen?«

»Würdiger Meister, die Zeit ist des Ewigen und sie ist unendlich bis der Südwind von unserer Wiederkehr künden wird. An irdischer Zeit dieses Tages messen wir 21 Stunden und drei Minuten.«

Darauf befahl der Würdige Meister: »Bruder Zeremonienmeister, machen Sie unseren neuen Bruder mit dem internationalen freimaurerischen Rettungszeichen bekannt.«

Der Zeremonienmeister wandte sich zu Cornelius: »Mein Bruder! Ich lehre Sie jetzt das freimaurerische Rettungszeichen zu gebrauchen. Merken Sie auf, denn dieses wird Ihnen nur ein einziges Mal gezeigt, und diese Worte werden Ihnen nur ein einziges Mal gesagt werden. Sollten Sie jemals in schwere Not geraten, so falten Sie die Hände über dem Kopf, drehen diese um, sodass die Handrücken auf Ihrem Kopf liegen. Sprechen Sie dann: *‚A moi - à moi - leurs enfants de la veuve de Naphtali!'* (‚zu mir - zu mir - Ihr Kinder der Witwe von Naphtali'). Dann können Sie jeder nur möglichen Hilfe versichert sein, wenn ein Bruder Freimaurer Ihren Notruf hört. Diese brüderliche Hilfe ist Ihnen gewiss, so lange Sie sich bemühen, die Tugenden der Freimauer-Ritter zu üben.«

»Antworten Sie mir, Novize: Welches sind die Tugenden der Freimauer-Ritter?« fragte der Würdige Meister von der Höhe seines Throns herab.

»Die Tugenden der Freimauer-Ritter sind Ehrenhaftigkeit, Rechtschaffenheit und Toleranz«, antwortete Cornelius, der sich dieser Frage erinnerte.

»Geleiten Sie nun unseren neuen Bruder zur Lehrtafel!« forderte der Würdige Meister den Zeremonienmeister auf. »Er werde unterrichtet, mit welchen Zeichen und Worten sich die Brüder des Lichtordens auf der Welt zu erkennen geben.«

Der Novize wurde rückwärts an die Pforte des Tempels geführt. Dort betrat er voll Ehrfurcht einen schwarzen Teppich, der mit verwirrenden weißen Symbolzeichnungen bedeckt war. Cornelius bemühte sich verzweifelt, wenigstens einige der Symbole in seinem Gedächtnis zu bewahren.

4   Deutschlandlied

Gleißendes Licht tauchte den Bankettsaal zur Tafelloge in große Festlichkeit. Prachtvolle, alte Kandelaber von stattlicher Größe ließen Tausende von Sternen blitzen, die durch unzählige geschliffene Kristallprismen den weihevollen Anlass funkelnd beglänzten. Am Kopf der

weißen, mit Blumen geschmückten Tafel hatte der Würdige Meister Platz genommen, er würde die Tafelloge leiten. Zu seiner Rechten hatte der Ober-Zeremonienmeister der Großloge seinen Platz. Zur Linken des Würdigen Meisters durfte der soeben neu aufgenommene Bruder sitzen, dem diese Ehre während seines einjährigen Novizen Standes nur an diesem Tag seiner Aufnahme zuteilwerden konnte. Ein erfahrener Meister war neben dem Novizen platziert, der diesen bei der Tafelloge in den Gebräuchen zu unterweisen hatte.

An den beiden Längsseiten der weiß gedeckten U-förmigen Tafel hatten alle anderen Logenbrüder Platz genommen. Auch Brüder aus befreundeten Logen waren zu dem festlichen Anlass gekommen. Unterschiedliche Schurze, farbige Ordensbänder der höheren Erkenntnisstufen, Schärpen und funkelnde Ehrenzeichen ließen die Vielfalt der hier vertretenen Freimaurerlogen erkennen. Einige der Brüder trugen wie zuvor im Tempel auch bei der Tafelloge den traditionellen hohen Hut, eine Art Zylinder – nach alter Überlieferung das Zeichen freier Männer.

Die Plätze am Ende der beiden Längsseiten der Tafel waren durch den Ersten und Zweiten Aufsehers besetzt.

Deren Aufgabe war es, die rituelle Ordnung zu bewahren und für vorgeschriebenen Ablauf der Tafelloge zu sorgen.

Endlich tat der Würdige Meister mit dem Logenhammer drei harte Schläge auf den Knauf seines Schwertes, und jeder der beiden Aufseher am Ende der Tafel antwortete auf die gleiche Weise. Dann befahl der Würdige Meister: »Meine Herren und Ritter, ehrenwerte Brüder, die Tafelloge möge beginnen. Wir beten: Der große Geist aller Baumeister und Bewahrer unserer königlichen Kunst segne dieses Mahl und lasse uns in christlicher Gesinnung derer gedenken, die Not leiden in der Welt. Amen.«

»So sei es«, bekräftigten einmütig die Versammelten, die sich zum Gebet erhoben hatten.

Der Würdige Meister befahl mit erhobener Stimme: »Der Zeremonienmeister fordere die Brüder auf die Degen zu ziehen! – Die Hymne!«

»Die Degen blank, meine Brüder, Herren und Ritter! – Das Deutschlandlied!«

Die Versammelten traten entlang der Tafel hinter ihre Stühle. Dabei wurden die Degen in der rechten Faust gehalten und nach oben gerichtet, wobei der rechte Arm rechtwinklig gebeugt blieb. Der Zeremonienmeister nahm aus der Brusttasche seines Fracks eine Stimmgabel, schlug diese am Knauf seines Degens an und hielt die kleine Kugel kurz hinter das Ohr gedrückt. Dabei legte er den Kopf etwas in den Nacken, schloss die Augen, spitzte die Lippen und summte den Ton nach, der sich nur für ihn allein hörbar aus der feinen Schwingung der Stimmgabel löste. Aufmerksam lauschten die ihm zunächst Stehenden, als der Zeremonienmeister die ersten Töne mit zunehmender Lautstärke vorsummte. Dann gebot er Aufmerksamkeit, und eine erwartungsvolle Stille trat ein.

Mit fester Stimme intonierte der Zeremonienmeister die ersten Takte, Einigkeit und Recht und Freiheit, drängte es hochgemut aus den Kehlen der Männer, für das deutsche Vaterland – doch schon jetzt war zu erkennen, dass die Hochstimmung der Sänger zum kläglichen Scheitern verurteilt sein würde. Einige waren mit ungünstig hoher Stimmlage in den Gesang eingefallen, und so war mit Sicherheit zu befürchten, dass das erhabene Stück schon zu Beginn scheitern musste.

Nur der Würdige Meister schien den drohenden Missklang nicht zu erkennen. Er versuchte mit Entschlossenheit und Stimmgewalt die Hymne zu erzwingen, doch auch er musste einsehen, dass nur ein neuer Anfang den feierlichen Augenblick retten konnte. Als der Würdige verstummt war befahl der Zeremonienmeister – ersichtlich von Unmut erfasst – erneut Stille und erhob die Arme. Der in seiner Rechten hoch gereckte Degen unterstrich seine Entschlossenheit zu einem neuen, weihevollen Gesang. Nochmals gab er die ersten Töne vor, aber die ihm zugewandten Logenbrüder mochten nicht mit einstimmen, denn die allgemeine Aufmerksamkeit galt keineswegs seinem ordnenden Bemühen. Vielmehr waren aller Augen auf etwas gerichtet, das hinter dem Rücken des Zeremonienmeisters stattfand, und als dieser sich unwillig umwendet, gewahrt er in der weit geöffneten Saaltür eine Gestalt, die dort totenbleich und mit allen Zeichen höllischen Entsetzens wortlos gestikulierend in den Saal wankt. Unter Missachtung aller Regeln des ehrwürdigen Rituals war der Mann hereingestürzt – ohne sich draußen vor der Tür durch das vorgeschriebene freimaurerische Klopfzeichen anzukündigen. Auch die korrekte Bekleidung ließ der Erschienene vermissen. Welche strafwürdige Missachtung der Gebräuche! Alle erkannten ihn, es war der Bruder Ullrich Klausner, der sich offenbar in einem Zustand schrecklicher Auflösung befand.

Der Würdige Meister war jedoch keineswegs gesonnen, dieses gesetzlose Verhalten hinzunehmen und schalt den Schuldigen mit starker Stimme: »Bruder Ullrich Klausner! Ich rüge Ihr unwürdiges Auftreten und mahne Sie zur Ordnung!«

Der so Gescholtene jedoch stammelte Unverständliches, fuchtelte mit hölzernen Armen um sich, einer Marionette gleich, wie von unsichtbaren Fäden bewegt, schwankte er und taumelte schließlich mit flehentlich erhobenen Armen auf den Platz des Würdigen Meisters zu, bis er dort röchelnd vollends in die Knie sank. Jetzt waren aller Augen auf den Würdigen Meister gerichtet, sogar missbilligende Blicke trafen ihn, als er jetzt mit strenger Stimme sprach: »Bruder Zeremonienmeister! Bekleiden Sie den Bruder Klausner mit einem dunklen Gewand und fragen Sie ihn nach seinem Begehr!«

»Würdiger Meister, da es den Anschein hat, als habe sich Außerordentliches ereignet, bitte ich Sie, den Bruder Ullrich Klausner von den Gebräuchen des Rituals zu entbinden.«

»Bruder Zeremonienmeister, ich rüge Ihren Widerspruch. Der Ehrenrat wird Ihnen mitteilen, welche Buße die Ritualordnung für Sie bestimmt.« In diesem Augenblick war der so unbarmherzig Gescholtene vollends zu Boden gesunken, und einige Brüder eilten hinzu, ihm aufzuhelfen. Stoßweise kam sein Schluchzen, mit flackernden Augen in wachsbleichem Gesicht, mit hoch erhobenen Armen schrie der Hilflose jetzt mit überschlagender Stimme: »Er ist tot! Er ist tot! Unten – in den tiefen Gewölben! Er ist ermordet! Ermordet! Hingerichtet! Geschändet!« Dabei brach er wimmernd zusammen, nur noch wortlos stammelnd, wie ein Kind.

Mehrere der Logenbrüder verließen ihre Plätze und stürzten hinaus zu dem Ort, wo sich das Entsetzliche ereignet haben musste. Auch der erste Aufseher und der Ober-Zeremonienmeister folgten ohne Zögern. Allein der Würdige Meister blieb zurück. Er tat einen matten Schlag auf den Knauf seines Degens und verkündete mit hohler, zitternder Stimme: »Meine Brüder! Ich bin gesonnen, den Fortgang der Tafelloge zu unterbrechen! Ich befehle Ihnen die Würde zu bewahren, die uns das Ritual auferlegt.«

Die wenigen im Saal Verbliebenen bemühten sich weiter um den entrückten Bruder Ullrich Klausner, der wie ein verlorenes Bündel reglos in der Mitte des Festsaals lag. Man hatte ihm einen zusammengerollten Frack unter den Nacken gelegt und den steifen Kragen geöffnet, um ihm das Atmen zu erleichtern. Die Frackschöße waren auf dem Boden ausgebreitet, sorgfältig gefaltet und standen wie zwei schwarze Flügel rechts und links von seinen Schultern ab. Jemand benetzte die entblößte Brust des Stöhnenden mit kaltem Wasser.

Auf seinem Platz zusammengesunken saß teilnahmslos der Würdige Meister, und er schien von jeder Lebenskraft verlassen. Aber ihn beachtete niemand.

5   Hingerichtet

In einer kleinen Kapelle im hinteren Teil des Ordenshauses hatten sich die ersten Brüder versammelt. Dort führte eine enge steile Wendeltreppe in die Tiefe, zu einem Ort den nur wenige Eingeweihte betreten durften. Doch jetzt wollten alle in die Gewölbe hinunter steigen, und der Erste Aufseher hatte Mühe, sie davon abzuhalten. Dort waren nur solche Brüder zugelassen, die dem Meistergrad angehörten. Lehrlingen und Gesellen war der Aufenthalt in den tiefen Gewölben streng untersagt.

Doch selbst nach dieser Vorauslese mussten einige Brüder zurückbleiben, da die Enge der untersten Geschosse einen solchen Andrang nicht zuließ. Entschlossen stiegen die wenigen Auserwählten durch den schmalen Abstieg in die Katakomben, drei Etagen tief. Ein jeder suchte das Grauen zu verdrängen, das diesen Gemäuern anhaftete, sogar greifbar schien. Nur Eingeweihte wussten, dass das Haus einst einer Gestapo-Sonderabteilung als Dienstsitz gedient hatte. Die alten massiven Fundamente ließen ahnen von den Gräueln der Vergangenheit. Doch die Männer machten sich bewusst, dass hier nur noch Ritualgegenstände und Akten aus alten Zeiten gelagert wurden – nichts sonst. Trotzdem war auf dem Weg hinunter schon im ersten und zweiten Zwischengeschoss dieser und jener zurück geblieben. Aus gestampftem Lehm war der Fußboden der untersten Kellersohle, und nur wenig mehr als eineinhalb Meter maß der niedrige Gang in der Breite. Um den alten Heizungs- und Wasserrohren unter der Decke auszuweichen musste selbst ein Mensch von kleiner Statur immer wieder den Kopf einziehen. Beleuchtet wurde der finstere Gang durch den trüben Schein alter Wandlampen, deren Staubschicht auf den Glaszylindern nur einen leicht orangefarbenen Lichtschimmer durchließ. »Diese Dinger kosten auf jedem Flohmarkt eine Menge Geld. Man sollte sie im Internet versteigern«, sagte jemand leise. Einige der Brüder sahen kopfschüttelnd nach dem Sprecher und fanden diese Äußerung sehr unpassend.

»Bäääh! Zum Teufel auch«, schimpfte der Erste Aufseher, der dem etwas zögerlichen Ober-Zeremonienmeister um einen halben Schritt voraus war und wischte sich angewidert eine dicke Spinne aus dem Gesicht. An drei schweren Türen zur linken und rechten Seite vorbei erreichte das kleine Grüppchen am Ende des Gangs eine eiserne Pforte. Zwar war sie weit geöffnet, wohl so, wie sie der Bruder Klausner zurück gelassen hatte, hinderte aber trotzdem den Blick in die Tiefe eines dunklen Raumes, obwohl an der Wand auf einem Kerzenhalter eine kleine Flamme blakte. »Wartet mal – das haben wir gleich«, ließ sich eine Stimme vernehmen, dann war das metallische Klacken eines Schalters zu hören – jedoch nichts geschah. Jemand tastete umher, Rascheln von Papier war zu vernehmen, und nach mehrmaligem Schnappen eines Feuerzeugs verbreiteten drei dicke Kerzen den ersehnten, wenn auch spärlichen Lichtschimmer. Allmählich wurden in der Schwärze des Raums die Umrisse von Gegenständen erkennbar.

Eine übermannshohe menschliche Skulptur gewann Konturen, aus grünem Stein, mit ägyptischem Kopftuch, den Zeigefinger der linken Hand vor den geschlossenen Lippen, die pharaonischen Augen ins Nichts gerichtet. Zeigte die Geste des Schweigenden Wirkung? Das Geraune der Männer verstummte, und aller Augen folgten der Richtung, die des Standbilds rechte Hand mit ausgestrecktem Zeigefinger wies – zu einem schwarzen Holzsarg, der im flackernden Kerzenschein erst jetzt zu erkennen war. Der Sargdeckel hatte keine geschlossene Fläche, sondern ein hölzernes Gitter aus kubischen Stäben. Der Zeremonienmeister machte mit fahriger Hand eine Bewegung zu dem Sarg hin, erstarrte aber, noch ehe er den Knauf des Schwertes berührte, das aus dem Sarg aufragte, aus der Brust des darin gebetteten Körpers. Jemand beugte sich mit einer Kerze hinab, und unter dem Holzgitter wurde undeutlich das Gesicht eines Menschen erkennbar. Die gebrochenen Augen waren unnatürlich geweitet, der Mund stand offen. Der Tote, mit einem Smoking bekleidet, trug den rituellen Freimaurer-Schurz, seine Brust zierten mehrere Ehrenzeichen. Der Körper steckte in einer Art Plastiksack, der von der Hüfte abwärts geschlossen war. »Das ist ja Ben! Ben Dietrich!« schluchzte entsetzt einer der Männer, der den Toten erkannt hatte, wich mit einem Aufschrei zurück, hastete durch den schmalen Gang und entkam über die enge Wendeltreppe hinauf zum Licht.

»Nanu?« entrüstete sich einer der Alten und wies Kopf schüttelnd auf Cornelius, dem es überhaupt nicht erlaubt war, hier zu sein. Der Novize, den wohl nur die Neugierde getrieben hatte, brach neben dem Sarg in die Knie und wandte sich ab, mit allen Anzeichen des Grauens gab er würgende Geräusche von sich, erbrach sich in ein steinernes Ritualbecken, laut und ausgiebig, ja – er entleerte sich ungehemmt. Zwei der Brüder richteten ihn mitfühlend auf und geleiteten ihn fürsorglich nach oben,

56

nur bestrebt, diesen schrecklichen Ort schnell hinter sich zu lassen.

6 Die Kommissarin

»Ich kann Ihnen noch einen Kaffee bringen lassen, Frau Kommissarin«, schlug Andreas Funkel besorgt vor.

»Ja, danke – das wäre sehr nett, obwohl ich sonst nach Mitternacht lieber was anderes trinke.«

»Oh bitte, das ist kein Problem. Möchten Sie lieber ein Glas Sekt? Das regt an! Ich denke, dass sich sogar ein Gläschen Champagner auftreiben lässt...«

»Nein, keineswegs – wo denken Sie hin! Dienst ist Dienst und Schnaps ist das Gegenteil davon. Aber zu Kaffee sage ich nicht nein.«

»Aber gern, kommt sofort!« versicherte Andreas Funkel, und schon enteilte ein dienstbarer Geist, der wortlos in der Nähe gestanden hatte.

»Es tut mir leid, Herr Dr. Funkel«, sagte die Kommissarin, »dass ich Sie noch aufhalten muss, aber gerade von Ihnen erhoffe ich mir die eine oder andere wichtige Information bevor ich morgen die Vernehmung der anderen Zeugen fortsetze. Oder würden Sie lieber jetzt nach Hause gehen und morgen zu mir ins Präsidium kommen? Ich könnt' es Ihnen nicht verdenken.«

»Nein, das ist schon in Ordnung«, wehrte der Befragte ab und schüttelte den schwarzen, üppigen Haarschopf. Interessiert betrachtete er die junge Frau durch die dicken Gläser seiner braunen Hornbrille.

»Okay, ich versuchs kurz zu machen. Sie sind Allgemeinmediziner, Dr. Funkel?«

»Nein, ich bin Internist, Frau Kommissarin.«

»Lassen Sie die Kommissarin weg, Doktor!«

»Gerne, Frau Yalmiz – wenn Sie den Doktor weglassen.«

Funkel hatte den Namen von ihrer Visitenkarte abgelesen, Brigitte Yalmiz, und ihn deshalb korrekt ausgesprochen, was die Kommissarin registrierte.

Okay, hier stimmt die Chemie, dachte sie erfreut. »Sagen Sie Herr Funkel, kannten Sie den Toten?«

»Ja, natürlich! Bruder Dietrich – ich meine Benjamin Dietrich – war seit etwa zehn Jahren Mitglied unserer Loge, wenn ich mich nicht irre.«

Die Kommissarin nickte und entschuldigte sich kurz, als sie das bimmelnde Handy aus der Tasche nahm. Sie stand auf und sprach leise mit dem Anrufer während sie zum Fenster am anderen Ende des Bankettsaales ging. Funkel sah ihr mit geschürzter Unterlippe nach, weil er sicher sein konnte nicht beobachtet zu werden. Wenig Busen, aber einen knackigen Hintern, dachte er, und gut durchtrainiert, mein lieber Scholli, und verdammt hübsch! Eine göttliche Mischung aus Prince Harry und Nofretete dachte Funkel, und er betrachtete amüsiert den rebellischen Slip, der sich unter ihrer engen weißen Jeans abzeichnete. Brigitte Yalmiz mochte Ende Dreißig sein, obwohl sie durch ihre zierliche Erscheinung jünger wirkte. Mit den hochhackigen Pumps, dem dunkelblauen Blazer und einem übergroßen bunten Halstuch war sie eine attraktive Erscheinung. Funkel versuchte vergeblich, sich die Kommissarin im Vernehmungsraum eines Untersuchungsgefängnisses vorzustellen. Sie gab sich selbstbewusst, und diesen Eindruck hatte sie schon bei der Begrüßung durch ihren kräftigen Händedruck verstärkt.

Das runde kleine Gesicht verschwand fast in kinnlangen blonden Locken, und die grünen Augen hielten dem Blick ihres Gegenübers gelassen stand. Eigentlich, so überlegte Funkel, passten die kleine Stupsnase und der Schmollmund überhaupt nicht zu der Vorstellung, die man von einer Beamtin der Mordkommission hatte. Der reizvolle Widerspruch zu ihrer etwas puppenhaften Erscheinung war die dunkle, rauchige Stimme, zumal die Kommissarin leise, ja fast gedämpft sprach. Niemand hatte sie jemals mit lauter Stimme sprechen hören, wie Funkel später erfuhr.

Übrigens, so betonte die Kommissarin gelegentlich im vertraulichen Gespräch, sei ihre dunkle Stimme keineswegs Ausdruck eines besonderen Sexappeals. Die verdanke sie lediglich einem unerfahrenen Assistenzarzt, der ihr bei einer Operation eine Sonde falsch intubiert hatte. Dabei seien ihre Stimmbänder in Mitleidenschaft gezogen worden.

»Tut mir leid«, sagte die Kommissarin als sie stirnrunzelnd zum Tisch zurück kam und klappte ihr Handy zusammen, »aber das war unvermeidbar.« Funkel nickte und zuckte dabei leicht mit den Schultern als wolle er sagen, das hätte mir auch passieren können. »Probleme?« fragte er teilnahmsvoll.

»Nein. Nur unser Hauptkommissar Schurigl hatte die Idee, ob wir wegen der ,delikaten Umstände hier' – so drückte er sich aus – unseren Kriminalrat Lodenkamp informieren sollten, der morgen, nein heute, in seinen wohl verdienten Urlaub starten wird. Lästige Internas! Aber zurück zum Thema, ach ja, meine Frage war, ob Sie Herrn Dietrich näher kannten, mit seinen Gewohnheiten vertraut waren. Waren Sie mit ihm befreundet?«

»Näher? – wie man sich eben hier nach zehn langen Jahren kennt. Aber befreundet will ich das nicht nennen.«

»Wissen Sie wie er lebte?«

»Ben? – Hm, soviel ich weiß war er früher verheiratet, aber seine Frau ist schon einige Jahre tot. Danach hat er sich in seinem Haus eingeigelt, wie in einer Festung – könnte man sagen.«

»Lebte er allein?«

»Größtenteils schon, wenn man von seinem Dutzend Katzen mal absieht. Mehr weiß dazu wohl unser Bruder Fritz von Cannenberg.«

»Ein Freund von Benjamin Dietrich?« Den Namen hatte sie schon notiert.

»Ja, gewissermaßen.«

»Kam Herr Dietrich regelmäßig zu diesen wöchentlichen – wie nennen Sie das? – rituellen Zusammenkünften?«

»Tempelarbeiten nennen wir das. Ja, er kam mehr oder weniger regelmäßig, wie andere Logenmitglieder auch. Aber darüber kann unser Logensekretär Auskunft geben – er führt das Anwesenheitsbuch.«

»Das ist« – die Kommissarin blätterte in den Unterlagen, die ihre Mitarbeiter bei der Ermittlung der Personendaten zusammengestellt hatten – »Herr Ullrich Klausner, richtig?«

»Ja, der ist das.«

»Also derselbe, der den toten Benjamin Dietrich entdeckt hat, richtig?«

»Ja, genau der.«

»Sagen Sie, Herr Funkel, wie erklären Sie sich die Umstände des Leichenfunds? Ein Mörder steckt sein Opfer in einen Plastiksack, dann in einen Sarg und dekoriert das Ganze mit einem Degen, den er dem Toten auf die Brust setzt – hat das etwa mit Ihrem Ritual zu tun?«

»Bei uns kommen gewöhnlich keine Leichen vor, auch wenn dieser Sarg im Ritual des Meistergrads eine gewisse Rolle spielt. Aber das ist eine längere Geschichte. Die Details lassen sich in unseren Ritualbüchern nachlesen, die Sie in der Bibliothek finden.«

»Und der Plastiksack?«

»Leichen in Plastiksäcken kommen bei uns nicht vor – nein! Und schon gar nicht in Plastiksäcken, wie sie von der Mordkommission verwendet werden«, fügte Funkel hinzu.

»Aha? Und woher wissen Sie, wie die Plastiksäcke der Mordkommission aussehen, Herr Funkel?«

»Zufall! In meiner Nachbarschaft kam im letzten Jahr ein Mann durch einen elektrischen Stromschlag ums Leben, und die Leiche entdeckte man erst Wochen später. Da hat man einen solchen Plastiksack benutzt, als die Leiche weggeschafft wurde.«

»Ich verstehe. Aber zurück zu Ihrem toten Logenbruder Dietrich. Wann haben Sie ihn zuletzt hier im Ordenshaus gesehen? Lebend, meine ich?«

»Das war gestern – einige Minuten nach der Sitzung des Logenrates – etwa um 15 Uhr. Er kam vom Getränke-Automaten, mit einer Flasche Wasser und einem Schokoriegel in der Hand.«

»Und das wissen Sie genau?«

»Ja, denn wir waren verabredet, hier im Goethe-Saal. Anschließend wollten wir zusammen einen der Tempel für eine Arbeit im 2. Grad einrichten.«

»Er war also nicht bei dieser Veranstaltung, bei dieser Aufnahmezeremonie des neuen Logenbruders zugegen?«

»Bei dieser Tempelarbeit – nein, ohne jeden Zweifel.«

»Und wie lange dauert so etwas – dieses Einrichten eines Tempels? Ich meine – wie viel Zeit hatten Sie eingeplant?«

»Das dauert etwa zwei Stunden. Wir wären also gegen 17 Uhr damit fertig gewesen, ungefähr.«

»Sie sagten, sie *wären*... Das heißt, Sie haben diesen Tempel dann doch nicht gemeinsam eingerichtet?«

»Nein.«

»Und warum nicht?«

»Weil Ben Dietrich einen wichtigen Termin hatte. Er sagte mir, es sei ihm etwas dazwischen gekommen und bat mich, deshalb nicht böse zu sein.«

»Hat er Ihnen gesagt, weshalb er verhindert war?«

»Nein, mit keinem Wort.«

»Welchen Eindruck machte Herr Dietrich auf Sie? Wirkte er verstört, verärgert oder wütend?«

»Nein, das nicht. Bestenfalls wirkte er etwas nachdenklich, etwas abwesend…«

»Würden Sie sagen ‚bedrückt‘?«

»Nein, soweit würde ich nicht gehen.«

»Wer hat Ihnen anstelle von Herrn Dietrich geholfen, diesen Tempelraum einzurichten?«

»Niemand, das habe ich alleine gemacht.«

»Und wie lange haben Sie dazu gebraucht?«

»Etwas weniger als zwei Stunden.«

»Sie hatten zwei Stunden eingeplant, zusammen mit Herrn Dietrich. Hätte dieses Einrichten dann nicht länger dauern müssen, weil Sie das alleine tun mussten?«

»Nein, Frau Kommissarin«, antwortete Funkel spitz. »Wenn man so etwas zusammen tut, dann wird auch geredet, und darüber vergeht Zeit.«

»Wollte Herr Dietrich das Haus verlassen, nachdem Sie sich getrennt haben?«

»Das ist mir nicht bekannt, er hat nichts davon gesagt. Und ich habe ihn nicht gefragt.«

»Ich verstehe. Wann sagten Sie, haben Sie sich von Herrn Dietrich getrennt?«

»Das muss gegen halb vier gewesen sein, ungefähr.«

»Geht das etwas präziser?«

»Nein, leider nicht – ich kann mich beim besten Willen nicht genau erinnern.«

»Was haben Sie danach gemacht – ich meine, bis diese Tempelarbeit begann? Das war doch erst um 19 Uhr, oder irre ich mich?«

»Nein, das richtig. Bis dahin war ich in der Bibliothek – ich habe mich auf einen Vortrag vorbereitet, den ich in der nächsten Woche halten werde.«

»Ah – ein interessanter Vortrag?«

»Ich werde mein Bestes geben«, lächelte Funkel. »Das Thema ist jedenfalls sehr interessant.«

»Ich verstehe. Und welches ist das Thema?«

»Ich spreche über ‚*Die unbekannte Grundurkunde der Freimaurerei*‘ – ein Dokument, das sehr viel Aufmerksamkeit erregt hat.«

»Oh? So etwas gibt es tatsächlich?«

»Ja, das gibt es tatsächlich. Aber – gestatten Sie eine Frage: Brauchen Sie mich noch?«

»Nein, jetzt nicht – außerdem weiß ich, wo ich Sie erreichen kann. Das heißt – eines wüsste ich gerne noch: Was verstehen Sie darunter, einen Tempel einzurichten? Und was bedeutet der 2. Grad? Hört sich an, als hätte das was mit Folter zu tun, was aber sicherlich nicht der Fall sein wird.« Die Kommissarin lächelte verbindlich.

Mich wickelst du nicht ein, dachte Funkel, gab aber bereitwillig Auskunft: »Ganz bestimmt nicht, Frau Yalmiz. Ein Tempel ist zunächst ein leerer Raum – oder besser gesagt, ein fast leerer Raum. Mit dem 1. Grad und dem 2. Grad bezeichnen wir die Erkenntnisstufen der Lehrlinge – also der Novizen – und der Gesellen. Und weil beide Erkenntnisstufen unterschiedliche Erkenntnis-Themen haben, unterscheiden sich auch die Einrichtungsgegenstände eines Einser-Tempels – wie wir sagen – von einem Zweier-Tempel. Aber das geht vermutlich zu weit. Ich glaube nicht, dass das für Sie wichtig ist.«

»Das kann ich jetzt noch nicht sagen, Herr Funkel, aber es schadet sicherlich nicht, drüber etwas zu wissen. Können Sie mir ein Beispiel für die unterschiedliche Ausstattung der beiden Tempel nennen? Ich meine ein Beispiel, das auch eine Frau verstehen kann?« In den Augenwinkeln der Kommissarin blitzte wieder ein kleines Lächeln.

Du bist ein Schalk, aber mit Haaren auf den Zähnen, dachte Funkel als er ernsthaft antwortete: »Die Lehrlingsstufe ist gewissermaßen die Grundschule der Freimaurerei. Dagegen entspricht der Gesellengrad eher der Mittelstufe. Deshalb haben die Gesellen eine andere Lehrtafel als die Lehrlinge.«

»Und das Beispiel?« beharrte die Kommissarin sanft aber bestimmt.

»Nun – auf jeder der beiden Lehrtafeln sind zwei fast identische Säulen abgebildet, so wie Sie diese auch als mannshohe Leuchter oben im Tempel gesehen haben. Auf der linken Säule der Lehrlingstafel befindet sich der Buchstabe J, ein altes Symbolzeichen aus dem Hebräischen. Dagegen trägt die rechte Säule der Lehrlingstafel kein Zeichen. Auf der Gesellentafel trägt die linke Säule ebenfalls den Buchstaben J und die rechte Säule trägt den Buchstaben B – ebenfalls ein altes hebräisches Symbol.«

»Interessant! Habe ich das richtig verstanden, dass zwar der Geselle – in seiner höheren Erkenntnisstufe – die Bedeutung beider Säulen kennt, der Lehrling aber nur die Bedeutung der linken Säule?«

»Genau! Genauso ist es!« Funkel war beeindruckt.

»Dürfen Sie mir etwas zur Bedeutung der beiden Säulen verraten oder ist das geheim? Ich frage jetzt nur aus reiner Neugierde.«

»Aber natürlich, gern!«

»Das ist also keines der freimaurerischen Geheimnisse?«

»Aber nein! Sie können das alles in jedem besseren Lexikon nachlesen, bestimmt aber in jeder großen Bibliothek.«

»Aha! – Und die beiden Säulen, was hat es damit auf sich?«

»Die beiden Säulen entsprechend denselben, die schon in der Bibel erwähnt werden; die standen im Vorhof zur Linken und zur Rechten des Salomonischen Tempels. Die Baumeister des Tempels versammelten die Lehrlinge an der linken Säule – dort wurde ihnen der Lohns ausgezahlt. Die Gesellen dagegen erhielten ihren Arbeitslohn an der rechten Säule.«

»Das ist interessant, aber ich sehe da eine Sicherheitslücke, wenn Sie mir den Hinweis gestatten«, und Brigitte Yalmiz grinste leicht dabei.

»Ich ahne worauf Sie hinaus wollen! Sie denken, dass sich ein Lehrling jederzeit als Geselle ausgeben und sich so den höheren Lohn erschwindeln konnte?«

»Das ist doch offensichtlich – oder nicht?«

»Auch daran hatte der weise Salomo gedacht. Und deshalb hatte er befohlen, dass die Lehrlinge ein anderes Erkennungswort haben sollten als die Gesellen. Und dieses Erkennungswort, die Parole würden wir heute sagen, musste jeder nennen bevor er seinen Lohn in Empfang nehmen konnte.«

»Ja, das ist einleuchtend und klappt vermutlich auch.«

»Ebenso ist das bei uns auch heute noch. Bevor die Brüder in den Tempel eintreten dürfen, werden sie von den beiden Aufsehern oder vom Zeremonienmeister geprüft. Selbst in der Art des Händedrucks bei einer Begrüßung liegt ein Erkennungszeichen, an dem sich übrigens alle Freimaurer in der ganzen Welt erkennen.«

»Warten Sie – alle Freimaurer auf der ganzen Welt haben die gleichen Erkennungszeichen?«

»So ist es – mehr oder weniger!«

»Ich hätte Verständnis dafür, wenn Sie eine Frage nach diesen Erkennungszeichen nicht beantworten…«

»Oh, warum nicht? Wir erkennen die einzelnen Grade beispielsweise auch an der Waffe, dem Degen. Jeder Grad benutzt eine andere Art des Degens, es gibt da gewisse Unterschiede.«

»Und da ist keine Verwechslung, keine vorsätzliche Täuschung möglich?«

»Nicht ohne weiteres. Hier im Ordenshaus werden alle Degen nach einer Tempelarbeit von den Aufsehern in Verwahrung genommen und eingeschlossen.«

»Damit wäre die Art eines Degens also konkret einem bestimmten Personenkreis zuzuordnen!«

»Das stimmt, Frau Yalmiz!«

»Und was könnte ein mutmaßlicher Träger des Degens sein, der den Sarg mit dem Toten zierte? Lehrling oder Geselle?«

»Weder noch, Frau Kommissarin. Das war der Degen eines Meisters.«

Der dienstbare Geist war unhörbar eingetreten und hatte den Kaffee serviert, dazu eine Flasche Wasser und zwei

Gläser. Und schon war er geräuschlos, diskret und offensichtlich ohne jedes Interesse am Gespräch der beiden wieder entschwunden.

»Ach? Davon haben Sie bisher nichts erwähnt! Warum nicht?«

»Wir sprachen bisher nur von den Unterschieden des ersten und des zweiten Grades. Die Meister gehören der dritten Erkenntnisstufe an.«

»Und benutzen deshalb auch eine andere Art von Degen?«

»Ja.«

»Ich bin sicher, dass wir ein gutes Stück weiter kommen, wenn wir die Fingerabdrücke am Degengriff identifiziert haben.«

»Vielleicht – falls Sie daran Fingerabdrücke finden können.«

»Sollte ich damit nicht rechnen?«

»Nein, denn es ist allgemein Brauch, bei unseren Tempelarbeiten Handschuhe zu tragen.«

»Handschuhe?«

»Ja, Handschuhe – weiße Handschuhe.«

»Hm – weiße Handschuhe? Was verbirgt sich dahinter?«

»Damit wollen wir zeigen, dass bei uns jeder reine Hände hat.«

»Oder haben sollte? Aber lassen wir das erstmal! Sie sprachen vom Degen als einer Erkennungsart. Aber es laufen doch nicht alle Ihre Brüder ständig mit Degen umher – es muss also andere Erkennungsarten geben, die sich auch außerhalb dieses Hauses als praktikabel erweisen – oder wie ist das?«

»Das ist von Fall zu Fall verschieden, ich meine – also...«

»Herr Funkel – ich vermute, dass wir jetzt an einem Punkt angelangt sind, der Sie zur Verschwiegenheit verpflichtet – stimmts?«

»Das ist richtig, Frau Kommissarin.«

»Okay, aber eine wichtige Frage hätte ich doch noch. Sagen Sie mal...«

Noch bevor die Kommissarin ihre Frage aussprechen konnte, eilte ein Bruder mit fliegenden Schritten und gestikulierend durch den Saal heran und rief: »Bruder Bader – wir brauchen dich! Sofort! Schnell zum Würdigen Meister, sein Herz! Er sieht schrecklich aus! Nur schnell, schnell...! Der Notarzt ist schon unterwegs!« Funkel sprang auf, entschuldigte sich bei der Kommissarin und versicherte als er mit dem anderen davoneilte, er stehe selbstverständlich jederzeit zur Verfügung.

Sie nickte nachdenklich, vermerkte dann *'Bruder Bader?'* in ihrem Notizbuch und *'Unterbrechung durch Mitglied des Hauses, 00.50 Uhr.'* Dann blätterte sie lustlos in den Notizen hin und her, überlegte kurz und beschloss die nächtliche Aktion zu beenden. Als sie aufsah stand ein ebenfalls schwarz gekleideter Mensch in ihrer Nähe, der wohl nur darauf gewartet hatte von ihr bemerkt zu werden.

»Ach, sind Sie nicht Herr ..., Augenblick bitte, stimmt, Sie sind Herr Artman!« sagte die Kommissarin. Dabei zielte sie mit dem Zeigefinger auf seine Brust als wäre er ein Revolver.

»Ich gestehe es, Frau Kommissarin«, sagte der Angesprochene und trat lachend näher. »Aber ich bin völlig unbewaffnet!«

Die Kommissarin war amüsiert. Gute Augen, erkennt sie, stahlblau und kritisch, intelligente Stirn, Vollglatze, nicht mein Typ – ein willensstarker sinnlicher Mund, große starke Hände, er scheint gut durchtrainiert, offenbar nicht unsportlich, aber weniger als einsachtzig – hm, Alter um fünfzig – eher etwas mehr als etwas weniger – hmhm. Na und, dachte sie etwas unwirsch, er sieht aus wie jeder andere Zeuge – oder jeder andere Verdächtige.

»..der Journalist«, stellte die Kommissarin fest.

»Ich gestehe auch das, Frau Yalmiz.«

Namen kann er auch behalten, bemerkte sie bei sich, aber das ist schließlich sein Beruf.

Sie ist pfiffig, resolut – und viel zu hübsch für eine Polizistin, registrierte Frank. Diese Grübchen in den Wangen wenn sie lacht, und manchmal eine strenge Falte über der kleinen Stupsnase ...

Außerdem ist er frech, und respektlos auch, dachte die Kommissarin.

»Warum wird Herr Funkel hier Bruder Bader genannt?« wollte sie wissen.

»Andreas Funkel ist Mediziner, und Ärzte wurden zur Zeit der mittelalterlichen Steinmetzzünfte als Bader bezeichnet. Oder auch Barbier-Chirurg. Und da wir uns als Freimaurer aus jener Zeit herleiten, ist *'Bader'* sein standesgemäßer Ritualtitel.«

»Sie scheinen hier zu den Leuten zu gehören, die alles wissen«, stichelte die Kommissarin, und in dieser Feststellung lag eine unüberhörbare Frage.

»Alles nicht, aber vieles.«

»Das meiste?«

»Vermutlich das meiste.«

»Also Herrschaftswissen?«

»Dieser Ausdruck ist mir neu, aber wenn Sie das so sehen...«

»Tu ich. Und warum wissen Sie so viel über diesen...« –
die Kommissarin zögerte.

Jetzt fehlt nur noch, dass Sie *'Laden'* sagt, dachte Frank.

».. über diesen Zirkel?«

Frank unterdrückte ein Grinsen. »Ich bin lange genug
dabei, Frau Kommissarin«, antwortete er.

»Und wie kommt man zu Ihnen – ich meine, wie wird man
hier Mitglied? Kommt man hier her und unterschreibt ein
Beitrittsgesuch?«

»So einfach ist das nicht«, sagte Frank lächelnd.

»Sondern?«

»Die meisten werden von irgendjemand empfohlen...«

».. der hier Mitglied ist?«

»Hier oder irgendwo auf der Welt.«

»Irgendwo auf der Welt, sagen Sie?«

»Ja.«

»Hm, beachtlich – und dann?«

»Wer bei uns Mitglied werden will, hat sich vorher schon
über die Ursprünge und Ziele der freimaurerischen Idee
informiert. Trotzdem wird jeder Interessierte, jeder
Suchende – wie wir sagen...«

».. wieso jeder Suchende? Was suchen diese Leute, die bei
Ihnen aufgenommen werden wollen?«

»Wir bezeichnen sie als Suchende, weil sie das Licht der
Wahrheit und der wahren Brüderlichkeit suchen –
jedenfalls hoffen wir das!«

»Was könnte man sonst bei Ihnen finden?«

»Manch einer kommt zu uns, weil er sich keine inneren,
sondern äußere Werte erhofft...«

»Sie meinen geschäftliche Vorteile?«

»Das kommt vor. Leider immer öfter.«

»Was kommt vor? Dass jemand bei Ihnen geschäftliche Vorteile nicht nur sucht, sondern auch findet?«

»Beides. Es gibt leider immer mehr Suchende, die nicht wegen der freimaurerischen Ideale, sondern nur anderer Vorteile wegen bei uns aufgenommen werden wollen.«

»Wollen? Oder auch aufgenommen werden?« setzte Brigitte Yalmiz nach.

»Und auch aufgenommen werden, schließlich können wir keine Gedanken lesen.«

»Ich verstehe – aber wird nicht auch umgekehrt ein Schuh draus?«

»Wie meinen Sie das?« fragte Frank, obwohl er ahnte worauf sie hinaus wollte.

»Ganz einfach, lieber Herr Artman« (nett sagt sie das, dachte er) – »ebenso wie manche Suchende mit gewissen konkreten Vorstellungen zu Ihnen kommen, gibt es doch bestimmt auch in Ihrem Kreis solche Mitglieder, die genau auf solche Suchende warten – oder nicht?«

»Wie kommen Sie denn darauf?« Frank war nun doch überrascht.

»Warum nicht? Ist diese Idee denn so abwegig? Wenn ein Logenbruder innerhalb Ihres …Zirkels an bestimmten Geschäften interessiert ist, dann ist er doch wohl auf andere Logenbrüder angewiesen, die gleiche Absichten haben oder im Dunstkreis derartiger Geschäfte zuhause sind, richtig?«

»Das stimmt«, musste Frank zugeben.

»Natürlich! Und da sich Ihre Gemeinschaft auch nicht von selbst ... sagen wir mal ‚runderneuert' – schadet es nicht, wenn die passenden Mitglieder von außen kommen. Auch richtig?«

»Ich kann Ihnen nicht widersprechen.«

»Schön, daraus ergibt sich die nächste Frage: Wie können Sie überhaupt erkennen, wer mit – wie sagten Sie? ‚edlen‘ Absichten kommt und wer lediglich an profitabler – wie nennen Sie das? – Geschäftsmaurerei? ... interessiert ist?«

»Wir versuchen das zu verhindern, indem wir nur Leute in den Orden aufnehmen, die von anderen Freimaurern guten Rufes empfohlen werden.«

»Und – eine solche Empfehlung reicht aus um aufgenommen zu werden?«

»Keineswegs! Jeder Suchende braucht zwei Freimaurer als Bürgen oder Paten, sonst klappt das mit der Aufnahme nicht.«

»Keine andere Möglichkeit?«

»Nein, Frau Kommissarin. Eine Ausnahme gibts allerdings: Wenn mein Sohn hier aufgenommen werden wollte, dann brauchte der natürlich keine Bürgen.«

»Natürlich nicht, Herr Artman, ich verstehe. Wenn aber mein Sohn, als Abkömmling einer redlichen preußischen Beamtin interessiert wäre, dann gäbe es diese Ausnahme sicherlich nicht, richtig?«

»Richtig, das ist so.«

»Aber mit den beiden Bürgen wären dann alle Voraussetzungen erfüllt?«

»Noch nicht ganz. Dann bleibt als letzte Hürde noch die Kugelung.«

»Kugelung? Was ist das?«

»Das ist eine geheime Abstimmung; daran nehmen alle Brüder der jeweiligen Loge teil.«

»Bedeutet das, dass alle Logenmitglieder entscheiden ob ein Suchender aufgenommen werden darf?«

»So ist es. Und wie gesagt – in geheimer Abstimmung!«

»Sagen Sie mal, halten Sie ein solch antiquiertes Verfahren nicht für reichlich aufwändig, nur um ein neues Mitglied aufzunehmen?«

»Ich glaube, dass die Bedeutung einer Aufnahme bei uns diese Art der Entscheidung rechtfertigt. Wir sind immerhin ein elitärer Kreis!«

»Ach wissen Sie, bester Herr Artman, nach meiner Erfahrung ist ‚elitär‘ irgendwie auch immer kriminell.«

Frank schluckte und sah die Kommissarin wortlos an.

»Nochmal zu Ihrem elitären Auswahlverfahren: Wie geht das vor sich, eine Kugelung? Oder dürfen Sie darüber nichts erzählen?«

»Doch, aber nur wenn Sie Verschwiegenheit geloben«, grinste Frank, etwas verunsichert. »Also, zu einer Kugelung kommen alle Logenbrüder zusammen. Zuerst wird der Lebenslauf des Suchenden vorgelesen. Dann berichten die beiden Bürgen oder Paten, wie sie auch genannt werden, über ihre Einschätzung des Suchenden.«

»Die anwesenden Logenmitglieder kennen den Suchenden aber nicht, oder?«

»Oh doch! Die meisten Brüder kennen den Suchenden schon recht gut von den Gästeabenden, denn vom ersten Kontakt bis zu seiner Aufnahme vergehen Monate, manchmal mehr als ein Jahr.«

»Ich verstehe, bitte weiter!«

»Dann gehen der erste und der Zweite Aufseher herum, jeder mit einem kleinen schwarzen Ledersack. In dem ersten Ledersack sind schwarze Würfel und weiße Kugeln.

Der zweite Ledersack ist leer. Jeder der Brüder nimmt aus dem ersten Ledersack entweder eine weiße Kugel – Weiß bedeutet ein Ja – oder einen schwarzen Würfel – Schwarz wäre ein Nein. Man ertastet im Sack eine Kugel oder einen Würfel, nimmt diese in der geschlossenen Faust heraus, so bleibt die Wahl geheim. Dann legt man das Stück in den leeren Sack.«

»Ah, ich verstehe – wenn zuletzt mehr weiße Kugeln als schwarze Würfel in dem zweiten Sack liegen, dann gilt der Interessent...«

»...der Suchende!«

»…okay – der Suchende als akzeptiert?«

»Nein, nein! Keineswegs! Es dürfen nur weiße Kugeln in dem zweiten Sack sein. Das heißt also: Alle Brüder müssen der Aufnahme zugestimmt haben.«

»Nur weiße Kugeln? Also keine Gegenstimme, keine Enthaltungen?«

»Enthaltungen sind nicht möglich. Aber es kommt schon mal vor, dass sich ein schwarzer Würfel unter den weißen Kugeln befindet. Wenn dies irrtümlich geschehen ist, dann erklärt der betreffende Bruder seinen Irrtum und die Sache ist erledigt. Wenn sich jedoch zu dem schwarzen Würfel niemand meldet, dann fordert der Würdige Meister den betreffenden Bruder auf, ihm innerhalb drei Tagen seinen Vorbehalt gegen den Suchenden zu begründen.«

»Das ist richtig spannend – und was geschieht dann?«

»Wenn sich der betreffende Bruder nicht meldet, dann muss die Kugelung wiederholt werden. Wenn dieser Bruder jedoch dem Würdigen Meister seinen Vorbehalt gegen den Suchenden erläutert und der Würdige Meister schließt sich diesem Vorbehalt an, dann ist der Suchende abgelehnt und...«

»Abgelehnt? Für wie lange?«

»Für immer.«

»Interessant«, sagte sie und schrieb etwas auf. »Nehmen wir mal an, der zunächst abgelehnte – wie sagen Sie – Suchende…?«

»Ja, der Suchende…«

»… wird nach der ersten Ablehnung dann doch aufgenommen, erfährt aber später, dass ihn jemand abgelehnt hat – führt das nicht zu Spannungen, wenn nicht sogar zu Feindschaften in dieser brüderlichen Gemeinschaft?«

»Von dieser Ablehnung erfährt der später Aufgenommene nichts, denn alles was bei der Kugelung vorgebracht und erörtert wird, ist streng geheim …«

»… wie so vieles hier«, lachte die Kommissarin. »Aber ich habe noch nie erlebt, dass etwas streng Geheimes auf die Dauer auch tatsächlich geheim bleibt – Sie vielleicht? Undichte Stellen gibts überall.«

»Sie mögen recht haben – im Allgemeinen, aber bei uns liegen diese Dinge doch etwas anders.«

»Sie meinen, durch die sehr strengen – um nicht zu sagen martialischen Gelübde, die jeder Logenbruder vor seiner Aufnahme ablegen muss?«

»Woher wissen Sie…?«

»Lieber Herr Artman, ich habe heute Abend – oder vielmehr gestern Abend«, setzte Sie mit einem schnellen Blick auf ihre Armbanduhr hinzu, »mit einigen Ihrer Zunftgenossen hier gesprochen. Wenn sich jemand unter Druck fühlt, dazu gehört auch Zeitdruck weil jemand endlich ins Bett will, dann erfahre ich sogar Dinge, die unter normalen Umständen niemand so schnell heraus lässt.«

»In gewisser Weise stimmt das schon – was die Gelübde angeht, meine ich.«

».. und sicherlich auch, was die undichten Stellen angeht. Alles andere wäre gegen jede Lebenserfahrung, oder wie sehen Sie das?«

»Natürlich kann man das nie ausschließen.«

»Kommt das oft vor, dass ein Suchender zunächst abgelehnt wird – meine ich?«

»Hin und wieder.«

»Und in letzter Zeit?«

»Ich war nicht bei jeder Kugelung zugegen. Ist das für Sie wichtig?«

»Das kann ich erst dann beurteilen wenn ich weiß, wer wen abgelehnt hat. In den letzten Monaten beispielsweise?«

»Die Antwort auf diese Frage werden Sie nirgendwo finden.«

»Das zu glauben fällt mir schwer. Da gibt es doch sicherlich irgendein Geheimprotokoll, in dem diese Vorgänge dokumentiert werden.«

Die Kommissarin beugte sich zu Frank hinüber, legte leicht ihre Hand auf seinen Arm (schöne Hände hat sie, dachte er) und sagte: »Und wenn Sie einfach versuchen sich zu erinnern? Wenn Sie dadurch mithelfen könnten, das Verfahren entscheidend abkürzen? Es kann Ihnen doch nicht gleichgültig sein, wenn hier jemand Ihre Freunde exekutiert?«

»Freunde sagen Sie? Einen Freund!«

»Bis jetzt!«

»Was wollen Sie damit sagen?«

»Und wenn es bei diesem Einzelfall nicht bleiben sollte?«

»Wie kommen Sie denn auf diese Idee?«

»Hören Sie mal! Da wird jemand umgebracht und anschließend mit einem Degen dekoriert, der sich wohl kaum als die Tatwaffe erweisen wird – könnte das nicht die Tat eines ... gestörten Zeitgenossen sein? Oder eines übermotivierten Logenbruders? Jemand der glaubt, Zeichen setzen zu müssen? Wollen Sie abwarten bis dieser Jemand weitere Zeichen setzt?«

Es war Frank nicht anzusehen, dass er diesen Gedanken selbst schon in Betracht gezogen hatte. Auch dass hier verborgene Strömungen an die Oberfläche drängten, war nicht von der Hand zu weisen. Zwar hatten die Anzeichen von Rivalitäten innerhalb des Lichtordens zugenommen, aber einen Mord hätte er niemals für möglich gehalten. Natürlich konnte diese Tat das Werk eines gestörten Zeitgenossen sein, wie sich die Kommissarin ausgedrückt hatte. Was aber, wenn es hier um handfeste Interessen ging – vielleicht sogar im Zusammenhang mit der Wahl des neuen Großmeisters. Mit diesem Amt war eine Machtfülle verbunden, die für manchen auch einen hohen Einsatz lohnend erscheinen lassen mochte – aber Mord? Frank glaubte eher an einen Unfall, der hinterher durch diese lächerliche Degendekoration kaschiert werden sollte, aber ein brutaler Mord? Der Gedanke schien ihm absurd, ungeheuerlich!

»Übrigens«, sagte die Kommissarin, »noch eine Frage zu diesem abgelehnten Suchenden: Könnte so jemand nicht einfach bei einer anderen Loge die Aufnahme beantragen?«

»Natürlich könnte er das – aber ohne jeden Erfolg.«

»Und wieso das – Ihrer Meinung nach?«

»Weil alle anderen Logen von dieser Ablehnung informiert werden.«

»Alle anderen Logen? In Deutschland?«

»Alle! Weltweit!«

»Wirklich alle anderen Logen? Geht das überhaupt?«

»Warum nicht? Im Zeitalter des Internet!«

»Das sind strenge Sitten und Gebräuche.«

»Stimmt«, sagte Frank und lachte.

»Aber sagen Sie mal – als Frau könnte ich trotz reinster ideeller Absichten bei Ihnen nicht aufgenommen werden, oder bin ich da falsch informiert?«

»Das stimmt – wir sind eine reine Männergesellschaft.«

»Und warum das? Das verstößt doch gegen alle Ihre Prinzipien der Aufklärung, obwohl man bei Ihnen nicht müde wird, die Gleichheit und Gleichberechtigung aller Menschen zu betonen.«

»Das ist nun mal so, punktum!« Frank wirkte jetzt leicht genervt. »Eine ausführliche Begründung dazu können Sie in der entsprechenden Literatur finden – oder in jeder Suchmaschine«, setzte Frank lachend hinzu und schielte diskret nach der Uhr.

»Ich operiere hier offensichtlich auf feindlichem Terrain, wie im Mittelalter«, feixte die Kommissarin.

»Stimmt«, lachte Frank. Ich will jetzt endlich nach Hause, dachte er, dieser Artikel an die Redaktion muss unbedingt noch per Email raus, sonst gibts riesigen Zoff!

»Apropos Mittelalter«, warf die Kommissarin ein, »deshalb auch der mittelalterliche Galgen unten im Keller? Für Verräter vermutlich?«

Frank entgeht nicht der ironische Unterton in der Stimme der Kommissarin. »Dieses Teil im Keller ist kein mittelalterlicher Galgen, sondern nur ein Hebelarm, so etwas wie ein Baukran, ein Symbol aus der Zeit des salomonischen Tempelbaus, vor mehr als zweitausend Jahren. Aber den können Sie dort nicht gesehen haben, – jedenfalls nicht in dem Raum wo Benjamin Dietrichs Leiche lag.«

»Lieber Herr Artman, was ich gesehen habe, das hab ich gesehen. Wir können gern die Digicam meines jungen Kollegen Assauer zu Rate ziehen, der hat vermutlich jedes Detail im Keller doppelt und dreifach fotografiert.«

»Scheint ein gründliches Kerlchen zu sein, der junge Mann.«

»Leider auch sehr diskussionsfreudig. Manchmal bis zum Abwinken diskussionsfreudig!«

»Was heißt denn *diskussionsfreudig*?«

»Ich könnte auch *rechthaberisch* sagen. Außerdem schreibt er sich alles auf, jede Kleinigkeit und sogar in Spiegelschrift, damit keiner seine Notizen liest!«

»So ein Unikum gibts bei uns auch«, lachte Frank, »ein totaler Leonardo da Vinci-Fan! Der ist überzeugt, dass die Menschheit schon seit hundert Jahren auf dem Mars siedeln würde, wenn Leonardo länger unter uns gelebt hätte.«

»Stimmt, Leonardo da Vinci schrieb Spiegelschrift, das hab ich schon mal gewusst.«

»Zur Nachahmung vermutlich nicht zu empfehlen. Außerdem können Leute, die Spiegelschrift schreiben, schwierige Zeitgenossen sein. Besonders solche, die linkshändig schreiben – hat mir mal ein Psychologe verraten!«

»Kann ich mir gut vorstellen. Aber mit unserem Assi werden wir wohl leben müssen. Immerhin hat er eine brillante Beobachtungsgabe – um auf die Kernfrage Baukran oder Galgen zurück zu kommen.«

»In der untersten Kelleretage? Das wäre mir aber neu. Es sei denn, da hat mal wieder einer die Hausordnung missachtet. Den Baukran gibts zwar, aber der gehört zu den Requisiten der Ritterkommandeure, und die werden zwei Kelleretagen höher verwahrt.«

»Ritterkommandeure?«

»Unsere Ritterkommandeure verkörpern die edle Gesinnung des Lichtordens. Es heißt, sie sollen die Hüter und Bewahrer der freimaurerischen Ideale sein.«

»Und was haben Ihre Ritterkommandeure mit dem Bauhandwerk zu tun?«

»Zur Zeit der Kreuzzüge hatten diese Leute den Auftrag, in Jerusalem den zerstörten Tempel wieder aufzubauen. Oder auch die christlichen Bauleute im Heiligen Land zu beschützen.«

»Das kann aber heute bei der Lage im Nahen Osten Ihre aktuelle Zielsetzung nicht mehr sein – oder irre ich mich?«

»Nein – von jeglicher Politik halten wir uns völlig fern! Der Orden strebt danach, einen Tempel der Menschlichkeit zu errichten, weil Moral kein Gebot, sondern eine Lebensform sein sollte. Das steht so in unseren ‚Alten Pflichten‘, die in London bereits 1723 niedergeschrieben wurden.«

»Aha«, sagte die Kommissarin nur beiläufig interessiert, denn sie hatte inzwischen die Digicam eingeschaltet. Eine grüne Leuchtdiode signalisierte die korrekte Funktion – aber das Display blieb schwarz, und es erschien kein einziges Bild.

»Verstehen Sie was davon?« fragte sie und drehte die Kamera unentschlossen hin und her.

Frank nahm ihr die Kamera aus der Hand und stellte schnell fest, dass sie keine Speicherkarte enthielt. »Nichts zu machen«, grinste er, »ohne Film kein Bild. Aber wir könnten in den Keller gehen, damit Sie sich vor Ort überzeugen. Ich hab einen Schlüssel.«

»Der würde Ihnen nichts nützen, weil meine Kollegen die geheimnisvollen Räume versiegelt haben – das wäre jetzt alles zu viel Aufwand«, sagte sie und sah auf die Uhr.

»Das ist wahr«, pflichtete Frank bei. Er dachte an seinen brandeiligen Redaktionsbericht und entspannte seinen Nacken.

»Typisch Assauer«, sagte die Kommissarin, »zwar immer bemüht, der junge Mann, aber manchmal auch sehr schusselig!«

»Schusselig? In diesem Job? Das kann sicherlich nervig sein.«

»Es ist zum Aushalten. Ich teile mir den Assi mit Hauptkommissar Schurigl. So hat jeder was von ihm«, lachte die Kommissarin.

»Geteiltes Leid ist halbes Leid?«

»So ungefähr. Aber vermutlich werden morgen früh sämtliche Tatortfotos fein säuberlich nummeriert und kommentiert auf meinem Schreibtisch liegen.«

»Never change a winning team«, sagte Frank artig. Die Kommissarin zog es vor, darauf nicht zu antworten.

»Ach, bevor ich das vergesse: Sie wissen doch sicherlich welchen Beruf Herr Dietrich hatte«, wollte die Kommissarin wissen.

»Benjamin Dietrich war Privatdetektiv.«

»Soso, Privatdetektiv?« Einen Augenblick wirkte sie etwas irritiert. »War Herr Dietrich beliebt? Oder hatte er vielleicht Feinde, was in diesen heiligen Hallen eigentlich nicht möglich sein sollte – oder irre ich mich?«

Und wieder dieses hintergründige Lächeln, dachte Frank, aber es steht ihr gut! »Feinde? Nicht dass ich wüsste. Jedenfalls nicht in dieser krassen Form.«

»Also nur weniger krasse Feindschaften? Was muss ich mir denn darunter vorstellen?«

»Sehen Sie, in seinem Beruf kam er schnell in die Lage, jemand auf die Zehen zu treten. Daraus muss nicht unbedingt Feindschaft entstehen, aber vielleicht Distanz – oder Misstrauen.«

»Wissen Sie was Herr Dietrich aktuell recherchierte?«

»Ich hab keine Ahnung. Er war nie sehr gesprächig, und schon gar nicht was seinen Job betraf. Genau genommen war er schweigsam wie eine Auster. Allerdings – die Geschichte der Sorben hat er in letzter Zeit häufiger erwähnt; die muss ihn sehr beschäftigt haben.«

»Wissen Sie Näheres?« Die Kommissarin war nur wenig interessiert.

»Da wurden an einer Baustelle in Berlin die Fundamente einer slawischen Siedlung gefunden, vermutlich aus dem 8. Jahrhundert...«

»Das dürfte damit kaum etwas zu tun haben, vermute ich!« Brigitte Yalmiz überlegte, ob der tote Späher hier etwas Bestimmtes gesucht oder gar schon entdeckt haben könnte, das irgendjemand nur einen Mord als Ausweg ließ. Vielleicht hatte der tote Bruder Dietrich eine Entdeckung gemacht, die für ihn tödlich enden musste, dachte sie und spürte, wie die Anspannung von ihr abfiel. Sie fühlte sich matt und ausgebrannt, nicht nur der vorgeschrittenen Stunde wegen. Sie kannte dieses scheußliche Gefühl, wie es einem Menschen in einem undurchdringlichen Dschungel befallen mochte. Kein Wunder, in einem Umfeld wie diesem, wo nichts so war, wie es schien. Wo sich die Wahrheit nicht nur hinter den üblichen Verschleierungsversuchen des oder der möglichen Täter verbarg. Wo man in eine völlig neue Welt eintauchen musste, die man vermutlich nie durchschauen würde. Vielleicht kann ich bei den Kollegen im Interpol-Chat jemanden finden, dem diese Gesellschaft kein Buch mit sieben Siegeln ist. Schließlich ist das hier eine moralisch gefestigte Gruppe – jedenfalls den erklärten Zielen nach zu urteilen – und warum sollte es nicht einen Kollegen geben, der sich für diese Ideen hatte begeistern lassen. Und trotzdem, sinnierte sie, das Ganze erscheint mir wie die Innenansicht einer Kraft, die zwar das Gute will und doch Böses schafft.

»Der Tag war lang genug! Ich glaube es wird Zeit für Feierabend – oder besser Feiermorgen«, sagte sie knapp und sortierte ihre Notizen.

»Feierabend am frühen Morgen! Das kann doch nur ein guter Tag werden, was soll da noch schief gehen?«

Die Kommissarin antwortete nicht.

»Sind Sie motorisiert oder kann ich Sie irgendwo absetzen«, wollte Frank wissen. »Sie sehen müde aus.«

»Ja, ich bin jetzt ziemlich fertig. Eigentlich wollte ich mir ein Taxi rufen, aber vielleicht sind motorisierte Kollegen in der Nähe.«

»Ich kann Sie gerne mitnehmen, Frau Yalmiz, wohin solls denn gehen?«

»Wenn Sie Richtung City West fahren, dann können Sie mich irgendwo am Zoo absetzen, oder auch am Hansaplatz – falls das Ihre Strecke ist.«

»Kein Problem! Hansaplatz passt prima! Wo denn da genau?«

»Wäre Händelallee okay?«

»Warum nicht, da komme ich sowieso vorbei. Wenn Sie so weit sind kanns losgehen.«

»Bin gleich soweit. Ach übrigens, eh' ich das vergesse – wo waren Sie vorgestern Abend zwischen zwanzig Uhr und Mitternacht?«

»Ich? Vorgestern?« fragte Frank irritiert.

»Ja, Sie, genau! Nun?«

»Da war ich zuhause – beim Schachspielen.«

»Den ganzen Abend?«

»Den ganzen Abend!«

»Was Ihr Schachpartner zweifellos bestätigen wird?«

»Zweifellos, vorausgesetzt Sie bringen meinen Schachcomputer zum Reden. Wenn nicht, dann müssen Sie mit dem Spielprotokoll der letzten Partie vorlieb nehmen, das ich Ihnen aber gern ausdrucke«, grinste Frank.

»Leute, die um diese Stunde noch witzig sind, halte ich grundsätzlich für verdächtig.« sagte Brigitte Yalmiz. Das sollte mürrisch klingen, aber sie lachte, als sie sein verblüfftes Gesicht sah.

»Darf ich fragen warum Sie sich für meinen Zeitvertreib vorgestern Abend interessierten? Der Mord geschah gestern Abend, und vorgestern dürfte da doch nicht von Bedeutung sein, oder?«

»Mein erfahrener Kollege Schurigl vertritt die Theorie, dass jede Tat eine Vorgeschichte hat, und dass der entscheidende Auslöser zeitlich oft unmittelbar damit zusammenhängt. Ich kanns nun mal nicht bleiben lassen, das gelegentlich zu checken«, lachte sie und sah ihn schräg von der Seite an während sie ihre Unterlagen in dem weißen Armani Lederrucksack verstaute. Neugierig sah Frank zu, wie sie mit spitzen Fingern zuoberst im Rucksack vorsichtig ein kleines Päckchen verstaute, das mit mehreren Papierservietten umwickelt war.

»Was ist denn das für eine Reliquie?« lachte er.

»Das ist die Glühbirne aus der Leichenhalle, da unten im Gewölbe«, antwortete sie sarkastisch. »Ich hatte keine Plastiktüte mehr.«

»Und was ist daran Besonderes?«

»Unsere Leute, die als erste im Keller waren, sagten, der Raum sei finster gewesen weil das Licht nicht funktioniert habe. Was vielleicht daran lag, dass die Glühbirne in der Deckenlampe fast völlig herausgedreht war. Die Glühbirne selbst scheint intakt zu sein.«

»Aha«, machte Frank beeindruckt und hatte das Gefühl etwas dümmlich dreinzusehen. »Und was schließen Sie daraus?«

»Dass jemand die Glühbirne gelockert haben könnte, um die Entdeckung der Leiche zu verzögern. Vielleicht wollte man sie auch vollständig heraus drehen, aber die Zeit ist dabei knapp geworden.«

»Und weshalb nehmen sie jetzt die Glühbirne mit?« wollte Frank wissen, schämte sich aber sofort für die Frage, als ihn die Kommissarin erstaunt ansah.

»Es könnte vielleicht interessant sein, wessen Fingerabdrücke die Glühbirne zieren.« Sie schien leicht amüsiert.

»Jaja, äh – natürlich, ahem – ich meine – ist das nicht die Sache Ihrer Spurensicherung?«

»Ach wissen Sie – die Spurensicherung! Alle zusammen sehr tüchtige Kollegen, keine Frage! Nur fehlt es da manchmal an dem kleinen Quäntchen Intuition.«

»Heißt was?«

»Wenn ich die beauftrage einen Hund zu identifizieren, dann bekomme ich einen Bericht über Rasse, Geschlecht, Farbe des Halsbandes, die Nummer der Hundemarke, eine Liste aller Impfungen und sogar eine Info darüber, ob die Hundesteuer bezahlt ist. Aber auf welchen Namen der Hund hört würde ich bestimmt nicht erfahren, obwohl ich damit schnell herausfinden könnte, ob das tatsächlich dieser Hund ist. Und hätte der Hund – nur ein Beispiel – eine Gasmaske auf, dann würde das in diesem Bericht ebenfalls fehlen, weil im Formular zur Identifikation von Hunden das entsprechende Kästchen zum Ankreuzen fehlt.«

Frank prustete los: »Wäre ich der Mörder, würde ich mich kaputt lachen.«

»Aber nur wenns mich nicht gäbe«, sagte sie und lachte ebenfalls: »C'est la guerre!« Die Kommissarin sah ihn an: »Plötzlich so nachdenklich?«

»Um auf die Glühbirne zurückzukommen ...«

»Ja?«

»Mein Milchbruder Lin Bao würde jetzt vermuten, dass hier jemand das Strategem Nr. 1 benutzt hat: *'Den Kaiser täuschen und das Meer überqueren'*, eine interessante Theorie«, sagte Frank.

»Sagen Sie mir bitte zuerst, was ich unter einem Milchbruder verstehen muss? Was heißt denn das?«

»Als Milchbruder bezeichnen wir bei uns jemand, der einen anderen von Anfang an auf seinem freimaurerischen Weg begleitet hat.«

»Und das ist bei diesem Lin Bao der Fall?«

»Ja – wir wurden vor vielen Jahren zusammen in den Lichtorden aufgenommen. Er hat damals in Berlin studiert.«

»Und wo lebt Lin Bao heute?«

»In Hongkong.«

»Und Sie haben wohl einige Stationen auf Ihrem Werdegang in diesem Haus gemeinsam erlebt?«

»Stimmt«, sagte Frank nachdenklich. »Das verbindet.«

»Übrigens – von der Sache mit den Strategemen habe ich gehört, ja! Aber ich halte meine Konfliktanalysen für ergiebiger. Das mit den Strategemen ist eine fernöstliche Theorie – genau gesagt eine Strategie aus dem alten China, nicht wahr?«

»Altes China stimmt, aber ein Strategem ist viel mehr als eine Strategie! Ein Strategem ist eine List mit konkreten Strukturen. Strategeme sind fertige Kriegslisten. Das hat den Vorteil, dass sie, sozusagen wie Rezepte, sofort eingesetzt werden können.«

»Und das Strategem Nr. 1 ist…?«

»Das erste von insgesamt 36 Strategemen. Da gibt es einen ganzen Fächer wirkungsvoller Kriegslisten, viele davon sind mehr als zweitausend Jahre alt!«

»Ist das Ihr Hobby?«

»Nicht unbedingt. Das ist eine der alten Weisheiten, die ich auf Reisen im fernen Osten gesammelt habe. Inzwischen habe ich festgestellt, dass Strategeme sehr nützlich sein können – seit ich die manchmal selbst mit Erfolg anwende.«

»Und so etwas halten Sie für immer noch zeitgemäß?«

»Mehr denn je! Und nicht nur das! Strategeme sind auch im Westen immer mehr im Kommen, sowohl in der Politik, wie auch in der Wirtschaft! Sogar in den USA werden die alten Chinesen inzwischen ernst genommen.«

»Erstaunlich! Das wusste ich nicht!«

»Wie gesagt – ich nutze Strategeme immer öfter und mit zunehmender Begeisterung. Da fällt mir ein – in China wird das an jeder Uni gelehrt.«

»Und was besagt denn das Strategem Nr. 1, dem sogar ein Kaiser auf den Leim ging?«

»Der Zweck des Stategems Nr. 1 ist die Verschleierung eines Ziels, also sozusagen ein Tarnkappenstrategem.«

»Sie wollten erzählen was mit jenem Kaiser geschah.«

»Diese Geschichte geht so: Ein chinesischer Kaiser führte Krieg gegen einen Fürsten in Korea. Wenn er diesen Krieg gewinnen wollte, dann musste er nach Korea ziehen, übers Meer, also per Schiff. Da verließ den Kaiser der Mut, und seinen Generälen blieb nichts anderes übrig, als ihren Herrscher zu überlisten. Sie baten ihn zu einer Beratung mit seinen Heerführern zu einem Haus an der Küste. Als sie zu Tisch saßen begann der Boden des Hauses zu schwanken. Da merkte der Kaiser, dass man ihn auf ein Schiff gelockt hatte, aber man war bereits unterwegs nach Korea. Die Verschleierung der tatsächlichen Absicht war perfekt gelungen.«

»Interessant! Doch zurück zu unserer Glühbirne! Welches Meer könnte hier gemeint sein, das ich überqueren sollte?«

»Das weiß ich nicht. Möglichkeiten gibt es mehrere. In meinem Beispiel gab es damals tatsächlich ein Meer, das zu überqueren war – und das Schiff war getarnt.«

»Sie betonen *damals* ..., was meinen Sie damit?«

»Dass heute – in unserem Fall – das Schiff real sein, aber dafür das Meer getarnt sein könnte, oder vielleicht gar nicht vorhanden. Was bedeuten würde, dass man Sie irgendwohin locken will, wo es aber kein Wasser gibt, sondern nur Sandwüste.«

»Ziemlich kompliziert, diese Denke – finden Sie nicht?«

»Nein, nur fernöstlich geprägt und deshalb für ungeübte westliche Gehirne nicht ohne weiteres durchschaubar.«

»Glauben Sie, dass wir in der westlichen Hemisphäre so unpräzise denken? Das werden Sie doch wohl nicht behaupten wollen?«

»Unpräzise? Keineswegs. Aber wir denken mehr in Kategorien.«

»Und was schließen Sie daraus?«

»Ganz einfach: Hierzulande unterscheidet man eher nach Übereinstimmung oder Nicht-Übereinstimmung.«

»Wofür Sie natürlich ein strategemisches Beispiel parat haben?«

»Aber ja«, strahlte Frank. »Nehmen wir das Strategem Nr. 11 ,Den Pflaumenbaum an Stelle des Pfirsichbaums verdorren lassen' …das passt prima!«

»Hört sich sehr listig an!« lachte die Kommissarin. »Und was steckt dahinter?«

»Nehmen wir ein Beispiel das bei uns allgemein bekannt ist: Berlin versinkt im Hundekot, seit Jahrzehnten, unaufhaltsam. Die Stadtreinigungsbetriebe, also der Senat von Berlin bekommt das Problem nicht in den Griff. Deshalb hat man eine bequeme Verordnung erlassen, die jeden Hundehalter verpflichtet, die Spuren seines Lieblings zu beseitigen. Der Berliner Senat weiß natürlich, dass solche Befehle nicht durchzusetzen sind. Genau genommen kann er noch nicht mal kontrollieren, ob sie befolgt werden.«

»Aha – und weiter …«

»Am Ende hat Berlin zwar das Problem trotz hoher Einnahmen an Hundesteuer nicht gelöst, aber die Schuld fällt jetzt den Hundehaltern zu. Ein Chinese würde sagen, dass man hier den Pflaumenbaum an Stelle des Pfirsichbaums verdorren lässt. Also – das klassische Sündenbock-Strategem.«

»Oh – von dieser Sorte kenne ich viele«, amüsiert sich die Kommissarin, »…und sogar aus dem Polizeipräsidium, super! So habe ich das bisher noch nicht betrachtet.«

»Sie sehen, wir haben es also keineswegs mit einem ausweglosen Problem zu tun. Im Gegenteil! Hier erkennen wir ein strategemisches Verhalten des Berliner Senats, präzise ausgeklügelt!«

»Herr Artman – Sie sollten sich einen Bodyguard zulegen! Mindestens einen! Und bald!«

»Wenn Sie mir bei der Auswahl helfen …«

»Zurück zu Ihrem Beispiel, das ist sehr einleuchtend«, sagte sie anerkennend. »Aber was könnte es mir bei meinem aktuellen Problem nützen? Bei der Aufklärung dieses Mordes?«

»Bei der Aufklärung des Mordes vielleicht noch nicht viel, denn wir sind noch immer bei der gelockerten Glühbirne.«

»Das ist richtig. Und?«

Sie feixt mal wieder unverschämt, sie nimmt mich auf den Arm, dachte Frank und wusste nicht so recht ob ihm nach Amüsieren oder Ärgern zumute war. »Könnte es nicht sein, dass der Mörder gar nicht ernsthaft die Absicht hatte, die Glühbirne vollständig herauszudrehen?«

»Hm – warum aber sollte er diesen Eindruck erwecken? Gesetzt den Fall, das wäre so, was könnte er damit bezweckt haben, die Glühbirne nur zu lösen?«

»Überlegen wir: Was macht jemand, der das Licht anknipsen will und es tut sich nichts? Er wird vielleicht die Glühbirne prüfen und feststellen, dass sie lose ist. Bevor er etwas anderes unternimmt, würde er die Glühbirne festschrauben, oder nicht?«

»Das wäre möglich. Und dann?«

»Falls der Mörder die elektrischen Kontakte manipuliert hätte – ich bin allerdings kein Elektriker – könnte er damit doch einiges anstellen! Sogar das Ordenshaus könnte er mittels Dynamit und eines Zünders explodieren lassen!«

»Herr Artman, machen Sie mich nicht arbeitslos«, lachte die Kommissarin. »Aber jetzt sehen wir zu, dass wir nach Hause kommen!«

»… weil sonst die Familie unruhig wird, stimmts?« wollte Frank wissen.

»Meine Familie besteht nur aus mir und meinem Junior, Gottseidank!« setzte sie lachend hinzu. »Aber Sie scheinen aus Erfahrung zu sprechen?«

»Meine Familie besteht nur aus mir«, ahmte er sie nach. »Und aus meinen fast vierzig Bonsaibäumen, die sich aber nie in meine Privatangelegenheiten einmischen würden. Ebenso wenig, wie die Bewohner des Aquariums.«

»Erwischt!« sagte die Kommissarin. »Bonsaibäume. Daher also Ihre fernöstlichen Neigungen!«

Beide lachten und die Kommissarin dachte an das ständige Argument ihrer Freundin Kiki, Männer seien wie ein Klo – entweder besetzt oder beschissen. Sollte sie es hier mit einem Ausnahmeexemplar zu tun haben? Inzwischen hatte sie ihre Sachen zusammengepackt, und sie verließen gemeinsam das Haus. Schnell steckte sie die Hand in die Jackentasche, denn beinahe hätte sie sich bei ihm eingehakt. Frank war die Bewegung nicht entgangen. Sollte jetzt das Abwarte-Strategem dran sein, dachte er amüsiert, das war Nr. 9, wenn ich mich nicht irre ‚Die Feuersbrunst am gegenüber liegenden Ufer in Ruhe beobachten‘.

Außer Franks rotem Mini stand nur noch Karls Mercedes auf dem Parkplatz. Wo war Karl eigentlich den ganzen Abend, überlegte Frank, als er der Kommissarin galant in den Wagen half. »Der Knopf für die elektrische Sitzverstellung ist hier unten links«, sagte er Frank, setzte sich ans Steuer, startete und fuhr los.

Das Fahrzeug hatte kaum das eiserne Tor passiert, als sich in der Wandtäfelung des Goethesaals eine verborgene Tür öffnete, neben dem Tisch, an dem Frank und die Kommissarin zuvor zusammen saßen. Der dienstbare Geist trat herein, das restliche Mineralwasser der Kommissarin goss er in den Kübel des großen Gummibaums, und das Glas wickelte er sorgfältig in eine Stoffserviette.

***

Ich hasse leere Wohnungen, murmelt Brigitte Yalmiz noch während sie den Schlüssel ins Schloss steckt. Nein, stimmt überhaupt nicht – um genau zu sein: Manchmal hasse ich diese leere Wohnung – und heut besonders, mault sie vor sich hin, zieht dabei die Schuhe aus und hängt den Parka an den alten verschnörkelten Holz-Garderobenständer.

Nicht nur weil ich mal wieder einen richtigen Kerl haben will, grummelt sie – aber wenn ich ehrlich bin, dann will ich diesen, und genau den gönne ich mir, sobald der finstere Fall abgeschlossen ist. Aber nur dann, wenn er nicht hinterher seine Klamotten einsammelt und mitten in der Nacht auf leisen Socken verschwindet. Sie drückt die blinkende Taste des Anrufbeantworters – und nur wenn ich auch zum Frühstück noch was von ihm habe.

Mausi – tönt eine näselnde Männerstimme vom Tonband – glaubst du nicht, dass wir uns mal wieder sehen sollten, ruf mich doch einfach an, ciao. Ach übrigens – es geht dir doch gut, oder?

»Verschwinde aus meinem Leben, Arschloch«, sagt Brigitte Yalmiz beiläufig und freut sich, dass noch ein Glas Haute Sauternes in der Flasche ist. Morgen ist aber Einkaufen dran – mit Prio eins, merkt sie sich. Im Vorbeigehen fingert sie das Kamasutra des Vatsayana aus dem Bücherregal. »Mir ist jetzt nach so was«, murrt sie, »als Betthupferl Ersatz!« Doch noch ehe sie die Schlafzimmertür öffnet, hört sie den Piep Ton einer weiteren Nachricht, die ihr zuvor nicht aufgefallen war, eine Stimme die sie nicht kennt: Du ahnst nicht, was du dir für einen Gefallen tust, wenn du deine hübschen Finger (Fingärr!) von dieser Sache (Sachä!) lässt, sagt der Mann schleppend und mit slawischem Akzent, wie Brigitte Yalmiz vermutet. Anderenfalls wirst du verschwinden wie Fata Morgana. Ehe der Schlusspiep der Aufzeichnung ertönt, steht die Kommissarin neben dem Gerät, aber das Display zeigt keine Nummer, stattdessen *Anrufer unbekannt.* Sie haben keine weiteren Nachrichten, verkündet die Digital-Stimme ungerührt.

»Mensch, Clementine! Solche Anrufe brauchst du erst gar nicht anzunehmen«, mault die Kommissarin und legt ihre Bettlektüre neben das Telefon. »Da vergeht einem ja alles!« Brigitte Yalmiz atmet ein paar Mal tief ein und aus. Abwechselnd bewegt sie beide Schultern, vorwärts und rückwärts in kreisenden Bewegungen, langsam und kontrolliert, bis die schmerzhafte Anspannung im Nacken nachlässt.

Nicht ‚*andernfalls*‘ hat er gesagt, sondern ‚*andechenfahals*‘ – und schleppend, mit stark rollenden R, sinniert die Kommissarin und geht zu Bett. Außerdem findet sie, dass sich ‚*andernfalls*‘ viel zu umständlich anhört, fast schon geschraubt. Er hätte auch einfach ‚*sonst*‘ sagen können, denkt sie noch, bevor ihr die Augen zu fallen. Und als sie sanft entschlummert nimmt sie sich vor, ihre Freundin Kiki zu fragen wie man fremden Stimmen auf die Spur kommt, die einem gar nicht so sehr fremd sind.

Kiki, die bei der Berliner Kripo unter dem bürgerlichen Namen Kirsten Kilzer geführt wird, steht dort für Aufsehen erregende Erfolge als Stimmenfänger – wie sie selbst ihren Job stolz und etwas unbescheiden bezeichnet. Kein Wunder, dass man auch beim BKA große Stücke auf sie hält.

7 Exekution

Frank genoss den Ausblick aus der obersten Etage des Handelszentrums Friedrichstraße. Man hatte den jungen Bruder Cornelius schon vor seiner Aufnahme in den Orden gebeten, den attraktiven Konferenzraum für Versammlungen des Logenrates zur Verfügung zu stellen. Und natürlich hatte Cornelius bereitwillig und erfreut zugestimmt. In diesen Räumen residierte seine Sun-Lab Technologys, sein bereits in der Startphase erfolgreiches Unternehmen, wie er oft stolz betonte. Frank nutzte die günstige Gelegenheit für einige Panoramafotos, denn der blaue Himmel mit seinen dekorativen Wolkenformen bot seltenes Postkartenwetter. Vor allem der Ausblick auf die nahe gelegene Museumsinsel mit dem neuen ägyptischen Museum fehlte bis jetzt in seiner Sammlung. Daneben, hinter den großen Springbrunnen des Lustgartens glänzte die grüne Kuppel des mächtigen Deutschen Doms in der Sonne. Aber auch der direkt unter ihm liegende Bahnhof Friedrichstraße mit den im Minutentakt ein- und ausfahrenden Zügen war aus dieser Modellbahnperspektive immer wieder eine Fotoserie wert.

Inzwischen standen die eingetroffenen Brüder in kleinen Grüppchen zusammen und besprachen die Ereignisse der letzten Tage. Und so stand der gewaltsame Tod des Bruders Ben Dietrich noch immer im Mittelpunkt der Erörterung. Frank war froh, dass er durch seine Beschäftigung davon befreit war, sich an den Gesprächen zu beteiligen. Es war abzuwarten, wie der Logenrat diese Krisensituation bewerten würde.

»Geliebte Brüder, ich bitte um Ruhe!« rief der Würdige Meister, der soeben eilig eingetreten war. »Ich danke euch, dass Ihr meinem Ruf gefolgt seid. Lediglich unser Bruder Karl fehlt noch, aber er wird vermutlich in Kürze zu uns stoßen. Wegen der Dringlichkeit unserer heutigen Themen möchte ich jedoch sofort beginnen – wenn Ihr einverstanden seid.«

In diesem Augenblick flüsterte ihm der Zeremonienmeister etwas zu, worauf sich der Würdige Meister unterbrach und mit bewegter Stimme fortfuhr: »Wir wollen aber keinesfalls versäumen, zuerst unseres Bruders Benjamin Dietrich zu gedenken, der uns zu den lichten Höhen der aufgehenden Sonne in den Ewigen Osten voraus gegangen ist. Ich bitte Sie um einige Herzschläge der Besinnung. Lasst uns die Bruderkette der Herzen schließen.« Alle standen um den runden Tisch und bildeten mit den Händen eine Kette aller.

»Wir sind die Brüder im Licht!« rief der Würdige Meister aus.

»Wir bewahren das Licht«, antworteten alle einmütig.

»Ich danke euch, meine Brüder, nehmt nun eure Plätze ein!«

Noch war nicht jeder dieser Aufforderung nachgekommen als der Würdige Meister erneut seine Stimme erhob, aus der nun jede Milde gewichen war: »Wir haben vor allem drei Dinge zu erörtern«, begann er, und vor ihm lagen die letzten Ausgaben der Blitz-Zeitung, des Tagesanzeigers, der Berliner Rundschau und der Mittagsausgabe der Berliner Abendpost.

»Es geht erstens um die unverantwortliche Berichterstattung der Presse, zweitens um die Absage des

Bundespräsidenten und drittens um den Stand der Ermittlungen zu diesem tragischen und für uns so schmerzlichen Ereignis. Hat jemand etwas gegen die Tagesordnung einzuwenden?« Niemand widersprach. Der Würdige Meister hielt die Blitz-Zeitung hoch, auf deren Titelseite in noch größeren Buchstaben als gewöhnlich die Schlagzeile prangte: ‚Ritualmord in Berlin: Hinrichtung mit dem Schwert'.

»Und ich sage euch, meine Brüder: Diese Blitz-Zeitung soll der Blitz treffen! Bruder Artman, jetzt bist du gefragt: Wir müssen etwas gegen dieses ... dieses Schandblatt unternehmen – und du wirst uns sagen, wie man das macht!«

Die Anwesenden starrten ungläubig auf die fette, rote Schlagzeile der Titelseite und einige der Brüder machten ihrer Empörung Luft. Auch derbe Kommentare blieben nicht aus. »Ich muss doch dringend um Ruhe bitten, meine Brüder«, warf da der Würdige Meister ein. »Also – Frank, du bist dran!« Frank machte geduldig den Versuch, die Diskussion wieder in sachliche Bahnen zu lenken: »Wir haben verschiedene Möglichkeiten, aber die müssen sorgfältig bedacht werden, damit wir nicht...« Aber niemand mochte zuhören, denn inzwischen war das Blatt von Hand zu Hand weitergereicht worden.

»Ich habs vermutet! Typisch Blitz-Zeitung!« schnaubte der Ober-Zeremonienmeister Fritz von Cannenberg und wies dabei mit dem Finger auf einen winzig kleinen Artikel unten links auf der letzten Seite. »Ganze zehn Zeilen, mehr fällt diesen Buben natürlich nicht ein!« setzte er hinzu.

»Aber ich frage mich, wie die Leute darauf kommen, dass das Bijou des Toten abgeschnitten war!« ereiferte sich der Bruder Ullrich Klausner, der den Verblichenen in den Gewölben entdeckt hatte. »Natürlich! Die übliche Masche dieser Zeitung!«

»Das Bijou abgeschnitten? Davon weiß ich nichts! Stimmt das denn überhaupt?« giftete Gerald Nebel aus seiner dichten Havanna Wolke.

Frank fuhr hoch: »Wie bitte? Wer hat das behauptet? Lies doch mal vor!«

»Was?«

»Was steht da wegen des angeblich abgeschnittenen Bijous?«

Bruder Thürmann wechselte seine Brille und las:

Bei dem Opfer handelt es sich um den 48-Jährigen Privatdetektiv Benjamin D. aus Wilmersdorf. Vor der Hinrichtung wurde ihm das Logen-Bijou abgeschnitten. Dieses Ehrenzeichen verliert jeder, der vom Tribunal der Loge abgeurteilt wurde. Es ist nicht bekannt, in welchem Fall der ermordete Privatdetektiv aktuell ermittelte. Der Tote war Archivar im Geheimen Meistergrad und ein hochrangiges Mitglied der »Loge zum Todtenkopfe mit den Drei Fackeln.» Die Loge gehört der christlich orientierten Großloge an. Die Organisation hat seit 1770 ihren Sitz in Berlin. Sie wurde durch Friedrich den Großen gegründet.

»Weiter!« befahl Gerald Nebel.

»Das ist alles«, fügte Ehrenfried Thürmann hinzu und reichte das Blatt mit spitzen Fingern an seinen Nachbarn weiter.

»Außerdem wurde unsere Loge nicht durch Friedrich den Großen begründet – das war die ‚Großloge der Weltkugeln‘, und zwar schon 1740«, warf Isaac Welstraat beiläufig ein. »Da kann man mal wieder sehen, diese Leute wissen weniger als nichts!«

»Das spielt doch keine Rolle! Vielleicht sollten wir uns auf das Wesentliche konzentrieren«, eiferte sich da der Würdige Meister. Die anwesenden Brüder waren peinlich

99

berührt, denn jeder wusste, dass das Abschneiden des Logen-Bijous einer Degradierung gleich kam, ähnlich wie beim Militär das Abschneiden von Streifen und Auszeichnungen. Tatsächlich wurde nur bei äußerst groben Verstößen gegen das Logengesetz und natürlich beim Ausschluss aus einer Loge eine solche Strafe verhängt. Doch von dieser Maßnahme gegen Benjamin Dietrich war niemand etwas bekannt. Das wäre bei der Wertschätzung, die Benjamin Dietrich genossen hatte, auch völlig unvorstellbar gewesen.

»Brüder, weshalb die Aufregung? Diese Federfuchser kann man einfach nicht ernst nehmen! Die schreiben doch immer was sie wollen, egal ob das wahr ist oder nicht«, beschwichtigte der Tafelschaffner Andreas Terhorst.

»Außerdem weiß jeder, dass diese Zeitungsfritzen selbst genug Dreck am Stecken haben. Mit der Moral haben die es alle nicht«, warf Bruder Blechschmied ein.

»Wenn mich etwas nervt, dann sind das pauschale Verurteilungen!« erwiderte Frank aufgebracht.

»Nichts mit pauschalen Verurteilungen, sondern Tatsachen, ganz konkret!« setzte Bruder Blechschmied nach. »Oder wie bezeichnest du das, wenn sich die Redaktion von Anzeigenkunden erpressen lässt?«

»Kann ich mir nicht vorstellen.«

»Also, wenns denn unbedingt sein muss – folgendes Beispiel: Wir stellen Wühlmausfallen her, unser Konkurrent auch. Unser Konkurrent inseriert mit großformatigen Anzeigen, wir aber nicht. Wundert es dich, wenn unser Konkurrent mit seinen Wühlmausfallen in der Gartenbeilage dieses Käseblatts lobend erwähnt wird? Mich wundert da gar nichts!«

»Das ist eben so, dass manche Medien von Anzeigenkunden unter Druck gesetzt werden. Aber darf man die Redakteure deshalb gleich als korrupt bezeichnen?«

»Anrüchig ist das schon, oder?«

»In welcher Welt lebst du denn? Das wäre das Gleiche, als wenn man dem Gastwirt, von dem die Mafia Schutzgeld erpresst, vorwerfen würde, er unterstütze das Organisierte Verbrechen.«

»Das ist aber ein halsbrecherischer Schluss, findest du nicht, mein Lieber?«

»Ich wollte nur klarstellen, dass der einfache Redakteur nur einen geringen Einfluss auf diese Dinge hat. Die wesentlichen Weichen werden irgendwo zwischen Chefredaktion und Verlagsleitung gestellt.«

»Macht das die Sache besser?«

»Da hast du allerdings recht! Tatsache ist aber auch, dass es die ‚Lebenszeit' eines Redakteurs deutlich verkürzt, wenn er die Wünsche der großen Anzeigenkunden nicht berücksichtigt.«

»Sehr richtig! Was sich letztlich daran zeigt, dass er zu bestimmten Partys keine Einladung mehr bekommt!«

»Darum geht es jetzt nicht. Können wir vielleicht beim Thema bleiben!« murrte Frank aufgebracht. »Also: Wenn wir nicht wollen, dass gewisse Blätter solches Zeug schreiben, dann dürfen wir diesen Leuten auch keine Munition liefern!«

»Pah! Wir werden diesem Strolch von Chefredakteur einfach gerichtlich verbieten lassen, so etwas zu schreiben«, grollte der Würdige Meister drohend.

»Das geht jetzt nicht mehr«, sagte Frank ruhig.

»Klar geht das! Wenn eine Zeitung unwahres Zeug verbreitet, dann kann man ihr das untersagen, das müsstest du als Journalist doch wissen – oder was meint Ihr?« – dabei sah Guido Hassenbrink fragend in die Runde.

»Nein«, sagte Frank nochmals mit Nachdruck. »In diesem Fall geht das deshalb nicht mehr, weil wir – oder besser gesagt ‚jemand‘ von uns offensichtlich ein Interview gegeben hat. Denn anders kann die Zeitung das mit dem abgeschnittenen Bijou nicht erfahren haben, wie auch? Oder ist da jemand anderer Meinung?«

»Frank hat recht, eindeutig«, grollte der Bass von Thomas Richter.

»Und was hat das damit zu tun, dass dieser Schmierfink« – und da hieb der Würdige Meister mit der flachen Hand auf die Zeitung, dass die Tassen und Gläser auf dem Tisch klirrten – »unwahre Behauptungen veröffentlicht, die außerdem keinen Außenstehenden etwas angehen?«

»Man kann einer Zeitung die so genannte ‚*Verdachtsberichterstattung*‘ gerichtlich untersagen lassen«, erklärte Frank geduldig. »Unter Verdachtsberichterstattung versteht man solche Artikel, die sich nur auf reine Vermutung und Spekulation gründen. Aber nachdem jemand diese internen Informationen an die Presse weitergereicht hat...«

»Waaas!?« Die Stimme des Würdigen Meisters überschlug sich. »Wer hat da der Presse irgendwelches Zeug erzählt? Ich will das wissen! Hackfleisch mach' ich aus dem Kerl!«

»Natürlich«, warf Andreas Funkel gelassen ein, »sobald wir wissen wers war.« Und dann zu Frank gewandt: »Wie war das mit dieser Verdachtsmeldung?«

»Verdachtsberichterstattung«, korrigierte Frank. »Wer sich freiwillig zu Ermittlungen in eigener Sache äußert, kann danach weitere Berichte kaum noch verhindern. Selbst dann nicht mehr, wenn das nur Spekulationen sind und mit

Tatsachen nichts zu tun haben. Das steht in einem Urteil des Berliner Kammergerichts.«

»Also – ich bin dafür, dass wir Frank offiziell zum alleinigen Ansprechpartner für die Presse ernennen, jedenfalls solange bis diese unschöne Sache ausgestanden ist«, sagte der Würdige Meister.

»Das denke ich auch«, sagte Theodor Blechschmied, der Erste Aufseher.

Ich bin doch nicht bescheuert, dachte Frank, sagte aber nur: »Das sollten wir auf keinen Fall tun. Das sähe doch so aus, als hätten wir etwas zu verbergen. Wir müssen jeden Eindruck einer internen Zensur vermeiden! Besser ist es, wenn wir alle Fragen von Seiten der Presse sammeln und unsere jeweilige Antwort gemeinsam beraten. Vor allem müssen wir ein positives Bild vermitteln.«

»Genau so wird es gemacht. Punktum!« stellte der Würdige Meister mit Nachdruck fest. »Außerdem veranstalten wir morgen Abend einen unserer beliebten Gästeabende, Haus der offenen Tür und so... Die waren immer sehr erfolgreich und besonders gut für unser Image. Das wird uns dieses Mal besonders helfen.« Dann wandte er sich wieder an Frank: »Was können wir noch tun, pressemäßig, meine ich? Oder was sollten wir außerdem tun?«

»Ich werde prüfen welche aktuellen und positiven Meldungen wir sofort in die Presse bringen können«, antwortete Frank. »Inzwischen gilt als oberstes Gebot für alle« – er streifte mit einem Seitenblick den Würdigen Meister, der dies sehr wohl bemerkte – »keinerlei weiteren Interviews! Auf gar keinen Fall! Das gilt für jeden hier! Ihr müsst vorsichtig sein, denn diese Leute sind geschult – die fragen schneller als Ihr nachdenken könnt!«

»Solch dumme Fragen stellen auch andere Leute«, warf Bernd Leiting ein. »Deshalb muss ich unbedingt wissen, was ich heute Nachmittag den Beamten von der Bauaufsicht Charlottenburg sagen soll.«

»Um was gehts denn da schon wieder?« wollte der Würdige Meister wissen. »Nimmt denn das nie ein Ende? Lästiger Verein!«

»Die alte Geschichte! Wie Ihr wisst, fehlt im Vorraum des Schottentempels noch immer die Notausgangstür. Das ist schon seit zwanzig Jahren so, aber jetzt wollens die Jungs offenbar genau wissen! Deshalb wird uns die Bauaufsicht vermutlich die Benutzung des ganzen oberen Stockwerks untersagen.«

»Das müssen wir unbedingt verhindern«, rief der Ober-Zeremonienmeister aufgebracht. »Denn schließlich haben wir in zwei Wochen die Delegation der Schweizer Großloge zu Gast, und da brauchen wir nicht nur den Schottentempel, sondern auch den Rittertempel – unbedingt! Wie wichtig das für uns ist, muss ich hier wohl niemand erklären!«

»Um Himmels willen – das ist wahr! Unsere eidgenössischen Brüder dürfen wir da auf keinen Fall enttäuschen. Die sind schon seit Monaten heiß auf unser Stiftungsfest im Schwedischen Ritus. Außerdem müssen wir dem Schweizer Großprior endlich unseren Pelletier-Orden verleihen! Also – was können wir tun? Welche Möglichkeiten gibt es? Vorschläge bitte!«

»Wir könnten das Bauamt sprengen...«

»Oder die Leute von der Bauaufsicht kidnappen...«

»Bitte jetzt keine dummen Witze!« bellte der Würdige Meister ärgerlich. »Aber sag mal, Bernd ist uns nicht dieser Stadtrat für Bau- und Wohnungswesen verpflichtet? Ich denke, der gute Mann könnte sich bei der Gelegenheit trefflich für den amüsanten Ausflug nach Paris revanchieren, oder was meint Ihr?« Nicht nur der

Abgeordnete Meister Bernd Leiting war der Ansicht, dass eine kleine Gefälligkeit dem Herrn Stadtrat recht wohl anstünde. Außerdem bemerkte der Würdige Meister dazu, dass die kostspielige Paris-Veranstaltung für den Herrn Stadtrat damit noch lange nicht abgegolten sei.

»Wenn das so ist, dann erledigen wir das am besten gleich«, stellte der Würdige Meister fest. »Bernd, du bist so freundlich«, sagte er und wies mit unmissverständlicher Geste auf das Telefon.

»Was haben wir noch auf der Tagesordnung? – ja, wir müssen unbedingt noch diesen Staatsminister – wie hieß der gleich? – im Bundespräsidialamt zu dem Vortrag über 'Wesen und Wirken mittelalterlicher Bauhütten' einladen. Der Mann hat sich dafür schon im letzten Jahr lebhaft interessiert.«

»Das ist aber Karls Sache, der hat im Bundespräsidialamt die heißen Drähte. Deshalb sollten wir da nicht dazwischen funken – denke ich«, ließ sich Theodor Blechschmied vernehmen. »Außerdem wird da nach unserer Mordgeschichte jetzt nichts zu machen sein! Dieser Zug ist erstmal abgefahren, ein Mist das alles!«

»Karl sollte doch jetzt auch hier sein! Was ist mit ihm?« wollte Miguel Santana wissen.

»Karl habe ich gestern zuletzt gesehen«, warf Ehrenfried Thürmann ein. »Sag mal, Frank, hast du nicht mit ihm zusammen die Tafelloge eingedeckt?«

»Das stimmt! Aber Karl ist kurz vor der Tafelloge gegangen. Mir war so, als wollte er noch was besorgen. Aber ich denke, dass Karl in seinem hohen Alter jederzeit das eine oder andere Erholungspäuschen zusteht – auch wenn er das vorher nicht angemeldet hat.«

»Was ich schon lange sagen wollte«, schaltete sich hier der Würdige Meister ein, »Karl macht seine Sache prima, keine Frage! Und seine Drähte zu den Ministerien und in den Wirtschaftsverbänden sind erste Sahne. Aber Karl ist hoch in den Jahren – das müssen wir bedenken. Deshalb sollten wir unbedingt einen zweiten Mann aufbauen, so peu à peu, denke ich...«

»Dass das nur mit Karls Einverständnis möglich ist, muss jedem hier klar sein«, sagte Ehrenfried Thürmann stirnrunzelnd.

»Einverständnis oder nicht – nur Einsicht tuts auch«, bemerkte der Würdige Meister leichthin. Auch andere Brüder nickten beifällig.

»Liebe Brüder, so wird das nicht gehen!« sagte Ehrenfried Thürmann mit einer Entschiedenheit, die man sonst bei ihm nicht kannte. »Dazu brauchen wir unbedingt Karls aktive Unterstützung! Er muss unbedingt mithelfen, unseren neuen Mann aufzubauen, also ihn auch bei den Kontaktleuten einführen.«

»Da möchte ich gern Mäuschen sein, wenn du das unserem Karl beibringst«, grinste Gerald Nebel, der Zweite Aufseher. Er war wie immer bemüht, bei jedem Thema im Gespräch zu bleiben. Das war ihm wichtig, weil er noch vor einigen Jahren das Amt des Zweiten Aufsehers als entbehrlich bezeichnet hatte – kurz bevor er selbst dazu ernannt worden war.

»Kann es nicht sein, dass Karls Wirkung überschätzt wird?« sinnierte Miguel Santana. »Die meisten seiner Kontaktleute sind immerhin schon im pensionsfähigen Alter und werden dort sowieso bald abtreten.« Gerald Nebel und Theodor Blechschmied nickten zustimmend als Ehrenfried Thürmann zweifelnd den Kopf wiegt. »Aber solche Pfründe werden vererbt – und zwar mit Ansage der Quoten«, gibt Ehrenfried Thürmann zu bedenken.

»Was heißt denn das – mit Ansage der Quoten?« wollte Theodor Blechschmied wissen.

»Ganz einfach, mein Lieber! Das heißt, dass der jetzige Amtsinhaber seinem Nachfolger nicht nur die Liste der Kontakte hinterlässt, das heißt es!«

»Und was heißt nicht nur?«

»Das heißt: …sondern auch die Liste mit den Honorarsätzen für besondere Dienste. Deshalb weiß zum Beispiel Bernds Stadtrat genau, welchen Liebesdienst wir mit welcher Gegenleistung honorieren. Ganz einfach deshalb, weil das bei seinem Vorgänger schon so war, und bei dessen Vorgänger ebenfalls. Ist das angekommen?«

»Und genau deshalb müssen wir uns die Drähte zu wichtigen Leuten warm halten, sonst sitzen wir irgendwann zwischen zwei Stühlen«, warf der Bernd Leiting ein, der sich im Hintergrund noch immer um eine Telefonverbindung mühte.

»Hör mal, Leute die mit uns kooperieren, haben davon erhebliche Vorteile«, knurrte der Würdige Meister. »Das allein macht die Langzeitbindung aus. Denen ist es doch herzlich gleichgültig ob unser Mann nun Max oder Moritz heißt. Und falls so ein Deal mal auffliegen sollte, dann retten die zuerst ihren Arsch und kennen sowieso keine alten Freunde mehr.«

»Das ist eine alte Erfahrung«, brummte Gerald Nebel. »Das einzig Ausschlaggebende ist doch, dass die Drähte glühen und Kohle fließt – Langzeitbeziehungen eben.«

»Das stimmt exakt!« pflichtete Theodor Blechschmied bei. »Hast du einen Mann erst mal bei den Eiern, dann werden Herz und Verstand schnell folgen – hat der alte Redford mal in einem Film gesagt.«

»Diesen Satz muss man sich merken«, prustete Miguel Santana. »Da ist was Wahres dran, funktioniert aber bei den vielen Frauen nicht, die sich immer mehr auf den Chefsesseln in den Amtsstuben breit machen.«

»Das ist ein anderes Thema«, lachte der Ober-Zeremonienmeister und wischt sich die Tränen aus den Augen.

»Wo bleibt denn unser Bruder Richter? Kommt hier jeder, wann es ihm passt?« murrte der Würdige Meister.

»Gepflegt albern ist das!« murrte es da aus dem Hintergrund. Alle sahen sich fragend um.

»Das war O-Ton Karl!« lachte jemand.

»Soviel ich weiß, hat der ein date mit dem Landgerichtspräsidenten. Schließlich will der gute Thomas doch endlich seine Verbannung in der Provinz beenden und nach Berlin zurück!« nuschelte Ehrenfried Thürmann aus seiner Akte.

»Ob der das tatsächlich will?« zweifelte Bruder Nebel. »Das frag ihn mal besser nicht!«

»Apropos – kennt hier jemand seine Handynummer?«

»Wie kommst du denn auf diese Idee? Ich jedenfalls kenne hier niemand, der seine Handynummer kennt!«

»Vielleicht hat unser Ehren gar kein Handy!«

»Natürlich hat unser Richter ein Handy – aber er ist es, der die Leute anruft, und zwar zu jeder Tages- und Nachtzeit, nicht umgekehrt.«

»Du meinst, es gibt niemand, der Thomas Richters Handynummer kennt?«

»Natürlich kennt der eine oder andere die ehrenwerte Handynummer von Thomas, aber ich gehöre nicht zu den Privilegierten!«

»Stimmt«, warf Bruder Nebel ein. »Die paar Leute kannst du vermutlich an einer Hand abzählen.«

»Gibts das? Und was machst du, wenn du den lieben Thomas dringend erreichen musst?«

»Festnetz – die einzige Möglichkeit«, antwortete jemand.

»Was ich sage«, frotzelte der Tafelschaffner. »Vornehm geht die Welt zugrunde!«

»Zurück zum Thema, meine Brüder! Unser Bruder Erster Aufseher hat natürlich recht, was die Langzeitbeziehungen angeht! Das sehen wir doch an unserem Stadtrat, der ...«

Der Ober-Zeremonienmeister wurde unterbrochen durch heftige gestikulierende Handbewegungen von Bernd Leiting, der mit dem Zeigefinger auf das Telefon deutete. Sofort verstummte das Gespräch.

»Aber natürlich Herr Stadtrat, besten Dank für den Hinweis. Wir werden also Ihren Leuten sagen, dass die Umbaumaßnahmen diese Frist zur Fertigstellung der Notausgänge aufhebt. Sie sind bitte so nett und sagen mir nochmals das Datum dieser internen Dienstanweisung? Aber ich bitte Sie, vertraulich – das versteht sich doch!« Der Abgeordnete Meister hörte aufmerksam zu und macht sich einige Notizen. »Aber selbstverständlich Herr Stadtrat, sicher haben wir einen Architekten, der uns die längst begonnene Umbaumaßnahme bestätigt. Wie bitte? – noch besser einen vereidigten Bausachverständigen?«

Bernd Leiting nagte an seiner Unterlippe, blickte fragend in die Runde und sah, dass Bruder Thürmann beruhigend nickte. »Aber ja, das ist überhaupt keine Hürde! Verbindlichsten Dank Herr Stadtrat – übrigens wollte ich Ihnen noch sagen, dass ich gestern Gelegenheit hatte, den Herrn Bausenator auf Ihre hilfreiche Unterstützung bei der technisch schwierigen Verlegung der Parkhauszufahrt am Los-Angeles-Platz hinzuweisen. Wir konnten schließlich nicht die Gäste vom Eden Plaza evakuieren, ha ha ha!«

»Was ist mit dem Parkhaus im Europa Center?« fragte Frank Artmann leise dazwischen. »Da finde ich immer einen Parkplatz.«

»Du? Natürlich. Für die Presse gibts da auch Sonderplätze.« Aus Bernd Leitings Stimme klang der pure Neid. Dabei notiert er weitere Details und grinst dabei den Telefonhörer freundlich an, als habe er seinen Gesprächspartner vor sich: »Aber ich bitte Sie, das ist doch nicht der Rede wert, lieber Herr Stadtrat; es war mir ein Vergnügen.«

Bernd Leiting hielt den Telefonhörer jetzt fast waagrecht, gerade so, als wolle er ihn sich durchs rechte Ohr bohren. Dabei nickte er mehrmals mit mildem Augenaufschlag und schob eine Schlange aus mehreren Bleistiften und einem Radiergummi wie eine Spielzeugeisenbahn über die Tischplatte.

»Ach übrigens, Herr Stadtrat, wenn ich da Ihre kostbare Zeit noch für eine Kleinigkeit in Anspruch nehmen dürfte ... wie bitte? Ach so, Sie ahnen schon? Vorzüglich! Ja, genau um das Sirius CityCenter Projekt geht es – jawohl, diese alten Stadtmauern! Welche gemeinsame Lösung können wir denn da finden? Ach so – das ist nicht Ihr Bereich? Ah – der Bezirk Tempelhof-Kreuzberg ist dafür zuständig, ich verstehe. Könnten Sie in dieser Sache vielleicht wohlwollend mit Ihrem Kreuzberger Kollegen sprechen – in unserem Sinne? Sie wissen doch, wir sind jederzeit... Ich verstehe! Sie meinen also, in etwa drei Wochen? Wir wollen hoffen, dass wir diese drei Wochen noch über die Runden kommen. Vielleicht hilft uns ein Gutachten hinsichtlich der stadthistorischen Bedeutung dieses alten Gemäuers – oder auch der Nicht-Bedeutung, ha ha ha! Ja, da sind wir Ihnen sehr dankbar. Aber selbstverständlich Herr Stadtrat. Wir lassen von uns hören, meine ergebenste Empfehlung an die Frau Gemahlin!«

Bernd Leiting legt grinsend den Hörer auf und bemerkt beiläufig: »Alles in Butter! Die Bescheinigung unseres Architekten für die Baumaßnahme im Ordenshaus besorgst du, Miguel, und die höchstleuchtende und ehrenwerte Delegation der Schweizer Großloge ist uns brüderlich willkommen! Übrigens – die Hotelbuchung für unsere Schweizer Brüder ist doch hoffentlich okay?«

»Aber sicher, die wohnen standesgemäß im schönen Grunewald.« Miguel Santana antwortete von oben herab, und es war ihm anzusehen, dass er gekränkt war: »Außerdem ist das längst erledigt! Sag mal, wofür hältst du mich, für einen Trottel?«

»Natürlich nicht, mein Lieber – das war doch nicht so gemeint. Wir wissen doch alle, dass die Sache bei dir gut aufgehoben ist, nicht wahr meine Brüder?« Dabei sah sich der Würdige Meister um, als erwarte er dazu von den Anwesenden eine Antwort. Zustimmendes Gemurmel war zu hören.

»Und was die Klärung der stadthistorischen Bedeutung dieser alten Mauern an der Sirius CityCenter-Baustelle angeht«, fuhr Bruder Leiting fort, »da müssen wir eben abwarten. Wenn diese albernen Steine inzwischen durch einen bedauerlichen Irrtum verschwinden sollten – was kann man da machen? Bei den vielen Arbeitern, die kaum ein Wort Deutsch sprechen – von Deutsch lesen ganz zu schweigen – sind solche Fehler unvermeidbar. Und was weg ist – das ist eben weg, oder?« Leiting sah sich Beifall heischend um.

»Nicht schlecht, wie du das gedeichselt hast, mein lieber Bernd«, lobte der Würdige Meister.

»Ein bescheidener Mensch freut sich auch über ein kleines Lob«, antwortete Bernd Leiting mit leiser Ironie. »Aber – bitte alle mal herhören – alle diese Stadtrat-Connections stammen aus Karls Adressbuch. Mehr muss ich dazu wohl nicht sagen.«

»Mahlzeit«, bemerkte Gerald Nebel beiläufig, »wenn das ans Licht kommt, dann geht der Stadtrat den gleichen Weg wie …«

»Du hast recht, mein Lieber, aber keine Namen, bitte«, warf da der Würdige Meister ein. »Außerdem war der gute Mann sehr ungeschickt, so dämlich wie der muss man sich nicht anstellen!«

»Jedenfalls war es ein hartes Stück Arbeit hinter den Kulissen, den Richter zuguterletzt von unserer Sichtweise zu überzeugen!«

»Versteh' ich aber gar nicht«, warf Gerald Nebel ein. »Unsere Richter sind doch eigentlich unbestechlich und …«

»Wenn du mit *eigentlich unbestechlich* sagen willst, dass man sie mit keiner Summe bestechen könnte, geltendes Recht anzuwenden …« Die Bemerkung wurde mit brüllendem Gelächter belohnt.

Nur Fritz von Cannenberg sagte kalt: »Ist zwar Klasse dieser Spruch, aber uralt und nicht von dir, sondern aus der Dreigroschenoper. Die wurde schon 1926 in Berlin uraufgeführt; schon mal davon gehört?«

»1928, 14. Oktober«, sagte Frank, ohne von seinen Notizen aufzusehen.

»Von mir aus, wenn du meinst«, zischte der Ober-Zeremonienmeister und bedachte Frank mit einem giftigen Blick.

»Liebe Brüder, lasst uns das mit Humor betrachten«, brummte Lothar von der Decken, und es war nicht auszumachen ob diese Bemerkung an Frank oder Fritz von Cannenberg gerichtet war.

»Du willst doch nicht etwa mit unserem Bruder Artman über Jahreszahlen diskutieren«, feixte Gerald Nebel zu Fritz von Cannenberg hinüber.

»Jahreszahlen sind nicht so wichtig«, gab dieser zurück. »Die Inhalte sind es, worauf es ankommt. Das war schon immer so.«

Das Gespräch rund um den Tisch begann zu verebben. »Ich verstehe gar nicht, warum Karl immer noch nicht da ist«, schnaubte der Würdige Meister. »Der könnte doch zumindest anrufen. Widerlich so was! Wir müssen wegen des Empfangs beim Bundespräsidenten unbedingt was unternehmen.«

»Beruhige dich Guido, du kennst doch unseren Senior«, warf Ehrenfried Thürmann begütigend ein. »Der kommt nachher bescheiden zur Tür herein, nachdem er mit dem Polizeipräsidenten noch ein Bierchen getrunken hat.«

»Vielleicht sollten wir das Thema Bundespräsident erst mal vertagen bis Karl da ist«, empfahl Frank. »Ohne seinen aktuellen Informationsstand bringt das alles nichts.«

»Richtig, aber es gibt noch ein anderes Thema!« mahnte der Würdige Meister. »Wir müssen unbedingt den drohenden Zusammenschluss der beiden Landeslogen von Berlin und Brandenburg erörtern. Wenn unser Bruder Wroczky als Provinzialmeister von Brandenburg hier im Ordenshaus ein Büro beziehen sollte, dann werden wir uns warm bekleiden müssen – der geliebte Bruder ist ein scharfer Hund, wie wir wissen.«

»Danke für Obst und Südfrüchte«, bemerkte Ehrenfried Thürmann milde. »Außerdem gibt es schon seit dem letzten Konvent massenhaft Tretminen. Und auch zu diesem Thema wird Karl einiges beisteuern.«

»Dieser Punkt steht zwar jetzt nicht auf dem Programm, weil der erst nächsten Monat spruchreif ist. Aber bitte – wenn es denn sein muss – Bruder Ober-Zeremonienmeister, kannst du mal das letzte Sitzungsprotokoll vorlegen? Das müsste dort drüben im Wandschrank sein, im blauen Ordner, neben dem Tresor.«

»Ich vermute, dass Karl den blauen Ordner mitgenommen hat«, sagte Frank.

»Karl! Karl! – Gibt es hier auch noch was, das ohne Karl geht?« Der Würdige Meister war jetzt überaus erzürnt, und er gab sich keine Mühe seinen Unmut zu verbergen.

Fritz von Cannenberg war zum Wandschrank gegangen, hatte die Schranktür geöffnet und prallte zurück! Er blickte in die starren leblosen Augen von Karl, der vor ihm saß, auf einen Stuhl gefesselt. Sein Mund war mit einem breiten, schwarzen Isolierband verschlossen. Der Sog der sich öffnenden Schranktür hatte ein Pappschild von Karls Knien geweht, das Fritz von Cannenberg vor die Füße fiel. Mit kalkweißem Gesicht, wortlos und mit bebenden Händen hielt er es hoch, den anderen entgegen, alle waren sie aufgesprungen und starrten auf die einzige Zeile, geschrieben in der Winkelschrift der mittelalterlichen Steinmetzzünfte:

Alle kannten diese Worte aus dem geheimen Meister-Ritual: »Memento Mori«, las Fritz von Cannenberg mit brüchiger Stimme, und Theodor Blechschmied stammelte: »Gedenke des Todes.«

»Los los! Schnell – hebt ihn herunter!« schrie der Würdige Meister mit überschlagender Stimme. »Wer kann denn mal – ich meine, wir müssen doch – verdammt noch mal – der Andreas muss her – immer wenn wir den Weißkittel brauchen, dann ist der natürlich nirgends zu sehen – Menschenskind, steh nicht hier rum! Zuerst das Pflaster ab, das Pflaster, weg damit! Hol endlich den Funkel her, der war doch vorhin noch da – sieh mal einer in der Cafeteria nach, aber dalli! Fritz pass doch auf! Voooorsicht...! Schnell – kaltes Wasser...!« Alles schrie durcheinander.

Fritz von Cannenberg und Frank hatten Karl von Gemmern samt dem Stuhl aus dem Schrank gehoben und ihn seitlich auf den Fußboden gelegt, wo sie ihn losbanden. Sie wollten Karl flach auf den Rücken drehen, was jedoch durch die bereits eingetretene Leichenstarre kaum möglich war. So gab Lothar von der Decken auch den Versuch auf, Karls steifen Kragen zu öffnen. Es war nur Routine als der herzu geeilte Andreas Funkel drei Finger an Karls Hals legte. Nach einigen Sekunden richtete er sich auf, drehte die Handflächen nach oben, runzelte die Stirn und sagte: »Er ist schon seit Stunden tot.«

»Was heißt das, Bruder Funkel? Wie viele Stunden denn?« wollte der Würdige Meister wissen.

»Etwa acht bis zehn, oder auch mehr. Das lässt sich so genau nicht sagen... hier ist es ziemlich warm«, setzte er nachdenklich hinzu.

»Und? Versteh' ich nicht!«

»Wärme beschleunigt die Totenstarre.«

»Welcher widerliche Sadist bringt so etwas fertig, das ist doch wie eine Hinrichtung, wie auf 'nem elektrischen Stuhl, ekelhaft!«

»Das ist nicht gesagt, dass Karl hier ermordet wurde. Das kann auch woanders gewesen sein.«

Bernd Leiting trat hinzu und stellte leise eine Blumenvase mit kaltem Wasser auf dem Tisch ab. Mit einem angefeuchteten Handtuch bedeckte er Karls Gesicht, offenbar nur, um überhaupt irgendetwas zu tun.

»Die Nummer der Mordkommission kennen wir inzwischen so langsam auswendig«, knurrte der Würdige Meister. »Macht das mal einer?« Gerald Nebel wischte sich den Schweiß von der Stirn und griff zum Hörer. Frank ergriff das Handy, das aus Karls Hosentasche gepoltert war, das gleiche Modell, das er selbst benutzte, und er warf einen schnellen Blick auf die Nummer im Display – es war keine, die er kannte.

»Wir sind die Brüder im Licht!« rief der Würdige Meister aus, bereits in der Tür. »Ich bin nur eine Etage tiefer bei meinem Zahnarzttermin und etwa in einer halben Stunde zurück.«

»Bist du sicher, dass du dich nicht in Schwierigkeiten bringst?« fragte Gerald Nebel. »Du verlässt einen Tatort, und die Kommissarin wird vermutlich gleich hier sein…«

»Die kann mich mal! Ich habe Zahnschmerzen. Das Licht sei mit euch, meine Brüder.«

»Wir bewahren das Licht!« war die Antwort aller.

»Ich danke euch, meine Brüder. Friede, Freude und Einigkeit geleite euch.«

»Der hat Nerven!« brummte der Zweite Aufseher.

8   Spekulationen

Noch unterwegs zum Parkplatz rief Frank bei Rüdiger Krekel an, denn nun waren auch für das Ritual zu Karls Trauerfeier Vorkehrungen zu treffen. Niemand als Rüdiger konnte so etwas besser organisieren. Und dass Bernd Leiting den Auftrag des Würdigen Meisters schon erledigt und die Nachricht von Karls Tod verbreitet hatte, schien ihm höchst unsicher. Auch wenn die Staatsanwaltschaft die Leichen nicht so bald freigeben würde, sollte das Totengedenken für Ben und Karl nach der Meinung aller dadurch nicht beeinträchtigt werden. Clarissa war am Telefon.

»Ach du bist es, Frank, wir haben ewig nicht mehr miteinander telefoniert. Wo hast du denn so lange gesteckt? Du warst sicherlich wieder auf Reisen, oder?«

Clarissa pflegte ihre Fragen meist selbst zu beantworten und mit einem freundlichen *'oder'* zu beenden. Dabei war es völlig gleichgültig, ob die Antwort überhaupt eine Alternative zuließ oder nicht. Diese Gewohnheit war ihr seit Kindertagen eigen; sie hatte die Redewendung vor Zeiten aus ihrer bayerischen Landheimat mitgebracht. Ebenso ihre Vorliebe, zwei zu spärlichen Zöpfchen geflochtene schüttere Haarsträhnen um ihren Kopf zu schlingen und mit langen gewellten Haarnadeln festzustecken.

»Auf Reisen? Wie kommst du denn darauf?«

»Ach Frank, sag mal – ist das nicht furchtbar, der arme Ben Dietrich! Da weiß man doch sicher noch nicht, wer das gemacht hat, oder?«

»Nein, Clarissa, aber ich ...«

»Hoffentlich hast du nicht vorhin schon mal angerufen, stell dir vor, wir sind erst vor fünf Minuten nach Hause gekommen, wir waren vorhin beim All-Markt weil es da heute frische Hummerkrabben gab, richtig große, nur sechs Euro, lecker kann ich dir sagen – aber du willst bestimmt den Rüdiger sprechen, oder?«

»Ja, ich ...«

»Du, aber mein Rüdiger ist jetzt leider nicht da, er musste noch mal weg, kann ich ihm was ausrichten, damit er dich dann zurückruft, du bist doch bestimmt zuhause, oder?«

Frank war überzeugt, dass Rüdiger wie gewöhnlich in Sichtweite saß und das Gespräch mithörte. Es war bekannt, dass Clarissa alles papageienhaft wiederholte, was ein Anrufer sagte. So konnte Rüdiger im Hintergrund gestikulierend Regie führen und war auch für seinen späteren Rückruf bestens vorbereitet.

»Clarissa, ich wollte nur fragen, ob Cornelius Frey schon bei Rüdiger angerufen hat, weil ...«

»Ich verstehe, du willst wissen, ob Cornelius schon angerufen hat – oder?« echote Clarissa.

Vermutlich sieht sie jetzt fragend zu Rüdiger hinüber, dachte Frank und fühlte, wie ihm die Wut in den Nacken stieg.

»Na-heiiin«, antwortete Clarissa gedehnt, »ich glaube nicht, jedenfalls nicht dass ich wüsste.«

Sie muss jetzt Zeit gewinnen, weil Rüdiger fieberhaft überlegt ob er diese Frage lieber nicht beantworten soll. Frank wusste, dass es so war.

»A-hem«, setzte Clarissa nach, »also das kann ich dir wirklich nicht sagen«, und am Ende des Satzes stand ein deutlich hörbares Fragezeichen. Und jetzt ist sie sauer, weil sich Rüdiger mal wieder nicht festlegt, stellte Frank fest. Rüdiger vermeidet eindeutige Antworten – typisches Berufsleiden bei Anwälten, dachte Frank.

»Ja, das ist natürlich schade ...«

»Wieso?« forschte Clarissa. »Gibts denn was Neues?«

»Nein, eigentlich nicht. Denn dass Karl tot ist, wisst Ihr wohl schon.« Diese Spitze konnte sich Frank trotz der tragischen Nachricht nicht verkneifen, denn Clarissa reagierte auf alle Neuigkeiten mit einem unnachahmlich hoheitsvollen ‚natürlich wissen wir das schon‘.

»Was? Karl! Ogottogottogott – Karl? Tot? Wirklich tot? Wieso denn das? Wie ist denn das passiert? Sicher ein Herzinfarkt – oder?«

»So kann man das nicht sagen, denn ...«

»Aber das musste so kommen! Und der Jüngste war Karl auch nicht mehr, nicht wahr? Ach Gott, die arme Lotti...!«

»Wer ist Lotti?« fragte Frank überrascht. Ob Karl eine Freundin gehabt hatte?

»Lotti? Aber Frank, du bist doch mal wieder völlig ahnungslos! Charlotte, unsere liebe Schwester Mausberg! Siehst du, jetzt fällts dir wieder ein, oder? Ach Herrjeh, das arme Lottchen, wie schrecklich für sie, da muss ich doch sofort bei ihr anrufen – sonst war nichts, Frank, oder?«

»Naja – ich wollte nur noch ...«

»Frank, wenn mein Rüdiger zurück ist wird er dich anrufen, ich sags ihm gleich – Rüdiger, hör mal! ... ach Gott, der arme Karl, gerade jetzt wo er sein Testament ändern wollte. Rüdiger meldet sich dann bei dir, gell – tschühüüüüüs!«

Oh nein, dachte Frank mit einem Gefühl von Dankbarkeit. Aber – Moment mal: das Testament ändern, wiederholte er nachdenklich. Wie kommt sie darauf? Welches Testament? Gibt es da etwas oder war das nur so daher geplappert? Und vor allem: Warum und zu wessen Gunsten sollte Karl sein Testament ändern? Oder vielleicht noch interessanter: zu wessen Ungunsten?

Ob das meine Kommissarin interessiert? – So ein Quatsch, ich bin doch kein Spitzel! In erster Linie bin ich Journalist, und lasse mich für absolut nichts einspannen! Das hab ich nie zugelassen. Und überhaupt: *meine'* Kommissarin! Frank, sei kein Idiot! Und deshalb hörst du jetzt sofort auf mit diesem Blödsinn! Mit Bullen ist nichts anzufangen.

Und von Bullinnen lässt man ebenfalls die Finger! Und außerdem: Mutter mit Sohn – lass die Finger davon!

Aber es half nichts! Er musste zugeben, dass ihm die kleine Kommissarin keineswegs gleichgültig war. Deshalb drängte es ihn, sich bei ihr in gute Erinnerung zu bringen. Vorhin, bei der ersten Vernehmung, nachdem Karls Leiche weggebracht worden war, hatte sie in ihrer schnippischen Art zu ihm gesagt: In Ihrem Laden (Laden! Das war noch schlimmer als Verein!) wird für Abwechslung gut gesorgt, das muss man Ihnen lassen! So als hätte er selbst etwas damit zu tun, und das hatte ihm wahrhaftig gestunken!

Allerdings – irgendwie hat sie recht, dachte Frank, aber ihn ärgerte erstens, dass in diesem Satz so viel Verachtung gelegen hatte, und zweitens, dass er sich jetzt offenbar selbst in der Schusslinie befand. Wurde er nicht mit einem Mörder über ein und denselben Kamm geschoren? So empfand er das.

Frank pflückte angesäuert einen grünen Zettel von seiner Windschutzscheibe. Warum denn das? Mit prüfendem Blick umrundete er den roten Mini. Vielleicht weil ich fuffzehn Zentimeter außerhalb der Parkflächenbegrenzung stehe? Meinetwegen – es können auch fünfzig Zentimeter sein, Ansichtssache! Schmalspurig, diese Bullen! Haben natürlich nichts Wichtigeres zu tun, sollten lieber Mörder fangen, die scharenweise frei rumlaufen. Und außerdem – sie ist viel zu jung!

***

Etwas später parkte Frank seinen roten Mini neben der großen geschwungenen Freitreppe des Ordenshauses. Eine Gewohnheit, die ihm gelegentlich eine Rüge eintrug, weil der Würdige Meister diesen Platz für sich in Anspruch nahm. Auch Karls Wagen hatte an dieser Stelle jahrelang seinen Platz gehabt. Eine beklemmende Wehmut um den toten väterlichen Freund ergriff Frank. Ohne jeden Zusammenhang fiel ihm ein, wie Karl ihn bei seiner Aufnahme in den Orden – wie viele Jahre waren seither vergangen – vor einer grauenhaft lächerlichen Situation bewahrt hatte. Frank hatte, wie jeder Novize, alle metallenen Gegenstände ablegen müssen, also auch seinen Hosengürtel. So stand er mit rutschender Hose vor dem Altar des Würdigen Meisters, um seine Insignien in Empfang zu nehmen. Und hätte nicht Karl fest und entschlossen zugegriffen und ihn am Hosenbund gepackt... Frank war die Erinnerung noch heute unangenehm. So war sein alter Bruder Karl gewesen. Großer Manitou, dachte er, schenk mir ein Herz aus Stein.

Er war noch damit beschäftigt, das schon ewig klemmende Schiebedach mit einigem Kraftaufwand zu schließen als der neu aufgenommene Bruder aus dem Haus trat und die Portaltür hinter sich zuzog. Cornelius Frey kam die Treppe herunter, direkt auf ihn zu, so als sei er nicht überrascht, Frank um diese keineswegs logenübliche Zeit hier zu begegnen. Trotzdem bemerkte er bei dem Mann ein leichtes Zögern, ganz so, als sei er nicht sicher ob er ihn ansprechen oder sich lieber mit einem kurzen Gruß vorbeidrücken solle.

»Sieh da, der neue Bruder«, sagte Frank deshalb und gab so der Situation eine entspannende Wendung zur Normalität.

»Ah – Sie sind es«, sagte der Neuling erleichtert und ging ohne Zögern auf Frank zu. »Ich hatte dieses Buch hier vergessen«, sagte er. »Das hat mir mein väterlicher Freund Karl anlässlich meiner Aufnahme geschenkt – ist das nicht schrecklich!« setzte er hinzu. Es war offensichtlich, dass Cornelius damit Karls plötzlichen und grausamen Tod meinte und nicht den beklagenswerten Zustand des Buches, das er in der Hand hielt.

»Er wollte mir noch eine Widmung schreiben und das Buch für mich neu binden lassen, falls es mir gefällt – aber jetzt...« Cornelius vollendete den Satz nicht.

»Wir sind alle sehr betroffen – ein schmerzlicher Verlust für jeden von uns«, antwortete Frank. Er erkannte die innere Bewegung des neuen Bruders, sah, dass dessen Unterlippe leicht zitterte. »Wer hat Sie angerufen?«

»Vor einer Stunde, der Bruder Funkel. Ob die Mordkommission schon einen Verdacht hat?« überlegte Cornelius laut und sah Frank fragend an.

»Wohl kaum, die Mordkommission ist an der Arbeit. So etwas dauert bekanntlich eine Weile.« Frank fühlte sich unbehaglich, als wüsste der andere von dem Gefühls-Chaos, das die Kommissarin in ihm ausgelöst hatte.

»Kann es sein, dass zwischen dem Mord an diesem Bruder – wie war sein Name? – Benjamin Dietrich – und unserem Karl ein Zusammenhang besteht? Immerhin, zwei gewaltsame ...Todesfälle in weniger als 24 Stunden!«

»Auch das ist völlig ungewiss – in diesem Moment«, sagte Frank. »Jedenfalls ist der Tod der beiden Brüder ein schwerer Verlust für den Lichtorden.«

»Und dabei so sinnlos, so absolut sinnlos«, sagte Cornelius ohne erkennbaren Zusammenhang.

Frank war berührt von der Bewegung des anderen, der jetzt die linke Hand, zur Faust geballt, vor den Bauch hielt. Frank musste im Stillen lächeln, denn dies war das Erkennungszeichen eines höheren Grades, was der Neue nicht wissen konnte. »Jedenfalls werden wir uns gedulden müssen, was die Ermittlungen ergeben.«

»Nun wird das sicherlich nichts werden mit dem Freimaurerischen Zentrum, für das sich der Bruder Karl so stark gemacht hat?« vermutete der Jüngere und sah Frank fragend an.

»Ach, ich denke aber, dass die Finanzierung durchaus möglich ist, und alles andere…«

»Ich meine nicht die Finanzierung, sondern die Leidenschaft, mit der sich Karl für das Projekt engagiert hat. Aber ich hatte schon bei meinen früheren Besuchen hier im Hause den Eindruck, dass nicht alle Brüder von diesem Vorhaben begeistert waren, oder was meinen Sie?«

»Gut beobachtet«, antwortete Frank, maß den Jüngeren mit einem schnellen Blick und setzte hinzu: »Aber auch die Finanzierung muss gestemmt werden. Das ist kein Pappenstiel!«

»Oh, ich glaube, wenn da jemand die Überzeugungskraft von Karl aufbringt, dann dürfte das kein allzu großes Problem sein – jedenfalls kann ich mir das nicht vorstellen.«

Hundertfünfzig Millionen Euro sind viel Geld«, gab Frank zu bedenken. »Und Bankkredite hin oder her, aber der Rest… und ob alle Brüder im Lichtorden so spendabel sein werden…«

»Ach wissen Sie«, unterbrach da der junge Bruder den Älteren, »ich war einige Jahre beim Deutschen Jungburschen Corps engagiert – da wurde für manches Projekt in wenigen Wochen Zeit sehr viel Geld beschafft.«

»Aha? Und sogar in dieser Größenordnung? …bei den Deutschen Jungburschen, sieh an! « Frank war erstaunt.

»Das war Ihnen nicht bekannt?«

Jetzt fehlt nur noch, dass er ‚etwa nicht bekannt‘ gesagt hätte, dachte Frank. »Nein – wenn ich ehrlich sein soll! Ich kann mir auch nicht denken, wer diesem Verein solche Mittel zur Verfügung stellen würde.«

»Das hört sich nicht positiv an – für das Deutsche Jungburschen Corps«, lachte Cornelius und sah Frank verstohlen an. »Haben Sie Vorbehalte gegen die Jungburschen?«

»Hm, ich glaube – die Leute vom Deutschen Jungburschen Corps sind doch keineswegs zeitgemäß aufgestellt – jedenfalls ist das nicht nur meine Meinung.«

»Ach? Und wieso nicht?«

»Lieber Bruder Frey, Sie wissen doch sicherlich, dass man beim Deutschen Jungburschen Corps bereits wieder über Arier-Nachweise nachdenkt, oder nicht? Das ist in meinen Augen schwärzester Rassismus. So etwas darf hier bei uns keinen Platz haben!«

»Da gibt es aber hier im Haus einige Brüder, die das keineswegs kritisch sehen – wie Sie sicherlich wissen. Auch in der Vergangenheit gab es berühmte Brüder, die Ihre Auffassung nicht geteilt hätten. Einer wurde sogar bei meiner Aufnahmezeremonie genannt, Charles Lindbergh, der bekanntlich Antisemit war.«

»Es gab immer Ausnahmen, die man damals eben toleriert hat«, sagte Frank knapp. »Aber das ist lange her.«

»Dann wäre auch Augusto Pinochet zu nennen, der es nur durch den gewaltsamen Tod seines demokratisch gesinnten Logenbruders Salvador Allende geschafft hat Präsident von Chile zu werden. Und trotzdem hat eine Delegation der Deutschen Großloge dem Diktator ihre Aufwartung gemacht. War das nicht unter der Führung des damaligen Deutschen Großmeisters Hollstadt? Jedenfalls habe ich da kürzlich in einem Bildband ein offizielles Foto gesehen.«

Frank musterte den anderen nachdenklich, sagte aber nur: »Vielleicht sollten wir zu diesem Thema gelegentlich einen Vortragsabend bestreiten, was meinen Sie?«

»Warum nicht, wenn sich dafür genug Interessierte finden«, antwortete Cornelius ausweichend. Dann fügte er schnell hinzu: »Jedenfalls haben wir beim Deutschen Jungburschen Corps mehr als einmal sehr ergiebige Kapitalsammlungen durchgeführt.«

»Durch Spenden? In der Größenordnung von hundertfünfzig Millionen?«

»Auch das. Aber nicht nur durch Spenden, denn man kann solche Summen auch anders finanzieren.«

»Interessant – und wie, Ihrer Meinung nach?«

»Ganz einfach – man verkauft eine Dienstleistung, an der möglichst viele Leute interessiert sind.«

»Und was könnte das sein? Eine Dienstleistung, die solche Summen einbringt, halte ich für unseriös.«

»Nicht unbedingt. Nehmen Sie zum Beispiel ein Gewerbeverzeichnis, etwa als Datenbank.«

»Und das klappt? Erstaunlich!«

»Ich hatte erst vor ein paar Tagen ein ähnliches Angebot im Briefkasten. Wenn es Sie interessiert, dann kann ich Ihnen das gerne zusenden?«

»Warum nicht, das würde ich mir immerhin mal ansehen – aber bitte per Fax. Ich muss gestehen, dass ich mein Postfach nicht täglich leere.«

»Klar, kein Problem. Ihre Fax-Nummer finde ich doch bestimmt im Adressenverzeichnis der Loge?«

»Stimmt genau – danke im Voraus«, sagte Frank und war froh, das Gespräch über die Deutschen Jungburschen damit zu beenden.

»Keine Ursache«, sagte Cornelius. »Das erledige ich heute noch.« Dabei zog er ein kleines Notizbuch aus der Tasche seiner Jacke und benutzte das Buch, das er unter dem Arm getragen, hatte als Schreibunterlage. Frank konnte am Einband erkennen, dass es sich um eine alte Ausgabe des Simplicissimus handelte und sagte, dankbar für den sich bietenden Themenwechsel: »Ja – der junge Fant, der in den Wirren einer schweren Zeit gegen viele Gefahren seinen Weg finden musste.« Insgeheim aber dachte er: So war er, unser Karl, immer mit einem ausgeprägten Hang zum Vieldeutigen.

»Ja«, antwortete Cornelius einsilbig.

»Sieht nicht gut aus – das Buch«, sagte Frank.

»Ist aber restaurationsfähig«, antwortete Cornelius schnell.

»Auch bezahlbar«?

»Ich glaube schon, wenn auch nicht in Deutschland.«

»Ah? Interessant! Wo dann?«

»In Irland.«

»Und Sie kennen da jemanden? Wo?«

»In Athlone.«

»Athlone? Am Shannon?«

»Sie kennen Athlone?«

»Bin mal auf einem Bootstörn dort vorbeigekomme, wir mussten in diesem Hafen übernachten, wegen des schlechten Wetters! Dort gibts gratis alle vier Jahreszeiten an einem Nachmittag, typisch irisch...«, und beide lachten wie Leute die wissen wovon die Rede ist.

»Den Hafen von Athlone kenne ich nicht«, sagte Cornelius. »Ist der zu empfehlen, falls man dort per Schiff vorbei kommt?«

Frank schüttelte sich: »Lieber nicht! Die Toiletten waren grauenhaft, bekotzt und verschissen – sorry, aber man kanns nicht anders sagen!«

»Das kommt vor«, sagte Cornelius verbindlich, aber ohne jedes Interesse.

»Und Ihr Buchrestaurator?«

»… ist absolute Weltklasse! Ein Künstler, wie es nicht mehr viele gibt, ein uralter Mann, ein Typ wie Einstein…«

»Der interessiert mich, kann ich die Adresse haben? … aber…Mist, ich hab jetzt leider nichts zum Schreiben, ich …komme gerade vom Joggen…«

»Sind Sie nicht der Journalist, und ohne Bleistift?« feixte Cornelius anzüglich.

»Selbst ein alter Handwerker ist mal ohne Hammer unterwegs«, knurrte Frank. Was bildete sich dieser Grünschnabel ein!

»Kein Problem, ich schreibe sie Ihnen auf«, antwortete Cornelius versöhnlich und fischte ein zusammengefaltetes Papier aus seiner Hemdtasche. »So, das haben wir gleich – bitte.« Er hatte die Adresse auf die eine Hälfte geschrieben, die andere Hälfte riss er ab und steckte sie ein.

»Nur einfach so, aus dem Kopf? Respekt!« staunte Frank.

»Seine Enkeltochter war mal meine Freundin«, grinste Cornelius.

»Na dann, aber trotzdem!«

»Entschuldigen Sie meine Unsicherheit«, bemühte sich der Neue um einen anderes Thema, denn er hatte das Gefühl, dass seine Bemerkung vorhin doch unpassend gewesen sein könnte. »Ich kenne bis jetzt von den anderen Brüdern noch kaum jemand, nur wenige, denn Sie alle waren gar zu viele – bei meiner Aufnahme, meine ich. Mich dagegen kennt offenbar jeder, denn ich war nur der Eine!«

»Oh keine Sorge, das gibt sich schnell«, lachte Frank, und er erinnerte sich, dass es ihm vor vielen Jahren ähnlich ergangen war.

»Aber wir sollten einfach *Du* sagen, ich denke wir haben uns genug beschnuppert. Natürlich nur, wenn Sie einverstanden sind! Schließlich sind wir Brüder - oder nicht, Bruder Frey?« Ganz schnell hatte Frank dies noch hinzugefügt, damit jener nicht auf den Gedanken kommen mochte, es sei damit auch das Du auf den Vornamen gemeint. »Ich heiße Artman, Frank«, setzte er hinzu und streckte Cornelius nochmals die Hand hin, wie dieser dankbar ergriff und sagte, dass er einverstanden sei und sich geehrt fühle.

»Aber jetzt sollten wir das nochmals üben«, sagte Frank indem er des anderen Hand festhielt. Cornelius war zuerst verwirrt, verfolgte aber dann mit Aufmerksamkeit als der ältere Bruder ihm den Lehrlingshandgriff, das besondere Erkennungszeichen der jungen Brüder erklärte. Frank zeigte ihm worauf er zu achten habe, damit diese Geste als eine absichtliche erkannt wurde. »Wir sind viele«, setzte Frank bedeutsam hinzu. »Und wenn du in die Situation kommst, einer Gruppe von, sagen wir, zwanzig Leuten die Hand zu schütteln dann ist die Wahrscheinlichkeit hoch, dass du darunter einen Bruder erkennst.« Cornelius bat um eine noch langsamere Wiederholung des Händedrucks, damit er sich die besondere Art und die Einzelheiten des Handgriffs richtig merken könne. Frank war zufrieden mit seinem gelehrigen Schüler.

Wie sich das denn verhalte mit dem Halszeichen, das ihm vor einigen Monaten bei seiner ersten freimaurerischen Begegnung aufgefallen sei, wollte Cornelius wissen. Er erinnerte sich der Szene am Flughafen Zürich, als jener Hus Schmidt auf eine ihm damals unerklärliche Weise trotz eines ausgebuchten Fluges sogar einen First Class-Platz hatte ergattern können. Frank erklärte ihm, solch ein öffentliches Zur-Schau-Stellen geheimer Zeichen sei nicht die Regel und auch nicht erwünscht. »Aber manches Mal«, fügte er mit einem leichten Lächeln hinzu, »heiligt eben der Zweck die Mittel – wie man weiß. Wo hast du das gesehen?« wollte er aber dann doch wissen.

Cornelius schilderte die Begebenheit so, dass sein nunmehriger Bruder Hus Schmidt dabei nicht zu erkennen war. Er hielt das nicht für klug nachdem er wusste, dass dessen Verhalten missbilligt werden konnte. Aber Frank lachte nur und sagte, dass der Mensch nicht nur schwach sei, sondern bekanntlich auch dazu neige, Konflikten aus dem Weg zu gehen. Dabei stellte er beiläufig fest, dass sein junger Bruder Cornelius die Fußspitzen hin und wieder leicht nach innen zu stellen pflegte, sodass sich Frank wegen seiner Bemerkung des Konfliktvermeidens wie ertappt fühlte. Schließlich war in jedem Taschenbuch über Menschenkenntnis im Alltag nachzulesen, dass Menschen mit dieser Fußhaltung dazu neigen, Konflikten aus dem Weg zu gehen. Er sei wohl häufig in der Luft unterwegs, vermutete Frank um auf die Flughafenepisode zurück zu kommen und das Thema zu wechseln, und er sah den Jüngeren fragend an. Ach, nicht allzu oft, gab dieser zur Antwort, und insbesondere jene erwähnte Reise habe ihm die Lust am Reisen erstmal verdorben. Und vor allem in Zürich werde man ihn so schnell nicht mehr zu sehen bekommen. Und nun, als habe er nur die Aufforderung des Älteren abgewartet, erzählte Cornelius ohne Zurückhaltung, wie er sich kürzlich bei einer Schweizer Bank vergeblich um die Finanzierung seines Solarenergie-Patents bemüht hatte. Immerhin stünden die Erdölreserven der Welt kurz vor dem Ende, und Solartechnologie sei schlechthin unsere Zukunft – jeder wisse das.

»Ach – das ist wohl die Solar-Tech AG?« fragte Frank leichthin, obwohl er wusste, dass dies nicht der Fall war.

»Nein, nein! Das ist nur meine kleine Sun-Lab, deren Konferenzzimmer ich gern für Sitzungen des Logenrates zur Verfügung stelle«, antwortete Cornelius. »Die Solar-Tech AG ist mein übermächtiger Konkurrent, der mich vermutlich gar nicht wahrnimmt. Obwohl ich mit diesem Verein nur Ärger habe – solange ich zurück denken kann«, sagte er. »Aber damit ist jetzt endgültig Schluss«, gab sich Cornelius kämpferisch. »Meiner Sun-Lab fließt in Kürze genügend neues Kapital zu, was meinem großen Konkurrenten gar nicht gefallen wird, das können Sie mir glauben.«

»Ah – ich verstehe! Sie meinen sicherlich solches Kapital, das sich aus der erwähnten Gewerbedatenbank zaubern lässt – wie Sie mir vorhin erklärt haben?«

»Nein, dieses Mal nicht. Da ziehe ich für meine zukünftige Aktiengesellschaft eine seriösere Finanzierung vor. Wissen Sie, darauf muss man in einem solchen Fall achten.«

»Gratuliere«, sagte Frank und ignorierte das neuerliche Sie des jungen Bruders. »Also ein Lottogewinn oder eine Erbschaft?« fragte er ernsthaft.

»Wie kommen Sie denn auf Erbschaft?«

Hallo, dachte Frank, die Gegenfrage kam wie aus der Pistole geschossen, aber er sagte nur: »Bei solch einem überraschenden Geldsegen gibts doch nicht so viele Möglichkeiten?«

»Ja, da haben Sie recht, äh – ich meine, da hast du recht, Bruder Artman! Einen Lottogewinn hätte ich natürlich auch nicht abgelehnt.«

Alles klar, registrierte Frank, ein Lottogewinn wirds also nicht sein, und laut sagte er mit großem Pathos: »So ist es mein lieber Bruder, dem gewöhnlichen Sterblichen bleibt nur das sauer verdiente Brot aus Mühsal und Arbeit«, und dabei warf er seine Linke mit theatralischer Verzichtgebärde in die Luft.

Cornelius lachte noch herzlich über die gelungene Einlage, als Frank ernsthaft hinzufügte: »Übrigens – auch die Schweizer Handelsbank soll sich bei innovativen Projekten recht zimperlich anstellen, das hab ich schon mal gehört.«

»So so, die auch? Mein Vorstoß bei der Zürcher Kantonalbank hat mir gereicht! Wir finanzieren dergleichen nicht, *mühüssen Sie wihissen*«, ahmte Cornelius den kehligen Dialekt jenes Zürcher Bankiers nach.

Frank musste lachen: »Das hast du gut drauf, Bruder Frey! Der geborene Stimmenimitator! Du könntest dich dort sofort bewerben – als Bankmanager in Zürich. Aber Fremdkapital ohne Kreditzinsen ist in jedem Fall das bessere Geschäft«, sagte Frank abschließend, um das Thema zu beenden. Zu viel zu wissen konnte in diesem Haus ein Nachteil sein, wie sich schon oft gezeigt hatte.

Die beiden verabschiedeten sich freundschaftlich, als würden sie sich schon lange kennen. Cornelius hatte offenbar ein Taxi bestellt, das soeben vor dem schmiedeeisernen Portal hielt, und Frank freute sich auf eine geruhsame Stunde in der Kühle der alten Bibliothek.

9 Schattenspiele

»Der junge Bruder Frey lebt sich ein«, sagte Hus Schmidt lächelnd zu Jo Schartek und spähte zwischen den

Lamellen der Jalousie hinunter in den Vorhof, wo sich Frank und Cornelius soeben verabschiedet hatten.

»Du meinst, die beiden kommen miteinander aus?«

»Das ist wohl nicht zu übersehen, oder was meinst du, Jo?«

»Was für uns manches leichter macht!« setzte Jo hinzu und zog eine dünne Kroko-Ledermappe aus seiner Aktentasche. »Mir wäre allerdings wohler, wenn ich wüsste, was unser Schreiber inzwischen erschnüffelt hat.«

»Du solltest nicht immer schwarz zu sehen, mein Lieber. Unseren Bruder Artman werden wir diskret beobachten. Das genügt erstmal. Wie wir aus Erfahrung wissen, regeln sich viele Dinge meist wie von selbst.«

»Das wär' mir neu! Bei mir regelt sich immer nur das optimal, was ich selbst in die Hand nehme.«

»Da gibts aber historische Beispiele, die erzählen was völlig anderes«, schmunzelte Hus Schmidt.

»Mit der Historie hab ichs nicht so. Aber du willst mir jetzt doch irgendwas erklären, also?«

»Du bist doch Flieger, oder irre ich mich?«

»Lass mich damit in Ruhe! Wenn der große Baumeister aller Welten wollte dass ich fliege, dann hätte er mir Federn wachsen lassen. Und? Siehst du welche?« Dabei drehte Jo den Kopf zuerst über die rechte und dann über die linke Schulter nach hinten. »Ja, Segeln – da kann ich mitreden, das ist meine Welt!«

»Okay, auch gut. Nimm also die Spanische Armada – als die eines Morgens vor der britischen Insel auftauchte, da brach dort die schwarze Verzweiflung aus, und Old England fing an zu beten.«

»Große Armada, wart mal, war das nicht dieser riesige Haufen von Kriegsschiffen aus Italien, irgendwann zur Zeit der Kreuzzüge...«

»Kriegsschiffe stimmt, aber nicht aus Italien, sondern aus Spanien. Und auch nicht zur Zeit der Kreuzzüge, sondern um 1600 herum. Wenn du unseren Presse-Bruder danach fragst, dann sagt der dir nicht nur das genaue Datum, sondern auch noch die Uhrzeit und den damaligen Stand der Gezeiten«, lachte Hus Schmidt.

»Und auch exakt, wie viele Schiffe das waren, ich weiß. Egal! Und wie war das nun mit dieser Großen Armada, die sich von selbst erledigt hat?«

»Da kam vor der Küste Englands ein richtig dicker Nebel auf, wie bestellt, und schon wars aus mit der Großen Armada. Und das britische Königreich war gerettet! So einfach geht das manchmal, wenn man den Dingen ihren Lauf lässt!«

»Oder auch nicht, dann muss eben nachgeholfen werden, so wie bei unserem Bruder Karl, stimmts?«

»Sieh mich nicht so an, Jo! Ich hab auch keine Ahnung, bei welchem Schmalhirn da die Sicherung durchgebrannt ist! Und warum nur? Es macht einfach keinen Sinn!«

»Jedenfalls kommt dieser... sagen wir mal ‚Unfall‘ zum absolut falschen Zeitpunkt! Wir hätten Karl noch gebraucht. Das war jetzt weder nötig, noch hilfreich!« bellte Jo.

»Da hast du recht, Jo. Genau genommen ist das eine Katastrophe!« sagte Hus Schmidt.

»Na, so schlimm auch wieder nicht, damit war bei Karls Alter schließlich zu rechnen. Auf diese Weise ist die biologische Lösung eben früher eingetreten. Außerdem schrumpft so die Hausmacht unseres Großmeisters, oder siehst du das anders?«

»Jo, ich bitte dich! Darum geht es überhaupt nicht, denk doch mal nach!« sagte Hus Schmidt eindringlich.

»Kannste dich vielleicht deutlich ausdrücken? Ich kann solche Gehirnspielchen auf den Tod nicht ausstehen! Übrigens *'auf den Tod'* ist doch genau richtig, höhöhö!«

»Jo, warum begreifst du das nicht? Hier geht es doch darum, dass wir die Fäden nicht mehr in der Hand haben! Hier agiert jemand auf eigene Faust, und wir haben keine Ahnung, wer das sein könnte! Oder was meinst du?«

»Bin ich Hellseher? Da müssen wir eben ein bisschen warten – die Kommissarin wird das schon herausfinden!«

»Oh Himmel und alle Heiligen! Jo, streng endlich deine grauen Zellen an! Dann wirst du schnell dahinter kommen, dass wir gar nicht warten dürfen, bis der Kommissarin was ein- oder auffällt. Viel wichtiger ist es, dass wir Spuren verwischen, oder auch Spuren legen, damit der Kommissarin nur das ein- oder auffällt was für uns gut ist.«

»Hus, ich blick' da nicht mehr durch. Die Sache ist doch einfach: Karl war alt, und mit seinem Tod war zu rechnen. Nun ist er eben früher dahingegangen als geplant, na und? Tot ist tot, oder nicht? Jedenfalls sehe ich da kein Problem.«

»Jo, wir dürfen den jungen Frey nicht vergessen. Wenn der Mann dahinter kommt, dass unser Großmeister im Energiegeschäft engagiert ist, dann Mahlzeit. Genau besehen ist er als Chef der großen Solar AG der schärfste Konkurrent des Kleinen. Und wenn der Kleine dahinterkommt, dann kannst du dir ausrechnen, was passieren wird.«

»Nun?«

»Der bringt ihn um!«

»Na und – wir wollten ihn doch sowieso auf den Alten loslassen – richtig oder nicht?«

»Jo, bitte! Natürlich haben wir das so eingefädelt. Aber jetzt für dich, nochmal zum Mitdenken: Diese Aktion muss ab sofort exakt nach *unserem* Fahrplan ablaufen! Und dabei darf nichts durch irgendeinen Zufall ausgelöst werden!«

»Okay. Was weiter?«

»Also, die Situation ist hoch brisant! Cornelius Frey glaubt nämlich, dass die Solar AG ein Patent seines verstorbenen Vaters nutzt, und zwar widerrechtlich. Deshalb...«

»Hey, warum verklagt er dann die Solar AG nicht? Das wär' doch das Einfachste, oder?«

»Das wäre für Frey völlig aussichtslos – gegen solch einen Giganten! Außerdem geht das Gerücht um, sein Vater habe das profitable Patent in einer wirtschaftlich schwierigen Zeit an seinen damaligen Konkurrenten Gernot von Wennigen, also unseren heutigen Großmeister verkauft. Zwar weit unter Wert verkauft, wie man sich erzählt, aber verkauft ist verkauft!«

»Meinetwegen. Und was weiter?«

»Jo, die Sache ist doch klar: Deshalb bleibt ihm, so sagt sich vermutlich unser Cornelius Frey, nur die Rache für sein beklautes Leben. Und darauf wird er vermutlich nicht verzichten. Was schließen wir daraus, Jo?«

»Dann lebt unser Großmeister aber gefährlich, stimmts?«

»Heut noch nicht Jo. Aber spätestens dann, wenn Frey erfährt, wer sein Großmeister in Wirklichkeit ist.«

»Hör mal Hus, das erfährt der Junge doch jederzeit, wann immer er will! Der braucht doch nur den Namen... wie heißt dieses neumodische Zeug? in eine Suchmaschine? ... eingeben und dann...«

»Jo, bleib cool! Ich denke, wir werden den Bruder Cornelius offiziell nach Athen schicken, dann ist er aus dem Gefechtsfeld. Außerdem gibt's dafür aktuell auch noch einen anderen Grund... «

»Meinst du? Und welchen?«

»Jo, vergiss nicht, dass Karl in den Geschäftsräumen von Cornelius Frey's Sun-Lab Technologys tot aufgefunden wurde. Vermutlich wurde sogar dort umgebracht. Das bedeutet, dass die Boulevardpresse morgen nur noch ein einziges Thema haben wird, alles klar?«

»Nö!«

»Jo, ich bitte dich! So eine Pressekampagne, wie sie jetzt über den kleinen Cornelius hereinbrechen wird... Mahlzeit! Vermutlich ist der Kleine schon so gut wie tot – er weiß es nur noch nicht!«

»Stimmt! Der kann eigentlich nur noch Konkurs anmelden. Aber sag mal, ist das denn unser Bier?«

»Ja, Jo! Leider! Wie lange haben wir gebraucht, den kleinen Frey aufzubauen? Viel zu lange! Und das haben wir nicht gemacht, damit der jetzt die Nerven verliert und einen Konkurs hinlegt. Und deshalb schicken wir unseren Bruder Cornelius jetzt nach Athen, höchst offiziell!«

»Höchst offiziell? Klasse! Und wie soll das gehen, Hus? Kannste mir das sagen?«

»Das ist gar nicht schwierig, Jo. Die griechische Großloge hat nächste Woche ein hohes Jubiläum, nämlich ihr Stiftungsfest, und da wird er einfach die deutsche Großloge repräsentieren. Eigentlich wollte ich da selbst hin, aber ich lasse der Jugend den Vortritt.«

»Meinetwegen. Aber sag mal Hus – spricht der Kleene denn griechisch?«

»Kein Problem, Jo! Unsere griechischen Brüder sind gebildete Leute; von denen spricht jeder mindestens zwei Sprachen. Und viele haben in Deutschland studiert. Auf jeden Fall lernt Cornelius die wichtigsten zehn Sätze eben vorher auswendig - *kalimera, ti käro ta kani simära, stini ja sou*...guten Tag, wie wird das Wetter heute, Prost!«

»Mann, tolle Idee! Hätt' ich mir nicht so einfach vorgestellt! Aber ist denn so das Problem mit unserem Großmeister gelöst?«

»Jo, pass auf, jetzt gebrauchen wir unseren Kopf. Ich müsste mich sehr täuschen, wenn wir unseren Großmeister nicht doch noch zum Rücktritt bewegen könnten. Druck haben wir in den letzten Wochen genug aufgebaut. Das kann also alles unblutig ablaufen. Bis wir genau wissen wie das läuft, werden wir Frey in Athen beschäftigen. Der junge Mann wird sich sehr geehrt fühlen, wenn er sich vor lauter Einladungen nicht mehr retten kann. Und solange er in Athen weilt, kann er hier keinen Schaden anrichten. Alles klar?«

»Das könnte klappen. Ich glaube in seinem Aufnahmegesuch gelesen zu haben, dass der dort schon mal war. Vielleicht hat er da auch Bekannte!«

»Jo, manchmal hast du richtig gute Ideen!«

»Sag ich doch! Weiter!«

»Hm, da gibts einen jungen Menschen, der schon seit längerer Zeit bei uns anklopft. Einen gewissen Klaus Lorbacher, und der will unbedingt bei uns aufgenommen werden. Den werden wir mit unserem Bruder Frey nach Athen schicken.«

»Verstehe, als Aufpasser, gute Idee!«

»Nein Jo, umgekehrt wird ein Schuh draus!«

»Umgekehrt? Und wie?«

»Wir geben unserem frisch gebackenen Bruder Cornelius diesen zukünftigen Novizen in seine brüderliche Obhut. Das ist der gleiche Effekt, wenn nicht sogar besser! Was meinst du?«

»Und dein Plan B, Hus? Ich meine, falls unser General doch nicht zurücktritt? Was dann?«

»Jo, dann wird uns garantiert was anderes einfallen. Aber du wirst sehen, das entwickelt sich genau nach Plan!«

»Hus, ich weiß zwar nicht, warum du das alles immer etwas verschnörkelt machen musst – aber sei es drum! So machen wirs!«

»Dann ist jetzt alles klar, Jo!«

»Wenn Frey aber inzwischen doch dahinter kommt, wer sein Großmeister in tatsächlich ist, was dann?«

»Jo, das muss nicht sein, unser Großmeister hieß damals nämlich anders als heute.«

»Wieso anders, hat der inzwischen geheiratet?« gluckste Jo.

»Jo, das war in einer Zeit, als viele Leute triftige Gründe hatten, ihren Namen zu ändern.«

»Hus, ich glaub das einfach nicht! Dann wäre unser erhabener Großmeister vielleicht, ich sage ›vielleicht‹ ein richtiger Filou?«

»Jo, kann es sein, dass du dein Leben verkürzt, weil du zu oft die falschen Fragen stellst?«

»Ich werde mal drüber nachdenken«, sagte Jo und strahlte über das ganze Gesicht. »Aber nur, wenn du mir jetzt noch verrätst, was Karl mit all dem zu tun hat.«

»Jo, das muss aber unter uns bleiben, versprochen?«

»Versprochen, Hus!«

»Auf Zirkelwort?«

»Auf Zirkelwort! Also?«

»Karl war der leibliche Vater von Frey – soweit mir bekannt ist.«

»Was? Sagt das die Mausberg? Da sie seine Mutter ist, muss sie das schließlich wissen.«

»Jo, sie widerspricht nicht, das reicht doch. Oder?«

»Hus, ich fass' es nicht!«

»Ja, da staunst du, mein Lieber!«

»Mann, ich glaub' das jetzt nicht!«

»Hey! Bleib auf dem Teppich! Warum regst du dich so auf?«

»Mann! Begreifst du denn nicht, das ist doch die Chance! Denk mal an das Testament!«

***

Frank trat in das Dämmerlicht der holzgetäfelten Halle des würdevollen Ordenshauses. Er stieg hinunter in das Atrium, das eine reiche Bibliothek beherbergte – ein Buch wollte er sich mitnehmen. Wie wohltuend kühl es hier war! Nachdem er es sich in dem großen Lehnsessel an dem langen Holztisch bequem gemacht hatte, knipste er die grünbeschirmte Lampe an. Dann nahm er sich ein Blatt vom großen Notizpapierstapel und bedeckte es schnell mit Notizen und Stichworten, manchmal eingebettet in Blasen oder wolkenförmige Gebilde, die er untereinander mit festen und gestrichelten Linien oder Pfeilen verband, fügte kleine Skizzen und Anmerkungen hinzu, deren Sinn sich jedoch niemand außer ihm selbst erschließen mochte. *Denkzeichnen* hatte mal jemand diese Methode genannt, weil sich damit – wie auch Frank inzwischen herausgefunden hatte – Denkblockaden erstaunlich schnell auflösen ließen. Gelegentlich kam er damit in den verzwicktesten Fällen zu überraschenden Erkenntnissen.

Frank überlegte, welche Folgen die Mitgliedschaft des neuen Bruders Cornelius haben könnte. Man darf gespannt sein, dachte er, was passieren wird, falls der sensible junge Mann dahinter kommt, dass unser Großmeister im bürgerlichen Leben oberster Chef der Solar-Tech AG ist – und damit niemand anders als sein böser Konkurrent in Person. Irgendwie war Frank bei diesem Gedanken unbehaglich zumute.

Ein leises Summen des Handys holte ihn aus seinen Gedanken zurück. Die Kommissarin fragte, ob sie denn störe, sie habe nur eine klitzekleine Frage, den toten Bruder Benjamin Dietrich betreffend. Franks Antwort, so vermutete die Kommissarin, könnte sie vielleicht weiterbringen.

»Aber natürlich, nur zu«, antwortete Frank erfreut. »Wenn ich Ihnen helfen kann – sehr gerne.«

»Das hört sich gut an. Dann will ich mal hoffen, dass meine Überlegung klar genug ist, so dass Sie verstehen was ich meine.«

»Moment mal! Heißt das, es gibt schon konkrete Hinweise auf Ben Dietrichs Mörder?« erwiderte Frank überrascht.

»Bis jetzt zwar keinen konkreten Hinweis, aber vielleicht einen interessanten Aspekt – jedenfalls, wenn ich ein bestimmtes Stratagem in Betracht ziehe.«

»Oh, eine neue Anhängerin der chinesischen Stratageme? Lassen Sie hören, ich bin gespannt!«

»Ich hab mir zwar gleich gestern per Internet dieses Stratagem-Buch besorgt, aber verstehen Sie mich bitte richtig, Herr Artman. Ich will nur testen, ob mein weiblich-westliches Gehirn bei diesen fernöstlichen Denkansätzen mitspielt.«

»Also?«

»Ich vermute mal, der Mörder von Benjamin Dietrich benutzt das Strategem Nr. 8: ‚*Sichtbar die Holzstege instand setzen, aber insgeheim nach Chenzang marschieren*'. Wenn ich das richtig verstanden habe, dann hat da ein mächtiger Fürst die Holzstege, also den Zugang zum Dorf seines schwächeren Nachbarn auf mehrere hundert Meilen zerstört, damit dieser nicht gegen seine eigene Hauptstadt marschieren konnte. Der starke Fürst rechnete damit, dass der kleine Landgraf die Stege wieder in Stand setzen würde. Das tat dieser auch, beschäftigte an der riesigen Baustelle aber nur eine Handvoll Arbeiter. Der große Fürst sah das und war völlig beruhigt. Was er nicht wusste war, dass der kleine Landgraf insgeheim eine schlagkräftige Armee bewaffnete. Und so stand dieser eines frühen Morgens mit seiner ganzen Streitmacht völlig unerwartet vor den Toren der Fürstenresidenz.«

»Und wie kommen Sie gerade auf dieses Strategem?« Frank war erstaunt.

»Weil bei diesem Strategem etwas anderes vorgetäuscht wird, als das, was wirklich stattfindet. Dasselbe tut der Mörder von Dietrich.«

»Denken Sie da an etwas Bestimmtes?«

»Überlegen wir mal: Der Ermordete kam keineswegs durch dieses lächerliche Ritualschwert ums Leben, das ist sicher!«

»Das bedeutet, dass…«

»…dass das Ritualschwert nur Dekoration ist. Der Mörder will von sich als Täter oder von den näheren Umständen seiner Tat ablenken.«

»Hmmh«, machte Frank.

»Können Sie mir das mal übersetzen?« lachte die Kommissarin.

»Ich sags mal so: Dieses Strategem passt überhaupt nicht zu dieser Situation, oder was glauben Sie?«

»Vielleicht aber doch! Das war Herr Klausner, der den Toten gefunden hat, nicht wahr?«

»Ja, das ist richtig.«

»Wissen Sie, ob Ihre beiden Brüder Dietrich und Klausner privaten Umgang hatten? Ich spreche jetzt von sehr privatem Umgang.«

»Nein. Das wüsste ich!«

»So so. Wieso wüssten Sie das?«

»Weil ich die beiden seit Jahren sehr gut kenne, und das wäre mir bestimmt nicht verborgen geblieben.«

»Und wenn das doch so gewesen wäre, und Sie hätten das nur nicht bemerkt?«

»Wie kommen Sie darauf?«

»Nur so eine Idee, lieber Herr Artman! Was wäre denn, wenn Ihre Brüder Dietrich und Klausner schwul waren – und die beiden waren ein Paar?«

»Wer hat denn das erzählt?«

»Interessant – dazu gab es also etwas zu erzählen?«

»Nein. Ich meine nur, dass ich diese Schwulen-Theorie für absurd halte.«

»Und ich meine, dass das Verhalten Ihres Bruders Klausner nach dem Entdecken der Tat etwas Merkwürdiges hat.«

»Nach dem Entdecken der Tat? Was meinen Sie damit?«

»Herr Artman, mir wurde berichtet, dass der Bruder Klausner unmittelbar nach der Entdeckung der Tat im großen Bankettsaal einen Nervenzusammenbruch erlitten hat.«

»Finden Sie das so seltsam – nach einer solch grauenhaften Entdeckung?«

»Nach der Entdeckung oder nach der Tat, das ist hier die Frage!« sagte die Kommissarin.

Frank schluckte hörbar. »Keine Entdeckung, sondern Tat? Das wäre grauenhaft!«

»Grauenhaft, sicherlich, aber vielleicht auch typisch!«

»Typisch? Ich verstehe gar nichts mehr. Wieso denn typisch? Und wofür?«

»Oh, Herr Artman, das tut mir leid, aber ich muss mich jetzt unbedingt ausklinken, mein nächster Termin wartet. Wir bleiben in Kontakt!«

Wie nennt sich dieses Strategem, mit dem *'aufs Gras schlagen'*, überlegte Brigitte Yalmiz und blätterte in dem neuen Buch. Stimmt – *'aufs Gras schlagen, um die Schlangen aufzuscheuchen'*. »Strategem Nr. 13 – das Versuchsballon-Strategem. Das werde ich mir merken«, sagte die Kommissarin belustigt und steckte das Buch in ihre Handtasche.

***

Frank bewegten indessen andere Überlegungen. Er war sich durchaus bewusst, dass ein innerer Widerstand ihn hinderte, den Kontakt mit Brigitte Yalmiz zu vertiefen. Diese Hemmung entstand, das spürte er deutlich, auch aus seinem Berufsverständnis. Es waren keineswegs nur seine

Bedenken wegen des Altersunterschieds, wie er sich das einreden wollte. Schließlich war er Journalist, und er spürte, dass er bei einem nahen privaten Kontakt zu der sympathischen Kommissarin bestimmte Informationen nicht mehr für sich behalten durfte. Das würde die Aufrichtigkeit der Beziehung doch sehr infrage stellen. Es mag sein, dass manche Leute das hinkriegen, aber er würde das nicht bringen, da war er sicher. Deshalb empfand er auch die jetzt noch gärende Beziehungsfrage als nicht allzu hinderlich. Jedenfalls so lange nicht, bis er einige Fragen in diesem Puzzle auf eigene Faust geklärt haben würde – und das stand bei seinem beruflichen Interesse an erster Stelle.

Heftig zerknüllte er das Blatt, worauf er flüchtig den Anfang eines kleinen Gedichts hingeworfen hatte:

'Schräge Augen,

lebendig sprühend,

mir lange tief vertraut,

die sinnend...'

Später, murmelte er, später!

Oh Heilige Witwe – das hätte er beinahe vergessen – schnell schrieb er auf einen neuen Papierbogen oben rechts das Datum und die Uhrzeit und skizzierte links mit schnellen Strichen ein Handy mit der Mobilfunknummer im Display, die er auf Karls Handy erkannt hatte. Der dazu gehörige Name war Dankwart gewesen – ein Name der nicht häufig vorkam. Dankwart? Wer immer das sein mochte – er schied wohl aus dem Kreis der Verdächtigen aus. Wer bringt schon einen anderen um und versucht ihn dann anzurufen, so blöd ist schließlich niemand, überlegte Frank. Es sei denn, der Telefonversuch hatte davor – und nicht danach stattgefunden! Trotzdem – so unvorsichtig auf sich aufmerksam zu machen, das wäre einfach dumm!

Er würde also diese Nummer anrufen, aber was dann? Was, wenn es sich gar nicht um den Vornamen eines guten Bekannten, sondern um einen Familiennamen handelte! In diesem Falle konnte sowohl ein Herr Dankwart dran sein, wie eine Frau Dankwart.

So oder so, alles nur Spekulation, befand Frank und er beschloss, die Sache anzugehen. Er würde einfach als Freund von Karl anrufen – alles andere würde sich finden.

Kurz entschlossen unterdrückte er die Anzeige seiner eigenen Rufnummer und tippte die Nummer von Dankwart ein. Es klingelte lange.

»Ja, bitte schön?« Das ist eine sehr alte, gebrechliche Frauenstimme, registrierte Frank.

»Bringen Sie mir jetzt endlich die Bücher vorbei?« zitterte es ihm entgegen, noch ehe er etwas sagen konnte.

»Oh – ich bitte um Entschuldigung, ich glaube ich habe mich verwählt«, sagte Frank mitfühlend und betont zuvorkommend.

»Da müssen sie besser aufpassen junger Mann«, sagte die Greisin. »Ich habe tief und fest geschlafen, und jetzt bin ich wach.«

Frank bedauerte nochmals gestört zu haben und trennte die Verbindung. Er hatte eine Acht als letzte Zahl gewählt – offensichtlich ein Fehler. Es könnte auch eine Drei gewesen sein, überlegte er – oder eine Sechs. Neues Spiel – neues Glück, brummte Frank. Die Verbindung stand dieses Mal blitzschnell: »Hallihallo – Kutte hier«, rief eine polternde Männerstimme.

»Hallo – hier ist Frank, ich muss mal mit Dankwart sprechen weil Karl...«

»Keine faulen Tricks Kumpel, sonst setzt es was, verstanden? Mach dich vom Acker!«

»Hey – nu man sachte«, maulte Frank mit gespielter Entrüstung.

»Vergiss die Nummer, Schnulzenfuzzi!« brummte das Rauhbein, dann war die Verbindung tot.

Ob der jetzt auf Dankwart allergisch reagiert hat oder nur auf meinen Anruf, überlegte Frank und beschloss, diese Nummer demnächst nochmal zu testen.

»Einen letzten Versuch für heute«, dachte Frank, »aber dieses Mal mit der Drei am Ende.«

Es dauerte einige Rufzeichen lang, bis eine junge Frauenstimme etwas atemlos sagte: »Nicht auflegen, ich bin schon da.« Und kurz darauf, weil Frank man nicht sofort geantwortet hatte: »Hallo – bist du noch dran? Ich konnte das blöde Handy nicht finden!«

Das ist also ihr eigenes Handy, schoss es Frank durch den Kopf, sonst hätte sie anders reagiert! Außerdem musste sie sehr jung sein – die Tochter vielleicht?

»Hallo«, sagte Frank so locker wie möglich. »Ist das dein Handy? Ich wollte eigentlich Dankwart sprechen.«

»Dann ruf doch ihn auf seinem Handy an, das hier ist meins. Wer bist du überhaupt?«

Bingo, dachte Frank, also Dankwart existiert!

»Ich bin Frank, und wer bist du? – denn Dankwart bist du garantiert nicht«, lachte Frank und hoffte inbrünstig, die knisternde Spannung würde sich lösen.

»Ich bin Mirijam. Aber wieso rufst du bei mir an, wenn du was von Dankwart willst?«

Frank dachte: Sehr sympathische Stimme, eine sehr junge Stimme, frisch und aufgeschlossen. Jetzt bloß keine komplizierten Erklärungen, sonst trocknet die Quelle aus.

»Ich bin ein Freund von Karl, und Dankwart hat vor einer Stunde bei Karl angerufen. Leider hatte Karl einen Unfall und kann deshalb nicht zurückrufen. War das schon immer dein Handy?«

»Wieso willst'n das wissen?«

Hoppla, richtig clever die Kleine, dachte Frank. Ihr Misstrauen lag greifbar in der Luft, und deshalb sagte schnell: »Nur so, weil in dem Handy von meinem Freund Karl deine Nummer als die von Dankwart gespeichert ist – nur deshalb«, setzte er beruhigend hinzu.

»Ach so. Dieses hat er mir geschenkt, er hat seit 'ner Weile ein neues.«

»Verstehe. Kann ich Dankwart sprechen – ich meine, wenn er in der Nähe ist, dann kannste ihm das Teil doch einfach mal rüber werfen, oder?«

Schweigen in der Leitung. Frank beschlich ein unbehagliches Gefühl. Ob Dankwart daneben saß, bisher mitgehört hatte und jetzt heftig den Kopf schüttelte?

»Das geht nicht«, sagte Mirijam zögernd, »ich glaub, er ist draußen im Garten...«

Also eine Villa? überlegte Frank. »Dann gibt mir doch einfach seine neue Nummer«, sagte er leichthin.

»Nö, ich werd ihm sagen, er soll dich anrufen – tschüüüs.«

Dann war die Verbindung weg.

Sch...uss in den Ofen, murrte Frank. Aber hier lief etwas krumm! Oder fühlte sich das nur so an? Immerhin war Dankwart jetzt unter Zugzwang. Aber Moment – er hatte dieses Mal seine eigene Rufnummer unterdrückt! So ein Mist! Dann blieb ihm eben nur ein weiterer Versuch, vielleicht morgen.

Schnell wollte er sich für seinen nächsten Vortrag noch einen alten Band über den Untergang des Templerordens aus dem Regal nehmen, als er stutzte. Vor ihm auf dem Fußboden lag ein grüner Registrierzettel, wie er in jedes Buch wieder eingelegt wurde, wenn ein Ausleiher dieses nach einiger Zeit zurückgab. So konnte der Bruder Bibliothekar jederzeit verfolgen, wer sich welches Buch wie lange ausgeliehen hatte. Während der Ausleihe wurden die grünen Zettel in einem kleinen Karteikasten verwahrt, nach Nummern sortiert. Nicht die effektivste Organisation, aber der alte Bruder Wennerscheid (Gott hab' ihn selig) hatte das vor vielen Jahren so eingeführt, lange bevor Ben Dietrich schließlich das Amt des Archivars übernahm. Oh Himmel, dachte Frank, wir müssen schnell einen neuen Archivar ernennen – auch wenn das nur für eine Übergangszeit ist.

Dumme Panne, schimpfte Frank, legte den Zettel auf den Tisch und beschwerte ihn mit einem faustgroßen Kubus aus grünem Malachit aus dem Regal. Er stutzte, als sein Blick auf die Titelzeile des Registrierzettels fiel – es war der Simplicissimus von Grimmelshausen. Dieses Buch war von den jungen Brüdern sehr gefragt und deshalb in der Bibliothek mehrmals vorhanden. Als Frank im Regal nachsah stellte er fest, dass drei gut erhaltene Exemplare dort abgestellt waren – nur das Vierte, dessen Registrierzettel Frank soeben gefunden hatte, fehlte. Aber der Einband des Simplicissimus, den Cornelius soeben mitgenommen hatte, überlegte Frank, trug mit Sicherheit kein Etikett der Logenbibliothek. Das wäre ihm unbedingt aufgefallen! Außerdem – dieser Simplicissimus war nach Angabe von Cornelius ein Geschenk von Karl, warum auch nicht! Bleibt aber immer noch die Frage warum das Buch im Regal fehlte und der dazugehörige grüne Zettel auf dem Boden lag. Seltsam, dachte Frank, bei dem grünen Bibliothekszettel fällt mir wieder diese Schweizer Green Bank ein, mit dem Emblem eines grünen Baums. Wäre es nicht interessant zu wissen, warum ausgerechnet diese Green Bank den Kreditantrag von Cornelius so brüsk abgelehnt hatte? Einfach so, ohne jegliches Interesse, das war mehr als seltsam. Jeder Insider wusste, dass besonders die Green Bank fast alles finanzierte, was mit alternativen Energien zu tun hatte. Ja, mehr noch, wer irgendeine Finanzierung in dieser Branche suchte ging zur Green Bank, gleichgültig ob Windenergie, Solarenergie oder Biogas. Die Green Bank hielt große Stücke auf sich, Projekte dieser Art zu Gold zu machen. Warum also nicht auch das Patent von Cornelius?

Und überhaupt – zuerst die Geldknappheit des Bruder Frey und dann plötzlich ein warmer Regen, der sogar die mächtige Konkurrenz erzittern lassen soll! Ein Lottogewinn wars also nicht, das hatte Cornelius zu gleichgültig abgetan. Also doch eine Erbschaft? Da hat er jedenfalls nicht klar widersprochen – und eigentlich... Journalist sein ist manchmal Mist, dachte Frank, kein Mensch kann dir was erzählen ohne dass du dir überlegst, was der Haken daran sein könnte! Oder was der oder jener vielleicht gemeint hat! Frank nahm den alten Folianten an sich, nachdem er den grünen Zettel auf dem Tisch deponiert hatte, so dass der neue Bruder Archivar ihn sofort sehen musste. Dann verschloss er die Tür und deponierte den lächerlichen Bartschlüssel über dem Türbalken, wo er seit Ewigkeiten seinen Platz hatte.

10 Tete-a-Tete

Giovanni brachte die Drinks.

»So etwas Verrücktes hab ich noch nie erlebt«, sagte die Kommissarin und nippte an ihrem Cynar. »In meinem ganzen Leben noch nicht!«

»Was ist daran verrückt?«

»Finden Sie es etwa normal, mich mitten in der Nacht anzurufen und nach meinem Lieblings-Italiener zu fragen?«

»Mitten in der Nacht?«

»Naja, jedenfalls beinahe.«

»Kommt nie wieder vor, versprochen.«

»Und dass wir jetzt hier sitzen, als hätte ich nur auf Ihren Anruf gewartet...«

».. finde ich völlig in Ordnung – nicht dass Sie auf meinen Anruf gewartet haben könnten, das natürlich nicht!«

Brigitte Yalmiz schnappte nach Luft, aber er sprach einfach weiter.

»... es wäre ebenso okay gewesen, wenn Sie *mich* angerufen hätten und wir würden jetzt bei meinem Lieblings-Griechen sitzen.«

»Ich mag aber keinen Retsina.« Wie ein kleines trotziges Mädchen, fand Frank amüsiert und bezwang sich, nicht einfach ihre Hände zu nehmen, die das etwas unsaubere Wasserglas drehten – nach rechts, nach links – immer wieder.

»Zugegeben, dieser harzige griechische Wein ist nicht jedermanns Sache«, sagte er.

»Stimmt. Und nun?«

»Deshalb könnten wir zum Essen einen herrlichen frischen Soave trinken, zum Fisch sehr zu empfehlen. Sie mögen doch Fisch?«

»Von Essen war aber nicht die Rede – jedenfalls nicht, dass ich wüsste!«

»So wie es aussieht, habe ich wohl den völlig falschen Zeitpunkt erwischt. Sind Sie mehr der Morgenmensch?«

»Nein, das ist es nicht. Ich hab nur das Gefühl, dass mir die Zeit davon läuft. Meine Erfahrung ist, dass nach 24 Stunden die ersten Konturen eines Falls erkennbar sein müssen. Sonst werden die Ermittlungen schwierig, das ist eine Tatsache. Und in diesem Fall erkenne ich noch rein gar nichts. Schon in zwei Tagen wird sich kein Zeuge mehr genau erinnern, was er gesehen hat. Oder die Aussagen werden vage, oder sogar widersprüchlich, sodass man denken könnte, man arbeite an mehreren Fällen. Dieses Gefühl, dass hier Spuren verschwinden, die nicht richtig gedeutet wurden, habe ich schon jetzt.«

»Wieso das? Bis jetzt ist gerade mal ein Tag vergangen und da...«

»Nur ein Beispiel: Diese Sitzung des Logenrates, gestern, dauerte bis 14.50 Uhr – darüber gibt es keinen Zweifel, ist das richtig?«

Frank nickte: »Da bin ich sicher. Ich selbst habe das Runde Zimmer – dort tagt nur der Logenrat – kurz vor 15 Uhr abgeschlossen, nachdem alle anderen gegangen waren.«

»Okay. Kurz darauf trifft Funkel seinen danach verblichenen Bruder Ben Dietrich am Getränkeautomaten an der Garderobe. Eigentlich wollten die beiden einen Tempel einrichten. Aber Dietrich musste plötzlich umdisponieren – ein plötzlicher Termin. Dietrich und Funkel trennten sich nach Aussage von Funkel zwischen 15.10 Uhr und 15.30 Uhr. Allerdings konnte Funkel gestern um Mitternacht – also nur wenige Stunden später – nicht mehr sagen, wann das exakt war. Dabei wäre das wichtig, um den Todeszeitpunkt einzugrenzen. Anschließend verbringt Ihr Bruder Funkel rund zwei Stunden mit dem Einrichten des Tempels und weitere zwei

Stunden mit der Vorbereitung eines Vortrags in der Bibliothek. Er war allein, niemand hat ihn gesehen. Hier vergeht also eine Zeitspanne von vier Stunden, die im Dunkel liegt und in der vieles möglich ist. Wir gehen davon aus, dass Ben Dietrich innerhalb dieser vier Stunden ermordet wurde. Gefunden wurde er von Ullrich Klausner während der Tafelloge, etwa um 22.40 Uhr.«

»Wenn Sie mir eine Zwischenfrage gestatten: Was macht Sie so sicher, dass Ben Dietrich zwischen 15.30 und 19 Uhr starb? Könnte das nicht auch später gewesen sein? Denn gefunden wurde er erst um 22.40 Uhr, wie wir wissen. Dann hätten wir es mit einer Zeitspanne von fast sieben Stunden zu tun.«

»Sicher ist, dass Leichenflecke innerhalb von 20 bis 45 Minuten nach Todeseintritt sichtbar werden«, sagte die Kommissarin nachdenklich. »Nach vier bis sechs Stunden lassen Leichenflecke mit leichtem Fingerdruck wegdrücken, können sich in dieser Zeit aber noch verlagern.«

Frank antwortete nicht, die Kommissarin sah ihn an und fuhr fort: »Nach sechs bis zwölf Stunden sind die Leichenflecke nur mit festem Fingerdruck zu entfernen und verlagern sich dann auch nicht mehr. Bei Dietrich genügte ein leichter Fingerdruck, was für einen Todeszeitpunkt ab etwa 17.40 Uhr spricht, denn ich war exakt um 23.30 Uhr vor Ort.«

»Nach wenigen Stunden schon solch eindeutige Erkenntnisse, ich bin beeindruckt!«

»Das war meine einfachste Übung. Leider fehlen mir Fakten, die viel wichtiger sind. So tappe ich völlig im Dunkeln, was den Ort der Tötung angeht.«

»Nehmen Sie etwa an, dass Ben Dietrich nicht hier im Haus ermordet wurde?«

»Ich muss das in Betracht ziehen, denn in vier Stunden kann viel passieren. Tatsache ist, dass die Totenstarre etwa zwei bis drei Stunden nach dem Herzstillstand einsetzt. Wenn die Leiche allerdings in diesen ersten zwei Stunden verlagert wird, dann lässt sich das kaum nachweisen.«

»Hier spricht offenbar die Berufserfahrung…«

»Dazu kommt, dass in Ihrem Ordenshaus seit heute Nachmittag Umbaumaßnahmen stattfinden. Und das trotz unserer Ermittlungen! Aber nach Auskunft des Bauamts sind die Arbeiten dringend und unaufschiebbar, weil Gefahr im Verzuge undsoweiter, und wurden deshalb genehmigt.«

»Bauarbeiter? Am späten Nachmittag? Seltsam...« Frank biss sich auf die Lippen und schwieg.

Aber die Kommissarin hatte nicht zugehört und sagte: »Dabei sprechen wir bis jetzt nur über den Tod ihres Bruders Dietrich. Im Fall Gemmern stecken wir noch in der Anfangsermittlung. Weshalb der Mann in den Räumen dieser, Augenblick … (die Kommissarin blätterte in ihrem Notizbuch) dieser Sun-Lab Technologys gefunden wurde, klären wir noch. Und dann dieses Pappschild mit der Inschrift (die Kommissarin blätterte in Ihren Notizen) ,Memento mori', mit schwarzer Tinte, sehr sinnig. Offenbar geschrieben mit einem Edel-Füller, extra breite Feder, enorm stilvoll.«

»Ich bin hoffentlich nicht verdächtig. Ich schreibe fast alles mit Füller und benutze auch mehrere davon.« Die Kommissarin ging darauf nicht ein.

»Und dann diese Winkelschrift! Können Sie das lesen?« Sie zeigte Frank die abgeschriebene Zeile in ihrem Notizbuch.

»Jeder kann das. Jedenfalls jeder, der sich dafür interessiert.«

»Können Sie das auch schreiben?«

»Fließend – ich gestehe es.«

»Wer kann das noch?«

»Bei uns einige Leute. Eigentlich jeder, der sich dafür interessiert. Das ist kein Geheimnis. Den Schlüssel finden Sie im *Internationalen Freimaurer Lexikon, Wiener Ausgabe von 1932.*«

»Aha? (sie hatte das bereits notiert.) Dort in der Friedrichstraße existiert wohl so etwas wie eine Außenstelle Ihres Ordens. Erstaunt hat mich auch, dass Gemmern gestern um 21.45 Uhr mit einem Taxi das Ordenshaus in Dahlem verlassen hat. Und das so kurz vor der – wie heißt das? – Tafelloge!«

»Woher wissen Sie das?«

»Wundern Sie sich darüber nicht! Das beweist die Taxiquittung in seinem Jackett. Er scheint ein ordentlicher Mensch gewesen zu sein.«

»Das stimmt. Karl war ein Kollege von Ihnen, in seinen Berufsjahren, meine ich.«

»Ach, ist das so? Auch die Taxizentrale hat uns bestätigt, dass der Fahrgast um 22.32 Uhr bei bester Gesundheit am Handelszentrum in der Friedrichstraße ausgestiegen sei. Den Taxifahrer befragen wir noch.«

»Das könnte stimmen, jedenfalls habe ich zusammen mit Karl bis etwa Viertel vor zehn den Bankettsaal für die Tafelloge vorbereitet. Aber das sagte ich Ihnen bereits heute Mittag.«

»Wissen Sie, was er in Ihrer Filiale in der Friedrichstraße wollte? Er wird doch nicht einfach so weggelaufen sein!«

»Keine Ahnung! Er wollte nur das goldene Tisch-Set für den Ober-Zeremonienmeister holen.«

»In der Friedrichstrasse? Das sind vom Ordenshaus mehr als fünfzehn Kilometer, nur eine Strecke!«

»Bewahre! Das wird in der Requisitenkammer aufbewahrt, im Ordenshaus, im ersten Stock.«

»Wer könnte Herrn von Gemmern weggelockt haben? Oder die andere Möglichkeit: Weshalb wollte er dorthin? Weshalb hat er das vor Ihnen verheimlicht?«

»Weiß ich nicht. Karl war manchmal etwas zerstreut.«

Nachdenklich sagte die Kommissarin: »Wenn ich nur wüsste, was es mit diesem Parkschein auf sich hat, in Gemmerns Jackett, zerknüllt, mit dem Abdruck eines Schuhsohlenprofils, und mit Sandpartikeln? Der Einfahrtstempel zeigt 22.30 Uhr…vielleicht nur ein Stück Papier, vom Boden aufgehoben, schließlich fährt niemand gleichzeitig mit dem Taxi und seinem eigenen Wagen irgendwohin…« Die Kommissarin rieb sich die Schläfen. »Sagen Sie, steht Gemmerns Mercedes noch immer vor dem Ordenshaus?«

»Bis vorhin jedenfalls. Aber – Sie sehen müde aus. Ein harter Tag für Sie, und ich habe nun doch ein schlechtes Gewissen – weil wir hier sitzen, meine ich.« Die Kommissarin antwortete nicht, und Frank überlegte krampfhaft, wie er das Gespräch drehen könnte. »Noch einen Cynar? Das lockert die Gehirnwindungen«, sagte er etwas unsicher.

»Sie geben wohl nie auf!« In ihrer Stimme war eine Gereiztheit, die sie gern unterdrückt hätte.

»Nein, nie. Oder sollte ich?«

»Ach, wir kennen uns gerade mal 24 Stunden«, sagte sie müde. »Nein, genau genommen kennen wir uns überhaupt nicht, sondern wir haben uns vor 24 Stunden zum ersten Mal gesehen.«

155

»Nein, vor 19 Stunden…«

»Pedant!«

»Einigen wir uns auf Perfektionist? Das hört sich gnädiger an!«

Er sah ihr zu, sah wie ihr Blick durch die Krone der alten Kastanie streifte, die sich wie ein Dach über den Tisch wölbte, und erkannte, dass sich ihre Augen mit Tränen füllten. Frank war verwirrt und fühlte sich hilflos, stotterte: »Was ist, hab ich was Falsches gesagt?«

»Das ist unfair«, sagte sie leise.

»Was ist unfair? Warum? Habe ich Sie gekränkt?«

»Nein.«

»Bitte, sagen Sie mir doch…«

»Das ist unfair…« Sie schwieg und biss die Zähne zusammen, und in ihrem Gesicht arbeitete es.

»Was ist unfair? Und weshalb?«

»Weil es vielleicht das ist, was ich mir wünsche, mir wünschen würde, unter anderen Umständen – meine ich«, sagte sie kaum hörbar.

»Ach du heilige Witwe!«

»Bitte?«

»Sagen Sie – ach Quatsch! Sag' das doch einfach nochmal, bitte!«

»So einfache Sätze wiederhole ich nicht. Ich sag aber noch einen anderen Satz, damit das Problem klar wird.«

»Wo ist hier ein Problem? Ich sehe keines!«

»Aber ich.«

»Ja – ich weiß, ich bin kein junger Mann mehr und…«

»Idiot – würde frau jetzt am liebsten sagen, aber nur wenn man sich länger kennt!«

»Schön. Also – welches Problem dann?«

»Ich werde Zeit brauchen, vielleicht mehr Zeit, als Sie …. als du mir...«

Frank beugte sich zu ihr hinüber und legte seinen Zeigefinger auf ihre Lippen. Während sie ihn unverwandt ansah, nahm er ihre Hände und küsste ihre Fingerspitzen. »Es gibt kein Problem«, sagte er. »Wir haben viel Zeit, wir haben Zeit wie Sand am Meer!«

»Ich brauche nicht nur Zeit – ich brauche auch Distanz«, sagte sie fast unhörbar. »Ich brauche aber auch Nähe – damit ich Nähe zulassen kann.«

»Quelle femme!« sagte Frank und strich ihr übers Haar.

»Sprich nicht französisch zu mir«, sagte sie. »Ich kokettiere zwar gern damit, ich verstehe auch einiges, aber zu wenig, und es wäre schade um die Perlen, die dabei verloren gehen.«

»Habe große Hunger – oder nur wänig?« wollte Giovanni wissen, der wie aus dem Nichts aufgetaucht war.

»Wenig – was das Essen angeht«, lächelte Frank. »Einen Salat vielleicht«, setzte er schnell hinzu, als er sah, dass Brigitte die Augenbrauen hob. Sie pokert, stellte er fest, und dabei hat sie winzig kleine Lachfältchen in den Augenwinkeln.

»Ein Salat ist eine gute Idee«, sagte auch Brigitte. »Für mich bitte eine Mozzarella Caprese.«

»Für mich auch«, entschied Frank. »Aber bitte, Basilikum reichlich.«

»Und eine frische Soave, schöna kühl, si.« ergänzte Giovanni. Er war bereits unterwegs zur Küche, drehte sich aber noch kurz um: »Licht oder dunkel?«

»Ja, bitte Licht, zum Essen«, sagte die Kommissarin schnell, und wenig später erglühten an den Ästen des Baumes eine Million bunte Lämpchen.

»Oh mia bella Napoli!« summte Brigitte Yalmiz mit weichem Kehllaut der verriet, dass ihr die Sprache nicht fremd war.

»Hast du schon darüber nachgedacht«, sagte sie unvermittelt, »ob ...«

»Frank!«

»Bitte?«

»Ich heiße Frank und möchte gern meinen Namen von dir hören«, lachte er.

»Gut, Frank – aber wir haben doch viel Zeit – hast du selbst gesagt – oder etwa nicht? Wir haben Zeit bis...«

»... bis dein Handy randaliert«, brummte er und wies auf ihre Handtasche, aus der ein anschwellender Klingelton zu hören war. »Das unterscheidet die Polizei von der Journaille«, erwiderte Brigitte und schob die Handtasche entschlossen zurück. »Meine Neuigkeiten laufen nämlich nicht weg, leider! Außerdem ist das Handy mein Werkzeug, nicht umgekehrt!«

»Kompliment, ich bin beeindruckt, Signora«, lächelte Frank und legte seine große Hand auf die ihre, und sie versuchte vergebens zu verbergen, wie sie das genoss. Giovanni nahte aus dem Dunkel, nicht ohne sich schon von weitem mit heftigem Gläsergeklirr anzumelden.

»Eine ganze Flasche?« maulte sie.

»Ist nur eine ökonomische Frage«, sagte Frank ernsthaft. »Drei Gläser kosten genau so viel.«

»Issa nicht zu viel, trinka sich sehr gut, leichte Wein, Signora«, beschwichtigte Giovanni und drapierte Weinkühler, Gläser, Teller und Besteck auf dem Tisch. »Ciabatta komme gleich und Mozarella Caprese mit viele Basilikum«, meldete er beflissen mit allumfassender Armbewegung, als sei der ganze Garten ein Basilikumfeld. Und schon war er wieder im Schatten des Kastanienbaums verschwunden.

»Dein Werkzeug verlangt nach dir«, grinste Frank. »Dieses Klingeln hört sich schon viel energischer an!«

Sie warf einen kurzen Blick auf das Display: »Mein Assauer, wie immer, möglichst mitten in der Nacht«, lachte sie (diese Grübchen in ihren Wangen!) und lauschte dann den Neuigkeiten, die der hartnäckige Kollege offenbar noch loswerden musste. Sie antwortete knapp, aber verbindlich mit ach so, aha, und okay. Nach einer Weile senkte sie die Stimme, was darauf schließen ließ, dass sie das Gespräch beenden würde. »Dort scheint es heute keinen Feierabend zu geben. Assauer stellt dort einen Wachmann hin, sicherheitshalber – wegen der Bauarbeiter..«

»…um zu verhindern, dass da was abtransportiert wird?«

»Oder dass eine weitere Leiche dazu kommt.«

»Kaum vorstellbar, dass Bauarbeiter Leichen transportieren, oder?«

»Bauarbeiter transportieren alles. Das ist vermutlich nur eine Frage der Verpackung, des Etiketts und des Trinkgelds.«

»Interessante Erkenntnis. Was war denn so wichtig auf den Fotos aus unseren Kellergewölben?«

»Wie ich schon sagte, unser Assauer glaubte dort gestern Abend eine Art Galgen gesehen zu haben, konnte sich aber nicht genau erinnern.«

»Und?«

»Wir waren heute früh nochmal da, um das zu überprüfen, aber da war kein Galgen.«

»Hm«, machte Frank.

»In diesem Fall gibts offensichtlich viele merkwürdige Dinge, die zuerst eindeutig zu sein scheinen, dann aber doch ganz anders sind«, sagte sie nachdenklich.

»Wie kommst du jetzt darauf?«

»Naja – mal Galgen, mal Baukran... wird hier oft etwas anderes dargestellt, das mit der Wirklichkeit nicht übereinstimmt? ... oder viele Deutungen zulässt? Genau wie bei diesem Stratagem – welches war das gleich? Wir sprachen heute Nachmittag darüber.«

»Du meinst das Stratagem Nr. 8: ›*Sichtbar die Holzstege instand setzen, aber insgeheim nach Chenzang marschieren*‹?«

»Ja, genau dieses. Sag mal, gibts denn zu diesen klassischen chinesischen Geschichten keine westlichen Beispiele? Ich meine solche, deren Sachverhalte hierzulande bekannt sind? Man könnte das dann viel leichter nachvollziehen.«

»Aber sicher gibts die! Bleiben wir einfach bei diesen Holzstegen...«

»Jetzt bin ich aber gespannt!«

»Du kennst bestimmt jene Bildergeschichte ›*Der heilige Antonius von Padua*‹ von Wilhelm Busch?«

»Aber sicher. Das war doch diese lästerliche Story, bei der die Geistlichkeit gar nicht so gut weg kam.«

»Richtig. Genau deshalb galt die Geschichte als ‚gotteslästerlich' und wurde im kaiserlichen Österreich prompt von der Zensur kassiert. Damit dufte sie nicht mehr gedruckt und auch nicht mehr verbreitet werden. Da hatten einige Abgeordnete die großartige Idee, die Story im Parlament zu verlesen, damit man den Vorwurf der Gotteslästerung prüfen könne.«

»Ich ahne schon, was jetzt kommt«, gluckste Brigitte.

»Du vermutest wohl richtig! Die Geschichte wurde darauf als ‚Sitzungsprotokoll' gedruckt und veröffentlicht. Danach konnte das Werk problemlos als Buch verkauft werden«, lachte Frank.

»Das ist köstlich! Und echt kreativ! Gibts noch so ein schönes Beispiel?«

»Hunderte! Aber jetzt nur noch dieses aus der jüngeren politischen Landschaft, wenn du willst.«

»Ich bin gespannt!«

»Vor einigen Jahren wollte einer unserer deutschen Spitzenpolitiker bei einem Staatsbesuch in China den damaligen Staatspräsidenten Jiang Zemin belehren, er solle doch die Menschenrechte beachten. Darauf antwortete der alte Fuchs, China sei ein Entwicklungsland und müsse deshalb noch viel von anderen Völkern lernen. Deshalb sei er begierig zu erfahren, wie man es denn in Deutschland mit den Menschenrechten halte – sein Gast solle doch als Beispiel mit dem Jahr 1933 anfangen.«

»Köstlich!« lachte Brigitte. »Und welches Strategem hat der chinesische Staatspräsident hier benutzt?«

»Das war das Strategem Nr. 19 ‚*Unter dem Kessel das Brennholz wegziehen*'. Damit hat der Mann unserem braven Volksvertreter gleich zu Anfang des Gesprächs einen herben Dämpfer versetzt.«

»Zweifellos eine gute Retourkutsche, gekonnt und mit Wirkung! Aber ich glaube, man braucht Jahre, um sich in diesem Strategem-Dschungel erfolgreich zu bewegen, oder wie ist deine Erfahrung damit?«

»Meine Erfahrung ist, dass man in dieser Disziplin nie auslernt«, lachte Frank.

»Allerdings tut sich ein westlich orientiertes Gehirn ziemlich schwer, sich in diese Denkweise hinein zu versetzen. Manches passt dann einfach nicht...«

»Mal was anderes«, sagte Frank unvermittelt. »Ich tue das ungern, aber natürlich interessiert mich brennend, wie du zu diesem Verdacht gekommen bist, Ben Dietrich und Uli Klausner könnten ein Paar gewesen sein. Und vor allem: Weshalb sollte Uli Klausner seinen Bruder Ben Dietrich ermordet haben?«

»Da sage ich spontan: Konflikte kommen in jeder Partnerbeziehung vor, oder nicht?«

»So gesehen hast du natürlich recht. Also stelle ich die Frage anders: Wie entsteht überhaupt ein solches Verbrechen?«

»Wie ein Verbrechen entsteht? Das kommt auf den Standpunkt an.«

»Auf den Standpunkt?«

»Es besteht weitgehend Einigkeit darüber, dass es *'die einzige'* Ursache eines Verbrechens grundsätzlich nicht gibt. Ebenso wenig gibt es den typischen Mörder oder Totschläger.«

»Aha, und was folgt daraus?«

»Führende Wissenschaftler gehen davon aus, dass erst das Zusammentreffen von Person und Situation einen Menschen zum Totschläger oder Mörder macht.«

»Das würde aber für diesen Fall nicht alles erklären.«

»Natürlich nicht! Schon deshalb nicht, weil wir es hier mit einer Affekttat zu tun haben könnten – wenn wir bei der vermuteten Partnertötung bleiben. Eine Affekttat läuft meist abrupt ab, mit großer Energie und Schnelligkeit und oft mit elementarer Wucht.«

»Etwa auch ohne Vorsicht vor der Entdeckung?«

»Wie kommst du darauf?«

»Der Bruder Klausner, falls er als Täter überhaupt infrage käme, stürzte unmittelbar nachdem er Ben Dietrichs Leiche gefunden hatte, spontan in den Bankettsaal...«

»Frank, mach mir keine Konkurrenz!« Kleines Lächeln.

»Ich fühle mich geschmeichelt.«

»Aber genau das könnte der springende Punkt sein: diese Spontanität«, betonte die Kommissarin. »Er nahm offenbar keine Rücksicht auf sich selbst. Und er dachte vermutlich auch nicht über eine Fluchtmöglichkeit oder irgendeinen Schutz vor seiner Entdeckung nach.«

»Und allein deshalb könnte er der Täter sein?«

»Man kennt es als typisches Verhalten, dass sich der Täter auch nach der Tat weiterhin nur von seinen Gefühlen leiten lässt. Er verspürt eine schwere Erschütterung, der Tat selbst steht er verständnislos gegenüber, er verwischt keine Spuren und begeht Sinnlosigkeiten. Fassungsloses Erstaunen, Weinkrämpfe und ein seelischer Zusammenbruch sind typisch. Auch dieses Erschlaffen, dieses Zittern und das Versagen des Bewegungsapparates, wie mir das Dr. Funkel vom Auftritt des Herrn Klausner im Bankettsaal berichtet hat – all das sind charakteristische Merkmale eines Täters.«

»Aber er kann sich an nichts erinnern, an absolut nichts, ich habe mit ihm gesprochen – und ich glaube ihm.

Himmel nochmal, man kann doch nicht einen Menschen, der...« Frank hatte sich unterbrochen, und die Kommissarin sah ihn wortlos an. Nach einer Weile setzte sie hinzu: »Auch Erinnerungsstörungen sind typische Merkmale, wenn auch sehr umstritten. Aber das wird sich aufklären. Mehr ist dazu heute nicht zu sagen.«

Brigitte war still geworden, und sie betrachtete die Wachstropfen, die an der blauen Kerze zu Stalagmiten empor wuchsen. »Auch ich tue das ungern«, sagte sie schließlich und sah ihn an. »Aber mich beschäftigt etwas, und du könntest mir helfen, das schnell loszuwerden.«

»Auch dafür bin ich gut zu gebrauchen«, sagte Frank ernsthaft. »Also?«

»Schön«, antwortete sie mit einem leichten Lächeln und berührte flüchtig seine Hand. »Wie gut kennst du Cornelius Frey?«

»Und wieso diese Frage?«

»Immerhin war Cornelius Frey einer der Ersten in den tiefen Gewölben.«

»...was ihm aber nicht gestattet war!«

»Ach nein?«

»Auf keinen Fall, denn der Zutritt in die Gewölbe ist nur den Brüdern im Meistergrad erlaubt!«

»Und trotzdem hat ihn niemand daran gehindert?«

»Ich vermute, er wurde in dem allgemeinen Tumult einfach mitgerissen. Und man hat ihn wohl auch kurz darauf dort wieder entfernt und nach oben gebracht. Jedenfalls war er da unten nicht mehr, als ich hinunter kam.«

»Und wo warst du, in diesen ersten Minuten nachdem der Bruder Klausner den Fund gemeldet hat?«

»Ich war bei denen, die den völlig kollabierten Uli notversorgt haben: Smoking aus, Hemd auf, kaltes Wasser undsoweiter. Aber hatten wir das nicht schon…?«

»Stimmt. Wir sprachen aber von was anderem: Wie schätzt du Cornelius Frey ein?«

»Ich kenne ihn fast gar nicht, denn er ist neu bei uns«, sagte Frank zurückhaltend. »Warum?«

»Vermutlich ist er nicht einer, den man als wohlhabenden Mann bezeichnen würde?«

»Ich weiß nur, dass er in den letzten Monaten ständig auf der Suche nach Geldgebern war, die seine Solarenergie-Experimente finanzieren sollen.«

»Und woher weißt du das?«

»Wir machens fast wie die Kripo«, feixte Frank. »Wir durchleuchten unsere Kandidaten genau – aber vorher!«

Mit einem Augenzwinkern: »Wie konnte er dann überhaupt bei euch eintreten? Ich dachte absolute Bonität sei eine eurer wesentlichen Voraussetzungen, oder ist das nicht richtig?«

»Gut recherchiert, Frau Kommissarin«, lachte Frank. »Aber hier waren wohl besondere Aspekte entscheidend – und ich danke dir sehr, dass du mich jetzt nicht nach Details fragen wirst!«

Brigitte warf ihm einen schnellen Blick zu. »Immerhin fährt Herr Frey ein flottes und fast neues Porsche-Cabrio. Ich sah ihn gestern, purer Zufall. Jedenfalls ist das Teil auf ihn zugelassen. Was bei seinem chronischen Geldmangel erstaunlich ist, oder nicht?«

»Ein Porsche-Cabrio – sieh an! Wusstest du das mit dem chronischen Geldmangel schon oder ist das meine Information?«

»Wir hatten eine ähnliche Einschätzung von seiner Bank. Danach hatte er bisher gelegentlich Mühe, seine Miete pünktlich zu bezahlen. Auch seine Kreditkarten sind ständig am Limit. Hin und wieder gibts wohl auch kleinere Beträge, die nur nach energischer Rücksprache mit dem jungen Mann doch noch zur Abbuchung freigegeben werden.«

»So etwas nenne ich zügige Aufklärungsarbeit«, lobte Frank verschmitzt. »Übrigens – mein Kontostand hat sich seit gestern um 150 Euro verringert – die Alimente wurden abgebucht«, und er setzte lachend hinzu: »Nur um deine Ermittlungen auf den aktuellen Stand zu bringen.«

»Alimente?«

Nett sieht sie aus, wenn sie die Stirn runzelt, und dann diese kleine steile Falte über der Nase, registrierte Frank amüsiert. »Das war ein Scherz!« grinste er. »Als Alimente bezeichne ich meine monatlichen Zahlungen für Hamouk.«

»Wer oder was ist Hamouk?«

»Hamouk ist mein Patenjunge in Äthiopien, 13 Jahre alt und Vollwaise, und die Zahlungen werden monatlich durch eine Kindernothilfe-Organisation abgebucht.« Täuschte er sich oder sah sie tatsächlich erleichtert aus?

»Letzte Frage – jetzt folgt nämlich gleich Giovannis Gala Zeremonie – mit Mozzarella«, lachte sie.

»Ja?«

»Wie könnte Cornelius Frey plötzlich zu viel Geld gekommen sein?«

»Wegen des Porsche-Cabrios?«

»Zum Beispiel.«

»Vielleicht hat er eine willige Bank gefunden. Gewisse Institute finanzieren bekanntlich alles, für Kriminelle ebenso wie für Arbeitslose.«

»Keine andere Erklärung?«

»Aber ja doch: Cornelius Frey benutzt vielleicht das Strategem Nr. 27 *'Armut vortäuschen ohne tatsächlich arm zu sein'*. Obwohl hierzulande meist das Gegenteil zutrifft, vermutlich ebenso wie damals im alten China.«

»Aha?«

»Bitti«, sagte Frank sanft, »mach den Mund zu.«

Brigitte schluckte und sah ihn wortlos und mit großen Augen an. »Das weißt du auch schon? Hör sofort auf damit! Wenn du Bitti zu mir sagst, dann heule ich – ich schwörs!«

»Bloß nicht!« rief er in einem Anfall von komischer Verzweiflung. »Nur das nicht!«

»Gut, also nicht heulen. Du hast gestern gesagt, dass du einen Sohn hast?«

»Ja, einen Sohn, erwachsen, jedenfalls den Jahren nach.«

»Höre ich da etwas von einer nicht unproblematischen Vater-Sohn-Beziehung?« Sie lächelte leicht.

»Seit wir – seine Mutter und ich – den Kerl im zarten Alter von fünfzehn Jahren mit Hilfe der Polizei aus dem Cannabis verseuchten Etablissement einer angeblich indischen Geistheilerin raushauen mussten, ist er davon überzeugt, dass ich seine Selbstfindung behindert habe.«

»Oh jeh! Wie lange ist das her?«

»Rund zwanzig Jahre.«

»Also längst verjährt.«

»Hast du eine Ahnung! Meine Reststrafe verbüße ich noch immer!«

»Reststrafe?«

»Der Herr Sohn entzieht mir meine Enkeltochter«, sagte er leise.

»Drei Mal oh jeh«, sagte sie und ihre kleine Hand hielt seine große sonnengebräunte Rechte fest, die auf dem Tisch aus einem Stapel Bierdeckel dekorative Rauten formte. »Und das lässt sich nicht kitten?«

»Ich bin an Kitt nicht interessiert. Weißt du, wenn...«

»Und das verträgt sich mit deinen freimaurerischen Prinzipien?«

»Diese Prinzipien gelten für mich dann nicht mehr, wenn jemand seine Stiefmutter vögelt.«

»Wie bitte?«

»Genauso.«

»Und da ist kein Zweifel möglich? Vielleicht doch nur eine bösartige Verleumdung?«

»Ich wollte das auch nicht glauben, aber japanische Wanzen haben keinen eingebauten Verleumdungs-Transistor.«

»Und wo war diese Wanze? Und wer hat die montiert?«

»In unserem damaligen Schlafzimmer.«

»Selbst installiert?«

»Bewahre! Das war Profi-Arbeit. Soviel Technik überfordert mich.«

»Warst du da längere Zeit verreist, oder wie kam das?«

»Längere Zeit verreist? Nein. Aber ich kam regelmäßig jeden Mittwoch nach unseren Logenabenden erst nach Mitternacht nach Hause.«

»Oh!«

»Ja«, sagte er. »So war das! Und du?«

»Ich? Was?«

»Was ist mit deinem Junior?«

»Der ist gerade Zwanzig geworden.«

»Interessantes Alter! Und vermutlich super gut drauf, zielstrebig wie die Mama und alles im grünen Bereich?«

Sie sah ihn schweigend an und nippte nachdenklich an ihrem Weinglas, dann sagte sie leise: »Wenn um sechs Uhr in der Früh das BKA sechs Mann hoch mit einem Durchsuchungsbeschluss vor meiner Wohnungstür steht, dann sehe ich beim besten Willen keinen grünen Bereich. Eher Dunkelrot.«

»Oha! Und weshalb dieser demonstrative Aufmarsch der Staatsmacht?«

»Christoph – mein Sohn«, setzte sie hinzu, »hat zusammen mit einer Clique anderer Irrer brandneue DVD-Kopien von Hollywoodfilmen im Internet vertickt, als noch nicht mal der Premieren-Vorhang gefallen war. Mehr willst du hoffentlich nicht wissen – sonst bin ich jetzt schon satt!«

»Nö, will ich nicht«, sagte er. »Und was meint Herr Yalmiz dazu?«

»Ach, dieser Arsch ist ohnehin fast nicht mehr vorhanden und gottlob nicht sein Vater. Aber eine andere Frage…«

»Vielleicht lieber nachher, oder?« sagte Frank, denn Giovanni platzierte soeben die Mozzarella und den Wein auf dem Tisch, rückte alles dekorativ zurecht und sagte: »Jetza aufpassen – Primo, zuerst nehma Blatt Basilikum

auf Zunge, kauen und hinunterspüla mit Soave, lecka!«
sagte Giovanni und schnalzte entzückt mit den Fingern
wobei er sich im Tanzschritt entfernte. Brigitte stocherte
auf ihrem Teller und wendete aufmerksam die
Basilikumblätter um.

»Ist was nicht in Ordnung?« wollte Frank wissen.

»Doch! Das mache ich nur weil Giovanni weiß, dass ich
ihn kontrolliere. Vermutlich erwartet er das von einer
Polizistin. Deshalb hat sich dieses Ritual eingeschliffen«,
feixte sie.

»So ist das mit den Ritualen«, sagte Frank, nahm ihren
Kopf in seine Hände und küsste sie.

11   Trojaner unter sich

Anna Brauner wischte sorgfältig die Meisner
Porzellankanne ab, bevor der Kaffeetropfen eine
unappetitliche braune Triefspur hinterlassen konnte.
Jonathan Schartek wäre das wohl gleichgültig gewesen,
aber Dr. Boris Ushkinov war in dieser Beziehung sehr
pingelig, wie Anna Brauner seit seinen frühesten Besuchen
wusste. Das entsprach durchaus seiner vornehmen
Haltung, die Anna über alle Maßen schätzte – und sogar
bewunderte, wie sie im Stillen zugab. Dr. Boris Ushkinov
gab stets den Gentleman vom alten Schlage, immerhin
repräsentierte er in Berlin als Konsul einen pazifischen
Inselstaat – Anna glaubte sich zu erinnern, dass es Tonga
war. Keine Frage, Anna schätzte ihren Chef sehr hoch,
aber Konsul Ushkinovs Umgangsformen waren ihr
angenehmer als die polternde Art von Jonathan Schartek.
Er war eben der typische Selfmademan, Anna hatte das
von Konsul Ushkinov aufgeschnappt. Der hatte aber auch

hinzugefügt, dass Leute mit 'einfacher Bodenhaftung' am liebsten spontan handeln, meist ohne über mögliche Folgen nachzudenken. Anna wurde das Gefühl nicht los, dass diese Feststellung abwertend gemeint sein konnte. Sie ordnete die Falten ihres Halstuchs und zupfte den grauen Flanellrock zurecht. Anna bevorzugte üppige weiße Rüschenblusen, die so manches dezent verbargen. Stets kleidete sie sich sorgfältig und vorteilhaft, so dass man ihr die Ende Vierzig niemals zutrauen würde. Sie warf noch einen prüfenden Blick in den Spiegel. Das rabenschwarze Haar hatte sie straff nach hinten frisiert, mit einem Knoten im Nacken, um den ein etwas zu buntes Brokatband geschlungen war. Kleine Schnecken aus einer Haarsträhne auf der Wange vor jedem Ohr zeigten indiskret ihr Bemühen um Jugendlichkeit.

Schnell nahm sie noch eine rubinrote Aster aus der Vase auf ihrem Schreibtisch und legte sie auf das Serviertablett, neben die Tasse von Konsul Ushkinov. Dann klopfte sie an die Tür zu Jo Scharteks Büro, lauschte, vernahm jedoch nichts was darauf schließen ließ, dass der Augenblick unpassend sei. Als sie eintrat stand Jo mit seinem Besucher am Fenster, und Boris Ushkinov bewunderte das beeindruckende Panorama, wie er das bei jeder seiner Visiten zu tun pflegte. Aus den Räumen der Interfinanz Bank in der 17. Etage des Berliner Europa Centers hatte man einen herrlichen Ausblick über die Freigehege des Zoologischen Gartens. Konsul Ushkinov pflegte zu bemerken, er könne hier niemals ein Büro haben weil er dann unweigerlich seine Arbeit vernachlässigen würde. Jo hatte darauf geantwortet, er habe es häufig mit Affen und Faultieren zu tun, deshalb könne ihm der Blick auf den Zoo gestohlen bleiben. Außerdem beklagte Jo hin und wieder, dass er wegen der Klimatisierung des Hochhauses nie ein Fenster öffnen könne. Selbst wenn er jemand hinunter werfen wollte, hatte er einmal gesagt, müsse er sich zuvor einen Glasschneider besorgen oder den

Hausmeister bestellen. Und bei dieser Sachlage würde ihm niemand mehr die strafmildernde Affekthandlung abnehmen.

Mit einem schnellen Blick erkannte Anna, dass ihr Chef seinen Platz an der Stirnseite des ovalen Konferenztisches vorgesehen hatte; die Unordnung der dort ausgebreiteten Unterlagen markierte unverkennbar sein Revier. Sie platzierte das Tablett bei des Konsuls Stuhl und achtete darauf, dass die feurige Asternblüte ihm zugewandt war. Konsul Ushkinov bemerkte das und bedankte sich mit verhaltenem Lächeln und durch ein freundliches Neigen seines silbergrauen Kopfes. Dabei rückte er die leichte Goldrandbrille zurecht, obwohl das nicht nötig gewesen wäre, wie Anna mit einem schnellen Blick feststellte. Diese kleine Geste der Verlegenheit versetzte sie in helles Entzücken, und insgeheim war sie überzeugt, jetzt bis zu den Haarwurzeln zu erröten. Schnell tauschte sie noch den überquellenden Ascher ihres Chefs aus und zog sich dann zurück, wobei Konsul Ushkinov sie mit einem Augenaufschlag streifte. Anna spürte, dass sie erneut errötete.

Jo wartete bis Anna die Tür hinter sich geschlossen hatte. »Die Dinge entwickeln sich gut«, sagte er dann und verbog beiläufig eine solide Aktenklammer zwischen den Fingern der rechten Hand bis zur Unkenntlichkeit. »Sogar sehr gut entwickelt sich das alles – und besser als erwartet, um genau zu sein. Auch in Zürich ist man uns inzwischen durchaus wieder wohl gesonnen.«

Jo ließ sich in den übergroßen schwarzen Ledersessel fallen, eine Designer-Maßanfertigung aus schwarzem Büffelleder, die er gegen den Willen seiner Partner in Auftrag gegeben hatte. Ohne repräsentatives Mobiliar geht gar nichts, pflegte Jo zu sagen. Er legte genüsslich das linke Bein auf die Tischplatte, dann das andere darüber. Konsul Ushkinov, der ebenfalls Platz genommen hatte, beobachtete das mit Nachsicht. Der Konsul schätzte solche Lässigkeit nicht, dies verriet auch sein überaus gepflegtes Äußeres. Selbst jetzt, am späten Nachmittag war sein weißer Hemdkragen wie immer untadelig, und die dezente Gucci-Fliege sah aus, als sei sie soeben der Vitrine eines Herrenausstatters entnommen worden. Der beige Flanell-Blazer und die akkurate schwarze Hose mit schmalem Aufschlag verrieten den sicheren Geschmack eines Mannes, der sich in seiner Welt zu bewegen weiß.

»Das hört sich gut an Jo, aber vergiss nicht, dass wir in der Sache mit Ali Kharim noch nicht weiter gekommen sind«, sagte Konsul Ushkinov ruhig. »Immerhin wollten wir bis Ende des Jahres ...«

»Himmelnochmal – was soll das denn? In diesem Fall müssen kleine Schritte zum Ziel führen. Und ich kann nur hoffen, dass wir uns da richtig verstehen. Immerhin sind wir den verknöcherten Ben Dietrich schon mal los!«

Konsul Ushkinov kannte Scharteks aufbrausende Art, und er machte sich nicht das Geringste aus solchen Ausbrüchen. Bei diesen Gesprächen pflegte der Konsul die Ruhe zu bewahren, selbst wenn Jo gelegentlich seine Auszeit nahm, wie der Konsul das nannte. »Ben Dietrich war nicht der Schlechteste, der hatte Köpfchen! Und hatte überall Durchblick«, sagte Konsul Ushkinov mit Nachdruck. »Schade um ihn, aber vielleicht war er nicht diplomatisch genug.«

»Hast du 'nen Vogel? Ich hör' wohl schlecht! Dieser widerliche Schnüffler hatte zu viel Durchblick, das war sein Fehler...!«

»Jo, sei doch ehrlich – du hast ihn nur deshalb nicht geschätzt, weil er etwas gegen deinen Stechschritt einzuwenden hatte.«

»Was du als Stechschritt bezeichnest, ist eben meine Auffassung von deutscher Tugend! Geradheit! Aufrechter

Gang! Deutsche Grundwerte erhalten, deutschen Geist bewahren – darum geht es! Und wer das nicht kapiert...«

»Gelassenheit, Jo! Das ist in Ordnung. Hier bist du der Boss!« Jo blinzelte irritiert. Er hatte sehr wohl bemerkt, dass der Konsul eine feine aber unmissverständliche Betonung auf ‚hier‘ gelegt hatte.

»So ist das, mein Lieber, und falls sich daran was ändert werdet Ihr das rechtzeitig erfahren, und zwar von mir. Und nur von mir – ist das klar?«

»Wenn ich nicht wieder so etwas erfahren müsste, wie das Hinscheiden unseres armen Karl von Gemmern, dann wäre ich überaus zufrieden!«

»Da stimme ich dir zu! Das hätte nicht passieren dürfen. Wenn ich nur wüsste, wer da seine Finger im Spiel hatte! Wem ist so viel Dummheit zuzutrauen? Und außerdem – was war das Motiv? Nix als Dunst und Nebel, und so was macht mich fuchtig!«

»Jo, wir müssen diese Sache jetzt mit größter Ruhe angehen. Unangenehm waren vor allem diese abenteuerlichen Begleitumstände – war das nicht zu vermeiden?«

»Ich gebs zu – auch mich hat das völlig überrascht. Aber so was kommt vor, wie man sieht! Letztlich bedeutet das aber nur, dass wir der biologischen Lösung jetzt einen Schritt voraus sind. Karl von Gemmern war immerhin schon über achtzig!«

»Aber der Zeitpunkt war denkbar schlecht – darüber sind wir uns einig! Deshalb hätte man das verhindern müssen. Karl hatte überall seine Drähte und seine Finger auf jeder Taste. Und wenn wir jetzt nicht aufpassen, dann haben wir zwar ein komfortables Pianoforte, aber keinen Pianisten mehr, der darauf spielen kann!«

»Nur die Ruhe! Wir behalten die Sache im Griff, keine Bange! Da sind jetzt allerdings einige zügige Entscheidungen nötig, dann lässt sich das korrigieren.«

»Habt Ihr inzwischen schon entschieden, ob Ihr diesen Ali Kharim doch noch in das Ordenskapitel aufnehmen wollt?«

»Mann oh Mann, wie oft soll ich das noch sagen? Wir sind und bleiben ein christlicher Orden und Ali Kharim ist moslemischen Glaubens, ein Muselmane, versteht denn das keiner? Der kann doch bei uns überhaupt nicht aufgenommen werden. Das wäre eindeutig ein Verstoß gegen das Ordensgesetz! Und wir hätten sofort unseren Bruder Hilmar Cossick auf dem Hals – und der läuft jetzt wieder frei rum, wie du vielleicht weißt. Schließlich hat doch Hilmar Cossick den Grund geliefert, warum das mit der Kugelung in die Binsen ging. Ein einziger schwarzer Würfel – und die Arbeit von Jahren war dahin, einfach in Rauch aufgegangen! Himmel, bin ich froh, dass das Leben auch noch angenehme Kleinigkeiten bereithält«, sagte Jo und öffnete lustvoll schmatzend eine große Papiertüte, der ein Duft von frischen Brezeln entströmte. »Entschuldige, aber für frische Brezeln sterbe ich – vorausgesetzt es muss nicht gleich sein, höhöhö! Du auch?« dabei hielt er dem Konsul einladend die offene Tüte vor die Nase.

Boris Ushkinov schüttelte leicht den Kopf und sagte: »Außerdem – Moslem hin oder her – dich stört doch nur, dass er Ausländer ist. Das allein ist doch dein einziger Vorbehalt, Jo! Dabei er hat immerhin...«

»Ich weiß, ich weiß! Verschone mich«, rief Jo und klemmte in Brusthöhe einen Daumen unter jeden seiner Hosenträger, spreizte diese auf Armeslänge von sich ab um sie dann beide gleichzeitig auf seine Hemdbrust zurückfedern zu lassen, so dass es klatschte. »Ich weiß was du sagen willst, geschenkt!« rief er dabei. »Seine letzte Spende hat unsere Bibliothek beträchtlich bereichert. Aber ich hab' erhebliche Zweifel ob unser Großmeister bei seiner Aufnahme in den erlauchten Kreis mitspielen wird. Und jeder weiß, dass in solchen Grenzfällen ohne seinen allerhöchsten Segen überhaupt nichts geht.«

»Jo, Ihr habt die Spende vergessen, die Ali Kharim für den Fall seiner Aufnahme in das Ordenskapitel bei gleichzeitiger Ernennung zum Ritterkommandeur in Aussicht gestellt hat«, sagte der Konsul, der bei dieser Hosenträger-Performance keine Miene verzogen hatte.

»Davon weiß ich nichts! Wie viel bietet denn der Ajatollah? Drei Millionen?«

»Das dürfte mehr sein, Jo. Da bin ich sicher!«

»Ohohohoho«, machte Jo! Er ist doch jenem Esel nicht unähnlich, der nächtelang vor meinem Hotel in Kairo gewiehert hat…dachte der Konsul, und Jo setzte hinzu: »Na ja, wenns so ist! Also, wie viel denn genau?«

»Bis jetzt hält er sich da noch bedeckt, aber…«

»Dann sollten wir das herausfinden, und zwar dalli! Du weißt, dass ich für diese Beduinen nicht viel übrig habe, kommen hierher und führen sich auf wie Graf Koks, bloß weil der Ururgroßvater vor hundert Jahren aus Versehen auf 'ne Ölquelle gekackt hat! Aber selbst wenn das so ist … wir sind bekanntlich tolerant.«

»Jo! Beachte bitte – Ali Kharim ist kein Beduine, sondern Perser, und damit arisch! Und das sollte klar sein – seine Spende kommt erst danach, nicht etwa schon vor seiner Aufnahme.«

»Meinetwegen, im Namen des Zirkels! Ich hoffe, ich höre da bald eine Zahl. Am liebsten würde ich eine Zahl hören, die mich tief beeindruckt!«

»Zahl hin oder her, Jo! Trotzdem bleibt das Problem, wie wir Kharim durch die zweite Kugelung bekommen«, setzte der Konsul hinzu. »Sonst haben wir ein Problem. Wir brauchen unbedingt eine stabile Verbindung nach Istanbul!« Der Konsul hatte längst erkannt, dass Jo für den Deal gewonnen war.

»Glaubst du etwa, das schaffen wir nicht?« schnaubte Jo.

Er erinnert mich an ein angriffslustiges Nashorn, dachte der Konsul, sagte aber nur: »Karl wird zwar nicht mehr stören, denn der wäre absolut dagegen gewesen. Den einen oder anderen kann man vielleicht noch überzeugen. Aber Blechschmied, Nebel und Thürmann – da habe ich wenig Hoffnung, ob die sich umstimmen lassen?«

»Du wirst sehen – das läuft nach Plan, falls Hilmar Cossick dem Würdigen Meister nicht bis Ende der nächsten Woche seine Gründe für den schwarzen Würfel erklärt. Und das wird er nicht, da kannst du sicher sein! Dafür wird Jo sorgen!« sagte Jo und warf sich in die Brust.

»Warum sollte er denn nicht zu seiner Überzeugung stehen? Jeder weiß, dass Hilmar Cossick couragiert ist und seine Auffassung mit Entschiedenheit vertritt!«

»Warte ab! Wir werden am Tag davor ein fröhliches Eintopfessen veranstalten – und wer danach Dünnschiss hat, der erscheint dann bestimmt nicht zur Kugelung, oder was meinst du, höhöhöhö?« Jo hieb sich vor Vergnügen auf die Schenkel.

Der Konsul spitzte die Lippen, blinzelte in die Sonne und fragte dann: »Steht denn schon fest, wo dieses Gastmahl stattfinden soll?«

»Natürlich im ‚Krokodil‘ bei unserem lieben Bruder Bernd Fink – der hat seine Küche prima im Griff. Außerdem gibts in der Uhlandstraße um diese Zeit ausreichend Parkplätze. Oder auch fünfzig Meter weiter, am Kurfüstendamm.«

»So, im ‚*Krokodil*‘ bei Bruder Fink – gibts da auch eine Hausnummer? Ich war dort noch nie.«

»Weiß ich nicht, das ist aber leicht zu finden – beim Durchgang zum Kudamm-Karree, neben dem Eingang zu diesem Edel-Puff.«

Der Konsul schwieg.

»Ah!« – Jo hieb sich mit der flachen Hand an die Stirn. »Eh’ ichs vergesse: Hat dieser Kharim einen soliden Draht zum Turkish Council oder der türkischen Industriebank? Oder kann er einen anwärmen?«

»Das halte ich für wahrscheinlich, doch diese Frage ist neu. Wäre das ein entscheidender Aspekt?«

»Absolut – denn unser Mann ist da kürzlich ausgefallen, und diese Lücke müssen wir schnellstens schließen. Wir haben dort schon zu viel investiert. Außerdem wird sich der EU-Beitritt der Türkei auf die Dauer nicht verhindern lassen – wird zwar noch dauern, ist aber nur eine Frage der Zeit, oder siehst du das anders?«

Der Konsul wusste, dass Jo über sich hinaus wuchs, wenn er Gegenwind spürte und sagte deshalb: »Ich werde Ali Kharim danach fragen, wie weit diese Frage gediehen ist...«

»Heiliger Strohsack! Fragen kann ich ihn selbst. Ist doch wohl klar, dass der alles versprechen würde – nur damit das rote Portal für ihn aufgeht. Übrigens – hast du diesen Kharim schon durchgecheckt, seine Geschäfte, Referenzen und so weiter?«

»Nein – das muss jemand anders erledigen! Ich darf mich keinesfalls damit befassen. Außerdem bin ich momentan sehr engagiert; mir bleibt nur noch Zeit für die wesentlichen Dinge!«

»Oh – so sehr beschäftigt? Wieso das denn?«

»Weil uns bei diesem Sirius CityCenter-Projekt jetzt die Zeit knapp wird, und das ist höchst unbefriedigend!«

»Wo klemmts denn da? Ich dachte, Ihr hättet das im Griff – das hast du jedenfalls neulich noch im Brustton der Überzeugung behauptet.«

»Hier scheint ein Stadtrat Schwierigkeiten zu machen, soweit mir gesagt wurde. Und ich kann nicht riskieren, da einzugreifen.«

»Lass' hören – mich informiert natürlich keiner!«

»Er meint, er müsse unser Sirius CityProjekt stoppen, weil bei den Fundamentarbeiten ein paar alte Mauern gefunden wurden, Berliner Frühzeit, angeblich stadthistorisch wichtig.«

»Was für alte Mauern denn um Himmelswillen? Die werden wir ausgraben und ins Museum schaffen. Oder einfach bei Nacht und Nebel entsorgen!«

»Dafür dürfte es zu spät sein! Jetzt sind bereits die Archäologen vom ,Sonderforschungsprojekt 817' der Berliner Humboldt-Uni vor Ort. Es soll sich um die Reste einer slawischen Siedlung handeln, wohl aus dem 8. Jahrhundert, glaube ich.«

»So etwas liegt doch in Brandenburg überall rum!«

»Das mag wohl sein, aber nachdem die Experten über zwei Dutzend Skelette und Schädel aus einer Abfallgrube bergen konnten, schlagen die Wellen hoch. Und seit man an einem Skelett Anzeichen von Gewaltanwendung entdeckt hat, ist hier die Hölle los.«

»Das kann ich mir lebhaft vorstellen! Und was nun?«

»Dieser Stadtrat scheint mit Herzblut engagiert zu sein. Auch mit Ben Dietrich hatte er noch Kontakt – kurz vorher, meine ich. Das müssen wir berücksichtigen. Vielleicht will er sich ein Denkmal setzen. So viel ich gehört habe, soll er sorbischer Abstammung sein, was mir allerdings wenig sagt.«

»Daran kannst du sehen, welche unerfreulichen Folgen frühe Versäumnisse nach sich ziehen!«

»Frühe Versäumnisse? Wie meinst du das?«

»Die Sorben standen doch beim Führer schon auf der Vormerkliste. Und hätte der...«

»Stopp, bei welchem Führer denn?«

»Meine Fresse!« blaffte Jo. »Wir hatten nur einen Führer, oder? Leider! Und hätte der sich nicht so lange mit den Juden aufgehalten, dann gäbe es kein sorbisches Problem und unser Sirius CityCenter wäre planmäßig fertig – und vermutlich schon bis unters Dach vermietet!«

Der Konsul hüstelte. »Ich bin überzeugt, wir werden das alles regeln können, Jo – wenn wir uns gegenüber der Bauaufsicht und den Leuten von der Uni kooperativ zeigen...«

»Trotzdem ist das verlorene Zeit, nutzlos vergeudet – um genau zu sein! Eine Spätfolge alter Versäumnisse, wie ich schon sagte!«

»Jo, halte dich um Gottes Willen zurück! Das sind unerfreuliche Dinge aus dem letzten Jahrhundert und...«

»Trotzdem ist das meine Meinung! Und wenn vernünftige Leute damals was zu sagen gehabt hätten, dann wären die kriegswichtigen Kapazitäten der Deutschen Reichsbahn nicht durch sogenannte Umsiedler Transporte verplempert worden. Auch Bruder Bush hat doch gezeigt, wie man solche Probleme löst, ist in den Irak einmarschiert und fertig war die Laube. Oder der olle Johnson, wie der damals das Problem in Vietnam angepackt hat... Bumms, aus, Feierabend!«

»Ein nettes Panorama hast du hier, Jo«, sagte der Konsul vom Fenster her, während er interessiert das Gorilla-Freigehege betrachtete. »Und was haben die Sorben mit den Slawen zu tun?«

»Menschenskind – die Sorben sind ein slawischer Volksstamm, leben heute noch in der Gegend von Cottbus, in der Lausitz, Hoyerswerda und Umgebung. Es sind nur noch rund zwanzigtausend, damals im Reich waren es zehnmal so viel.«

»Traurig so etwas, sehr traurig! Aber was sagt uns das?«

»Nichts, aber immerhin weißt du jetzt, was den Stadtrat bewegt. Vielleicht kann man ihn mit ein paar Gratis-Aktien an dem neuen Sirius CityCenter beteiligen.«

»Das glaube ich nicht! Außerdem – der Herr Stadtrat ist kein Armer!«

»Mann oh Mann! Glauben bedeutet doch nur etwas für wahr halten, das man nicht beweisen kann. Jeder hat seinen Preis! Versuchs einfach!«

»Ich? Bewahre! Das könnte als Bestechung gesehen werden – allzu plump! Sinne also auf etwas Besseres, mein Lieber!«

»Wieso ich? Lass du dir doch was einfallen! Du kannst ihm auch ein Foto von der Paris-Tour schicken.«

»Welches Foto denn?«

Da gibts mehrere. Vielleicht das aus dem Moulin Rouge, mit dem langmähnigen Nacktarsch auf seinem Schoß ...«

»Oh, du meinst doch nicht etwa ...?«

»Was meine ich? Garnichts meine ich! Dann schick ich ihm das Foto, einfach nur so, ohne Kommentar – als Souvenir. Da ist doch nichts dabei!«

»Und – wenn er nicht reagiert?«

»Wenn, wenn, wenn! Dann schick ich das Foto seiner Frau!«

»Jonathan Schartek! Nein, du solltest dir etwas anderes überlegen!«

»Ich denke, dass du nichts begreifst!«

»Ich muss jetzt aufbrechen, Jo. Ich muss mich noch umziehen – der Empfang bei der chinesischen Wirtschaftsdelegation beginnt in zwei Stunden!«

»Dort wirst du vermutlich einen unserer beiden Pressefritzen antreffen – frag doch mal, ob er jemanden bei Daily News Shanghai kennt.«

»Ich werde daran denken. Wie heißt der Mann mit der Glatze und dem Bart? Der scheint mir kompetent und hat international wohl sehr gute Verbindungen.«

»Du meinst Frank Artman? Ob du den dort triffst ist fraglich. Aber Lefebvre, Pierre Lefebvre – den ziemlich sicher.«

»Und wieso willst du das so genau wissen?« Der Konsul war irritiert.

»Den trifft man überall. Der geht sogar zur Einweihung einer Telefonzelle – vorausgesetzt es gibt dort ein kaltes Buffet und Schampus gratis.«

Der Konsul nahm seinen hellen Sommermantel von der Sessellehne, hing ihn sich über die Schulter und sagte: »Es wird höchste Zeit; ich komme kaum noch zum Essen! Wer hat mal gesagt, wir hätten keine Arbeitszeit mehr, sondern nur noch Arbeit? Der Mann hat recht!«

»Übrigens – eine Frage müssen wir noch klären…«

Da wird die Tür zum Vorzimmer aufgerissen, auf der Schwelle steht Anna und müht sich, einen Besucher am Betreten des Büros zu hindern – doch vergebens, sie wird einfach zur Seite geschoben. »Herr Hofmann wünscht Sie zu sprechen«, versucht Anna die Form zu wahren, dabei lispelt sie heftig. Jo nickte Anna beschwichtigend zu, worauf sie nach einem prüfenden Blick über Kaffeetassen und Gläser die Tür hinter sich schloss. Jo sah Boris Ushkinov an und drehte entschuldigend die Handflächen nach oben. Der Konsul wandte sich zum Gehen: »Bis dann, mein Lieber, wir werden telefonieren.«

Der Besucher Hofmann, im zerknitterten grauen Zweireiher, grüßte mit einem kurzen Kopfnicken und ging auf Jo zu. »Hallo Herr Hofmann«, sagte Jo und ignorierte den ungestümen Auftritt des Besuchers. Er nahm auf der anderen Seite des Schreibtischs eine Zeitung vom Sessel, so dass Herrn Hofmann nichts anderes übrig blieb als sich dort zu setzen. »Ein unerwarteter Besuch! Was kann ich für Sie tun?« fragte Jo leutselig, aber der andere mochte sich darauf nicht einlassen.

»Wir haben zu reden, Herr Schartek, dringend, jetzt sofort!«

»Aber natürlich! Trinken Sie einen Kaffee mit mir, oder…?«

»Ja, einen Kaffee, bitte! Herr Schartek, Sie hatten mir die Auszahlung für Anfang dieser Woche zugesagt. Heute ist bereits Freitag und das Geld ist immer noch nicht da! Wieso nicht?«

»Bitte verstehen Sie, Herr Hofmann«, sagte Jo, »bei einer solchen Summe sind gewisse organisatorische Regeln einzuhalten. Natürlich nur in Ihrem eigenen Interesse!«

»Von einer derartigen Verzögerung war aber bisher nicht die Rede!«

»Herr Hofmann, Sie hatten mir eine Bank in Gibraltar genannt. Von diesem Bankhaus fehlt uns leider noch immer die Bestätigung für das Konto.«

»Und? Lässt sich das Verfahren beschleunigen oder wie lange wird das noch dauern?«

»Das einfachste wäre, wenn wir die Fax-Bestätigung für das Bankkonto telefonisch anfordern, vielleicht wollen Sie das selbst tun? Dann können wir den Transfer sofort vornehmen.«

»Gut, gut! Wenn es unbedingt sein muss!« rief Herr Hofmann ungeduldig und wählte auf seinem Handy bereits eine Nummer. Deutlich war zu hören, wie der Ruf abging. Jo beobachtete interessiert, wie Herr Hofmann sein Handy hypnotisierte. Endlich stand die Verbindung und Herr Hofmann bat in fließendem Spanisch mit einem Señor Gonzales verbunden zu werden. Unterdessen zog er einen goldenen Kugelschreiber aus der Brusttasche seines Hemds und sah fragend zu Jo, der nannte eine Faxnummer, die Herr Hofmann notierte. Dann war offenbar auch schon Señor Gonzales am Apparat und Herr Hofmann wechselte in gepflegtem Spanisch einige Sätze mit ihm. Jo konnte immerhin verstehen, dass Herrn Hofmann versichert wurde, die zehn Millionen Euro würden in Kürze auf diesem Konto eingehen und er habe in wenigen Minuten per Fax die Bestätigung. Dann folgten die üblichen spanischen Höflichkeiten, und das Gespräch war beendet.

»Warum, um Himmels willen, benutzen Sie ein Fax und keine Email-Adresse?« wollte Herr Hofmann wissen.

Jo lächelte leicht und sagte: »Ein Fax kann verschwinden, ein Email jedoch hinterlässt dauerhafte Spuren auf jeder Festplatte.« Es war Herrn Hofmann nicht anzusehen, ob er diese Tatsache für wichtig hielt. Um die Wartezeit zu überbrücken lenkte Jo das Gespräch auf unverfängliche Themen, die seiner Einschätzung nach dem Interesse des Besuchers entsprachen. So plauderten sie über das neue Programm im Winterpalais-Varieté, die Gala in der Staatsoper am vergangenen Wochenende und über die bevorstehende Sitzung des Verteidigungsausschusses, woran Herr Hofmann ein besonderes Interesse zu haben schien.

»Aha!« sagte Jo als eine kleine grüne Lampe das eingehende Fax anzeigte. Nur wenige Sekunden später rollte der Papierausdruck in die Ablageschale. Jo nahm den Bogen heraus, las das Schreiben in englischer Sprache aufmerksam durch, und reichte es seinem Besucher. Wenn Sie die Transaktion durch Ihre Unterschrift bestätigen wollen, das wäre sehr nett, dann hätten wir alle Formalitäten erledigt.

»Deshalb ist meine Unterschrift erforderlich?« wollte Herr Hofmann wissen. »Das alles ist doch wohl streng vertraulich?«

»Ich bitte Sie, lieber Herr Hofmann, aber selbstverständlich«, antwortete Jo. »Aber bei dieser Summe … Sie verstehen...« und nahm das unterschriebene Blatt an sich.

»Wir werden das sofort an die Bank faxen, dann gebe ich Ihnen das Papier zurück, mit der sofortigen Gutschrift können Sie rechnen.«

»Wäre es vielleicht möglich, dass Sie diese Order bei der Bank telefonisch avisieren?« bat Herr Hofmann. »Es ist nur...also...«

»Aber ich bitte Sie«, unterbrach ihn Jo, »das ist doch überhaupt kein Problem und bedarf auch keiner Erklärung!« Damit griff er nach dem Hörer und wählte eine Nummer, offenbar eine Durchwahl, und er schien mit dem Gesprächspartner gut bekannt zu sein (hello George, everything alright?) und nannte Herrn Hofmanns Kontonummer bei der Gibraltar Bank. Dann nickte er mit einem gewinnenden Lächeln, als bedanke er sich bei dem Telefonhörer und legte auf.

»So, das hätten wir«, sagte Jo. »Sie werden wohl in zwei Stunden über die Summe verfügen können.« Herr Hofmann atmete tief ein und schloss für eine Sekunde die Augen, seine Erleichterung war offensichtlich. Bevor Jo nochmals auf die Sitzung des Verteidigungsausschusses zurückkommen konnte, wurde er von einem Summton seines Handys unterbrochen, und sein Besucher beobachtete irritiert des anderen Gesicht, dessen Mund stand offen, und seine Augen waren weit aufgerissen. Und doch war diese Schockreaktion nur kurz, alles Weitere geschah in wenigen Sekunden. Jo faltete das Fax der Bank winzig klein zusammen und steckte es in die leere Brezeltüte, die er zerknüllte. Schnell stand er auf und stieß seinen metallenen Schreibtischsessel mit voller Kraft gegen das kleinere der beiden Fenster. Die schwere Isolierglasscheibe zerbarst durch den Aufprall der metallenen Stuhllehne in mehrere Stücke, die in die Tiefe stürzten; das Papierknäuel warf Jo hinterher. Von dem großen Papierblock neben der Wandtafel riss er einen Bogen ab, faltete ihn auf die passende Größe und verschloss mit mehreren Streifen Klebefilm das Loch in der Fensterscheibe.

Herr Hofmann war entsetzt aufgesprungen, aber Jo bedeutete ihm, sich wieder zu setzen, drückte die Sprechtaste zum Vorzimmer und bat Anna, sie möge doch bitte den Hausmeister verständigen, er habe eine Fensterscheibe zerbrochen. Dann nahm er wieder hinter seinem Schreibtisch Platz als sei nichts geschehen und legte beschwörend den Zeigefinger auf den Mund.

»Ach ja«, sagte er dann, »was ich noch zu dem Opernball am Wochenende erwähnen wollte...« und begann ein Gespräch über die trübe und ungewisse Zukunft der Theater angesichts leerer kommunaler Kassen, was vermutlich die deutsche Kulturlandschaft auf Jahre hinaus prägen würde. »Aber was um Himmels willen... wenn diese Scheibe jemand erschlagen hat...«, warf Herr

Hofmann ein, noch immer fassungslos, aber Jo schüttelte nur leicht den Kopf, als sei dieser Gedanke absolut unbedeutend. Noch ehe Herr Hofmann seine Fassung wiedererlangt hatte waren im Vorzimmer erregte Stimmen zu vernehmen. Jo wollte nachsehen, wer da sei, doch stand Anna bereits in der Tür, hinter ihr mehrere dunkel gekleidete Herren mit strengen Mienen und schwarzen Aktentaschen. »Herr Schartek«, sagte Anna mit einem leichten Zögern, dabei lispelte sie heftig und sah unschlüssig zu Herrn Hofmann hin, »nun – diese Herren – nun, äh, diese Herren sind vom Landeskriminalamt und möchten Sie sprechen.«

»Oh, ungewöhnlicher Besuch«, sagte Jo, ging auf den ersten der Gruppe zu, streckte ihm die Hand entgegen, sagte: »Guten Tag, ich bin Jonathan Schartek.« Dazu machte er eine einladende Handbewegung und bat die Herren an den Konferenztisch. Vier der sechs Besucher traten in Scharteks Büro, wollten aber offensichtlich nicht am Konferenztisch Platz nehmen, sondern blieben stehen.

»Ich bin Hauptkommissar Alex Müller«, sagte der Wortführer der Truppe. »Wir haben hier einen Durchsuchungsbeschluss und möchten Sie bitten, uns einige Unterlagen auszuhändigen, die Ihre Transaktionen der letzten zwei Jahre betreffen. Wenn Sie sich hier bitte...« der Beamte Müller breitete ein mehrseitiges Dokument mit amtlichen Stempeln aus »von der Richtigkeit überzeugen wollen...« damit trennte Müller die Kopien von der Originalausfertigung des Dokuments und überreichte dieses Jo. »Oh, gab es hier einen Unfall?« wollte Herr Müller wissen und trat zu dem zerbrochenen Fenster. Aufmerksam tasteten seine Fingerspitzen über die Klebefilm-Kanten.

»Ach das«, bemerkte Jo beiläufig über die Schulter, während er seine Akten auf dem Schreibtisch zurecht rückte und die Reste der Brezel in einer Schublade verwahrte. »Ich habe kürzlich diese Scheibe zerbrochen, mit der Lehne dieses Stuhls, und Sie wissen wie das ist – es gibt jede Menge Arbeitslose und Hartz-IV-Empfänger, aber bis Sie einen Handwerker finden, das dauert!«

»Ich verstehe«, sagte der Beamte Müller und wandte sich wieder dem Schreibtisch zu, den seine Kollegen nicht eine Sekunde aus den Augen gelassen hatten.

»Wenn Sie gestatten, Herr Müller«, sagte Jo, »dann möchte ich zuerst meinen Besucher verabschieden. Eine kleine Routineangelegenheit nehme ich an«, bemerkte Jo zu Herrn Hofmann und dann wieder zu dem Beamten gewandt: »Mit Herrn Hofmann stehe ich bisher nicht in Geschäftsverbindung, und Sie haben doch sicherlich nichts dagegen, dass ich Herrn Hofmann zur Tür begleite.« Die Herren sahen unschlüssig drein. Herr Müller runzelte die Stirn, warf einen kurzen Blick auf die von Herrn Hofmann hin gereichte Visitenkarte, zog die Mundwinkel nach unten als sei er sich über die Situation im Unklaren, hob dann aber die Schultern, schüttelte in die Richtung eines seiner Kollegen leicht den Kopf, und machte eine verabschiedende Bewegung zu Herrn Hofmann. Dieser war erleichtert, aus der Situation entlassen zu sein und bewegte sich unter angedeuteten Verbeugungen rückwärts zur Tür. »Wenn Sie sich bei meinem Kollegen draußen bitte noch ausweisen würden...«, sagte Herr Müller obenhin, und Herr Hofmann fühlte sich verabschiedet.

»Vielen Dank für Ihren Besuch und Ihr Interesse, lieber Herr Hofmann« sagte Jo. »Wenn Sie weitere Fragen haben, rufen Sie mich jederzeit an. Oder senden Sie mir ein Fax, das erreicht mich sicherer als eine Email.«

»Gütiger Himmel«, sagte Herr Hofmann im Vorzimmer zu Anna. »Was war denn das? Wie ist so etwas möglich?«

»So etwas kommt im Geldgeschäft eben vor«, lispelte Anna. »Ich bin überzeugt, Herr Schartek wird sich mit

Ihnen in Verbindung setzen sobald die Herren gegangen sind. Machen Sie sich bitte keine Gedanken, lieber Herr Hofmann, es ist alles in Ordnung.«

»Hm«, machte Herr Hofmann, »aber eines wüsste ich zu gerne...« Anna sah ihn fragend an und wartete. »Sagen Sie, woher kam diese Information – diese Warnung per SMS, meine ich.«

»Ach wissen Sie«, lispelte Anna vertraulich und dicht an seinem Ohr, »unser Portier war vor seiner Pensionierung bei der Kripo – und ist immer noch sehr auf Draht, der alte Herr, es ist erstaunlich.« Als Herr Hofmann im Erdgeschoss nachdenklich dem Lift entstieg, betrachtete er im Vorübergehen verstohlen den abgebrühten Pensionär. Dieser stippte soeben mit Genuss ein Stück Brezel in seinen Kaffee.

***

Das tat auch Jo, während er Hus Schmidt über den Besuch von Alex Müller informierte. Und wie gewöhnlich bei diesen kreativen Pausen ruhten seine beschuhten Füße auf der polierten Palisanderplatte des Schreibtischs. »Mein lieber Hus – könnt Ihr vielleicht etwas mehr Gas geben? Dieser Müller war wieder da und wollte sofort die vereinbarte Marie – lange ist der nicht mehr zu beruhigen.«

»Ruhig Blut, mein Lieber – alles ist im sicheren Fahrwasser!« Hus lächelte verbindlich.

»Ich bin ruhig, keine Sorge. Aber du wirst mir eine Frage erlauben«, fügte Jo hinzu.

»Nur zu, mein Bester, was beschäftigt dich?«

»Woher kommt die Kohle überhaupt? Das sind doch immerhin Summen, die sagen was aus – meiner bescheidenen Ansicht nach!«

»Du – und bescheiden, Jo! Das wär' was Neues!«

»Also, woher denn nun?«

»Ich sags mal poetisch: Vom Staat, der sorgend an uns denkt. Reicht das?«

»Mir nicht. Also bitte etwas genauer!«

»Also – aber nur weil du es bist, und streng vertraulich! Ist das klar?«

»Ich warte.«

»Jo, die Sache ist simpel – und völlig unaufregend. Hier werden lediglich Gesetzeslücken verwertet, sonst nichts. Also: Da unsere politische Elite mal wieder gepennt hat, tun sich hier ergiebige Geldquellen auf – die wir natürlich nutzen. Diese Gesetzeslücke ist ein Geschenk unserer zweifarbigen Regierung. Zusätzlich beschenkt, wenn man so sagen will, wird jeder, der Kapitalertragssteuer zurückbekommt. Diese gezahlte Steuer kann man sich nicht nur einmal, sondern mehrfach erstatten lassen.«

»Hus – bist du bei Trost? So etwas geht? Wieso denn das?«

»Ganz einfach, mein Lieber. Also – für dich nochmals langsam, zum Mitschreiben, wie unser Bruder Thomas Richter sagen würde: Da leiht sich jemand – entweder ein Mensch oder eine Bank – irgendwelche Wertpapiere. Diese geliehenen Wertpapiere verkauft er weiter. Natürlich muss er diese geliehenen Wertpapiere irgendwann zurückgeben – ist doch klar, denn die gehören ihm schließlich nicht. Hast du das?«

»Klar, weiter!«

»Wenn der Kurs der ausgeliehenen Wertpapiere gefallen ist, bis er sie zurückgibt, dann macht er trotz Null Einsatz einen satten Profit.«

»Und wenn nicht?«

»Dann kann ihm das auch wurscht sein, denn er hat die Wertpapiere ja nicht bezahlt.«

»Hört sich an wie Gelddrucken!«

»Hört sich nicht nur so an, sondern funktioniert auch so«, lachte Hus.

»Aber sag mir eins – das soll legal sein?«

»Das wird allgemein so gesehen!«

»Und wo ist der Haken?«

»Kein Haken! Nur ein Konstruktionsfehler in unserem famosen Steuersystem!«

»Und diesen Konstruktionsfehler kennen natürlich nur die Eingeweihten, stimmts?«

»Normalerweise schon, mein Lieber – aber weil du es bist, will ich nicht so sein.« Hus lächelte gewinnend.

»Also?«

»Also: Das steuerliche Drumherum ist kompliziert – wie alles im deutschen Steuerrecht. In diesem Fall ist es sogar so kompliziert, dass da kein Mensch mehr durchblickt. Genau genommen weiß nämlich nach einer Weile niemand mehr, wer wirklich der Eigentümer dieser geliehenen Aktien ist.«

»Und wieso nicht?«

»Naja, weil es da mehrere Möglichkeiten gibt. Die Aktien könnten dem gehören, der sie verleiht – das muss aber nicht sein.«

»Kanitverstan – aber egal! Und woher kommt jetzt die Kohle?«

»Ganz einfach: Wenn der Deal kurz vor der jährlichen Dividendenzahlung über die Bühne geht, dann kann man sich die gezahlte Kapitalertragssteuer gleich zweimal erstatten lassen – obwohl man die vielleicht nur einmal bezahlt hat.«

»Das heißt, man muss die doppelte Steuererstattung zweimal einstreichen – ob man will oder nicht?«

»Das kommt darauf an...«

»Natürlich – wie immer bei euch Juristen«, brummte Jo.

»Jo – bleib friedlich. Es soll auch Menschen geben, die den Bescheid für die zweite Steuererstattung einfach ignorieren. Vielleicht weil sie ehrlich sind, oder weil Sie so viel Geld gar nicht brauchen.«

»Das heißt, wer sich die Steuer zweimal zurück erstatten lässt, ist ein Schuft?«

»Was heißt hier *zweimal*? Das geht auch mehr als *zweimal*, denn wenn...«

»Ich werde verrückt! – Aber, ich hab dich unterbrochen, was wolltest du noch sagen?«

»Ich wollte sagen – wenn jemand in seinem Büro einen richtigen Saustall hat, also Null Durchblick, oder so, dann klappt das auch drei- oder viermal.«

»Oder fünfmal?«

»Oder sechsmal, achtmal, zehnmal – alles reine Nervensache!«

»Ich halt' das im Kopf nicht aus! Merkt das denn keiner?«

»Klar merkt das einer! Vermutlich haben das schon viele bemerkt. Jedenfalls soll der Bankenverband den

Finanzminister schon vor Jahren über dieses scheunentorgroße Steuerschlupfloch informiert haben.«

»Na und? Was weiter?«

»Keine Ahnung. Passiert ist jedenfalls nichts. Vielleicht hatte da keiner so richtig Bock, das Loch zu stopfen – was weiß ich!«

»Das gibt's doch nicht! Und der Finanzminister?«

»Der ging – wie du weißt – inzwischen in seinen wohl verdienten Ruhestand. Jedenfalls hat er vorher nichts mehr in dieser Sache unternommen. Vielleicht hatte er keine Lust – null Ahnung!«

»Und der neue Finanzminister?«

»Weiß ich nicht. Vielleicht gibt der den Tipp über das Steuerschlupfloch als Wahlgeschenk weiter.«

»Das halt' ich im Kopf nicht aus!«

»Ist auch egal. Jedenfalls funktioniert das Modell – und wie man sieht, auch mit größeren Summen.«

»Was heißt das, größere Summen? Größer als was?«

»Naja, bei der BauernHypobank – nur als Beispiel – soll so ein Deal schon mit rund zweihundert Millionen durchgelaufen sein.«

»Zwei – hundert – Millionen? Sag das nochmal!«

»Bleib ruhig, Jo. Gesehen hab ich die nicht, und Irrtümer sind menschlich.«

»Aber wenn jemand dem Minister ans Bein pinkeln will und den Trick an die Staatsanwaltschaft verpetzt?«

»Jo, bleib auf dem Teppich! Das lässt sich doch kein Finanzminister gefallen! Wer so tollkühn wäre, der riskierte doch glatt ein paar Jahre in der geschlossenen Psychiatrie. Und wer will das schon?«

12 Provinzgericht

»Hallo Thomas, hier spricht Guido.«

»Ach du bist es – wie gehts? Alles klar bei dir?« Thomas Richter gab sich zurückhaltend.

»Ich denke schon. Hast du eine Sekunde für mich?«

»Kaum, meine nächste Verhandlung beginnt in ein paar Minuten. Worum geht es?« fragte Thomas Richter uninteressiert, dabei überflog er einige handschriftliche Randvermerke in der unangenehm dicken Akte. Rasch machte er sich weitere Notizen.

»Es dauert nicht lange«, knurrte Guido Hassenbrink. »Du konntest wohl bei deinem Freund und Staatsanwalt nichts erreichen?«

»Beruhige dich – die Sache ist auf dem richtigen Weg!«

»Kann ich das etwas genauer erfahren – bitte!«

»Ja, aber erst nächste Woche. Da sehen wir uns doch sowieso, oder nicht?«

»Natürlich! Du weißt doch, wenn unser Großmeister zum Brudermahl eingeladen hat, dann ist Erscheinen Pflicht! Aber trotzdem – es hat sich da etwas Neues ergeben, ich meine...«

»Dann schieß los – aber nur das Wesentliche, wenn möglich, du verstehst...«, antwortete Thomas Richter. Er verteilte auf mehreren Blättern der Akte einige gelbe und blaue Haftnotizen, sodass diese oben und rechts aus der Akte heraus ragten. Dass diese Zettelchen in Spiegelschrift geschrieben, eng bekritzelt und deshalb kaum leserlich waren, trug gelegentlich sehr zur Verwirrung der Amtsbediensteten bei.

»Also – Jo Schartek meint ...«

»Jo Schartek ist ein Idiot.«

»Wie bitte, versteh' ich nicht...«

Du verstehst überhaupt nichts, dachte Thomas Richter. Laut sagte er: »Vergiss Jo Schartek – weiter!«

»Vorsicht! Du solltest nicht vergessen, dass Jo Schartek zu Ushki einen hervorragenden Draht hat.«

»Auch Ushki ist ein Idiot. Und senil dazu. Ich weiß nicht, was schlimmer ist. Zurück zum Thema, was wolltest du sagen?«

»Also – die Sache ist doch so: Du hast vor vier Wochen erwähnt, du würdest dafür sorgen, dass Hilmar Cossick so lange in Haft bleibt, bis er schwarz wird?«

»Und?«

»Stell' dir vor – wen treffe ich gestern beim Hauptstadtfrühstück des Metallfachverbandes, als er sich quietschvergnügt mit unserem Schatzmeister unterhielt? Meinen lieben Bruder Hilmar Cossick!«

»Na und?«

»Was soll das heißen, na und? Ich habe meinen Teil unserer Abmachung eingehalten – und das war dein Schaden nicht! Aber du konntest offenbar nicht verhindern, dass der Kerl schon wieder auf freiem Fuß ist, oder sehe ich das falsch?«

»Ja, das siehst du falsch, allerdings! Mehr falsch geht gar nicht!«

»Wieso? Dann hab ich dort einen Geist gesehen«, blaffte Guido Hassenbrink zurück.

»Wir wollen das cool und sachlich betrachten – wenn du einverstanden bist – äh ... ja, was ist denn?«

Thomas Richters letzte Bemerkung galt dem ältlichen Fräulein Kannegießer, deren Löckchenkopf soeben im Türspalt zum Vorzimmer sichtbar wurde. Außer der übergroßen roten Hornbrille mit den dicken runden Gläsern über der spitzen Nase und der schwarz-weiß gepunktete Bluse war nur wenig von ihr zu sehen.

»Herr Richter, Ihr nächster Termin *'Schneiderhan gegen Schneiderhan'* beginnt in zehn Minuten«, meldete Viola Kannegießer mit ihrem Vogelstimmchen, das ihr vor Zeiten den Spitznamen *Piepsi* eingetragen hatte.

»Sind die Zeugen denn schon da«, fragte Thomas Richter gereizt, legte den schweren goldenen Füllfederhalter ab und bedeckte mit der Hand die Muschel des Telefonhörers.

»Ich werde sofort dem Gerichtsdiener sagen, dass er nachsehen soll«, antwortete Viola Kannegießer beflissen, wobei sie gleichzeitig die Tür sachte zu zog, ohne dass sie das hässliche Knarren der betagten Türangeln verhindern konnte.

Gibt es eine penetrantere Nervensäge als diesen Guido Hassenbrink dachte Thomas Richter, und er erwiderte: »Also, jetzt nochmal, damit das klar ist! Ich habe dir gesagt, dass Hilmar Cossick auf Eis gelegt wird, aber nicht dass er unbegrenzt in U-Haft bleibt. Das wäre gar nicht möglich, denn schließlich leben wir in einem Staat, in dem Recht und Gesetz herrschen, klar oder?«

»Weiter!«

»Und jetzt hör zu, die Sache steht sehr gut, weil wir jetzt alle drei im Griff haben – denn...«

»Und zwar so, dass jetzt außer meinem Kevin Sickinger auch die beiden anderen frei herumlaufen, wie? Sehr witzig!« spottete Guido Hassenbrink.

»Vergiss nicht: Gegen Hilmar Cossick liegt überhaupt nichts Konkretes vor. Den können wir nur bis kurz nach Prozessbeginn kalt stellen, weil es bis jetzt so aussieht, als sei er an den Machenschaften von Laumann beteiligt. Und das sieht nur deshalb so aus, weil bei dir Unterlagen gefunden wurden, die ihn belasten. Aber da dich das Rote Ehrenkreuz so sehr lockt, musste das wohl so sein. Denn das ist dir wohl klar – wenn Hilmar Cossick zur Wahl antritt, dann hast du nicht den Hauch einer Chance und Provinzialmeister wird dann ein anderer, aber nicht du! Und deshalb ...«

»Wer sagt denn, dass ich keine Chance hätte, lachhaft ist das, einfach lächerlich! Das wollen wir erst mal sehen und ...«

»Mein Lieber, wenn du mich noch einmal unterbrichst, dann kannst du alles Weitere in der Zeitung lesen, aber frühestens in drei Jahren, ist das klar?«

»In drei Jahren?«

»Ja, in drei Jahren, frühestens! Und jetzt hör zu, ich sag' das nur einmal: Hier haben wir es mit drei Leuten zu tun: mit Cossick, mit Laumann und mit Sickinger. Der Anfangsbuchstaben des ältesten Angeklagten entscheidet über die zuständige Strafkammer. Der Älteste von den Dreien ist Laumann – also Anfangsbuchstabe L; und für L ist die Hackstein-Kammer zuständig. Der alte Hackstein ist ein Eisenfresser, und bei dem – das verspreche ich dir –

ist der Fall bestens aufgehoben. Der locht jeden ein, der nicht schnell genug am Baum hoch kommt!«

»Aber – hat nicht der Staatsanwalt noch vor zwei Monaten gesagt, dass Laumann nicht angeklagt werden würde!«

»Jetzt wird er eben doch angeklagt! Gottseidank! Das muss auch so sein. Denn würde Laumann nicht angeklagt werden, dann wäre gemäß Anfangsbuchstaben C, wie Hilmar Cossick, dieser Fall an die Ullmann-Kammer gegangen, und nicht an die Hackstein-Kammer. Und glaube mir: Der alte Amtsgerichtsrat Ullmann ist ein Fuchs! Der hätte den Braten längst gerochen und das Verfahren gegen Hilmar Cossick eingestellt.«

»Aber warum wurde nun Hilmar Cossick aus der U-Haft entlassen, das verstehe wer will!«

»Falsch – das versteht nur, wer kann. Also, mein Lieber – für dich nochmals zum Mitschreiben: Das hat unser Mann so gedreht, und das muss so sein, weil die eigentlich zuständige Kammer wegen Überlastung dann einen Fall abgeben muss, wenn einer der Angeklagten in U-Haft sitzt. U-Haft zwingt immer zur Beschleunigung.«

»Aha – ich verstehe«, sagte Guido Hassenbrink kleinlaut.

»Wird auch Zeit! Also hat unser Mann die Haftentlassung von Sickinger eingefädelt, und deshalb ist der jetzt wieder auf freiem Fuß.«

»Das ist gut, sehr gut! Da werden wir bei unserem Ushki gut dastehen – dann haben wir bei dem was gut!«

»Wieso denn das? Versteh' ich nicht!«

»Weil Kevin Sickinger der neue Adlatus von Ushki ist, seine zukünftige rechte Hand sozusagen. Und ich glaube, der wird bei dem noch 'ne richtig große Nummer!«

»Hm«, machte Thomas Richter. Dass genau deshalb für Kevin Sickinger der nächste Haftbefehl bereits beantragt war, braucht Guido Hassenbrink jetzt nicht zu erfahren, entschied Thomas Richter für sich. Das konnte warten. Der große Ushki wird sicherlich keinen dauerhaften Schaden nehmen, wenn er einen Dienstboten weniger hat. »Ich hoffe jedenfalls sehr, dass du jetzt kapiert hast, wie so etwas läuft.«

»So also ist das«, sagte Guido Hassenbrink.

»Ja – so ist das, Profiarbeit eben!« sagte Thomas Richter mit eisigem Spott, und sein Triumph war perfekt. »Und weil die Hackstein-Kammer wegen Überlastung frühestens in drei Jahren das Verfahren eröffnen kann, gelten alle Drei bis dahin quasi als Angeklagte – und du, mein Lieber – kannst inzwischen unangefochten Provinzialmeister von Niedersachsen werden, wenn dich das glücklich macht.«

»Ah ja, äh – dann danke ich dir«, antwortete Guido Hassenbrink unsicher.

»Und mehr kann ich jetzt nicht für dich tun, mein Bester«, wandte Thomas Richter ein. Er hatte nicht vergessen, wie er damals von Guido Hassenbrinks Sekretärin hochmütig abgewimmelt worden war, als es für ihn um Alles oder Nichts ging. Zuletzt hatte er ohnmächtig seine Versetzung in die finstere Provinz hinnehmen müssen. »Aber du wirst sehen«, sagte er gnädig, »alles wird sich zu deiner Zufriedenheit fügen – vorausgesetzt du machst jetzt keine dummen Fehler«, setzte er schroff hinzu. »Ich hoffe, dass das klar ist, ein für alle Mal! Ich habe jetzt dringend…«

»Äh – nur noch eine kurze Frage.«

»Was ist denn noch?«

»Es geht um unseren geschätzten Bruder Artman, der …«

»Dieser widerliche Pressemolch! Der glaubt wohl, er sei das Gewissen der Großloge! Ich dachte, Ihr hättet den Kerl bestens im Griff – nein?«

»Wir hatten ihn ruhig gestellt. Eigentlich war er so gut wie außer Gefecht. Aber inzwischen hat er sich unter einen höchst wirkungsvollen Schutz begeben – hoheitlichen Schutz, gewissermaßen!«

»Ich hör wohl schlecht! Was soll das denn heißen! Kannst du dich etwas deutlicher ausdrücken?«

»Wie soll man sagen – also ich vermute, dass er die kleine blonde Kommissarin nett findet. Man könnte auch sagen, dass er ihr erfolgreich den Hof macht.«

»Etwa die Yalmiz – diese kleine abgebrochene Zicke? Der hat doch wohl nicht alle Tassen im Schrank! Das ist unerhört – das ist... Kollaboration! Verrat ist das – schlimmster Sorte!«

»Wie wir das nennen, spielt wohl keine Rolle. Er scheint es jedenfalls ernst zu meinen...«

»Und wieso willst du das wissen?«

»Die beiden wurden gestern spätabends beim Italiener gesehen, wohl sehr intim – kurzum, das Ganze soll einen irreparablen Eindruck gemacht haben.«

»Dieser Artman kann uns gefährlich werden! Der Mann blickt voll durch. Oder glaubst du, dass die beiden in den Pausen nur über Dornröschen und die sieben Zwerge sprechen? Da müssen wir etwas unternehmen!«

»Schneewittchen!«

»Was ist los?«

»Schneewittchen, bei Dornröschen gibt's keine Zwerge!«

»Verarsche mich nicht, sondern unternimm was!«

»Leicht gesagt, aber was?«

»Egal was, Hauptsache sofort! Wenn dir nichts einfällt, dann werde ich dir jemand schicken müssen, der das Geschäft beherrscht.«

»Vielleicht könnte man ihm die Steuerfahndung schicken…«

»Das geht bei dem gar nicht, Schuss in den Ofen! Andere Idee?«

»Ich denke, wenn unser Frank da mit Herz und Seele engagiert ist, dann wäre das doch perfekt! Da muss der kleinen Polizistin nur etwas zustoßen – dann wird er schon begreifen, was er zu tun oder zu lassen hat.«

»Bist du noch zu retten, Mann? Wir können uns doch nicht die Finger an einem Bullen verbrennen!«

»Ich finde das auch lästig, aber besondere Veranstaltungen erfordern eben einen besonderen Bart. Ich denke drüber nach, du hörst von mir.«

»Geschenkt, geschenkt! Das muss ich nicht wissen. Und jetzt wirst du mich entschuldigen – ich habe zu tun, meine nächste Verhandlung, adieu!« schloss er mit einem Blick auf Viola Kannegießer, die in der Tür stand und mit ihrem knöchernen Zeigefinger hektisch auf das Zifferblatt ihrer Armbanduhr trommelte.

»Sofort Piepsi, Momang!«

Thomas Richter blickte über seinen Schreibtisch, rückte einige Aktenstapel in eine andere Position und beklebte weitere Dossiers mit seinen gefürchteten gelben Markierzetteln. Er stutzte – da fehlte die erste Seite der Akte, obwohl sie auf dem Monitor angezeigt wurde. »Hey, Piepsi!« rief Thomas Richter ins Nebenzimmer, »Schau mal – kannst du mir das hier ausdrucken, nur auf dem Bildschirm alleine reicht mir das nicht. Ich brauche was zum Anfassen!«

Violas Lockenköpfchen erschien in der Türöffnung, und sie erfasste mit einem Blick auf den Monitor ihres Chefs, um welche Seite es ging. »Kommt gleich, Herr Richter, dauert nur eine Sekunde«, antwortete sie eifrig, dann konnte man ihre Tastatur klappern hören.

»Was ist, Piepsi? Wird das heute noch was?« fragte Thomas Richter ungehalten, als er nach einer geraumen Weile noch immer auf den Ausdruck des Papiers wartete.

»Ich weiß nicht so recht, Herr Richter«, antwortete Piepsi kleinlaut von nebenan. »Sie sollten sich das lieber ansehen…, also… ahem…«

»Piepsi! Ich hab jetzt absolut keine Zeit. Druckst du mir das jetzt aus oder nicht?« Aber Piepsi schwieg, sie stöhnte leise. Thomas Richter, der inzwischen hinter ihren Stuhl getreten war, las staunend den Text auf dem Monitor:

»…wird der Zeuge erneut eindringlich zur Wahrheit ermahnt… ringringring…ja bitte?… Aber natürlich, Piepsi, stellen Sie durch …Hallo?… aber nein, mein Liebes, du störst doch nie! Was gibts denn Wichtiges?… Wie bitte? …Natürlich müssen wir nicht zu diesem doofen Geburtstagsempfang … Nein! Da wissen wir beide was viel Schöneres mit uns anzufangen, da hast du recht! … Ja, da bin ich sicher, dass du dir da wieder was Exquisites ausdenken wirst… ja, meine Schnecke, aber meine nächste Sitzung beginnt gleich… aber ja, gleich danach rufe ich dich wieder an… und auf deine Belohnung freue ich mich schon …tschüss mein Blümchen …wo war ich, ach ja, wird der Zeuge erneut ermahnt … nein, schreiben Sie: erneut eindringlich zur Wahrheit ermahnt… undsoweiter undsoweiter, Sie wissen schon … Verfügung wie üblich, Piepsi vergessen Sie aber dieses Mal die Kopien für die Anwälte nicht.«

Die dünne Viola Kannegießer wandte sich um, peinlich berührt.

»Na und? Was gibt es da zu glotzen? Löschen Sie alles, was da nicht hingehört. Kann doch nicht schwierig sein, oder? Und erinnern Sie mich gefälligst daran, dieses

Diktiergerät auszuschalten, wenn Sie mir ein Telefonat durchstellen! Noch was, Piepsi: Der Bourbon ist alle! Und eh' ichs vergesse: Haben Sie meinen Flug umgebucht? Wenn ich hier nicht alles kontrollieren würde! Und Piepsi – denken Sie daran: Nächste Woche Montag bin ich nicht da, bin übers Wochenende zur Jagd eingeladen, im Harz.«

Beflissen hielt Piepsi ihrem Chef die Tür auf und sog tief den Hauch seines Eau de Toilette ein, der seinem wehenden schwarzen Talar entströmte.

13 Opfergang

»Ist es nicht entsetzlich, liebste Clarissa, da kommt unser neuer Bruder Cornelius Frey nach langen Jahren in der Fremde in die Heimat zurück, und nun muss er so etwas erleben!« klagte die Schwester Hildegard Nebel. »Einen Mord in seinen neuen Geschäftsräumen! Hat es so etwas jemals gegeben?«

Auch die Damen waren heute zu einem der Logen-Gästeabende eingeladen, die meist nur im Bruderkreis stattfanden. Viel zu oft seien sie da ausgeschlossen, meinten einige der Schwestern, wie die Ehefrauen und Lebensgefährtinnen der Logenbrüder genannt wurden. In der Garderobe hatte man gesellschaftliche Hauptstadtereignisse diskutiert, Logenklatsch erörtert und sich noch etwas zurechtgemacht.

»Nicht nur schrecklich ist das, sondern auch ungeheuerlich!« pflichtete die Schwester Maja Welstraat bei. »Nein, so etwas in diesem erlesenen Kreis!«

»Disziplin, meine Damen!« gebot da die Schwester Charlotte Mausberg mit Gebieterstimme, und die anwesenden Schwestern schwiegen gehorsam und senkten die Köpfe. Immerhin war die Schwester Charlotte Mausberg als Respektsperson anerkannt. »Der Würdige Meister wünscht, dass dieses Thema diskret behandelt wird, solange die polizeilichen Ermittlungen andauern! Zweifellos gibt es genug anderes zu erörtern, nicht wahr?« Und da sie ihre Schwester Nebel streng musterte, sagte diese gehorsam zu ihrer Schwester Krekel: »Meine liebe Clarissa, du wirst es nicht glauben! Da hat die Schwester Kohlschwanz dem Würdigen Meister doch tatsächlich gesagt, sie denke überhaupt nicht daran, zum Ordensfest der Großloge zu erscheinen. Schließlich sei sie kein Dekorationsblümchen, das beliebig zur Verfügung steht!«

»Also, was sagt man dazu, wieder einmal unsere Schwester Kohlschwanz! Geradezu ungeheuerlich finde ich das!« entrüstete sich Clarissa Krekel. »Hat das etwa auch unser Großmeister erfahren?«

»Ich bitte dich, meine liebe Clarissa, das war unsere Pflicht. Darüber musste er doch informiert werden.«

»Und dazu hat unser Gernot doch bestimmt etwas gesagt, oder?« Clarissa Krekel und ihr Ehemann hatten mit dem Großmeister auch privaten Umgang. Deshalb ließ sich Clarissa keine Gelegenheit entgehen, auf diese Vertrautheit hinzuweisen.

»Ach du weißt doch, wie erhaben unser Großmeister über diesen Dingen steht«, antwortete die Schwester Nebel. »Vermutlich hat er nichts dazu gesagt, wie das eben seine Art ist.«

»Trotzdem finde ich das unmöglich!« betonte Clarissa und versuchte mit einem Stift die Kontur ihrer linken Augenbraue nachzuziehen. Gleichzeitig hielt sie mit Daumen und Zeigefinger der anderen Hand das Armband ihrer Freundin Ehrentrud Thürmann fest, die sich mühte, den klemmenden Verschluss zu öffnen.

»Geradezu arrogant ist das!« rief Schwester Ehrentrud, wobei sie heftig den kleinen Finger ihrer wedelnden rechten Hand bepustete, damit der ausgebesserte Nagellack schneller trocknete. »Und das ausgerechnet in diesem Jahr, wenn wir die Brüder und Schwestern der spanischen Großloge hier begrüßen dürfen! Sogar von den Großlogen aus Südamerika werden Abordnungen kommen.«

»Da hast du recht, liebste Ehrentrud. Da sind wir doch auf die Spanischkenntnisse der Schwester Kohlschwanz dringend angewiesen! Immerhin hat sie dort mehrere Jahre gelebt und sogar am Goethe-Institut in Madrid unterrichtet.«

»Wie kann sie nur so pflichtvergessen sein – das erkläre mir bitte! Bei all den schönen Schwesternfesten, die sie hier schon miterleben durfte. Versteht das jemand?«

Auch die Schwester Oberlehrerin Charlotte Mausberg, die aufmerksam zugehört hatte, verstand es nicht. Man müsse den jüngeren Schwestern zwar viel Nachsicht entgegenbringen, sagte sie. Diese Meinung habe sie immer vertreten. Aber dafür könne man auch etwas mehr Engagement erwarten. Clarissa beteuerte lebhaft, dass dies auch ihre Ansicht sei.

»Fast ein Affront«, bemerkte die bis jetzt schweigsame Gisela Krumme. Ihr Gatte war Wirtschaftsstadtrat und wachte im Verwaltungsausschuss der Großloge über die Finanzen. So einfach die Einladung des Großmeisters auszuschlagen, das habe etwas Beleidigendes, fand die Schwester Wirtschaftsstadträtin.

»Sag mal Lotti, du findest das doch auch inakzeptabel, oder?« Doch Charlotte Mausberg überhörte die Frage der Krekel und ordnete ihre Frisur vor dem großen beleuchteten Spiegel. Dabei war sie bemüht, einen Fussel zu beseitigen, der sich auf die schwarze Wildseidenbluse verirrt hatten. Natürlich trug sie Schwarz, nachdem ihr alter Freund und Weggefährte Karl auf so schreckliche Weise verschieden war. Dass auch Karls alter Freund und Bruder Benjamin Dietrich tags zuvor dahingehen musste, machte ihr den Verlust noch schmerzlicher, wie sie versicherte. Dennoch hätte nichts und niemand sie davon abhalten können, heute und hier zu erscheinen. Immerhin sei es das erste Mal, dass ihr lieber Junge Cornelius nach seiner Aufnahme in den Lichtorden hier offiziell zugegen sein durfte.

»Ach nein, meine Liebe, das hätte niemand vermutet, dass dieser stattliche junge Mann dein Sohn ist!« flötete Maja Welstraat. »Warum hast du ihn uns so lange vorenthalten, wo war er versteckt?« Dabei verschwieg sie ihrer Mitschwester die Bemerkung der Krekel, dass man über Cornelius' Gelassenheit leicht irritiert sei, nachdem doch gestern sein Vater in den Ewigen Osten eingegangen war, und das durch Mörderhand, wie schrecklich. »Auf den Jungen kannst du stolz sein, bist du doch auch, nicht wahr?«

»Ja liebste Maja, als Mutter – du weißt, wie das ist!«

»Man sah ihn hier im Haus schon seit einiger Zeit als Gast, aber dass er jetzt richtig dazu gehört – schön muss das für dich sein!«

»Und wie schön, meine Liebe! Letzte Nacht musste ich an die Stunde denken, als ich ihn empfangen habe, damals in Prag, als der erste russische Panzer in der Stadt den ersten Schuss abgab. Es war wie ein höheres Zeichen.«

»Wir können dir das nachfühlen, Liebe. Welch ein historischer Moment!«

»In Australien kam er einfach nicht zurecht, obwohl er immer behauptet, das sei seine zweite Heimat gewesen. Nun kann ich vor allem beruhigt sein, dass er jetzt seine geschäftlichen Angelegenheiten wird ordnen können.«

»Das ist für den jungen Mann sicherlich kein Problem. Er scheint mir recht tüchtig zu sein. Das ist er doch, oder?«

»Ach meine Liebe, seine Interessen sind sehr vielseitig und wechseln schnell. So etwas ist für geschäftliche Erfolge nicht unbedingt die beste Voraussetzung, weißt du.«

»Was du nicht sagst! Ich hätte eher gedacht, dass er...«

»Liebste Evelyn, ich muss dir im Vertrauen sagen, dass sein Vater, Gott hab ihn selig, stets überzeugt war, unser Cornelius könne nicht mal in der Sahara Wasser verkaufen, und daran muss ich oft denken.«

»Ist es die Möglichkeit! Dabei macht er doch einen so überaus pfiffigen Eindruck...«

»Weißt du, der Kleine ist nicht dumm, bewahre! Aber seine Pläne bereitet er manchmal so sehr im Detail vor, dass ich glaube, er will die Verwirklichung gar nicht erleben. Neulich dachte ich, mich trifft der Schlag – da hat er sich doch tatsächlich das Modell eines Wärmekraftwerks aus einem Kinder-Modellbaukasten gebaut.«

»Seltsam, sehr seltsam, liebste Charlotte!«

»Manchmal will es mir scheinen – ich kann doch darauf bauen, dass dies unter uns bleibt – dass seine ganze Energie bereits mit den Vorbereitungen dahinschwindet, weißt du.«

»Ach, das wäre schlimm. Gerade jetzt, wo er hier solche Chancen hätte«, mischte sich die Krekel ein und beschrieb mit weit ausholender Gebärde die beeindruckenden Möglichkeiten.

»Aber damit du keine falsche Vorstellung bekommst, liebe Clarissa, der gute Junge macht sich heraus. Er beschäftigt sich inzwischen ernsthaft mit Solarenergie, wie sein Vater. Und das ist eine Branche mit großer Zukunft.«

»Ach? Aber sag mal, ist das nicht ein technisch sehr schwieriges Gebiet? Oder ist der junge Mann etwa Ingenieur?«

»Ja, natürlich! Aber da sein Vater ebenfalls im Energie-Sektor tätig war... Ich habe ihn kennengelernt, als ich noch bei unserer Fluglinie als Stewardess gearbeitet habe. Ich bin damals in der ganzen sozialistischen Welt herumgekommen, musst du wissen.«

»Und heute bist du Oberlehrerin! Eine tolle Karriere, meine Liebe!«

»In der Tat«, antwortete Charlotte Mausberg bescheiden. »Man muss rührig sein!«

Inzwischen hatten einige der Damen den bereits Wartenden vor dem großen Spiegel Platz gemacht, denn in Kürze war der offizielle Beginn; der Würdige Meister war bereits erschienen.

»Warum sich die Schwester Kohlschwanz wohl so ablehnend verhalten hat?« wandte sich die Schwester Helene Siska an Charlotte Mausberg. Sie war Steuerberaterin und bekam vom allgemeinen Schwesternklatsch niemals etwas mit. Auch bekundete sie ihre Meinung erst nach ernsthaftem Abwägen aller Gesichtspunkte.

»Das kannst du nicht wissen, weil du nicht so gut informiert bist, meine Liebe«, antwortete ihre Schwester Charlotte in dem ihr eigenen hoheitsvollen und leicht anklagenden Tonfall. Mit dieser Bemerkung wies sie diskret darauf hin, dass Helene Siska auch heute noch dem Schwesternkreis angehören durfte, obwohl ihr Ehemann, der vormalige Bruder Schatzmeister Wolfgang Siska schon vor zwei Jahren an den Folgen eines Unfalls in den ewigen Osten eingegangen war. Dass Helene Siska seither die Steuerberaterkanzlei ihres verstorbenen Gatten mit achtbarem Erfolg weiterführte, war eine Tatsache, die hier nicht erwähnt wurde.

»Ich frage mich, was sich die gute Katrin Kohlschwanz dabei gedacht hat«, warf Clarissa ein. Auch sie war trotz ihrer häufigen Anwesenheit bei diesen Schwesternkränzchen über derlei Vorkommnisse nicht gut informiert. Meist fehlten ihr die Kenntnisse zu den Details, weil sich ihr Gatte zuhause dazu überhaupt nicht äußerte. Er versah noch das Amt des Zweiten Sekretärs der Großloge. Bald jedoch würde er an die erste Stelle aufrücken, falls der Bruder Wirtschaftsstadtrat Heinzotto Krumme diesen Posten aufgeben und beim nächsten Stiftungsfest zum Großarchivar gewählt würde. Und damit war nach dem unerwarteten Ableben von Ben Dietrich jetzt wohl zu rechnen.

»Nun«, wandte die Mausberg ein – und dabei sprach sie einfach über die kleine Krekel hinweg mit Helene Siska, »die Kohlschwanz hat sich daran gestoßen, dass der Würdige Meister gesagt haben soll, das weibliche Geschlecht – also wir, nicht wahr – seien der schmückende Zierrat des Logenlebens. Wobei er sicherlich sagen wollte, wir Frauen seien die Blumen und die Zierde der freimaurerischen Arbeit, wie das unser Großmeister neulich so schön formuliert hat. Und da frage ich euch, war das denn so verwerflich?« Keine der anwesenden Damen fand das verwerflich. Nur die Schwester Krekel spitzte die Lippen und wiegte nachdenklich den Kopf, um sich letztlich doch dem Urteil der Mehrheit anzuschließen, dass darin keine Abwertung enthalten sein müsse.

Dieser Ansicht war auch die Schwester Adelheid Mackert (...oh Schreck, schon wieder dieser Pickel! Ob ich wohl einmal deinen Puder benutzen dürfte, Liebe?) deren Gatte seit dem letzten Stiftungsfest das Amt eines der fünf

Tafelschaffner versehen durfte und demnächst sogar seine Aufnahme in den Kreis der regulären Brüder der Loge erwartete.

»Aber war es nicht so«, wandte hier Helene Siska nachdenklich ein, »dass der Würdige Meister gesagt hat, wir Schwestern seien zwar schmückendes Beiwerk in der Loge, ansonsten aber nicht vorgesehen?« Dazu war die Schwester Mausberg jedoch der Überzeugung, dass man als Schwester den Bruder und Lebensgefährten vor allem in seiner Arbeit für den Lichtorden nach Kräften unterstützen müsse, nicht wahr? Dies unterstrich sie mit einem strengen Blick auf die geduldete Schwester Steuerberaterin Siska. Inzwischen war Clarissa Krekel mit ihrer Schwester Edith Zimmermann ins Gespräch vertieft, als sie sich unterbrach und mit dem Daumen über ihre Schulter nach rückwärts zeigte. Weil sie dabei ihre Augen zum Himmel hob, konnte sie sich der Aufmerksamkeit ihrer Schwester Edith sicher sein. Dort nämlich, vor dem anderen großen Make-up-Spiegel stand die fröhliche Dörte Zwieback inmitten einer Gruppe anderer Damen und sagte einen einzigen Satz, der von allen in der Damengarderobe gehört wurde. »Und übrigens«, so sagte Dörte Zwieback laut und vernehmlich während ihr erheblicher Busen erbebte, »übrigens – mein Schamhaar ist jetzt aubergine.« Die Schwestern standen wie zu Eis erstarrt, und wäre ein Stern vom Himmel gefallen, die Wirkung wäre dieselbe gewesen. Dörte Zwieback hatte noch nicht lange Zugang zu diesem Kreis, denn erst vor wenigen Wochen hatte sie sich Thomas Richter als Lebenspartner auserkoren, ihn an Land gezogen, wie sie sich ausdrückte. Dörte liebte es mit halb geschlossenen Augen zu sprechen. Dabei nahm ihr rosiges Gesichtchen einen hoheitsvollen Ausdruck an, vor allem wenn sie den Kopf leicht in den Nacken legte und die Augen schloss, als habe sie der Welt Bedeutsames mitzuteilen. Leicht flatterten dann ihre langen Wimpern, dabei beobachtete sie die Wirkung ihrer Worte genau.

Dieser Gebärde des Kopf-in-den-Nacken-Werfens ging bei ihr eine Bewegung voraus, als zöge sich eine Schildkröte in ihren Panzer zurück. Niemand, der die Zwieback kannte, verstand wie es ihr gelungen war, den stattlichen Bruder Thomas Richter an sich zu binden. »Immerhin hatte mein Priapos«, so verkündete Dörte soeben, »bis vor kurzem den Vorsitz an einem wichtigen Verwaltungsgericht in Potsdam. Dann hat er gottseidank erkannt, dass das liebe Leben wichtiger sein kann als eine Richterkarriere. Und wenn ich meinen Herkules früher entdeckt hätte«, so setzte sie hinzu, »dann wären meine Würfel schon früher anders gefallen.«

»Stell dir nur vor, meine Liebe«, flüsterte Clarissa Krekel Ihrer Schwester Edith Zimmermann zu, »da sagte diese Dörte neulich, unter einszweiundneunzig würde sie das sowieso nicht mehr machen, ich bitte dich!« Edith Zimmermann schüttelte unmerklich den Kopf. Nein, eine solche Liaison! Dazu falle ihr nichts ein. »Und stell dir vor, meine liebe Edith, noch kein Vierteljahr ist es her«, berichtete Clarissa weiter, »da hat mir die Zwieback erzählt – sie wohnt bei mir in der Nachbarschaft – sie habe einen hohen Staatsbeamten kennen gelernt, der ihr würde helfen können, sich aus den Klauen ihres früheren Ehemannes zu befreien. Frische fünfzig Jährchen alt sei er und ebenfalls geschieden, liebe Katzen über alles, wie sie selbst auch, esse ebenfalls gerne Brokkoli und verbringe seinen Urlaub Jahr für Jahr auf Capri, genauso wie sie dies selbst auch gern tun würde. Und dann meine liebe Edith, was soll ich dir sagen, entpuppte sich dieser Mann doch tatsächlich als unser lieber Bruder Thomas Richter! Erstaunlich, nicht wahr?« Aber wenn der Bruder Thomas sich zu Dörte als Lebenspartnerin bekenne, dann habe man Rücksichten zu nehmen und sie ohne Wenn und Aber als Schwester zu akzeptieren. Edith Zimmermann widersprach nicht. Immerhin, so setzte Clarissa hinzu, sei es nicht von der Hand zu weisen, dass die gewissermaßen neu angenommene Schwester Zwieback seit Jahren beim Finanzamt als leitende Beamtin beschäftigt sei. Das habe sie ihr ausdrücklich versichert. Lasse dies nicht auf Strebsamkeit schließen?

»Und dann«, sagte Dörte Zwieback, so dass jeder es hören konnte, und ihr Kopf-in-den-Nacken-Werfen erinnerte unbedingt an eine Schildkröte »... dann belohne ich meinen Thomas dafür im Bett, aber nur, wenn ich kein rotes Haar an ihm finde.« Der Anlass für diese Belohnung blieb den überraschten Schwestern jedoch verborgen, weil sich die Schwester Charlotte Mausberg soeben empörte: »Was ich immer sage: Trotz aller technischen Errungenschaften bleibt uns Frauen der entwürdigende Waschtag niemals erspart!«

»Kinder – wie die Zeit vergeht!« mahnte da jemand. »Wir werden mal wieder zu spät kommen!« Schnell drängte die Schar der Schwestern in die große Halle, als ein wohllautender Gong zu dem inzwischen eröffneten Buffet rief. Man reihte sich in die Schlange der Wartenden ein, um bei den Köstlichkeiten wacker zuzugreifen. Auch Clarissa hatte eine aussichtsreiche Position vor dem Buffet errungen. Dabei ruhten ihre Augen, von Dörte genau beobachtet, mit Wohlgefallen auf Thomas Richter, der mit Bruder Bernd Fink im Gespräch etwas abseits unter dem goldgerahmten Gemälde eines der alten Großmeister stand. Thomas Richter erläuterte seinem Bruder Fink ausführlich, dass freimaurerisches Gedankengut nicht erst zur Zeit der Aufklärung, sondern bereits im Altertum nachweisbar sei.

»Übrigens, mein Lieber«, unterbrach ihn da Bruder Fink mit leisem Lachen, »eine ganz andere Frage: Wo warst du vorgestern zwischen 15 und 20 Uhr?« Thomas Richter sah verblüfft drein, dann dröhnte sein Bass: »Bist du verrückt? Was soll dieser Unfug?« Aber Bernd Fink antwortete nicht, sondern wies mit einer diskreten Kopfbewegung hinüber, wo die Kommissarin mit Frank Artman in ein Gespräch vertieft war. Offenbar hatten beide am Buffet kein Interesse, und Frank sprach über Jacques de Molay, den letzten Großmeister der Tempelritter, in dessen Regentschaft der Orden seine Glanzzeit erreichte. Damals waren die so genannten Komtureien der Tempelritter über weite Teile Europas verbreitet. Dass auch in Berlin Tempelhof eine Kommandantur der Tempelherren angesiedelt war, die lange einen Einfluss bis weit über das damalige Brandenburg hinaus in den Osten hatte, war Brigitte zuvor nicht bekannt. Inzwischen hatte sich eine Gruppe interessierter Gäste um die beiden geschart und lauschte gespannt Franks Schilderung über die Auflösung des Ordens durch Papst Clemens im Jahr 1312. Einer der Gründe war, dass es die Tempelritter durch Kugelung entschieden ablehnten, den hoch verschuldeten König Philipp IV. von Frankreich in den Orden aufzunehmen. Ungläubiges Staunen zeigten Franks Gäste darüber, dass danach der Großmeister und Hunderte seiner Tempelritter wegen der Geldgier des Papstes und des französischen Königs auf dem Scheiterhaufen enden mussten.

Cornelius folgte indessen aufmerksam dem Gespräch einiger Brüder, die erstaunliche Anekdoten aus der Sportfliegerei zum Besten gaben. Schnell stellte er fest, dass dies auch für ihn die richtige Sportart sei, sobald sich seine finanzielle Situation gebessert haben würde.

»Mein lieber Gerald«, bemerkte Theodor Blechschmied, »wenn ich dem letzten Sonntagstatort glauben soll, dann muss es sogar für einen Laien ein Kinderspiel sein, ein Flugzeug – zumindest eine kleine Privatmaschine – problemlos zum Absturz zu bringen. Oder war das eine der üblichen Übertreibungen dieser Drehbuchschreiber?«

»Vorsicht mein Lieber! Das kommt sehr auf den Flugzeugtyp an. Aber nehmen wir eine Piper Arrow, das ist ein Tiefdecker mit zwei getrennten Tragflächentanks.

Also die Maschine, die auch unser Großmeister fliegt. Bei diesem Typ werden beide Tanks durch simple Belüftungsröhrchen entlüftet. Die Röhrchen liegen unter den Tragflächen und lassen sich leicht verschließen. Ein Kaugummi reicht dazu völlig. Und dann kannst du zusehen, wie die Kiste kurz darauf vom Himmel fällt.«

»Das glaub ich jetzt nicht!« rief da der Bruder Blechschmied entsetzt. »Ist das wahr? Diese Belüftungsdinger sind doch sicherlich getarnt und auch nicht ohne weiteres zugänglich!«

»Da muss ich dich enttäuschen, mein lieber Theo. Diese Belüftungsröhrchen kann man unter den Tragflächen sehen, obwohl sie nicht leicht zu entdecken sind. Aber die beachtet niemand.«

»Und wie lange dauert das?« wollte Cornelius wissen.

»Das mit dem Kaugummi? Ich schätze so zehn Sekunden, wenn man weiß, wie es geht«, antwortete Gerald Nebel.

»Nein, ich meine, wie lange das dauert, bis die Maschine flugunfähig ist.«

»Wenn man beide Röhrchen dicht macht, dann kommt es drauf an, wie viel Sprit in den Tanks ist…«

»Du meinst, wie lange es dauert, bis sich ein genügend starker Unterdruck gebildet hat?«

»Genau, mein Lieber – du begreifst schnell. Dann fängt der Motor an zu stottern und geht einfach aus.«

»Falls du es auf deine Erbtante abgesehen hast, mein lieber Bruder, dann solltest du vorsichtig sein – diese Tricks sind gerichtsbekannt!« rief da Thomas Richter und durfte sich lebhafter Heiterkeit erfreuen.

»Also, die Sache ist so«, mischt sich jetzt auch Bruder Fink ein, der bis dahin nur zugehört hatte. »Wenn der Tank nicht voll ist, dann müsste das auf jeden Fall bis nach dem Take-Off reichen. Vor allem dann, wenn der Rollweg nicht zu lang ist und auch kein Run-Up gemacht wird, was vor allem manche Privatpiloten oft nicht tun.«

»Eine bescheidene Frage für Nicht-Flieger, lieber Bruder«, lachte Cornelius. »Was um Himmels willen ist denn ein Run-Up«?

»Ah, du bist der neue Bruder, wenn ich nicht irre, den wir kürzlich aufgenommen haben!«

»Ja«, sagte Cornelius.

»Auch dir soll Weisheit widerfahren«, sagte Gerald gönnerhaft. »Also pass auf, die Sache ist einfacher, als man denkt. Beim Run-Up lässt man den Motor mit etwa 1800 Touren laufen und schaltet nacheinander jeweils einen Zündkreislauf ab. So lässt sich feststellen, ob der Motor auch mit dem verbleibenden Kreislauf noch rund läuft. Soweit klar?«

»Das klingt logisch. Und was passiert dann?«

»Nicht mehr viel. Du überprüfst, ob die Zündung auch bei höherer Drehzahl funktioniert – ein Test von zehn bis fünfzehn Sekunden. Wichtig ist, dass die Drehzahl nicht zu sehr abfällt. Das ist alles.«

»Interessant«, sagte Cornelius.

»Jedenfalls ist der kritische Zeitpunkt nach dem Abheben erreicht, wenn du noch keine sichere Höhe erreicht hast und eine Umkehrkurve zum Platz nicht möglich ist. Dann bleibt dir nämlich nur die Flucht nach vorne.«

»Du meinst, dann bleibt nur die Notlandung als letzter Ausweg?« wollte Cornelius wissen.

»Leicht gesagt! Aber nach meiner Erfahrung sind die Chancen für eine Notlandung in einer bestimmten Richtung auf vielen Flugplätzen gleich null! Man kracht dann in die Häuser oder in die Bäume. Vor allem bleibt dir keine Zeit für die richtige Reaktion. Auch das Umschalten auf den anderen Tank klappt dann meist nicht.«

»Aber sag mal«, fragte Bruder Fink, »hat denn so eine moderne Maschine keine elektrische Benzinpumpe?«

»Natürlich haben die Maschinen eine elektrische Benzinpumpe. Die wird bei Start und Landung zusätzlich eingeschaltet. Aber die rettet die Sache auch nicht, wenn der Unterdruck groß genug ist.«

»Das heißt, dass die Chancen in jedem Fall minimal sind?« Bruder Frey war fasziniert.

»Wenn nur eine Öffnung verstopft ist, dann gibt es zwei Möglichkeiten«, erklärte Bruder Nebel. Entweder man fliegt mit dem ‚kritischen' Tank und schafft noch die Umschaltung oder man schafft es nicht. Es könnte aber auch der ‚gute' Tank sein, den man leer fliegt und dann erst umschaltet. Dann geht es eben noch einige Minuten, aber dann ist endgültig Schluss.«

»Mannomann, da sträuben sich mir die Nackenhaare!« rief Bruder Blechschmied.

»Wenn das über gebirgigem Gelände passiert, dann stehen die Chancen schlecht. Noch miserabler sind sie beim Nachtflug, weil du dann vermutlich kein Notlandegelände ausmachen kannst.«

»Und segeln können diese Maschinen wohl nicht?«

»Fast alle Flugzeuge segeln mehr oder weniger gut, aber es geht dann doch ziemlich schnell abwärts!«

»Sehr interessant das alles, aber vielleicht doch nicht der richtige Sport für mich«, bemerkte Cornelius und beschloss, sich dem Buffet zuzuwenden, als soeben ein Gong die Aufmerksamkeit der munteren Versammlung forderte. Der Würdige Meister hieß die Gäste in den heiligen Hallen herzlich willkommen. So sprach er tatsächlich und wollte damit wohl auf den Menschheitstempel in der symbolreichen ‚Zauberflöte' hinweisen. Er erinnerte daran, dass er die Besucher nicht nur als Gäste, sondern auch als ‚Suchende' betrachte, jedenfalls was die Gäste männlichen Geschlechts angehe. Denn sei es nicht in Wirklichkeit so, setzte der Würdige weise hinzu, dass Menschen durch ihre naturgegebene Neugierde schon immer nach dem Höheren, nach dem Unerforschlichen gestrebt hatten? Denn das Edle zu erstreben sei doch das, was das Menschenwesen in seiner Schöpferähnlichkeit auszeichne, vor allen anderen Geschöpfen. »Wie ein roter Faden zieht sich das Suchen, das Drängen nach höherer Erkenntnis durch die Geschichte des Menschen – seit er zu denken gelernt hat«, rief der Würdige Meister aus. »Wir wissen nicht«, so fuhr er fort, und seine Stimme wurde zum beschwörendem Raunen, »ob der erste des Menschengeschlechts, der Antwort auf diese Frage suchte, seine Erleuchtung unter dem nächtlichen Sternenzelt der Wüste, an einer den Göttern geweihten Quelle, in den Dschungeln des tropischen Regenwaldes oder in der Stunde seines Todes in einer Pyramide fand.« Die Besucher lauschten gebannt dem Würdigen. »Wir kennen seinen Namen nicht«, so beschwor dieser die Versammlung mit verheißender Stimme, »und wir wissen nicht, wie und wo er gelebt hat. Auch ob er reif genug war, seinen Tod als einen Übertritt in eine höhere Existenz, als eine Verwandlung ins Geistige zu begreifen, das bleibt uns verborgen. Denn seien wir ehrlich, liebe Gäste, meine Brüder – und natürlich auch Sie, meine lieben Schwestern – bedrängen nicht diese Zweifel einen jeden von uns in unserem Innersten? Aber das Wesen der Freimaurerei kann uns für diese Verwandlung vorbereiten. Das ist der Weg zur Vollkommenheit, die wir als Freimaurer-Ritter im Geiste unserer Königlichen Kunst anstreben. Dann wird das möglich sein, was die Zukunft von uns fordert: Eine Verwandlung, die neue Geburt, der moralisch neue

Mensch«, rief der Würdige ergriffen aus. »Bevor wir Ihnen später noch Gelegenheit geben, Ihre Fragen an uns zu richten – die wir Ihnen, ich betone das ausdrücklich – in aller Offenheit beantworten werden – darf ich Sie jetzt zu einem Rundgang durch unser Ordenshaus einladen. Heute werden wir Ihnen sogar einen Blick in einen unserer Tempel gestatten. Bitte folgen Sie mir also zunächst in die oberen Etagen.«

Obwohl sich die meisten der Gäste bereits zum Gehen wandten, meldete sich noch einer zu Wort, er mochte etwa Ende Vierzig sein, und sagte: »Ich bin zum ersten Mal Gast in diesem Haus. Würden Sie mir deshalb einige Fragen schon vorher gestatten? Ich denke, man wäre dann besser auf diesen Rundgang vorbereitet – auch andere Gäste haben sich bereits in diesem Sinne geäußert.« Da war verhaltenes und zustimmendes Gemurmel zu hören.

»Vor allem die Presseberichte der letzten Tage rechtfertigen doch wohl einige Fragen...«, ließ sich da auch ein anderer aus der Gästeschar vernehmen. Der Würdige Meister bedachte den Aufmüpfigen mit einem warnenden Blick und entgegnete schnell: »Wir haben das bisher anders gehalten – und das hat sich nach unserer Erfahrung auch bewährt, wie ich Ihnen versichern darf. Wenn Sie sich also jetzt unserer Führung anvertrauen wollen...« Damit schritt er entschlossen zur Treppe, und die Schar der Neugierigen folgte ihm.

»Das müssen wir uns hoffentlich nicht antun«, raunte Brigitte und sah Frank schmollend an. Der nickte kurz und zog sie diskret zur Seite in einen Nebengang. »Und wohin führt diese Tür?« wollte sie wissen – sie hatte vorsichtig einen Spalt zwischen zwei schweren Samtportieren geöffnet und spähte hindurch.

»Zum Tempel des Alt-Schottischen Andreaszirkels – eine höchst elitäre Sache«, nuschelte Frank grinsend und sah geheimnisvoll drein.

218

»Aha!« machte sie tatendurstig und hatte schon die schwere bronzene Türklinke niedergedrückt. Leicht und geräuschlos schwang der mächtige Türflügel auf. »Nichts als ägyptische Finsternis«, stellte sie enttäuscht fest und sah Frank fragend an.

»Wie man's nimmt«, antwortete der. »Du brauchst nur beide Arme über deinen Kopf zu heben, so als wolltest du dich vor einem Donnerwetter deines Chefs ...« – was Brigitte auch prompt tat, aber sofort betonte, dass ihr Chef ein gesitteter Mensch sei, der niemals wild herumbrüllte. Inzwischen waren mehrere kleine Lichter aufgeflammt und erleuchteten mit schwachem Schein einen schmalen, langen Korridor. Kaum waren die beiden über die Schwelle getreten, als sich die hohe Tür lautlos hinter ihnen schloss. Der Gang war düster, zunächst kaum mannshoch, schien jedoch nach hinten rasch anzusteigen. Schwere, eisern beschlagene Balken bildeten die Wände, aus denen mächtige Quader zu wachsen schienen.

Plötzlich trat aus einer dunklen Nische eine Gestalt in schwarzem Gewand, dessen Kapuze das Gesicht des Geheimnisvollen nicht erkennen ließ. »Halt! Wer naht sich?« Die Frage war herrisch und unerbittlich.

»Ich bin es, den du als Bruder erkennst und ein Besucher in meinem Schatten«, antwortete Frank.

»Seid Ihr gewandert, Suchende?«

»Ja, in Osten und Westen, oh Wächter des Lichts und der Schatten!«

»Was war euer Ziel?«

»Vor der mittleren Kammer, die linke Säule mit dem Zeichen J.«

»Wie kamt Ihr zur mittleren Kammer?«

»Über enge Wendelstufen.«

»Wie viele?«

»Sieben und mehr.«

»Warum nicht sieben, sondern mehr?«

»Weil nur sieben oder mehr eine gerechte und vollkommene Loge bilden.«

»So gehet ein!« Damit verschwand die Gestalt in einer Nische, und der düstere Gang war jetzt in fahles Licht getaucht. An seinem Ende war eine schmale Pforte zu erkennen, und darüber erstrahlte in mattem Glanz das Symbol einer bleichen Sonne. Brigitte war seltsam berührt, und sie folgte Frank wie durch ein Tor zu einer anderen Welt. Mehr und mehr erfüllte sie ein Rausch, der anschwoll und sie beunruhigte. Teufel noch eins, dachte sie irritiert, das hat wirklich was von Lüsternheit. Wie kann einer einen so knackigen Arsch haben, schoss es ihr durch den Kopf. Der Drang, diesen Mann zu berühren, erfasste sie, wurde unwiderstehlich. Brigitte, ermahnte sie sich energisch, hör auf damit – bist du noch zu retten! Dir hat wohl jemand was in den Kaffee getan! Es traf sie wie eine heiße Lohe, als sie Franks starke Hand auf ihrer Schulter fühlte, als er ihren Hals leicht berührte – und dann noch dieses Ziehen in der Magengrube. »Ich muss hier raus, Frank! Sofort, bitte!« Heftig griff sie mit spitzen Nägeln in seinen Unterarm. Frank sah sie aufmerksam an, löste sanft ihre Finger und sagte nur: »Komm mit – gleich da vorne gibts eine Art Notausgang.«

»Nein, Frank, nein! Ich will sofort umkehren – dort zu der Tür, wo wir hereingekommen sind, ich bitte dich um alles in der Welt!«

»Nein Bitti, nein – das ist unmöglich! Die Tür dort hinter uns lässt sich von hier drin nicht mehr öffnen!«

»Ich will aber nicht weiter durch diesen engen Gang gehen, ich kann das nicht!«

Sein Griff an ihrem Handgelenk war hart und unerbittlich: »Komm mit! Es sind nur neun Schritte!«

Er zog die Widerstrebende mit sich, berührte in einem Ornament an der Wand eine geschnitzte Rosette, und mit einem leisen metallischen Klicken tat sich ein weiteres, zuvor unsichtbares Portal auf, das sich hinter ihnen schloss. Sie standen in einem großen, hellen Raum, der ganz in Weiß und Rot gehalten war. Das milde Licht der Abendsonne fiel durch die hohen Fenster und wurde durch leicht wehende Leinenvorhänge gedämpft, die vom Boden bis zur Decke reichten. An den Wänden zwischen den Fenstern waren ritterliche Insignien angebracht, mannshohe Schilde, Turnierschwerter und Streitäxte wiesen auf die lange Vergangenheit und die ritterlichen Traditionen des Ordens. Um einen runden Tisch mit mehreren Metern Durchmesser standen hochlehnige Stühle mit schwarzen flachen Lederkissen, die mit dem weißroten Malteser Kreuz verziert waren. Ein einziger Platz um den runden Tisch war ausgezeichnet durch einen prunkvollen Thronsessel, dessen Lehne ein holzgeschnitztes und mit den Ordensfarben ausgelegtes Wappen zierte. Fast andachtsvoll war die Stille in diesem Raum, und nur das leise Rauschen der mächtigen Ahornbäume draußen im Garten drang durch ein geöffnetes Oberlichtfenster herein.

»Uff!« Brigitte atmete tief durch.

»Alles wieder in Ordnung? Bist du okay?«

»Ja, danke, bin ich! Oh Himmel – was war denn das? Tut mir leid, dass ich so ausgeflippt bin!«

Er beruhigte sie mit einer leichten Handbewegung: »Vergiss es. Das kommt hier manchmal vor!«

Brigitte sah sich um. »Frank – ist das schön! Mit einem Mal so heiter, und doch so erhaben! Wo sind wir hier?« Sie war fasziniert.

»Das ist der Rittersaal – die edelste Abteilung des Hauses«, grinste Frank.

»Ah so? Ich dachte, bei euch gibts keine Unterschiede. Sagt man nicht, hier seien alle gleich?« Zweifelnd runzelte sie die Stirn.

»Nur außerhalb dieses Hauses sind wir alle gleich«, erklärte Frank. »Aber in diesen heiligen Hallen gibt es Unterschiede – erhebliche sogar!«

»Und dieser Tempel hier – was hat es damit auf sich?«

»Das ist das Refektorium derer, die im Orden etwas zu sagen haben«, antwortete er knapp.

»Sehr aufschlussreich«, brummte sie unzufrieden. »Und was ist mit den anderen?«

»Die haben zu arbeiten und zu schweigen – so ist jedenfalls die rituelle Formulierung«, setzte er hinzu und lachte etwas unsicher.

Sanft nahm sie seine Hand von ihrer Schulter, schon wieder. »Bitte nicht«, sagte sie leise und bedauerte sofort, dass sie ihm die Berührung verwehrte, die sie genoss.

»Darfst du mir sagen, was es mit jener kleinen Geheimtür in dem dunklen Gang hinter uns auf sich hat?« fragte sie vorsichtig ablenkend.

»Ganz einfach, manche Leute verlieren in diesem Gang die Nerven«, sagte er und sah sehr gleichgültig drein. »Und bevor wir riskieren, dass hier jemand durchdreht, bringen wir ihn durch das Schlupf-Türchen aus der Spannungszone.«

»Interessant! Und wie oft kommt das vor?«

»Nicht so oft, Frau Kommissarin, denn diesen dunklen Gang darf jeder Freimaurer nur ein einziges Mal betreten, wenn er nicht gerade neugierige Besucher hier durchschleust. Und jetzt, fügte er hinzu, sag mir warum du mich ständig so liebevoll ablenken willst?« Dabei schloss er sie unentrinnbar in die Arme.

»Frank, lass das, es ist unfair! Außerdem sollst du nicht an meinem Ohr knabbern.«

»Und warum nicht?« fragte er, ohne damit aufzuhören.

»Weil mich das irre macht, und du weißt es genau!« Sie wand sich in seinen Armen.

»Nein Frank, bitte nicht – lass uns vernünftig sein. Und außerdem...«

»Und außerdem?«

»Außerdem – wir haben doch keine Zeit, nicht jetzt, bitte!«

»Stimmt, haben wir nicht – zu dumm!«

»Frank, bitte…«

»Ja?« – leicht legte er die Arme um sie.

»Bitte nicht, Frank.«

»Brigitte, ich brauche dich.«

»Frank, kann es sein, dass du Brauchen und Wollen verwechselst?«

»Auch wenn du mich nicht brauchst, jetzt – meine ich, willst du mich wenigstens?«

Brigitte antwortete nicht. Wieder fühlte sie seine großen warmen Hände auf ihrem Rücken, oh verflucht – wie lange war das her, Monate? Ein Jahr? Sie atmete ganz sachte als er sie an sich zog, versuchte klar zu denken, überlegte fieberhaft ob sie das hier wollte, und wenn nicht – wie sie es verhindern könnte ohne ihn zu kränken – nein, das wollte sie auf keinen Fall – und mit gelindem Schrecken stellte sie fest, dass ihr dieser Mann wichtig war. Er küsst schön, dachte sie, wunderschön. Seine Lippen waren schamlos sinnlich, frech, sein Mund war fordernd und sprach wortlos mit tausend Zungen. Sie spürte seinen Atem mit etwas Whiskydunst an ihrer Wange, in ihrem Ohr, an ihrem Hals, seine Hände auf ihren Brüsten. Eisige Schauer rannen über seinen Rücken, als ihre Nägel dort kleine Furchen zogen – immer tiefer hinunter, hinunter, hinunter... verstohlen, wie ertappt, küsste sie sacht seine Brustwarzen durch das Smoking Hemd hindurch, während sie sich nach seinen Schultern reckte und ihn umschlang.

»Ach Brigittchen«, seufzte er in komischer Verzweiflung, nahm ihre Hände und legte sie um seine Hüften. »Eines weiß ich genau«, murmelte er an ihrem Ohr, »wer jetzt hereinkommt, ist des Todes.«

»Nein Frank, nicht schon wieder so was! Außerdem würde ich das überhaupt nicht hören, ich höre nur wie dein Herz klopft, oder ist es meins? Wir sind überhaupt nicht da, hier ist überhaupt keine Tür, hier ist kein Tempel, hier ist nur Himmel und Wasser ohne Ufer, ohne Ende, wir treiben im Urstrom, rette mich Frank, damit ich den Verstand verliere und wenn du es nicht tust, verfüttere ich dich ...«

».. du Barbarin, an wen willst du mich denn verfüttern? Hier gibts doch nur dich und mich – und sonst nichts und niemand...«

»… dann verfüttere ich dich eben an mich, du Scheusal, ich gebs zu, ja – ich will dich, und ich will dich jetzt, du wirst mein Opfer sein, kannst du nicht endlich eine Sekunde stillhalten...«

»Aber ja doch, Frau Kommissarin«, murmelte er, zwängte seine Hände in die Po-Taschen ihrer engen Jeans und hob die Zappelnde leicht wie eine Feder zu sich empor. Einer ihrer Pumps fiel mit leisem Poltern zu Boden, als er sie sanft auf dem Thronsessel des Ersten Ritterkommandeurs niedergleiten ließ, und hielt still als er ihre kleinen warmen Hände an sich fühlte.

»Was ist?« fragte sie. »Stimmt was nicht? «

»Doch, alles okay, hör nicht auf, bloß nicht!«

»Dein Glück«, nuschelte sie an seinem Ohr, »gekniffen wird jetzt nicht! Jetzt ist sowieso alles zu spät ... alles ... alles ... alles, oh Hilfe ... du, du duhuuuu...« Und dann, schuldbewusst: »Frank?«

»Ja?«

»Sei mir nicht böse.«

»Wieso, was ist?«

»Bitte, nur mit Kondom.«

»Äh, hm...«

»Böse?«

»Nein, hab' ich aber nicht, sorry.«

»Du hast die Hand drauf.«

»Was?«

»In meiner linken Po-Tasche.«

Lange hatte er eine Frau nicht mehr so sehr begehrt, obwohl sie jetzt auf diesem lächerlichen Kondom bestand, in der Po-Tasche ihrer Jeans, die ihren Körper bog, mit hochhackigen Beinen sich streckte wie eine Katze und überall war, ihn für sich nahm, ihren Mund, dann ihre rotblonde Mähne in sein Gesicht wühlte und nach Meersalz schmeckte, sich ihm öffnete wie eine erblühte Seelilie und ihn Muskeln spüren ließ als er sich in ihr verlor, wie in tropischen Strömen des nächtlichen Regenwaldes, von vielarmigen Lianen umschlungen dahinglitt, mit Zähnen ihren Namen einbrannte in vibrierende Haut und sich von ihm befreite, der wieder erstand unter ihren Händen, das Kondom war zerrissen, sie hatte nur eins, davon geschwemmt von ungestümen Fluten flogen sie dahin in einem leisen blauen Rauschen...

**

Als das Rauschen verschwindet und wiederkommt und plötzlich schwarz ist, nicht blau, aber in Kaskaden von Wasser, Sturzbächen gleich, da vermag er kaum zu sehen, tastet um sich und glaubt dem Anschein nicht, als er in schwere nasse Erde greift und sein Kopf dröhnt, seine Nerven kreischen wie Radkränze eines Zuges in engen Gleisradien. Er presst die schweren erdbeschmierten Hände an die Ohren, kann trotzdem das Kreischen nicht ausblenden, sieht aus erdverklebten Augenlidern gelbe U-Bahn-Waggons vorbei zuckeln, einen nach dem anderen in wenig mehr als Armeslänge, bis die roten Schlusslichter in der Schwärze des Tunnels zerfließen. Schmerzhaft zerplatzt die Stille in seinem Schädel, wird zum monotonen Summen, aufrichten will er sich auf den Ellbogen, sinkt dabei tief in den durchweichten Boden und tiefer in die Schwärze, bis das Rauschen zurückkehrt, das Rauschen war wieder da, vermengt in Lichtern, vielen

Lichtern, gelbweißrotgrünrotweißgelben und zuckelnden U-Bahn-Waggons, die qualvoll kreischen in engen Gleisradien.

Er musste hier weg, sofort! Frank war überzeugt, dass der Zugführer ihn gesehen hatte und an der nächsten Station Meldung machen würde. Er musste hier weg! An der nächsten Station? Blödmann! Diese Meldung war bereits raus – per Zugfunk! Er bewegte sich vorsichtig, alles schien in Ordnung zu sein, anscheinend nichts gebrochen, aber diese verfluchte Beule auf seinem Schädel! Als würde dort ein neuer Kopf wachsen wollen. Und dieser rasende Schmerz in seiner Schulter, als ob ein Messer drin steckte! Er zog sich hoch, musste auf die Beine kommen, musste weg vom Bahngelände, sofort, jetzt!

Aber wo ist sie? Wo ist Brigitte?

Wo war er überhaupt? Welche Gegend war das hier? Keine Ahnung, verdammt – war Berlin groß! Mühsam zog er sich den flachen Abhang hinauf, rutschte zurück, wieder ein Stück höher, noch mal, endlich – ein Loch im Drahtzaun, dahinter eine Straße, Vorgärten und Villen. Das hier kam ihm durchaus bekannt vor – aber welche Straße war das? Wenn er nicht wusste wo er war, konnte er nicht mal ein Taxi rufen! Wo war die nächste Kreuzung, ein Straßenschild? Dort hinten blinkte eine gelbe Ampel durch den dichten Regen Überhaupt – wo war das verfluchte Handy? Brieftasche, Portemonnaie, Hausschlüssel – alles vorhanden, nur das Handy nicht! Verdammte Hölle! Offenbar verloren – trotz der Reißverschluss gesicherten Handytasche im Jackett!

Halt, stopp! – da hinten ein Taxi, direkt auf der Kreuzung, der biegt doch nicht etwa in diese Straße ein…?

Doch! – genau das tut er – super! Der Wagen kommt langsam näher, hat offenbar Franks Winken gesehen, hält an!

Frank muss wissen, was mit Brigitte geschehen ist und sagt, halb fragend: »Lenné-Allee 9…«

Der Fahrer – offenbar einer von denen, die Nacht für Nacht unterwegs sind und die Reste von der Straße auflesen – beguckt ihn von oben bis unten. Klar, bei meinem Zustand, denkt Frank.

»Haste überhaupt Kohle?« fragt der Fahrer.

Frank klappt sein Portemonnaie auf und lässt ein paar Scheine sehen.

»Okay«, sagt der Kerl, »Auto reinigen kost' aber 'n Pfund extra, klar?«

»Plus Trinkgeld«, verspricht Frank eilig. Er muss unbedingt von der Straße weg, bevor ihn eine Polizeistreife aufgreift, so wie er aussieht, und erst jetzt fällt ihm auf, dass er penetrant nach Schnaps stinkt, Fusel übelster Sorte – als hätte er darin ein Bad genommen, widerlich!

»Lenné-Allee«, brummt der Fahrer unwillig, »is ja gleich hier umme Ecke!«

Nach einer Minute hält der Fahrer vor dem großen schmiedeeisernen Tor. Alles ist dunkel. Frank sortiert seinen Schlüsselbund wieder und wieder, aber der Generalschlüssel zum Ordenshaus ist verschwunden.

»Verdammt«, knurrt er und steigt wieder ein.

»Is wohl keener zuhause?« brummt der Fahrer. »Und nu?«

»Neu-Westend, Steubenplatz«, antwortet Frank.

»Und wo da genau, keene Hausnummer?«

»Steubenplatz ist okay, einfach am U-Bahnhof anhalten.«

Der Fahrer fährt los, guckt noch paar Mal in den Innenspiegel, ob ihm sein Fahrgast nicht das Auto vollkotzt, ist aber dann beruhigt als sich Frank eine

Zeitung schnappt, die auf dem Rücksitz rumliegt. Er würde vom Steubenplatz durch die Seitenstraßen nach Hause schleichen, nur jetzt nicht mit der Taxe vorfahren, das kriegt jeder mit. Viele Leute glauben, in Berlin fällt keiner auf – was aber nicht stimmt! Tatsache ist, dass es nicht auffällt, wenn man auffällt, denkt Frank und verkriecht sich hinter dem Boulevardblatt. »Mistblatt«, knurrt er.

Aber der Fahrer hats gehört und sagt: »Alle schimpfen se drüber, aber jeder weiß, wat drin jestand'n hat!« Frank verzichtet darauf, den Mann aufzuklären, warum das so ist.

»Halt – Moment…«, sagt Frank.

»Was'n los?« Der Fahrer bremst ab.

»Wir fahren am Hansaplatz vorbei…«

Wieder ein prüfender Blick in den Innenspiegel, denn jetzt wird die Tour mindestens doppelt so lang. »Und wo da genau?« fragt der Mann misstrauisch.

»Es reicht, wenn wir langsam durch die Händelallee fahren«, antwortet Frank und denkt, bei Brigitte könnte vielleicht Licht sein.

»Du willst da aber nicht bei diesem Vögelkäfig absteigen – ohne Kasse vorher is nischt, aber bar – damit det klar is«, setzt er nachdrücklich hinzu und greift zum Mikro: »Wagen 1587«, meldet er seiner Zentrale, »von Dahlem nach Steubenplatz über Hansaviertel, männlicher Fahrgast.« Die Zentrale hat verstanden und bestätigt knapp.

Frank versteht ebenfalls – was der wohl schon alles erlebt hat… Aber er nimmt sich vor, Brigitte zu fragen, ob die was von der Lustdiele in ihrer Straße weiß. Bahnhof Zoo, Straße des 17. Juni, Händelallee – bei Brigitte ist alles dunkel. Frank verzichtet darauf, auszusteigen und bei ihr zu klingeln, es wäre wohl sowieso aussichtslos. Ich sollte vielleicht die Polizei verständigen, aber das ist sie doch selbst – und wär' ihr wohl gar nicht so recht… »Fahren Sie durch die Turmstraße, dann über den Stadtring«, sagt er dem Fahrer, und der hat dagegen nichts einzuwenden. Klar, denkt Frank, schon wieder paar Euro mehr… Am Steubenplatz steigt er aus.

»Halt mal«, sagt der Fahrer, »dein Handy, lag hier uff'm Boden. Die Tour macht inklusive Reinigung achtzig Euro, is 'ne runde Zahl.«

Warum nicht hundertachtzig, denkt Frank. Er nimmt das Handy mit spitzen Fingern – keine Frage, das ist seines; der bekannte Kratzer auf dem Display lässt keinen Zweifel zu. Aber vorhin war das Ding weg, als ich ein Taxi rufen wollte, überlegt er. Und dann kam das Taxi – ungerufen! … und zwar mit seinem Handy! Frank verspürt eine Eiseskälte im Nacken.

»Am besten du verschiebst die Gedenkminute und gibst mir erstmal die Kohle. Aber ohne Quittung«, sagt der Fahrer. »Sonst wirds teurer – Märchensteuer, weeßte ja…« Frank weiß und will seinen Chauffeur mit einer Handbewegung verabschieden.

»Und – Trinkgeld? War abgemacht – weeß ick zu Hundertprozent!« Ein zäher Bursche. Frank legt noch einen Schein nach. Der Taxifahrer sieht Frank an, wobei er die Scheine unbesehen in die Brieftasche schiebt.

»Danke sagen die Berliner Taxifahrer wohl alle nicht, aber das ist nichts Neues«, motzt Frank streitlustig.

»Weeß ick nischt von, Chef. Manche sagens, andere nich!« Der Wagen braust davon. »Scheiß-Taxifahrer«, mault Frank und sieht ihm nach, nicht ohne sich das Kennzeichen zu merken – Gottlob, die Denkmaschine funktioniert noch – er wünscht sich sehnsüchtig einen Eisbeutel auf den Kopf, einen großen Pott Kaffee und eine Badewanne, randvoll mit heißem Wasser, dann würden seine Lebensgeister schon auf Touren kommen. Jetzt war großes Kombinieren angesagt – am späten Vormittag würde er Brigitte anrufen oder eine Entscheidung treffen, falls er sie nicht erreichen konnte. Und dann? Meldung erstatten oder besser nicht, das war die Frage.

Im Halbdunkel eines Hauseingangs wartet er bis der Zeitungsbote sein schwer beladenes Fahrrad um die Ecke gewuchtet hat. Dann schleicht er durch menschenleere Seitenstraßen nach Hause. Beim Vorbeigehen wirft Frank einen Blick auf die Titelseite der Blitz-Zeitung, die in einigen Briefkästen steckt: »Weitere Hinrichtung des Logenmörders in City-Büro« stand da in riesigen Lettern. Natürlich, denkt Frank, das war unvermeidbar.

14 Unsichtbare Bedrohung

Ist jetzt Nacht? Brigitte war nicht sicher. Kann sein! Aber vielleicht auch nicht, denn Nacht fühlt sich anders an, ganz anders!

Nacht hat keine Geräusche, die nur der Tag kennt. Selbst gedämpfte Taggeräusche kommen nachts nicht vor. Hin und wieder ertönte von weit her das Summen eines fahrenden Autos. Dann glaubte sie Eisenbahngeräusche zu hören, gedämpft, weit entfernt und nur schwach. Es war so, als drängten die Laute durch Watte an ihr Ohr. Oder durch schwere Samtportieren? Sie kannte Samtportieren aus ihrer Kindheit. So hatten die Taggeräusche am Sonntagmorgen geklungen, nur vereinzelt, nur löchrig hörbar, denn sonntags lag die Straße wie in Feiertagsruhe.

Außerdem wurde sonntags ausgeschlafen. Deshalb blieben die dicken, deckenhohen Samtportieren in allen Zimmern des alten Hauses geschlossen bis der Frühstückstisch gedeckt war und Großvater schließlich die große Schiffsglocke in der Diele anschlug. Auch hier wurde irgendwo eine Glocke angeschlagen. Nicht wie die alte Hausglocke damals in Großvaters Diele – das war ein wildes, fröhliches Läuten gewesen sodass es einen aus dem Bett trieb. Ja, man konnte gar nicht anders als erwartungsfroh aufzustehen, und morgenhungrig den Duft von Kaffee und Kakao und frischen Brötchen schnuppern.

Aber Brigitte kann nicht aufstehen, sie kann sich auch nicht bewegen. Und wo sind bloß ihre Hände? Sie kann ihre Hände nicht einmal spüren. Wieder schwingen die rhythmischen Glockenschläge von fern dumpf durch dicke Portieren. Sogar in ihrem Bauch fühlt sie die Schwingungen, wenn auch nur gedämpft, wie von sehr weit her.

Kopfschmerzen! Rasende Kopfschmerzen!

Spürt sie diese Kopfschmerzen erst jetzt, waren die schon vorher da? Sie versucht die Augen zu öffnen und zu sehen. Doch irgendetwas hindert sie daran. Vorsichtig dreht sie den Kopf, von rechts nach links. Dann zurück – von links nach rechts. Nun versteht sie, warum ihre Augenlider geschlossen bleiben – das muss eine dicke Binde sein. Bin ich verletzt? Wieder versucht sie den Kopf zu drehen, dann noch einmal. Als sie spürt, dass diese Binde zu rutschen beginnt, hebt sie den Kopf etwas in den Nacken, dann versucht sie zu nicken, mehrmals, immer wieder. Aber eine Binde ist das nicht, es muss ein Schal sein, vielleicht ein Wollschal, durch dessen dicke Maschen ein schwacher Lichtschein schimmert.

Viel Zeit verging, bis die Kommissarin endlich die Augen öffnen konnte, zuerst nur wenig, dann etwas mehr. Endlich war da keine Finsternis mehr, und ihre Augen durchdrangen ein schwaches Dämmerlicht, in seltsam quadratischen Lichtflecken, dicht über ihrem Gesicht, wie ein Schachbrett, dachte sie, und eine unbestimmte

Erinnerung griff nach ihr. Dieses Schachbrett aus Licht, wo hatte sie das schon einmal gesehen … die jähe Erkenntnis raubte ihr den Atem – dieses Schachbrett dicht über ihr war nichts anderes als der Deckel jenes Sarges, in dem sie den toten Benjamin Dietrich erblickt hatte. Ein entsetzliches Grauen würgte sie, und ihr wurde bewusst, dass ihre Hände gefesselt waren. Elend würde sie hier umkommen – doch halt! War da nicht ein Geräusch? Da atmete jemand, unmittelbar in ihrer Nähe, verhalten zwar, auch Tabakgeruch nahm sie wahr, billige Zigarre, kein Zweifel! Sie hielt den Atem an, damit sich dieser Jemand nicht entdeckt glaubte. Sie fühlte kalten Angstschweiß in ihren Handflächen, zwang sich langsam und konzentriert zu atmen, zählte bei jedem Einatmen bis vier und hielt die Luft an, wieder bis vier, dann Ausatmen bis vier – eine Ewigkeit schien zu vergehen. Es wurde leise hantiert da draußen vor ihrem Gehäuse, dann stellte jemand einen Gegenstand ab, genau auf dem Deckel über ihr, etwas Rundes konnte sie erkennen, das mehrere der hellen Vierecke über ihr bedeckte. Sie überlegte was das denn sein könne, als sich plötzlich ein eklig süßlicher Geruch ausbreitete, ihr die Luft nahm, das Atmen unmöglich machte, sie würgte, lieber Gott lass mich nicht kotzen sonst werde ich ersticken, nein nicht kotzen – das nicht, ich halte das aus, bestimmt, du musst das aushalten, du musst flach atmen, befahl sie sich und klammerte sich an diesen Befehl, aber das half nicht gegen dieses Abrutschen ins Bodenlose. Dabei war sie sicher, dass der Boden ihres Käfigs vorhin noch fest gestanden hatte. Doch kein Zweifel, sie rutschte nach unten, vielleicht weil jemand die Liegefläche unter ihren Schultern anhob – immer höher – verdammt, wann würde endlich dieses Rutschen aufhören, wann? Wann?

Wohltuendes Dunkel wallte wie eine Wolke auf sie zu, hüllte sie ein, mehr und mehr, bis sie in eine erlösende Schwärze versank.

***

Irgendwann war ihr, als würde sie getragen, geborgen in warmem, wolligem Tuch, vielleicht in einem Teppich eingerollt – etwa wie Cleopatra vor zweitausend Jahren? Brigitte musste lächeln über diesen verlockenden Traum, und als das schaukelnde Getragenwerden aufhörte, war da ein wohliges Empfinden, das sie kannte. Ganz still lag sie, genoss es, auf einer festen und doch weichen Fläche zu liegen – ohne sich zu rühren bewegt sie vorsichtig ihre Fingerspitzen, die Zehen, dreht Hand- und Fußgelenke – zuerst nur wenig und sehr vorsichtig, dann lässt sie Fuß- und Handgelenke kreisen, sehr langsam – ob der Schmerz zurückkommt? Nein, auch haben die Gelenke jenes taube Gefühl verloren, und die kreisende Bewegung ist angenehm.

Und dann – viel später, wie durch Watte – das gedämpfte Motorengeräusch eines schweren Fahrzeugs, das näher kommt und sich wieder entfernt – wieder Stille. Da, was war das? Glöckchen, die sie kannte. Nein, eher ein Klingen von Gläsern – wieso konnte sie sich nicht an dieses Gläserklingeln erinnern – oh Himmel – wie hatte sie dieses Klingeln nur vergessen können, hundert Jahre musste das her sein – so hatten die Gläser in ihrem alten Bauernschrank geklungen, wenn unten in der schmalen Straße ein schwerer LKW fuhr – Brigitte öffnete vorsichtig die Augen, keine Schmerzen, die Binde war nicht mehr da, und wie im Morgendämmer erkannte sie neben sich das bunte Karomuster ihres dicken Kopfkissens, das sie liebte, und den uralten Filz-Teddybären, der sie mit seinen Knopfaugen ansah. Nur schnell die müden Augen wieder schließen, und genießen, wie die Minuten dahintropfen – mehr will sie jetzt nicht. Brigitte spürt, dass sie zufrieden ist, und aus dieser behaglichen Geborgenheit entschwebt sie in einen leichten Schlummer.

***

Durch Telefonklingeln geweckt zu werden, ist widerlich. Brigitte hasste es, aber dieses Mal ist das anders. Das Gefühl der wohligen Geborgenheit beim Einschlafen ist immer noch da, und sie spürt, dass alles gut ist.

Aber warum gibt denn dieses Telefon keine Ruhe? Sie ist noch so müde und überließe sich gern länger der Watte-Stille, dem Nichtdenkenmüssen und jenem bedingungslosen Glücksgefühl. War da ein Telefonklingeln gewesen? Jetzt ist da nur noch die dämmerige Stille. Schön.

Vom Telefon kommen drei summende Töne, nicht schrill wie das Klingeln vorhin, eher beruhigend. Dazu blinkt das lindgrüne Display: Frank hat angerufen. Frank? Frank! Sie erinnert sich, dass sie erst gestern – oder war das schon vorgestern? – seinen Nachnamen gelöscht hat – Frank genügt! Und sie wird ihn sofort anrufen – oooh, dieses Schädelbrummen – naja, sie wird ihn anrufen, wenn sie sicher sein kann, dass ihre Gedanken wieder beisammen sind. Also zuerst ein warmes Bad? Oder doch lieber telefonieren?

***

»Brigittchen – wie gehts dir? Bist du okay?« In seiner Stimme lag Sorge.

»Danke, es geht schon wieder – aber was ist mit dir? Von wo rufst du an?«

»Bei mir ist alles in der grünen Zone, und wenn du…«

»Frank, lass dich unterbrechen – sag mir um Himmels willen eines: Was war denn das für 'ne Masche? Was ging denn da ab? Das war wohl aus dem Arsenal der harten Art – oder was soll ich mir sonst dabei denken?«

»Das ist nicht so leicht zu erklären. Aber ganz ehrlich, ich hab' auch keine Ahnung, was das sollte.«

»Frank, gib's nur zu: So werden bei euch besonders willkommene Gäste begrüßt.« Er hörte ihr leises Lachen durchs Telefon.

»Ach Bitti, mir fällt ein Stein vom Herzen, dass du das so locker nimmst. Aber sag mal – fehlt dir wirklich nichts?«

»Genau genommen hab ich sogar was zu viel, denn auf diesen zweiten Kopf in meinem Kopf könnt' ich gern verzichten. Aber du – ist bei dir alles in Ordnung? Bist du fit? Sei ehrlich!«

»Ja, ich schwörs!«

»Und was sollte das alles – was denkst du? Immerhin kennst du diesen Verein schon ein paar Jahre länger!«

»Ich kann mir nur vorstellen, dass dich jemand davon abhalten will, deine Nase in Männerangelegenheiten zu stecken. Und außerdem…«

»Warte, mein Lieber – übersiehst du hier nicht was Wesentliches?«

»Was meinst du?«

»Ganz einfach: Tatsache ist doch, dass du dabei ebenso betroffen warst, wie ich. Oder siehst du das anders?«

»Nein, sehe ich genauso. Und ich vermute, da wollte jemand Denkzettel verteilen. Und zwar auf die harte Tour, das kann man nicht leugnen. Und außerdem…«

»Da sind wir uns darüber ja einig«, lachte sie. »Aua, mein Kopf!«

»Das ist aber schon mehr als ein Denkzettel! Da ist doch wohl eindeutig schwere Körperverletzung, oder etwa nicht?«

»Yes Sir! Aber eine Art von Körperverletzung, die strafrechtlich ohne Bedeutung sein dürfte – so war wohl das Kalkül unserer... vielleicht sollte ich ‚Wohltäter‘ sagen.«

»Strafrechtlich ohne Bedeutung – was meinst du denn damit?«

»Das ist doch wohl sonnenklar! Oder kannst du dir vorstellen, dass ich jetzt zum Staatsanwalt renne, weil mich jemand chloroformiert und in einen Sarg gesteckt hat? Und dann wache ich zuhause in meinem Bett auf – zwar etwas zerzaust, aber ansonsten unversehrt. Und du glaubst, dass mir das jemand abkauft? Dahinter würde doch jeder einen Opiumrausch vermuten – mindestens!«

»Ich verstehe. Damit läuft das Ganze auf einen Psycho-Krieg hinaus. Ist es das was du meinst?«

»Genau, mein Lieber. Sag mal, wie bist du denn nach Hause gekommen, auch per Sondertransport, so wie ich?«

»Was meinst du mit *Sondertransport*?«

»Muss wohl so was gewesen sein, völlig ohne meine Beteiligung. Jedenfalls bin ich zuhause in meinem geliebten Bett aufgewacht.«

»In … deinem Bett? Zuhause?«

»Ja.«

»Bitti, das gibt's doch nicht! Das ist doch der absolute Horror!«

»Stimmt! Aber jetzt sag mir endlich, was bei dir abgelaufen ist!«

»Oh, ich hab mich draußen am U-Bahngelände wiedergefunden und musste mir ein Taxi nehmen.« Frank verschwieg Brigitte die Details. »Und was wirst du jetzt tun?«

»Mein Lieber, auf keinen Fall tu ich das, was von mir erwartet wird – ich werde den hochinteressanten Fall nicht abgeben, sondern diesen Filz restlos aufdröseln. Oder was dachtest du?«

Frank war amüsiert – ein zäher Brocken, die kleine Bitti – und hart im Nehmen. »Und was kommt als Nächstes?« fragte er.

»Ich denke, hier ist es jetzt höchste Zeit für einen Durchsuchungsbeschluss bevor hier nicht nur Requisiten und Indizien, sondern auch noch Leute verschwinden«, antwortete sie. Sie sagte ihm nicht, dass sie diesen Durchsuchungsbeschluss schon vor zwei Tagen beantragt hatte, und dass es den – erstaunlich genug – bis jetzt noch nicht gab. Obwohl der Kollege Assauer per SMS mitgeteilt hatte, dass der Staatsanwalt das Dokument sofort hatte unterschreiben wollen.

»Und was kommt danach?«

»Danach? Lass mich überlegen. Ach so, wenn wir unsere Arbeit erledigt haben, dann wird der Tatort freigegeben. Und dann kommen die Tatortreiniger.« Brigitte kicherte.

»Was bitte?«

»Na, die Tatortreiniger – oder was dachtest du? Blut, Leichengeruch, Fliegenschwärme – das muss doch wieder alles auf Vordermann gebracht werden. Nichts für schwache Nerven, kann ich dir sagen! Ich hab das mal in den Semesterferien…«

»Iiiiihhh, du bist eklig! Das mein' ich doch nicht!«

»Lass mich nachdenken …ich hab keine Ahnung!« Frank sah ihre Unschuldsmine vor sich.

»So seid Ihr Frauen – bestialisch und grausam!« maulte er in komischer Verzweiflung.

»Ach so«, lachte sie. »Ich hätts wissen müssen. Aber diesen Tag heute brauch ich für mich. Wenn du willst, können wir morgen telefonieren – ich muss erst sehen, wie sich der Sonntag anlässt.«

»Okay, ich ruf dich morgen früh an!«

»Ich bitte um Gnade – du Morgeneule, auf keinen Fall vor dem Aufstehen! Ciao!«

Frank wollte noch fragen, wann denn bei ihr am Sonntag das Aufstehen stattfände, aber sie hatte bereits aufgelegt. Er betrachtete nachdenklich den Hörer in seiner Hand und überlegte, ob er nicht mit Karla ein wichtiges Gespräch führen sollte. Nein, so beschloss er nach einigem Nachdenken, jedenfalls nicht, bevor er mit Brigitte Verschiedenes geklärt hatte.

Dann suchte er gemächlich seine Unterlagen zusammen, Notizen für den Nachmittag, zur Pressekonferenz der Finanzbank. Dabei hoffte er inständig, dass sein Kopf in ein paar Stunden wieder einer normalen Belastung standhalten würde.

***

Brigitte wählte die Nummer ihrer Freundin Kiki. Hier gab es eine Frage, die sie schon seit zwei Tagen beschäftigte.

Kiki freute sich sehr, denn sie hatten schon lange nicht mehr miteinander telefoniert. Und ein genüsslicher Frauenschwatz war genau das, wonach Kiki heute lechzte. »Oh, sieh an – hier ist jemand von den Toten auferstanden! Bitti, was ist mit dir los? Wo steckst du denn?« Kiki klang vorwurfsvoll, aber auch erleichtert, und sie fügte hinzu: »Ist dir ein Märchenprinz über den Weg geritten – oder eher das Gegenteil?«

»Von den Toten auferstanden ist gar nicht so verkehrt«, lachte Brigitte vorsichtig.

»Spann mich nicht so auf die Folter, du warst doch nicht etwa krank?« Kiki war besorgt.

»Ich hab nur letzte Nacht in einem Sarg übernachtet, aber krank war ich nicht«, sagte Brigitte.

»Lass mich nicht dumm sterben, sondern erzähle was los war. Oder lass mich raten: Du arbeitest inzwischen beim Film?«

»Du, das ist eine höchst finstere Geschichte, aber du könntest mir helfen, die Kulissen auszuleuchten.«

»Oh, Aufklären von Geschichten, die ich überhaupt nicht kenne, ist meine Spezialität. Aber wie wäre es, wenn du mir zuerst erzählst worum es geht«, grummelte die Freundin neugierig.

»Das dauert bestimmt etwas länger, wie gesagt, das sollten wir demnächst beim Italiener machen. Aber vorab nervt mich eine Frage aus deinem Metier, es geht um Stimmen.«

»Wieso? Hörst du welche? Etwa von irgendwelchen Märchenprinzen?«

Brigitte feixte sich eins (…welch ein Glück, dass wir überhaupt nicht neugierig sind) und antwortete ernsthaft: »Ja, genau! Und zwar solche mit fremdem Akzent, auf meinem Anrufbeantworter.«

»Echter fremder Akzent oder nachgemachter fremder Akzent?« wollte Kiki wissen.

»Du hast es wie immer sofort erfasst, herzliebste Freundin! Wenn du einen Moment wartest, dann spiele ich dir die Ansage vor – bleib dran, es geht gleich los!« Brigitte wartete die Antwort nicht ab, sondern machte sich am Display des Anrufbeantworters zu schaffen, dann lauschten sie der Aufzeichnung des unbekannten Finsterlings: »Du ahnst nicht, was du dir für einen Gefallen tust, wenn du deine hübschen Finger von dieser Sache lässt«, sagt der Mann schleppend – und mit slawischem Akzent, wie Brigitte vermutete. »Anderenfalls wirst du verschwinden wie Fata Morgana.«

»Hast du das mitgekriegt, Kiki: *Fingärr* – nicht Finger, dann *Sachä* – nicht Sache, und dann noch *andechenfahals* – nicht andernfalls?«

»Das ist schließlich mein Job«, antwortete die Freundin cool, aber auch etwas beleidigt, wie Brigitte bemerkte.

»Und was sagst du dazu?«

»Der Kerl hört sich zwar an als stamme er aus irgendwelchen finsteren Schluchten, vielleicht Kaukasus oder Armenien – was weiß ich! Auch ein Indianer könnte in Frage kommen, aber das ist in diesem Fall wohl unwichtig. Das ist nämlich ein *fake*. Dieser Typ lebt vermutlich schon sehr lange in Deutschland.«

»Wouwwww! – Kiki, du bist Weltklasse!«

»Da muss was dran sein, das hat mir heut Nacht schon jemand gesagt.« Kiki kicherte, und Brigitte war mächtig beeindruckt: »Kannste mir verraten, woran du das erkennst?«

»Ach weißt du«, antwortete Kiki so bescheiden sie konnte, »das höre ich nicht nur aus dem Dialekt, sondern auch an den Wortpausen und Füllwörtern etcetera. Dann achte ich darauf, ob jemand gestresst ist, denn dann hat seine Stimme eine höhere Tonlage. Oder ob jemand superkorrekt spricht, das findet man bei leicht Angetrunkenen. Und – ganz wichtig – ob jemand angespannt ist oder nicht. Übrigens – der Typ auf deinem Anrufbeantworter war gestresst bis zum Anschlag, das kannst du mir glauben.«

»Ach?« Brigitte war beeindruckt. »Das ist unglaublich, einfach toll! Merkst du auch wenn dich jemand anschwindelt?«

»Bitti, das ist die einfachste aller Übungen. Wenn eine Stimme am Ende eines Satzes ansteigt, dann glaube ich vorsichtshalber erst mal nichts mehr.«

»Du, Kiki, eine Sekunde – hier kommt ein Anruf.«

»Lass mich zuhören!« sagte Kiki.

»Nö! Das ist mein angehender Märchenprinz, kommt nicht in Frage!«

»Mach' schon Bitti – der sieht mich ja nicht!« lachte Kiki selbstgefällig.

Frank wollte vorschlagen, dass man vielleicht ein Gläschen zusammen trinken könnte, schließlich müsse man doch das Wochenende einläuten. Aber Brigitte erinnerte ihn daran, dass das bereits geklärt sei, danke für die Einladung. Sie kannte ihre Freundin Kiki gut genug, und auf ein date zu Dritt hatte sie nicht die geringste Lust. Ciao Frank, bis morgen.

»Frank ist also dein Märchenprinz!« bemerkte Kiki weise.

»Du merkst auch alles.« Brigitte war sehr kurz angebunden.

»Nur falls es dich interessiert: Dein Frank ist seit Kindertagen in Charlottenburg zuhause«, sagte Kiki. »Seine Wiege stand mit einiger Sicherheit in Chemnitz

242

oder in Radebeul. Aber das könnte ich dir genau sagen, wenn ich dem auf die Lippen gucken kann.«

Das werde ich noch 'ne ganze Weile zu verhindern wissen, dachte Brigitte, sagte aber nur: »Naja, Sachsen ist ein bisschen zu hören. Aber wie kommst du darauf, dass er in Charlottenburg wohnt?«

»Ganz einfach, liebe Bitti: Der Berliner Zungenschlag wird am langsamsten von einem Charlottenburger gesprochen. Natürlich kann ich mich irren, wenn ich versuche einen Dialekt auf ein Dorf einzugrenzen, denn im Vergleich zu früher ziehen die Leute öfter um.«

»Huch!« machte Brigitte, »Respekt! Sag mal, kann ich das irgendwo nachlesen?«

»Kein Problem, das war easy! Aber wenn du wissen willst, aus welcher deutschen Ecke dein Gegenüber stammt, dann hilft dir am besten die Dialekt-Datenbank des Deutschen Sprachatlas, gibts bei der Uni Marburg. Aber das wirst du deinem Prinzen sicherlich auch anders entlocken!« lachte Kiki. »Oder du rufst mich um Hilfe, wenn er dich überfordert!«

»Hey – was war denn das bei dir im Hintergrund?«

»Du wirst es nicht glauben, das war gerade mein neuer Märchenprinz«, lachte Kiki.

»Oh! Der hört sich aber so an, als käme er aus einem völlig anderen Kulturkreis«, bohrte Brigitte.

»Bitti, du wirst mir nochmal Konkurrenz machen«, lachte Kiki. »Aber ich verrats dir trotzdem: Cliffton kommt aus Arizona.«

»Ah, also Amerikaner!«

»Da würde er jetzt protestieren. Cliff ist Hopi-Indianer.«

»Boah eye! Mensch Kiki, das ist stark! Und wie klappt das bei euch mit der Kommunikation?« Brigitte dachte daran, dass Cliff als Hopi vermutlich ein völlig anderes Frauenbild hatte.

»Weißt du, das kommt darauf an.« Kiki überlegte kurz: »Vor allem ist es wichtig, dass ich ihm sein Weltbild lasse. Cliff kann ein richtiges Herzchen sein, aber er hat gewisse Eigenarten, denen ich völlig fremd gegenüber stehe.«

»Was meinst du damit?«

»Es sind Kleinigkeiten, die das mit ihm manchmal kompliziert machen. Ich hab ganze Weile gebraucht, das herauszufinden.«

»Jetzt bin ich aber gespannt!«

»Also pass auf: Beispielsweise hat Cliff die Angewohnheit, Leuten ins Wort zu fallen. Dann lässt er einfach keinen ausreden.«

»Das kann ziemlich lästig sein. Kann man ihm aber abgewöhnen, oder?«

»Nicht so einfach, wie du denkst. Das Problem ist nämlich, mein Cliff ist ein so genannter umgeschulter Linkshänder.«

»Oh Himmel! Was ist denn das?«

»Das ist jemand, der als Kind mit der linken Hand schreiben wollte, aber aus irgendwelchen Gründen gezwungen wurde, mit rechts zu schreiben. Und Cliff tut das bis heute noch.«

»Kiki, sei mir nicht böse, aber ich verstehe kein Wort.«

»Okay, dann hole ich eben etwas weiter aus«, lachte Kiki. »Ich muss gestehen, dass ich das vorher auch nicht wusste. Dann habe ich mich auf einen Kommilitonen besonnen, der inzwischen in der Psychologie ein richtig großes Tier geworden ist. Der hat mich darüber aufgeklärt, welche grauenhafte Eigenschaften ein umgeschulter Linkshänder im schlimmsten Fall entwickeln kann.«

»Das nehme ich jetzt aber alles ernst, was du mir hier erzählst?«

»Bitti, ich schwörs! Das kannten auch schon die alten Griechen. Rechts galt schon immer als gut und stark, links als schlecht. Und falls du das noch nicht wusstest – im Mittelalter wurden Linkshänder verfolgt, weil die linke Seite für den Teufel stand – da waren sogar die Kirchen einer Meinung.«

»Die Kirchen waren mal einer Meinung? Ich staune! Und auf welche Eigenschaften müsste ich mich einstellen, falls ich mir so einen Märchenprinzen einfange?«

»Puuuuh, lass mich nachdenken: Das reicht von seiner ständigen Neigung zum Widerspruch – diese lästige ,ja-aber-Haltung‘, du weißt schon, bis zur knallharten Rechthaberei.«

»Höchst unerfreulich, so was kenn‘ ich!«

»Das ist noch nicht alles. Dazu kommt seine extreme Überempfindlichkeit, mimosenhaft ist wohl der treffende Ausdruck. Ich sage dir, um solche Flausen auszuhalten, muss man jemand schon sehr lieben.«

»Was bei dir offensichtlich der Fall ist, oder warum solltest du dir das sonst antun?«

»Ja, ich liebe Cliff wirklich. Und was mich an ihm fasziniert, ist seine Willensstärke. Ich hab mehr als einmal die Erfahrung gemacht, dass ich mich auf ihn absolut verlassen kann.«

»Du, Kiki, das ist schön für dich. Und das hört sich sehr positiv an.«

»Das finde ich auch, und vor allem habe ich da schon schlechtere Erfahrungen gemacht. Inzwischen sehe ich das so: Kein Mensch ist perfekt, aber dieser kommt meiner Vorstellung doch sehr nahe!«

»Du Kiki, was hat Cliff da eben gesagt?«

»*Nu' umi unangwa'ta*«, lachte Kiki.

»Oh, das klingt superschön, fast wie ein Lied! Und das heißt was?«

»Ich liebe dich.«

***

Ich glaubs nicht, diese Kiki! Darüber hätte ich gerne noch ein bisschen nachgedacht, sinnierte Brigitte, aber dieses widerliche Telefon…

»Hallo Frau Kommissarin, Funkel hier. Wie gehts Ihnen? Kommen Sie voran?«

»Oh, der Bruder Bader – falls Sie mir diese Anrede als Frau zugestehen!«

»Ihnen ist alles gestattet, Frau Yalmiz«, lachte Funkel.

»Haben Sie etwa einen heißen Tipp für mich? Oder – lassen Sie mich raten – Sie rufen Sie aus schierer Neugierde an!«

»Nein, keineswegs. Auch einen heißen Tipp hab ich nicht. Aber ich hatte ein Telefonat – in anderer Sache – mit Frank. Da sprachen wir auch über den Bruder Klausner, und wie der den Ben Dietrich gefunden hat, ich meine…«

»Ja?«

»Also, ich hatte kürzlich in der Klinik eine Abhandlung gelesen über Aspekte bei der Partnertötung und die

246

Tatsache, dass das Opfer selbst dabei eine gewisse Rolle spielt...«

Brigitte war jetzt hellwach: »Lieber Herr Funkel, können Sie das bitte wiederholen – ich hatte hier gerade eine Störung in der Leitung.«

»Gerne. Ich sagte, dass ich einen interessanten Bericht entdeckt habe, der sich mit dem Hintergrund bei Partnertötungen befasst.«

»Ja, davon hab ich gehört. Sind das nicht diese Überlegungen, wie sich das Opfer selbst vor der Tat verhält?«

»Genau. Und da geht man inzwischen wohl davon aus, dass es den typischen Mörder oder Totschläger nicht gibt. Die Psychologen denken da eher in Kategorien wie ‚Gewinnmord‘ aus materiellem Interesse, oder ‚Konfliktmord‘ aufgrund schwerer Probleme zwischen Täter und Opfer – und natürlich den ‚Sexualmord‘. Aber wie will man das jeweilige Motiv erkennen? Das halte ich doch für sehr schwierig, oder?«

»Das ist noch schwieriger als Sie denken, Herr Funkel. Wir haben es häufig mit einem weiteren Motiv zu tun – dem ‚Deckungsmord‘, nicht zu unterschätzen, wenn es darum geht, eine Straftat zu verbergen.«

»Wahrhaftig, Frau Yalmiz, diese Vielfalt von Motiven macht Ihre Arbeit bestimmt nicht einfacher. Jedenfalls wollte ich Ihnen sagen, wenn dieser Artikel für Sie interessant ist, dann kann ich Ihnen das Papier gerne zuschicken, und vielleicht...«

»Das ist super, Herr Funkel, dass Sie an mich gedacht haben! Klar würde ich mich über den Artikel freuen. Aber die Post ist manchmal unberechenbar, deshalb sollten Sie mir den Bericht besser zufaxen. Sie brauchen bei meiner

Telefonnummer nur die 1 am Schluss gegen eine 9 austauschen, dann klappt das.«

»Aber klar, Frau Yalmiz, das mach ich sofort! Und…«

»Herzlichen Dank, Herr Funkel, aber ich hatte Sie unterbrochen…«

»Oh, ich wollte nur sagen, dass wir über diesen Artikel auch gerne nochmal reden können. Mich würde sehr interessieren, wie Sie das aus Ihrer Sicht bewerten.«

»Klar, Herr Funkel, das lässt sich machen. Nochmals vielen Dank, ich melde mich, wenn ich das Dokument studiert habe. Also – bis dann!«

«Ach, noch etwas, Frau Yalmiz…«

»Ja?«

»Gibts denn bei Ihnen schon Erkenntnisse – zu dem möglichen Täter, meine ich?«

»Wir stecken mitten in der Arbeit, lieber Doktor. Es ist also noch zu früh – Sie verstehen!«

»Ich kann mir vorstellen, dass es schwierig wird, wenn Psychopathen am Werk sind, und…«

»Wie kommen Sie auf Psychopathen, Herr Funkel?«

»Liegt das nicht nahe bei dieser Art von Hinrichtung – oder sollte ich sagen: bei dieser Dekoration mit dem Ritualschwert?«

»Dekoration kommt der Sache schon näher, Doktor. Denn von einer Hinrichtung mit dem Schwert sind wir nie ernsthaft ausgegangen, und das hatten wir beide schon erörtert! Ihr Bruder Frank Artman würde jetzt von diesem – wie war das gleich – ach ja, von diesem Fokussierungs-Strategem sprechen: *,Die Zikade entschlüpft ihrer goldglänzenden Hülle'* heißt das wohl. Dabei soll die

Aufmerksamkeit von den Tatsachen abgelenkt und auf Nebensächliches fixiert werden.«

»Es ist erstaunlich, wie intensiv sich Frank mit dieser Theorie befasst. Das muss spannend sein. Aber ich wusste nicht, dass Sie diese Methode ebenfalls anwenden! Und was glauben Sie, von welcher Tatsache soll die Kripo hier abgelenkt werden?«

»Ausnahmsweise, und nur weil Sie es sind, Doktor: Wir sollten nicht merken, dass Ihr Bruder Benjamin Dietrich ertrunken ist. Und – ich füge hinzu: Er ist nicht irgendwo ertrunken, sondern ertrunken in Wasser, das in Ihrem Ordenshaus aus der Wasserleitung kommt – so die Analyse der Wasserwerke.«

»Das ist …das ist kaum zu glauben!«

»Ja. Hinzu kommt, dass zum Todeszeitpunkt Ihres Bruders Dietrich in den Gewölben des Ordenshauses das Wasser abgestellt war. Das war wohl der Grund, warum der Mörder in der Zelle mit dem Sarg einen gut gefüllten Wassereimer deponiert hatte.«

Von Frank werde ich sicherlich ein dickes Lob einstreichen, dachte die Kommissarin vergnügt. Und jetzt wollen wir genau beobachten, wie wir mit dem Versuchsballon-Strategem vorankommen, jawohl das war Nr. 13 ‚*Aufs Gras schlagen, um die Schlangen aufzuscheuchen'*. Aber nun brat' mir einer ein Krokodil, dachte sie. Woher kommt Funkels überraschendes Kontaktbedürfnis? Haben wir hier etwa das bekannte Muster *Wo sitzt die Fliege, die nicht geklatscht werden will?* Völlig klar: Auf der Fliegenklatsche, wo sonst! Und wer hat was von *Partnertötung* gesagt? Das hört sich so an, als seien die beiden Brüder Ben Dietrich und Ullrich Klausner tatsächlich ein Paar gewesen!

Und das wolltest du mir verschweigen, das willst ausgerechnet du nicht gewusst haben – mein lieber Frank, mach jetzt keinen falschen Fehler! *Bitte bitte, liebes Schicksal lass das nicht zu* – sagte sie leise, und es klang wie ein Gebet.

***

Riedmann

Riehne

Rielke

Riesebach

Brigitte musste sich die wissenschaftlichen Mitarbeiter an der Freien Universität Berlin, Fachbereich Psychologie auflisten lassen, bevor sie den Namen ihres damaligen Dozenten erinnerte. Eine gute Website, stellte sie fest, komplett mit Durchwahl-Nummern.

Rittmeister? – Prof. Dr. Morten Rittmeister, aha, das musste er sein!

»Guten Tag, Herr Professor Rittmeister. Ich bin Brigitte Yalmiz, Kripo Berlin. Bitte entschuldigen Sie meine Störung Ihres heiligen Samstags.«

»Nicht der Rede wert, da ich sowieso im Institut bin. Frau Yalmiz? – hab' ich Ihren Namen richtig verstanden?«

»Ja, richtig, Herr Professor. Ich habe bei Ihnen vor Jahren eine Vorlesung zum Thema *,Funktionen der Gehirnhemisphären'* gehört. Im Themenschwerpunkt ging es um die Umschulung von Linkshändern.«

»Ach? Hab ich mich damit früher beschäftigt? Hm – wie kann ich Ihnen helfen?«

250

»Herr Rittmeister, würden Sie mir dazu einige kurze Fragen beantworten, oder sollten wir uns für ein Telefonat zu einem anderen Termin verabreden?«

»Ach wissen Sie, ich hab zwar inzwischen in einen anderen Fachbereich gewechselt, aber wenn Sie nicht zu tief einsteigen wollen, dann können wir das gerne sofort erledigen. Worum geht es?«

»Danke, das ist prima. Also – ich erinnere eine Aussage von Ihnen, dass die Umschulung eines Linkshänder auf die rechte Hand problematisch sein kann.«

»Das ist zunächst grundsätzlich richtig. Wohin zielt Ihre Frage?«

»Ich wüsste gern, ob diese Probleme sich so entwickeln können, dass damit Störungen in der Persönlichkeit der betreffenden Person möglich sind.«

»Dazu ist zunächst zu sagen, dass die Umstellung der angeborenen Händigkeit – wir sprechen hier von ‚Händigkeit‘ – tatsächlich als massiver Eingriff in das menschliche Gehirn betrachtet wird. Diese Umschulung von Links auf Rechts geht meist zu Beginn des Schulalters vor sich. Wir dürfen aber keinesfalls übersehen, dass die Folgen sich nicht selten bis weit ins Erwachsenenalter auswirken.«

»Wie bitte? Bis weit ins Erwachsenenalter sagen Sie?«

»Das ist richtig. Man geht inzwischen davon aus, dass die dabei auftretenden Probleme die Entwicklung der Persönlichkeit massiv stören können. Und wir wissen heute, dass eine Umschulung von Links auf Rechts sogar soziale Auswirkungen haben kann – von Geselligkeitssehnsucht bis hin zur Aggression. Das kann bis zu fanatischem Verhalten gehen. Dass sich daraus sich Probleme entwickeln können, die in der Gesellschaft wie

Sprengstoff wirken, erwähne ich nur der Vollständigkeit halber.«

»Gestatten Sie eine Frage, Herr Rittmeister, damit wir hier nicht zu tief einsteigen: Ich denke lediglich an Umschulungsfolgen, die sich beispielsweise durch ‚Nicht-ausreden-lassen‘ und diese ‚ja-aber-Haltung‘ zeigen. Auch hartnäckige Rechthaberei soll dabei beobachtet worden sein, wie ich gelesen habe. Aber wenn wir da über Probleme sprechen, die einer Sprengstoffwirkung in der Gesellschaft gleichkommen – greifen wir dann nicht zu hoch?«

»Liebe Frau Yalmiz, wir sollten auch die Neigung nicht vergessen, sich mit einem Lebenspartner unter dem eigenen Intelligenzniveau zu verbinden. Ebenso ist dabei auch die Verbindung mit einem behinderten Lebenspartner zu erwähnen. Aber zurück zu Ihrer Frage: Da greifen wir keineswegs zu hoch! Sie machen sich keine Vorstellung, welche schlimmen Folgen durch die Umschulung der Händigkeit in den letzten Jahren nachgewiesen wurden.«

»Lieber Herr Rittmeister, ich muss sagen, mich schaudert!«

»Und das mit recht, junge Frau. Und vielleicht erkennen Sie die möglichen Folgen einer solchen Umschulung in der ganzen Tragweite an folgendem Beispiel. Einer meiner Kollegen hier am Institut – ebenfalls ein umgeschulter Linkshänder – hielt einen Routinevortrag vor einem EU-Ausschuss in Strasbourg. Von einer Sekunde auf die andere verlor er völlig den Faden, und sein Gedächtnis versagte total. Er sagte, er habe sich gefühlt, wie ein Formel I – Motor unter Höchstleistung mit plötzlichen Zündungsaussetzern. Der Kollege verließ in Panik den Kongress und tauchte erst Wochen später hier am Institut wieder auf. Und auch heute noch kommt es vor, dass er sogar bei harmlosen Sitzungen seine Rede vergisst und vom Manuskript ablesen muss. Und auch das gelingt nicht immer, vor allem wenn man ihm Zwischenfragen stellt.«

»Oh Gott! Ist das möglich?«

»Das ist noch nicht alles! In den folgenden Monaten unternahm der Mann zwei Suizidversuche. Den letzten hatte er mit großer Präzision vorbereitet, und nur durch einen unglaublichen Zufall hat er überlebt.«

»So etwas hätte ich nicht für möglich gehalten! Sagen Sie bitte, was können Sie mir dazu als weiterführende Literatur empfehlen? Ich meine, ohne dass ich mir einen neuen Bücherschrank anschaffen muss«, lachte sie.

»Frau Yalmiz, ich mache Ihnen folgenden Vorschlag: Sehen Sie sich auf der Website des Instituts die Literaturliste an. Alles was Sie zu diesem Thema interessieren könnte finden Sie dort aufgelistet.«

»Das ist sehr hilfreich Herr Rittmeister, vielen Dank.«

»Dort können Sie zu diesem Thema auch einige PDF-Dokumente herunterladen, das geht kostenlos. Wenn Sie mich danach nochmals anrufen, dann werden Ihre Fragen vermutlich konkreter sein.«

»Das ist ein ausgezeichneter Vorschlag, so machen wir das. Inzwischen danke ich Ihnen sehr für Ihre Hilfe.«

»Aber bitte, jederzeit gerne, das ist kein Problem. Bis dann, Frau Yalmiz – und meiden Sie inzwischen aggressive Rechtshänder.«

»Aggressive Rechtshänder, wieso?«

»Na ja, das könnte auch ein umgeschulter Linkshänder sein.« Der Professor schmunzelte hörbar.

***

Der Postbote ließ Brigitte keine Zeit, diesen Gedanken weiterzuspinnen. Außer einigen unwichtigen Briefen lieferte er auch ein Einschreiben mit Rückschein ab, Absender Ullrich Klausner, Berlin-Schöneberg, Rosenheimer Straße. Da er noch vor wenigen Minuten der Punkt ihres Nachdenkens gewesen war, öffnete sie diesen Brief sofort. Er enthielt eine handschriftliche Notiz, offenbar aus dem Nachlass von Benjamin Dietrich, das besagte ein Randvermerk, gelb markiert (…mit freundlichen Grüßen Ullrich Klausner). Sie überflog die wenigen Zeilen, staunend las sie:

Recherche zur Zwangsversetzung von Thomas Richter, alle Fakten unter Vorbehalt und so weit bis heute bekannt.

Will der Brandenburgische Justizminister einen Richter abstrafen? Thomas Richter ist seit fast fünf Jahren am Verwaltungsgericht Potsdam als Richter tätig. Jetzt soll der Sachbereich XV im Zuge der Justizreform aufgelöst werden. Wie durch amtskundige Informanten zu erfahren war, hat sich Thomas Richter dagegen gewehrt und diese Pläne im Rechtsausschuss des Potsdamer Landtags als wirklichkeitsfremd und unausgegoren bezeichnet. Der Auftritt von Thomas R. wird allerdings von einigen Mitgliedern des Rechtsausschusses als 'pöbelhaft', 'ungeschickt' und 'dumm' bezeichnet.

Nachdem die Behörde für Thomas Richter erst kürzlich als Ersatz einen anderen Posten in Aussicht gestellt hatte (Arbeitsgericht Potsdam bzw. Frankfurt/Oder), wurde dies inzwischen als Missverständnis zurückgenommen. Nun soll Thomas Richter möglicherweise an ein mehr als 150 km entferntes Amtsgericht in der Uckermark zwangsversetzt werden. Thomas Richter erklärte, die sei nichts anderes als eine Disziplinierung oder sogar eine Bestrafung, nur weil er seine Meinung geäußert habe. Jedenfalls betrachte er diese Maßnahme als reine Schikane. (gez. Ben Dietrich)

»Interessant!« sagte die Kommissarin. »Da diese Geschichte schon einige Jahre zurück liegt, ist das wohl ein alter Hut – aber wer weiß.« Merkwürdig, so überlegte sie, wie schnell diese Zeilen aus dem Nachlass des Toten bei ihr gelandet waren. Das tut doch niemand ohne Absicht! Und so setzte sie Ullrich Klausner auf die Vernehmungsliste und nahm sich vor, zunächst Frank zu dem damaligen Sachverhalt zu befragen. Andererseits, nach allem was sie bisher in Erfahrung gebracht hatte, schien sich Thomas Richter in der Provinz gut etabliert zu haben. Diese mögliche Zwangsversetzung, falls die tatsächlich so stattgefunden hatte, könnte allerdings ein völlig anderes Licht auf den Sachverhalt werfen. Und außerdem, so überlegte sie, könnte man nicht auf die Idee kommen, sich für eine solche Schmach zu rächen? Aber an wem?

15 Der Herr der Schiffe

Das wird ein gemütlicher Sonntag, wie ich schon lange keinen mehr hatte – ich schwöre, murmelte Frank schläfrig und schlurfte durch den sonnendurchfluteten Wintergarten seines Dachgeschosses, in einer Hand den unvermeidlichen Pot Mate-Tee. Der blaue Himmel versprach einen Frühsommertag wie aus dem Bilderbuch. Er machte es sich in dem großen Deckchair auf der Terrasse bequem und entfaltete mit mäßiger Neugierde die Zeitung. Die hatte er wie jeden Morgen zuverlässig auf der Fußmatte vor seiner Wohnungstür vorgefunden – eine nette Geste von Victor Sartorius, seines Nachbarn von gegenüber. Frank lauschte einen Moment, aber in dessen

Wohnung auf der anderen Seite des Flurs war es still. Klar, es war Sonntag und noch viel zu früh.

Frank sog die kühle Morgenluft in seine etwas strapazierte Nichtraucherlunge. Er spürte, wie sich der Vorhang in seinem Kopf hob, und sein vernebeltes Gehirn begann sachte zu arbeiten. Aus dem Wintergarten schmeichelten ihm die Klänge von Vivaldis Jahreszeiten im Ohr. Da verloren sogar die Notizen von der gestrigen Pressekonferenz an Bedeutung. Trotzdem musste er das Zeug verarbeiten. Obwohl – bei genauem Hinsehen hatten die Banker nicht viel zu sagen gewusst. Oder besser gesagt, sie hatten das von sich gegeben, was sich unverfänglich anhörte – wie immer die übliche Hofberichterstattung. Aber danach – die Party beim Kollegen Sternberg war vom Feinsten, Teufel auch! Wenn der allerdings seinen aktuellen, reichen Schwiegervater nicht hätte…! Aber ich sollte mich bei solchen Gelegenheiten früher abseilen – nun ja! Es war aber auch zu komisch, wenn Sternberg den alten Hausmeister aus Pennälerzeiten imitierte – einfach göttlich! Genau genommen hatte Sternberg den Beruf verfehlt, als Pantomime und Stimmenimitator wäre der bereits eine Weltnummer. Aber mit zwei anspruchsvollen Ex-Ehefrauen und einer jungen Gespielin blieb dem guten Sternberg nichts übrig als Schreiben – Schreiben und nochmals Schreiben. Dass Sternberg genau das nicht gut konnte, war die andere Seite seines Problems. Aber sicherlich würde ihm der Stoff nicht ausgehen, denn Gesellschaftsklatsch gabs in der Hauptstadt mehr als genug. Wenn ihm andererseits die Zeitungsverlage ständig das Zeilenhonorar kürzten, dann würde der arme Kerl eben noch mehr schreiben müssen.

So käme ich vor lauter Maloche auch nicht zum Geldverdienen, dachte Frank und holte sich einen frisch gebrühten Tee aus der Küche. Dann machte er es sich auf der Terrasse in dem uralten Rattan Sessel bequem.

Immerhin hatte er interessante Leute kennen gelernt, Frank sortierte seine Notizen von gestern Abend. Da war Diethardt Hallbach, seit einer Woche neuer Chefredakteur des Berliner Abendblatts. Frank studierte Hallbachs Visitenkarte, An der Rehwiese, feine Adresse, sieh an – der Junge weiß wo man vornehm residiert! Vom Berliner Abendblatt hielt Frank nicht besonders viel, der Wirtschaftsteil war zu theoretisch, vermutlich irgendwo abgekupfert und der Lokalteil nur oberflächlich recherchiert. Dieses An-der-Oberfläche-Kratzen war sein Stil nicht. Aber das alles könnte sich schnell ändern, dachte Frank, denn der Kollege Hallbach war ein heller Kopf und hatte durchaus seine eigenen neuen Vorstellungen, wie eine gute Zeitung aussehen sollte. Außerdem schien er sich in der Berliner Szene schon recht gut auszukennen. Und dass ihm Berlin besser gefiel als seine Kölner Heimat, das hatte er gestern mehrmals betont. Vielleicht glaubt er, in Berlin hört man das gerne? Man wird sehen, wie lange der Knabe auf diesem Stuhl aushalten kann, dachte Frank. Seine Bedenken kamen nicht von ungefähr, denn Hallbach war innerhalb drei Jahren auf dem Schleudersitz des Berliner Abendblatts bereits der vierte Mann. Gottlob hatte er noch nicht mitbekommen, dass Franks Ablieferungstermin für diesen Irak-Artikel in seinem Blatt seit Wochen überfällig war. Meinetwegen, dachte Frank ungerührt, denn als Rechercheur für brisante Themen hatte er eben einen guten Ruf und entsprechend war er ausgebucht.

Welch ein herrlicher Morgen. Die silbrigen Blätter in den hohen Pappeln auf dem Nachbargrundstück rauschten leise, und die Elstern waren geschäftig unterwegs, um ihre Brut zu füttern. Frank liebte diese intelligenten Vögel. Das ganze Jahr über beobachtete er sie mit dem Feldstecher, und schon zeitig im Frühjahr kannte er jedes Paar, das hier nistete. Auch heute flogen sie pausenlos hin und her, und jedes Mal wenn die Alten zurückkamen war da ein heftiges Gekreische und ein Geckern hinter dem dichten Blattwerk – ein sicherer Platz für die Elsterkinderstuben. Frank konnte sie gut sehen, denn sie lagen etwa gleich hoch wie seine Dachterrasse. Da – jetzt segelte eine der Elstern in ihrem typischen Wippflug aus dem Blättervorhang der Pappel hinunter in die Büsche des Gartens, der zwischen den beiden Häuserreihen lag, und schon gab es da unten ein lautes Gezeter. Offenbar stritten sich dort einige der Vögel um irgendwas. Frank richtete sein Fernglas hinunter in den Garten, aber noch ehe er Genaueres entdecken konnte, strich ein grell bunter Farbfleck durch sein Gesichtsfeld, wo war das nur gewesen? Sorgfältig tastete er sich mit dem Glas zurück – da! Schnell setzte er das Glas ab, dort unten, halb verdeckt durch die Rhododendronbüsche lag eine leblose Gestalt in seltsam verkrümmter Haltung, mit blutüberströmtem Kopf und fast nacktem Oberkörper an dem ein zerrissenes orangefarbenes T-Shirt in Fetzen hing, über und über mit Blut besudelt.

Oh Schiet, dachte Frank als er sich in den nächsten Blumenkübel übergab. Seine Knie zitterten so sehr, dass er sich kaum auf den Beinen halten konnte. Scheiße, nein, das darf nicht wahr sein! Jene leblose Gestalt dort unten war sein Nachbar Victor Sartorius – diesen roten irischen Haarschopf und die lächerlich regenbogenfarbene Pluderhose gab es in ganz Berlin nur einmal.

Frank jagte die fünf Stockwerke hinunter und stand keine Minute später im Garten. Kein Zweifel – hier kam jede Hilfe zu spät, Victor Sartorius war tot. Frank schauderte, als er in dessen weit aufgerissene, starre Augen sah. Der Kopf war grob in den Nacken zurück gebogen, der Körper lag auf der Seite, die langen Arme unter den Knien, so als gehörten sie überhaupt nicht dazu. Der Mund war weit geöffnet. Ein durchdringender Schnapsgeruch ging von dem leblosen Körper aus – brrrh. Frank hatte Sartorius nicht für einen Trinker gehalten, aber das war jetzt nicht mehr wichtig.

Die Morgensonne schien zwischen den beiden gegenüber liegenden Häusern hindurch und erzeugte einen Lichtkegel, wie ein Bühnenscheinwerfer. Genau in diesem Lichtkegel lag Victor Sartorius und erinnerte Frank an einen Clown, den er vor langer Zeit in einer Manege hatte abstürzen sehen. Damals war Frank als kleiner Junge mit seinem Großvater im Zirkus gewesen. Der Clown war ein verkleideter Artist und balancierte auf der obersten Sprosse einer riesigen Leiter – jedenfalls kam das dem kleinen Frank damals so vor. Er jonglierte gleichzeitig mit weißen Bällen und rotgrün funkelnden Flaschen. Dann war er mitten in der Bewegung erstarrt, und die wirbelnden Bälle und Flaschen prasselten auf seinen Kopf bevor sie hinunter in die Manege plumpsten. Die Kinder johlten vor Vergnügen. Langsam, wie in Zeitlupe kippte die Leiter und der Clown stürzte in die Manege; dort blieb er bewegungslos liegen. Der kleine Frank konnte nicht dahinter kommen, ob die mit viel Trara und komischem Wehklagen von anderen Clowns auf einer Bahre abtransportierte Gestalt schwer verletzt oder gar tot gewesen war. Sein Großvater wollte ihm einreden, das gehöre im Zirkus nun mal zur Vorstellung, aber sein wacher kindlicher Instinkt sagte ihm, dass er nur beruhigt werden solle, und dass da in Wirklichkeit ein schlimmes Unglück geschehen war. Mit dressierten Affen wurde das Programm fortgesetzt.

Ein lauter Schrei des Entsetzens aus einem der oberen Fenster des Hinterhauses riss ihn aus seinen Gedanken. Einige Leute waren jetzt auf den Balkons zu sehen, und immer mehr Fenster öffneten sich. Man müsse die Polizei rufen, sagte jemand und mehrere Neugierige verschwanden gleichzeitig um ihrer Bürgerpflicht nachzukommen. Hastig zog Frank sein Hemd aus und bedeckte damit den Kopf des Toten.

***

Hauptkommissar Schurigl sah Frank aus seinen wasserblauen Augen aufmerksam an. Sein Assi stand neben ihm und reichte ihm ein Blatt mit amtlichem Dienstsiegel.

»Kannten Sie Herrn Sartorius näher?«

»Nein, näher nicht, wir waren nur Nachbarn«, antwortete Frank.

»Soso – nur Nachbarn – und nicht näher bekannt? Wenn man auf derselben Etage wohnt...«

»Das schon, aber wir wissen ..., wussten wenig voneinander.«

»Aber einiges weiß man doch, so Tür an Tür, oder nicht?«

»Ich nicht, kaum...« Frank sah über den Hauptkommissar hinweg in die Asternbüsche und schwieg. Hätte er dem Mann etwa sagen sollen, dass er Sartorius zweihundert Euro geborgt und deshalb sein Notebook als Pfand in Verwahrung hatte? Auf keinen Fall, auf solche Komplikationen konnte er dankend verzichten.

»Und wann er heute Nacht nach Hause kam, wissen Sie wohl auch nicht? Mit dieser Schnapsfahne ist der junge Mann doch bestimmt nicht leise gewesen.«

»Könnte er nicht auch zu Hause getrunken haben? Danach, meine ich.«

»Das hätte er vielleicht können«, sagte Schurigl mit spitzer Betonung. »Hat er aber vermutlich nicht! Artman, ich will Sie nicht aufs Glatteis führen. Ich verwette meinen alten Hut, dass Sartorius überhaupt nichts getrunken hatte!«

Was soll das denn, dachte Frank, sagte aber nur: »Ich hab wahrhaftig keine Ahnung.«

»Hatte Ihr Nachbar öfter solche Ausrutscher – ich meine, kam der öfter erst kurz vor dem Aufstehen nach Hause?«

»Nicht dass ich wüsste.«

»Und wo waren Sie heute Nacht – und vor allem gestern Abend?«

»Ich war auf einer Party mit Freunden zusammen.«

»Die das alle bezeugen werden, ich weiß, ich weiß! Himmeldonnerwetternochmal, lassen Sie sich doch nicht jeden Furz aus der Nase ziehen! Sonst kommt mir glatt die Idee, dass Sie bei uns im Präsidium vorübergehend besser aufgehoben sind, bis Ihnen einiges einfällt und wir das alles genauestens zu Protokoll genommen haben.«

»Aber warum denn das, Herr Hauptkommissar? Natürlich würden die das bezeugen. Ich war gestern Nachmittag auf der Pressekonferenz der Finanzbank in der Friedrichstrasse und bin danach…«

»Ob Sie sich eventuell an die Uhrzeit erinnern könnten?«

»Das ging um 17.30h los – ich war etwa eine Viertelstunde vorher da, weil ich sofort einen Parkplatz gefunden hatte. Nach einer Stunde, es war 18.35h – um genau zu sein – hab ich die Bank verlassen. Dann hab ich mir gegenüber im Lafayette eine Flasche Gin gekauft, Marke Silver Brand, dafür hab ich einen Kassenzettel mit dem Zeitaufdruck 18.42 Uhr, übrigens – momentan im Sonderangebot – hier bitte.« Frank zeigte Schurigl den Bon, der das Dokument keines Blickes würdigte.

Der Hauptkommissar hob die linke Augenbraue: »Was war das – eine Pressekonferenz? Am Samstagnachmittag?«

»In diesen windigen Zeiten wäre sogar eine Pressekonferenz um Mitternacht nichts Außergewöhnliches mehr«, erläuterte Frank nachsichtig. »Bei dem Wirbel, der da momentan im Bankensektor abgeht, kann das wohl niemand wundern!« (…es sei denn, derjenige lebte hinter dem Mond, setzte Frank in Gedanken spöttisch hinzu, wobei seine Miene dem Hauptkommissar aber nicht entging).

»Natürlich, Artman. Aber ich hatte Sie unterbrochen. Und wo hat diese dolle Party nach der Pressekonferenz stattgefunden, sagten Sie?«

»Ich sagte nichts. Diese Party war lediglich ein Empfang im Internationalen Handelszentrum, Friedrichstraße bei der Diskonto Finanz AG – zum bevorstehenden Geburtstag des Aufsichtsratsvorsitzenden, Konsul Dr. Boris Ushkinov. Danach war ich mit einigen anderen Leuten noch auf einen Absacker bei *Meine Tante und ich* – bis etwa zwei Uhr früh.«

»Und wo wohnt diese Tante?«

»*Meine Tante und ich* – so heißt eine kleine Kneipe im Scheunenviertel.«

»Hast du das alles?« knurrte Schurigl seinen Assi Heinrich Assauer an, der sich mühte, diese Flut präziser Information zu protokollieren.

»Also Artman, und dort blieben Sie bis...?«

»Zuhause war ich kurz nach halb drei. Man fährt vom Scheunenviertel über den Stadtring bis Westend um diese Zeit ziemlich genau 22 Minuten.«

»Und das alles nach so vielen Drinks? Oder gabs dort nur Milch?«

»Natürlich nur per Taxi, Herr Hauptkommissar – hier ist die Quittung über 23 Euro 35 inklusive Mehrwertsteuer.

Und mein Auto steht an der Friedrichstraße, am Checkpoint Charly.«

»…vermutlich im Halteverbot, Artman, stimmts?«

»Mit Sicherheit nicht, Herr Hauptkommissar. Dort ist am Sonntag bis 15 Uhr kein Halteverbot. Und bis dahin ist mein Auto verschwunden, garantiert!«

»Zuhause waren Sie um halb drei, sagten Sie?«

Frank nickte.

»Jetzt ist es Viertel nach sieben. Und da sind Sie schon wieder so fit – kleiner Steher, was?«

»Ich bin immer um sechs Uhr wach, dagegen kann ich nichts machen.«

»Aber Herrn Sartorius haben Sie danach nicht kommen hören, oder könnte der schon vorher zu Hause gewesen sein?«

»Ich hab' nicht die leiseste Ahnung. Ich hab weder was von ihm gehört noch gesehen. Und wenn ich schlafe, dann schlafe ich – vor allem dann, wenns nur dreieinhalb Stunden sind.«

Sollte er dem Hauptkommissar sagen, dass ihm Victor Sartorius wie jeden Morgen die Zeitung mit nach oben gebracht und vor die Tür gelegt hatte? Da die Zeitung nie vor fünf Uhr im Briefkasten steckte, konnte Sartorius erst nach fünf Uhr nach Hause gekommen sein. Frank beschloss, das erst mal zu vergessen. Und außerdem, wer wollte gesehen haben, dass die Zeitung auch heute früh vor seiner Tür lag? Über ihm wohnte keiner, der vorbei gekommen sein konnte.

»Sehr ergiebig ist das alles nicht. Und irgendwie sitzt mir hier einiges quer, verdammt quer«, knurrte der Hauptkommissar. Er musste sich eingestehen, dass er über die präzisen Angaben von Frank verstimmt war. »Ich weiß, dass Sie als Journalist die Aussage verweigern können – unter bestimmten Voraussetzungen allerdings nur, wie Ihnen zweifellos bekannt ist. Aber wenn Sie etwas nicht sagen wollen, dann möchte ich das wissen – und vor allem aus welchem Grund, ist das klar?«

»Vollkommen klar, Herr Hauptkommissar.«

Schurigl stand bereits am Hoftor, als er sich nochmals umwandte: »Übrigens, Artman, sind Sie ein Fan von Whisky?«

»Ich? Niemals! Wieso? Aber falls es Sie gelüstet – bei Sartorius stehen meist einige Flaschen rum.«

Schurigl schnaufte verächtlich. »Artman, bei Sartorius stehen exakt zwei Flaschen Whisky rum – und zwar Irish Whisky!«

»Nicht Ihre Marke, Herr Hauptkommissar?«

Schurigl überhörte die Frage. »Artman«, knurrte er, »Sartorius stank nach Bourbon – den er nicht getrunken hatte.«

»Was sagt man dazu!« Frank war beeindruckt.

»Übrigens, Artman…«

Frank wartete.

»Sie sind ein Glückspilz!«

Gleich wird er mir sagen warum, vermutete Frank. Er war entschlossen, diesen gesprächigen Polizisten durch Schweigen ins Leere laufen zu lassen. Aber Schurigl wollte keinesfalls die Show stehlen lassen und setzte beiläufig hinzu: »Jetzt lassen sich die Totenflecke noch wegdrücken. Also ist Sartorius seit etwa vier bis sechs Stunden tot.« Da Frank eisern schwieg, sagte Schurigl: »Also waren Sie zur Tatzeit noch auf dieser Fete. Unter Zeugen, stimmt doch?«

»Ja.« Und wer hat mir dann die Zeitung vor die Tür gelegt, dachte Frank. Hoffentlich macht der Mann bald 'ne Fliege.

»Sagen Sie Artman – war Sartorius Seemann? Oder Yachtbesitzer?«

»Nicht dass ich wüsste. Wieso?«

»Welchen anderen Grund könnten Sie sich vorstellen, warum bei ihm so viele Schiffsmodelle rumstehen?«

***

Frank rührte nachdenklich in seinem Cappuccino und betrachtete die Visitenkarte von Hauptkommissar Schurigl. Damit Sie mich jederzeit anrufen können, hatte der gesagt, falls Ihnen noch was einfällt. Warum eigentlich Schurigl, überlegte Frank. Warum nicht Brigitte? Immerhin saßen die beiden im gleichen Büro. Wäre das nicht ein Vorwand Brigitte anzurufen: Kennst du Schurigl, was ist von dem zu halten? Aber er beschloss, das zu lassen, denn sie hatte bestimmt noch Schonung nötig.

Eines stand für ihn fest: Hier war einiges nicht so klar, wie es zu sein schien – damit hatte der Hauptkommissar zweifellos recht. Sein Jagdinstinkt war jetzt erwacht. Als störend empfand er allerdings dieses flaue Gefühl in der Magengegend, kein Wunder – es war eigentlich Zeit fürs Frühstück, aber der Appetit war ihm vergangen. Er begnügte sich mit einem Zwieback, ließ sich einen Cappuccino aus der Maschine und überlegte, wer Victor Sartorius wohl vom Balkon gestürzt haben könnte, und warum? Denn dass der von selbst volltrunken hinunter gefallen war, glaubte Frank keine Sekunde lang. Sartorius war ein stiller Mann gewesen, der nach Franks Beobachtung allein vor sich hin lebte, nicht rauchte und auch kaum Alkohol trank. Auch wenn er, was sehr selten geschehen war, mit ihm auf einen Schwatz zusammen saß, pflegte Sartorius ein winziges Schlückchen Wein mit viel Wasser zu verdünnen. Das war nur vorgekommen nachdem Sartorius bei Franks gelegentlichen Reisen dessen Blumen versorgt und die Wohnung gelüftet hatte. Auch eine Freundin hatte er wohl nicht gehabt – seltsam, bei seinen 24 Jahren. Nur einmal, es konnte vor vier Monaten gewesen sein – Frank erinnerte sich gut weil er nach Mitternacht nochmals zum Nachtleerungs-Briefkasten musste – war es bei seinem Nachbarn ziemlich laut gewesen. Danach kam ihm auf dem obersten Treppenabsatz eine grell geschminkte Person entgegen, deren Parfum zweifellos unter das Betäubungsmittelgesetz fallen würde. Noch tagelang hing der Duft wie Nebel im Treppenhaus. Damals musste es rund und quer gegangen sein, dass die Fetzen flogen, mein lieber Scholli! Und der gute Victor sah noch eine Woche später noch sehr mitgenommen aus, darüber konnte auch sein verträumter Gesichtsausdruck nicht hinweg täuschen. So what – was der Mensch braucht, das braucht er eben!

Zu Anfang ihrer Bekanntschaft hatte ihm Victor erzählt, dass er durch eine frühe Kinderlähmung leicht gehbehindert sei. Das war der Grund, warum er das linke Bein nachgezogen hatte. Dies hatte er allerdings mit eiserner Willenskraft und enormer Körperbeherrschung zu verbergen gesucht. Auch deshalb waren wohl jegliche Kletterübungen auf seinem Balkon völlig ausgeschlossen. Also musste jemand den guten Victor vollgepumpt haben, um ihn dann über das Balkongeländer hinunter zu befördern. Dass Sartorius so viel Stoff nur nach Überredung – oder Androhung von Gewalt? – zu sich genommen hatte, schien ziemlich sicher zu sein. Was aber mochte der Grund für einen solchen Umtrunk gewesen sein? Welche Frage! Es konnte tausend Gründe geben, wovon kein einziger zutreffen musste, hier war alles Spekulation.

Frank wusste wenig von Sartorius und von dessen Leben, wie er sich etwas beschämt eingestand. Er kannte nur wenige seiner Gewohnheiten, die er beobachtet hatte. Genau genommen hatte er ihn niemals in den letzten drei Jahren, die er hier wohnte, mit jemand anderem zusammen gesehen. Sartorius war offenbar für irgendeinen Auftraggeber mit EDV-Arbeiten beschäftigt gewesen, aber eine geregelte Arbeitszeit hatte er wohl nicht gehabt. Jedenfalls hatte er sich nach Franks Beobachtung meist zuhause aufgehalten. Diesen Umstand hatte Frank sehr geschätzt, denn dadurch war ihm mancher Weg erspart geblieben. Nicht nur der Postbote, auch Paketzusteller und die Fahrer von einigen Kurierdiensten lieferten alle Büchersendungen, die für Frank reichlich kamen, bei Sartorius ab, wenn Frank unterwegs war. Frank war bei diesen Überlegungen durch seine Wohnung gewandert, wie er das immer tat, wenn er eine Nuss zu knacken hatte. War doch schon der alte Kant vor zweihundert Jahren in Königsberg davon überzeugt, dass alles besser ginge, wenn man mehr ginge. Dieser Satz gefiel Frank, und oft machte er die Erfahrung, dass da was Wahres dran sein müsse.

Schluss, sagte er laut und blieb abrupt stehen. Was geht mich das an? Nichts! Weniger als nichts! Überhaupt nichts! Das Beste war, er würde einfach abwarten, wie sich die Dinge entwickelten. Das alles brauchte ihn nicht zu kümmern, von dem menschlichen Aspekt des tragischen Falles abgesehen. Vielleicht würde er zur Beisetzung gehen, sobald der Staatsanwalt die Leiche frei gegeben hatte, aber alles andere war Sache der Polizei. Mochten die sehen wie sie weiter kamen. Er war Journalist, aber kein Bulle und an derlei Geschichten überhaupt nicht interessiert. Doch Frank spürte instinktiv, dass er bei dieser Sache so unbehelligt nicht bleiben würde. Immerhin war da das Notebook – er bedachte das Teil in seinem untersten Regalfach mit einem angewiderten Blick.

Verdammtnochmal! Warum hatte er sich nur darauf eingelassen, dieses Ding für lächerliche zweihundert Euro als Pfand anzunehmen! Die paar Kröten hätte er notfalls auch verschmerzen können. Aber der Nachbar hatte ihm den Rechner so zäh aufgedrängt, dass er einfach nicht ablehnen konnte.

Es würde mich nerven, Ihnen Geld zu schulden, hatte Sartorius gesagt, als er Frank den kleinen Rechner in der Tragetasche übergab. Und Frank hatte dabei das Gefühl gehabt, dass er Sartorius einen Gefallen tat, wenn er dessen Drängen nachgab. Ihm war aber so, als wollte Sartorius nicht bemitleidet, sondern vor allem ernst genommen werden. Und was mache ich nun damit? Frank überlegte. Dem Hauptkommissar übergeben – einfach so? Vielleicht wäre es das Beste, aber keinesfalls bevor er einen Blick in die Dateien geworfen hatte. Auf jeden Fall würde er das Ding schnell aus dem Haus schaffen, sicherheitshalber. Frank fuhr aus seinen Gedanken auf, als seine Glasenuhr in der Diele schlug, es war zehn Uhr. Er wollte heute mit Karla für ein paar Stunden raus aufs Wasser, denn er hatte die Hoffnung noch nicht aufgegeben, sie eines Tages doch noch fürs Segeln zu begeistern.

Frank duschte eilig, während auf seinem Rechner das Datensicherungsprogramm lief. Das vergaß Frank niemals bevor er aus dem Haus ging. Erst kürzlich hatte bei einem Gewitter eine elektrische Entladung sämtliche Datenbestände bei einem seiner Kollegen vernichtet. Der arme Hund stand vor dem Nichts. Man kann gar nicht so dumm denken, wie es manchmal geht, dachte Frank und schloss seine Sicherungsdateien sorgfältig in den Wand Safe im Keller ein. Das Notebook wickelte er in einen dicken Pullover bevor er es in einer der großen Packtaschen verstaute. Dann schwang er sich aufs Fahrrad und radelte los. Er war froh, dass er zu diesem Ort des Grauens erst mal Abstand gewann, denn der Schreck von heute früh saß ihm noch immer in den Knochen. Nur ein laues Lüftchen wehte, und das würde heute ein gemütlicher Segeltag werden, so richtig nach Karlas Geschmack.

16 Tödliches Puzzle

Karla erwartete Frank am Steg. Sie winkte von draußen, während sie die ,Lady' offenbar schon zum Ablegen klar machte. Frank hatte am Bootshaus mit dem alten Hafenmeister Jörg Bieberkopf noch einen Termin zur Überprüfung der Propangasanlage auf seinem Schiff auszuhandeln. Jörg, von allen Jökel genannt, war nach Franks Überzeugung einer der Glücklichen, die nach regem Handwerkerleben ihren Ruhestand mit einer weiterhin einträglichen Beschäftigung glücklich verbinden konnte. Nach der Wende war ihm dieses Wassergrundstück sozusagen in den Schoß gefallen. Nun vertrieb sich der alte Zausel die Tage in Gelassenheit. Seine gelegentlichen kleineren Handreichungen für die Bootseigner mehrten sein Vergnügen, alles selbstverständlich korrekt abgerechnet, plus Mehrwertsteuer – wenn auch ohne Rechnung und ohne Quittung. »Ich bescheiße doch keinen, höchstens den Staat«, pflegte er hin und wieder zu bemerken.

Frank schluckte den Ärger über Jökels unverschämten Kostenvoranschlag für den 5-Minuten-Check der Propangasanlage hinunter und schlenderte hinaus zu Karla, die am Ende des Stegs noch immer mit den Festmacherleinen hantierte. Entzückend sieht sie heute wieder aus, dachte er und fühlte sein Stimmungsbarometer steigen. Erfreut registrierte er die in Karlas Picknickkorb trotz Isolierverpackung erkennbare Champagnerflasche.

»Wollen sehen, dass wir hier schnell wegkommen, bevor die anderen auftauchen«, sagte Frank, warf die Leinen los und stieß das Schiff vom Steg ab. »Karla, aufpassen! Du musst etwas mehr nach Backbord halten!«

»Nach links?« fragte Karla.

»Wenn wir an Bord demnächst ›Links‹ anstatt ›Backbord‹ einführen, dann könnte das stimmen«, lachte Frank, griff ins Steuerrad und nahm Kurs auf den nahen Seddinsee.

»Willst du nicht Segel setzten?«

»Nö. Ist kaum Wind! Motor ist okay.«

»Was ist mit dir, hast du schlecht geschlafen?« wollte Karla wissen. »Oder vielleicht zu wenig?«

»Das trifft den Punkt schon eher!«

»Siehst du – nach mir schläft man besser«, strahlte sie.

Frank brummte irgendwas Nettes, aber sein Lächeln wirkte leicht verkniffen.

»Gute Fete gewesen?«

»Das kann man sagen.«

»Ich will nicht hoffen, dass du uns heute Gesprächsdiät verordnet hast. Das wäre schade«, sagte Karla so locker wie möglich und lächelte tapfer dabei.

»Nein, sorry! Ich bin gleich wieder fit.«

»Ist es ein schwieriges Problem?«

»Karla, ich wollte dir das nicht erzählen, aber es geht einfach nicht!«

»Erzähl mir doch bitte, was du mir angeblich nicht erzählen kannst. Sonst kann ich nämlich dazu nichts sagen.«

»Karla, ich versuchs. Das Ganze ist zu schrecklich.«

Jetzt war Karla verstört und sah Frank beunruhigt an.

»Nun gut. Die Sache ist die, dass Victor Sartorius – du weißt schon, von nebenan – heute früh tot im Garten lag, ob hinuntergefallen oder hinuntergestürzt worden, das weiß bis jetzt noch niemand…«

»Das ist ja entsetzlich!«

»…und da lag er, Blut überströmt, diese lächerliche bunte Pluderhose und dieses kitschige T-Shirt in den irischen Farben – du kannst es dir nicht vorstellen! Mir ist jetzt noch schlecht!«

»Vielleicht Selbstmord?«

»Auf keinen Fall!«

»Wieso, vielleicht war er schwer krank? Das wär' doch möglich.«

»I wo! Sartorius war kerngesund! Vermute ich wenigstens. Von seiner leichten Gehbehinderung abgesehen.«

»Völlig gesunde Menschen gibt es überhaupt nicht. Es gibt nur schlecht untersuchte.«

»Karla, hör mal! Woher hast du denn das?«

»Ich meine nur! Irgendwie war er schon ein komischer Kauz. Außerdem – dieses seltsame Darlehen, von dem du mir erzählt hast, und dann das Notebook – alles etwas komisch, findest du nicht? Vielleicht ging es ihm gar nicht um ein Pfand für diese geliehenen zweihundert Euro«, sagte Karla leicht und obenhin.

»Was hat denn das damit zu tun? Worum soll es ihm denn sonst gegangen sein?«

»Vielleicht wollte er das Ding unbedingt aus seiner Wohnung haben.«

»Bitte? Wie meinst du denn das?«

»Vielleicht wollte er das Teil samt den Dateien in Sicherheit wissen.«

»Du meinst...« Frank starrte Karla entgeistert an.

»Es wäre doch immerhin möglich, dass er das Geld gar nicht wirklich gebraucht hat.«

»Du denkst, er hätte...«

»Vielleicht hat er die Ebbe in seiner Kasse nur deshalb vorgetäuscht, um dir den Rechner zuzuspielen.«

»Um Gottes Willen, wie kommst du denn darauf?«

»Und vielleicht hat er dir den Rechner deshalb als Pfand angeboten, damit du auf keinen Fall nein sagen konntest.«

»Wie kommst du nur auf solche Ideen?«

»Vielleicht weibliche Intuition?«

»Hm!«

»Würdest du sagen, Ihr kanntet euch so gut, dass er ausgerechnet von dir Geld borgen musste?«

»Karla!«

»Ja, Frank?«

»Das könnte doch bedeuten, dass es Sartorius weder um das Geld noch um den Rechner ging!«

»Frank, genau davon rede ich. Das könnte auch bedeuten, dass er fürchtete, er sei in Gefahr.«

»Und es könnte vielleicht auch bedeuten, dass auf dem Rechner heikle Daten liegen, die er unbedingt in Sicherheit bringen wollte?«

»Auch das wäre möglich. Frank, kannst du das nicht einfach feststellen? Ich meine, wenn du dir die Daten mal ansiehst?«

»Oh Hilfe! Du, Karla?«

»Ja?«

»Karla, mein Herzblatt, macht es dir was aus, wenn wir unseren Ausflug heute etwas abkürzen?«

»Aha?«

»Gar nichts aha! Ich denke nur, diese Gewitterwolken da hinten werden uns gleich ein paar heftige Windböen bescheren.«

»Wie du meinst, Frank. Und ich habe immer geglaubt, eine s-teife Brise – so heißt das doch? – gehört eben zum Segeln!«

Geschieht mir recht, dachte Frank. Trotzdem hab ich das Gefühl, ich sollte sie jetzt übers Knie legen. Verstohlen schielte er nach Karla, aber sie war intensiv damit beschäftigt, zwei Leinen mit einem vorschriftsmäßigen Achtknoten zu verbinden. Inzwischen hatte Frank die Yacht gewendet und Kurs zum Steg genommen, länger als eine Stunde würden sie nicht brauchen. Er musste die Dateien auf dem Notebook nicht unbedingt zuhause checken, das könnte er auch hier tun. Genau deshalb hatte er das Notebook mit an Bord genommen. Oder sollte er es lieber gleich in der Spree versenken? Nein! Er würde gern wissen, welche Internet-Zugänge Sartorius benutzt und welche Webseiten er besucht hatte. Was aber, wenn Karla mit ihrer Vermutung recht hatte, diese eigenartige Pfandleihe sei nur fingiert gewesen, konnte dann nicht in den Dateien eine Info versteckt sein, die wichtig war? Vielleicht bekam die ganze Sache so ein völlig neues Gesicht. Und wenn Sartorius...

»Frank, kann es sein, dass der Dampfer dort Vorfahrt hat, obwohl wir ein Segelschiff sind?«

»*Wegerecht* heißt das auf dem Wasser, nicht Vorfahrt, Karla und außerdem...«

Drei kurze durchdringende Schallsignale, wie peinlich! Und dann dröhnte ‚*Wahrschau!*' aus dem Megafon eines großen Ausflugsdampfers, der nur noch wenige Schiffslängen entfernt war.

»Nach dem Segelhandbuch heißt ‚*Wahrschau*' so viel wie ‚*Achtung, aufpassen*', Frank!« verkündete Karla und klappte das Buch zu.

Upps! Natürlich hatte der Dampfer Wegerecht! Frank änderte den Kurs, um die Kollision zu vermeiden. Der dicke Pott kam näher heran, und Frank erkannte den alten Sörensen, der aus dem Ruderhaus zu ihm herüber feixte. Frank grüßte zwar lachend zurück, aber solche Situationen konnte er absolut nicht ausstehen.

»Karla, das war nicht schlecht! Wirklich sehr gut aufgepasst!« sagte Frank und klopfte ihr anerkennend auf die Schulter.

»Wuff-wuff«, machte Karla und beide konnten wieder herzlich lachen.

***

»Eine neue, dezente Klingel ist das, was als nächstes auf meinem Einkaufszettel steht!« brummte Frank und ging genervt zur Tür. Da stand Julchen Krieschke, die Hauswartin. Vor ihr auf Franks Fußmatte lag ein Stapel Zeitungen und Zeitschriften, die mit einer Packschnur zusammengebunden waren. Julchen Krieschke rang nach Luft, und das war kein Wunder, denn immerhin hatte sie das Paket samt ihrer Leibesfülle die fünf Stockwerke herauf gewuchtet. Auf ihrer Stirn standen dicke Schweißtropfen, die sie mit einem Karo gemusterten Taschentuch zweifelhaften Alters und unbestimmter Farbe abtupfte. Mit vorgeschobener Unterlippe blies sie ein paar

Haarsträhnen aus dem Gesicht. Ein leichter Fuseldunst war nicht zu ignorieren, vermutlich hatte sie bereits den ersten Morgenschwatz mit dem Zeitungsboten hinter sich. Solche Gelegenheiten ließ die Krieschke niemals aus.

»Huuuh, Herr Artman – wie halten Sie das nur aus? So weit oben wohnen Sie – und das alles ohne Lift! Wenn ich öfter hier herauf müsste, glauben Sie mir, es wäre mein Tod.«

»Aber Frau Krieschke, das sind Sie doch gewöhnt! Weil Sie doch jeden zweiten Tag die Treppe hier oben wischen – nicht wahr?«

»Ach lassen'se mal Herr Artman – det mach' ick doch jerne!« murmelte sie und dann noch etwas von Dienstpflicht und Selbstverständlichkeit, und ihr dicker Zeigefinger wies anklagend auf das Zeitungspaket zu ihren Füßen. »Sind nicht mehr die neuesten, aber det kenn'se ja schon, wie immer!«

Was Frau Krieschke die Treppe hochgewuchtet hatte, war wie Frank das bezeichnete, die regelmäßige Spende von Ella; sie betrieb den Zeitungskiosk um die Ecke. Dort, wo Frank seinen Mini abstellte, wenn er vor der Haustür keinen Platz fand, wechselte er stets einige Worte mit der freundlichen Dame. Ella mochte Mitte Fünfzig sein und von stillem, freundlichem Wesen. Die bevorzugten Titel Ihrer Lieblingskunden hatte sie immer zur Hand; diese lagen morgens sofort nach der Anlieferung auf einem besonderen Tischchen bereit. Frank schätzte es sehr, dass Ella Sonderwünsche nach bestimmten Zeitungen prompt erfüllte. Dafür hatte sie immer ein offenes Ohr. Ella war die Seele vom Kiez, wie viele ihrer Kunden zu sagen pflegten.

»Wirklich sehr hoch hier oben bei Ihnen«, wiederholte die Krieschke, rollte mit den kleinen Schweinsäuglein und schnappte nach Luft. Wie der Weihnachtskarpfen auf dem Trockenen dachte Frank.

»Das ist nett von Ihnen, Frau Krieschke, aber ich habe Ihnen schon oft gesagt, dass ich mir die Zeitungen gern bei Ihnen abhole. Sie brauchen mir nur einen Zettel in den Briefkasten zu stecken. Sie Ärmste – sie sind ja völlig erschöpft.«

»Ach Herr Artman, das gehört doch zu meiner Arbeit«, schniefte die Hauswartin und versuchte mit schnellem Blick an Frank vorbei in die Diele zu spähen.

»Ich würde Sie zu gerne auf ein Tässchen Tee herein bitten, aber bei mir ruft die Pflicht heut nicht, die brüllt schon ...«

»Ja ja, so war mein Seliger auch! Der hat auch immer gesagt, die Arbeit geht vor, weil – da leben wir von!« Dabei lauschte sie erwartungsvoll, als Frank nach den leise klirrenden Münzen in seiner Hosentasche fingerte.

«Sagen Sie Frau Krieschke, wann wurden denn die Zeitungen abgegeben?«

»War wohl nich richtig, dass ich die anjenommen hab?« fragte die Krieschke misstrauisch und schielte ängstlich nach den Münzen.

»Doch, doch – im Gegenteil. Ich hab das schon drauf gewartet, wissen Sie.«

»Also wenn Sie mir fragen wann die abgegeben worden sind, dann müsst‘ ich lügen, wissen se. Ick weeß det nämlich nich.«

»Aber Frau Krieschke, versuchen Sie sich doch bitte zu erinnern. War das gestern? Oder vorgestern?«

»Nu wissen se, det kann so oder so jewesen sein. Vorjestern Abend war ick bei Jette, was meine Freundin is, zum Kartenkloppen. Und weil wir beede een oder zwee zuviel jenomm' haben – zwischendurch mal 'n kleen Kümmel is wat Jutes sag ick Ihn'n – hamwer also jemacht und denn wurd mir uff eenmal so driemlich dass die Jette sagte, ick solle doch bei ihr bleim. Und da bin ick denn ooch jeblieb'n. Und wie ick zurück komme am nächsten Morjen, da lag det Ding vor de Türe. Und ich weeß doch, dass det Zeitungspaket for Ihn'n is, wa? Wie immer. Und außerdem war ooch noch'n Zettel druff, als ob det nu nötig jewesen wär!«

»Ist gut, Frau Krieschke – äh, Moment mal! Ein Zettel drauf? Was denn für'n Zettel?«

»Na 'n Zettel mit Ihr'n Namen druff, Herr Artman.«

»Ein Zettel mit meinem Namen?«

»Wieso, stimmt wat nich?«

»Doch, alles in Ordnung. Haben Sie den Zettel noch?«

»Den Zettel? Wieso? Ich weeß doch, det die Zeitungen for Ihn'n sind, Herr Artman. Wat brauch ick da 'n Zettel?«

»Haben Sie den Zettel wirklich nicht mehr, Frau Krieschke?«

»Den Zettel? Nee, wieso?«

»Wieso denn nicht? Der muss doch noch da sein!«

»Also bester Herr Artman, nu bleib'n se janz ruhig, wa! Wieso soll ick denn den Zettel uffheben wo ick sowieso weeß, dass det Ihre Zeitungen sind?«

»Und wo ist der Zettel jetzt? Frau Krieschke, denken Sie bitte genau nach, das ist wichtig!«

»Hab ick weggeschmissen.«

»Was?«

»Aber wieso denn? Da stand doch nur Artman drauf, Ihr Name, sonst nischt.«

»Schade. Der Zettel war vielleicht wichtig, Frau Krieschke! Wie sah der Zettel aus?«

»Wie der Zettel aussah? Mein Gott, Herr Artman, ham se noch nie 'n Zettel mit Ihr'n Namen jesehen?«

Das alles war der Krieschke viel zu kompliziert. Mürrisch wandte sie sich ab und der Treppe zu. Schnell steckte ihr Frank mit spitzen Fingern einige Euro-Münzen in die Tasche der schmuddeligen Schürze.

»Aber Herr Artman, det muss nu nich sein«, murmelte sie und wandte sich versöhnlich zu ihm um. »Denn Dienst is Dienst und Schnaps is Schnaps, hat mein Seliger ooch immer jesagt.« Dabei befühlten ihre geübten Finger die Münzen von außen durch den Stoff der Schürze.

»Ganz recht, Frau Krieschke, Dienst ist Dienst und 'n Schnaps muss auch mal sein«, lachte Frank. Frau Krieschkes kleine Äuglein streiften Frank mit einem misstrauischen Blick, denn der Übergang von der soeben noch angespannten Situation schien ihr doch etwas überraschend. »Deshalb hab ick Ihnen heut früh auch die Zeitung von unten mitjebracht. Das war Ihnen doch sicher recht? Ick war uff'm Dachboden müssen'se wissen, da hab ick mir jedacht…!«

»Ach Sie waren das, Frau Krieschke, schönen Dank auch! Aber sagen Sie, was machen Sie denn so früh auf dem Dachboden? Oder ist das Ihr neuer Morgensport?«

»Nee, Herr Artman, das war völlig unfreiwillig! Ick habs doch manchmal schrecklich im Kreuze und musste deshalb mein altes Heizkissen suchen. Das neue Ding taugt einfach nischt, keen Wunder – dieses moderne Gelumpe! Alles vollautomatisch, aber keen Schalter dran.«

»Sie Ärmste! Und deshalb mussten Sie in aller Herrgottsfrühe…«

»Wenns doch sein muss! Aber um fünfe bin ick sowieso wach, und da dacht' ick, gehste gleich, haste det hinter dir!«

»Und? Inzwischen besser – mit dem Rücken?«

Aber für Frau Krieschke war das Thema offenbar erledigt. »Schlimm, schlimm«, sagte sie und wies mit einer Kopfbewegung zu Sartorius' Tür hin. »Weiß man denn schon was?«

»Das wollte ich Sie auch fragen, Frau Krieschke. Sie wissen doch – ich bin meist nicht zu Hause. Wissen Sie denn nichts?«

»Ach Herr Artman, ich glaube, dass das eine schwierige Sache is, und ob da überhaupt wat bei raus kommt – wer weeß! Wird ooch recht viel vertuscht und vermauschelt heutzutage, ham alle keene rechte Lust mehr, die Herren Beamten.«

»Ja, da haben Sie weiß Gott recht, Frau Krieschke«, sagte Frank und nahm das Paket auf.

»Obwohl die Frau Lustig – Sie wissen – im Zweiten, so komische Geräusche gehört hat, als wenn en Klavier hochjetragn wird, das war bevor, bevor – naja Sie wissen schon. Ach Gott, der arme Herr Sartorius! So ein netter junger Mann! Und da fällt der einfach vom Balkon!«

»Geräusche, Frau Krieschke? Ob die was damit zu tun haben? Da sind doch immerhin drei Stockwerke dazwischen. Wer soll denn da nachts ein Klavier…?«

»Das isses, Herr Artman, exaktemang! Man weeß det eben nich so jenau, wa?«

»Aber dem Hauptkommissar haben Sie das doch bestimmt erzählt, oder nicht?«

»Globen Sie im Ernst, dass den interessiert wer hier nachts Möbel rumträgt? Ick weeß nich!«

»Liebe Frau Krieschke, schließlich haben wir es mit einem Mordfall zu tun«, sagte Frank.

»Ja ja«, sagte die Hauswartin. »Ah, und bevor ick det vergesse: Da war vorhin nochmal so'n Typ da, von diesem Kommissar Schuring, oder so ähnlich. Der fragte nach 'nem Computer, soll ick Ihn'n sagen. Weil seine Leute dafür ein Kabel gefunden haben, bei den Sachen vom toten Sartorius. Nur der Computer dazu – der fehlt, sagte er.«

»Danke Frau Krieschke«, sagte Frank. »Ich glaube, das hat sich bereits erledigt.« Wenn die Jule bloß nicht mitgekriegt hat, wie meine Knie wackelten, dachte er.

17 Der Nugget Berg

Es war gegen acht Uhr früh als Karla anrief. »So wie die Sache steht wirst du heut einen ruhigen Tag haben«, sagte sie.

»Wenn mich nicht alles täuscht, dann irrst du dich gewaltig, meine Teure – ich hab' heut Nachmittag 'n date mit Max Bronson, der kommt für paar Tage aus London rüber.«

»Hast du nicht, mein Liebling – genau davon rede ich. Mich rief vorhin mein Boss aus London an, er sitzt im Nebel fest. Und da soll sich angeblich so schnell nichts ändern. Also wird sich dein Mr. Bronson vermutlich auch gleich melden um das date zu verschieben.«

»Na wunderbar! Und wegen diesem Heini hab ich den Presseempfang im Jüdischen Zentrum abgesagt!«

»Für das Wetter kann er aber wirklich nichts. Du solltest was Kreatives machen und zum Segeln rausfahren – das wolltest du doch schon am Wochenende. Aber es ist ja wieder kein Wind...«

»Ach was! Ein guter Segler hat immer Wind!«

»Ay, Käpt'n! Dann pack deinen Wind ein und fahre raus – und grüß' die alte Lady von mir.«

Als Karla aufgelegt hatte dachte Frank eine Weile nach und kam zu dem Schluss, dass es eine gute Idee war, den geschenkten Tag auf dem Wasser zu verbringen. Also suchte er sich ein paar Sachen zusammen, auch zwei Bücher, die er noch rezensieren wollte und die letzte Ausgabe von *Space & GEO* zum Entspannen. Frank stand schon in der Tür als das Telefon klingelte. Wenn ich jetzt dran gehe dann ist der Tag gelaufen, dachte er, nahm aber nach einem Blick aufs Display doch den Hörer ab, Sibylle Hainau. «Hallo Frank, wie stehen die Sachen?«

»Was meinst du genau?« fragte er, und Sibylle lachte.

»Ich meine, was die Arbeit macht, nichts anderes.«

»Mittelprächtig, würde ich sagen.«

»Hast du was Interessantes am Wickel?«

»Es lässt sich an, mal sehen.«

»Das klingt total enthusiastisch.«

»Hm, und warum rufst du wirklich an?« brummte Frank.

»Hey Frank! Ich will dir nichts tun...«

»Sondern?«

»Mein Chefredakteur möchte nur was wissen.«

»Und warum ruft dein Kerl dann nicht selbst an?«

»Frank, bitte beiß nicht gleich, und schon gar nicht mich! Was ist dein Problem?«

»Sorry, war nicht so gemeint.« Frank schwor bei allen Heiligen, dass er Sybille zuletzt erzählen würde, warum er was gegen Diethardt Hallbach hatte.

»Okay, dann sag mir doch einfach, dass du diesen Irak-Artikel vor einer Sekunde per Email rübergeschickt hast.«

»Herrjeh – dieses Ding? Das wollte er doch erst in zwei Wochen haben!«

»Er ist aber überzeugt, dass du diesen Artikel schon vor drei Wochen hättest abliefern sollen, Frank. Er will, dass die Leser des Berliner Abendblatts erfahren, warum es bei der Irak-Krise nicht um die Vernichtung eines bösen Diktators, und auch nicht nur um die Öl-Interessen der Amerikaner sondern schlicht um eine Verschiebung der Machtverhältnisse im Nahen Osten ging. Er will den Sonderteil unbedingt in der Wochenendausgabe bringen, weil der amerikanische Präsident...«

»Das hätt' ich mir denken können! Nur weil dieser Cowboy mal wieder mit dem Lasso wackelt, hat Hallbach beschlossen, das Redaktionsprogramm zu kippen!«

»Bitte Frank, sei lieb zu mir! Also wann?«

»Das geht beim besten Willen nicht, Sibylle. Ich werde mir die nächsten Tage eine Recherche vornehmen, mit Haken und Ösen, und vermutlich so heiß, wie du dirs überhaupt nicht vorstellen kannst.«

»Frank, dann lass die Finger davon, damit du dir keine Brandblasen holst!«

»Geht nicht, Herzchen! Ich…«

»Kannste das nochmal sagen?«

»Okay: geht nicht!«

»Und weiter?«

»Geht nicht, weil ich…«

»Du Ungeheuer! *Herzchen* sollst du noch mal sagen! Kannst du nicht beim Thema bleiben? Ach ja, auch früher warst du nie abzulenken!«

»Das hab ich doch schon oft bewiesen, oder? Sibylle, das bringt nichts!«

»Bist du da so sicher? Ich…«

»Sibylle hör' schon auf – du kriegst den Artikel sobald ich mit meiner aktuellen Recherche ein Stück weiter bin – sagen wir bis Samstag, okay?«

»Dann kannst du ihn behalten. Hat mein Chef gesagt.«

»Was genau hat er gesagt?«

»Dass er deinen Artikel in der Sonntagsausgabe bringt – oder überhaupt nicht! Und deshalb braucht er das Teil sofort.«

»Menschenskind Sibylle, ich muss hier diese Recherche durchziehen so lange die Sache noch heiß ist, und deshalb…«

»Halt Frank! Eine Recherche? Was hältst du von Arbeitsteilung? Du sollst mir nur so viel abgeben, dass…«

»Sibylle du weißt, dass ich mich da auf niemand verlasse. Das hab ich schon immer so gemacht!«

»Ich weiß, ich weiß! Der Meister beliebt Normen zu setzen, die sowieso kein anderer erfüllen kann. Aber wie wäre es denn mit einer Ausnahme?«

»Sorry, keine Ausnahme! Geht einfach nicht!«

»Menschenskind Frank, dann bist du diesen Artikel endgültig los, und wahrscheinlich wird ihn dann Axel Sternberg schreiben. Der wartet schon lange darauf, dich auszubooten, und das wäre seine historische Chance.«

»Sternberg und fürs Berliner Abendblatt schreiben, dass ich nicht lache! Und dann über dieses Thema, ich glaub'

283

mein Hamster bohnert! Niemals! Das riskiert Hallbach nie! Der Sternberg soll bei seinen Theaterstimmen bleiben. Das ist doch wenigstens was, das er kann.«

»Frank, mein Boss will dir zeigen, dass er nicht auf dich angewiesen ist! Der macht das, glaubs mir! Also – dann mach du lieber einmal 'ne Ausnahme!«

»Warum ist der Mann denn so giftig? Den hab ich neulich aber viel lockerer erlebt.«

»Du musst das verstehen, der ist neu hier, und neue Besen…«

»Geschenkt, Sybille! Aber das hört sich nach Krieg an. Hmmmh, und wie könnte diese Ausnahme aussehen – deiner Meinung nach? Nur falls ich das überhaupt in Betracht ziehe.«

»Frank, ich sag' dir das nicht gern, aber wenn du diesen Termin nicht einhältst, dann…«

»Ich sehe, die finsteren Mächte sind gegen mich. Was bleibt mir übrig? Dann sag meinetwegen deinem Häuptling, dass er den Irak-Artikel übermorgen bekommt. Aber…«

»Klasse, Frank!«

»…aber wenn er von dem Sternberg auch nur eine Zeile druckt, dann kriegt er von Frank Artman nix mehr – so lange er lebt nicht!«

»Das sollte ich ihm vielleicht nicht sagen Frank.«

»Was sagtest du? Ich versteh' hier kein Wort!«

***

Franks Handy klingelte, schon wieder Sibylle! »Frank, ich hab was vergessen: Kannst du mir einen Gefallen tun?«

»Noch einen?«

»Frank, bleib friedlich. Das ist ein Gefallen für mich, nicht für das Blatt!«

»Aber Sibyllchen, das ist natürlich was anderes, das weißt du doch. Vorausgesetzt es muss nicht sofort sein – also?«

»Ich hab dir doch erzählt, dass ich in zwei Wochen die Segelprüfung mache...«

»Ach ja?« Frank konnte sich beim besten Willen nicht erinnern.

»Nun fang' du nicht auch noch an! Ich schaff' das schon! Ich werds euch allen zeigen – Segel-Machos, die Ihr seid, alle miteinander!«

»Aber sicher schaffst du das, Sibylle! Ganz bestimmt!«

»Das sagst du jetzt nur so.«

»Nein, ehrlich! Aber was kann ich denn dazu beitragen?«

»Frank, sei so lieb und übe doch mal 'wenden' mit mir. Da hab ich noch so einige Probleme!«

»Wenden? – aha!«

»Ja, Frank. Und vor allem das Wenden mit dem Heck durch den Wind, weil ...«

»Sibylle, das Wenden mit dem Heck durch den Wind heißt nicht *Wenden* sondern *Halsen*.«

»Siehst du – genau das mein' ich! Kannst du mir das nicht mal richtig zeigen? Mein Segellehrer ist nämlich ein Depp.«

»Aber Sibylle du weißt doch...«

»Ich richte mich auch nach dir, Frank, lass mich bloß nicht hängen, bitte!«

»Liebste Sibylle, mein Kalender ist völlig dicht! Wie du dir vorstellen kannst, muss ich jetzt sogar schon eine Hilfskraft beschäftigen – denk bloß an diesen Irak-Artikel.« Sibylle konnte Frank feixen hören.

»Und du meinst nicht, dass du mir auch mal einen Gefallen tun könntest? Wenns doch aber für mich wichtig ist«, setzte sie leise hinzu.

»Wenn das so wichtig für dich ist, dann müssen wir sehen...«

»Frank, super! Du bist ein Schatz! Ich melde mich...« und weg war sie.

Was hätte ich tun sollen, dachte Frank. Einfach ablehnen war unmöglich, immerhin hat sie mir den Irak-Artikel gerettet. Jeder andere Redakteur hätte mich drei Wochen nach dem Ablieferungstermin eiskalt über die Klinge springen lassen! Also werde ich in der nächsten Woche mit Sibylle ein bisschen Wenden und Halsen üben. Das würde jedenfalls amüsant werden. Schließlich war Sibylle ein dufter Kumpel, und sie konnte sich für Dinge begeistern, die anderen Frauen nicht im Traum einfallen würden. Und nun macht sie auch noch den Segelschein! Ahoi, dachte Frank, das könnte heiter werden. Allerdings sollte ich dann Karla ablenken.

Das Empfangssignal des Faxgeräts riss Frank aus seinen Gedanken. Er entnahm dem Papierschacht zwei Seiten, Cornelius war der Absender. Da kommt dieses Papier, dachte er. Ich hab nicht die geringste Lust, und überfällige Terminsachen hab ich wahrlich genug. Andererseits interessiert es mich brennend, wie dieses Deutschen Jungburschen Corps zu seiner Gelddruckmaschine kam. Eine Sekunde dachte er darüber nach, die Unterlagen einzupacken und damit zu seinem Schiff rauszufahren.

Den telefonischen Teil der Recherche konnte er auch von dort aus erledigen. Außerdem würde er die ‚Lady' gern mal wieder unter Segeln bewegen. Aber das war vermutlich keine gute Idee, denn am Steg traf er bestimmt Schowi, Justus und die anderen, und dann war konzentrierte Arbeit garantiert nicht mehr möglich! Justus war Feuerwehrmann, Schowi Oberstudienrat, und beide hatten mehr Freizeit als Arbeit.

Frank studierte die beiden Seiten aus dem Faxgerät. Das Ganze kam ihm bekannt vor. Er würde in diese Geschichte nur kurz einsteigen und versuchen, das Strickmuster dieser wundersamen Geldvermehrung zu durchleuchten. Und siehe da, wie er vermutet hatte, die Idee war recht simpel und konnte von jeder Hausfrau am Küchentisch praktiziert werden. Damit waren sicherlich einige Scheine nebenbei zu verdienen, als Taschengeld nicht zu verachten! Aber so eine riesige Organisation wie das Deutsche Jungburschen Corps zu finanzieren – das hielt er für ausgeschlossen. Doch dieser Irrtum war nur von kurzer Dauer. Schon nach einigen Minuten sah er klarer: Man beschafft sich den Bundes-Firmenanzeiger, worin die deutschen Handelsregister Tag für Tag alle Neueintragungen oder Änderungen von Firmendaten veröffentlichen, eine neue Firmengründung hier, ein ausgeschiedener Geschäftsführer dort. Dann verschickt man an die betreffenden Unternehmen mehr oder weniger perfekt aufgemachte Rechnungen. Diese erweckten den Eindruck, dass die Neueintragungen oder Änderungen nach Bezahlung der Rechnung in einem amtlichen Verzeichnis veröffentlicht würden. Bekanntlich wurden kleinere Rechnungsbeträge von den meisten Unternehmen sofort bezahlt, das wusste Frank aus Erfahrung, besonders wenn die Rechnung einen amtlichen Anstrich hatte und wie ein Gebührenbescheid aussah.

Stopp, überlegte Frank, da fange ich doch gleich bei der richtigen Stelle in Bonn an. Die Dame beim Bundes-

Firmenanzeiger war nicht besonders gesprächig, aber wenigstens hilfsbereit. Derartige Anfragen müsse sie tagtäglich viele beantworten. Hauptsächlich fragten Firmen an, ob sie denn diese Rechnungen auch bezahlen müssten.

»Ach? –Wie viele Handelsregistermeldungen veröffentlichen Sie denn jeden Tag?«

»An manchen Tagen sind das so etwa eintausendfünfhundert.«

»Wie bitte – ein-tausend-fünf-hundert Veröffentlichungen? Täglich?«

»Jaja, wir tun schon was für unser Geld, lachte die freundliche Dame und begann aufzutauen. Und bei allen rund vierhundertfünfzig deutschen Handelsregistern kommt da schon sehr viel Arbeit zusammen«, setzte sie mit Stolz hinzu.

Und sehr viel Geld für pfiffige Ganoven, dachte Frank. Er bedankte sich und ließ sich versichern, dass man ihm gerne mit weiteren Auskünften helfen würde. Uff – wer hätte das gedacht! Wenn man eine solche Mailingaktion alle sechs Monate veranstaltet, dann bringt das grob gerechnet rund zweihundertfünfzigtausend Adressen. Und kommen durch jede Rechnung nur 350 Euro rein, dann macht das – Franks Taschenrechner spuckte den Betrag aus – rund neunzig Millionen Euro. Wenn nur die Hälfte aller Firmen diese Rechnungen bezahlt, dann ist das mit knapp fünfzig Millionen Euro weit mehr als ein guter Nebenverdienst. Lediglich die Druck- und Portokosten für die Rechnungen gehen noch ab, Peanuts! Da blieb immer noch ein dicker Profit übrig.

Frank griff zum Hörer und tippte eine der Direktwahltasten: »Hier ist Frank Artman, hallo Albert, wie gehts?«

»Ach du bist es, alter Rumschnüffler. Danke für deine Anteilnahme, es könnte besser gehen – als Rechtsanwalt ist man heutzutage out, die Leute streiten sich nicht mehr. Aber du willst doch bestimmt wieder eine honorarfreie Rechtsauskunft, wetten?«

»Die Wette geht an dich, Kumpel – aber nur eine kleine Frage, die wirst du glatt aus dem Stegreif beantworten.«

Frank schilderte Albert was er da entdeckt hatte. »Kannst du mir erklären, warum dieses miese Geschäft so brillant läuft und warum angeblich keiner was dagegen tun kann? Das ist doch glatter Betrug, oder sehe ich das falsch?«

»Die Frage ist schnell beantwortet, mein Lieber.«

»Und wie?«

»Da gibts keinen Betrug! Dagegen kann man strafrechtlich deshalb nichts tun, weil auf dieser angeblichen Rechnung nicht ‚Rechnung‘ drauf steht, stimmts?«

Frank sah nach. »Menschenskind – du hast tatsächlich recht!«

»Naja, das ist nichts Neues!«

»Angeber! – Aber Spaß beiseite, wie ist der Trick?«

»Der Trick ist stinkeinfach und geht so: Das Ganze sieht nur wie eine Rechnung aus, ist aber keine. Bestimmt steht da irgendwo da ganz klein das Wörtchen ‚Leistungsangebot‘ – oder etwa nicht?«

»Warte – ja, hier unten! Tatsächlich! Aber so klein, dass man es mit der Lupe suchen muss.«

»Egal. Damit ist jedenfalls klar, dass du dieses Leistungsangebot annehmen oder ablehnen kannst.«

»Das heißt konkret was?«

»Ganz einfach: Wenn du diesen Betrag bezahlst, dann hast du das Angebot angenommen und kannst dich hinterher auch nicht beschweren. Wenn du den Wisch in den Papierkorb entsorgst, dann hast du das Angebot abgelehnt und kein Hahn wird danach krähen.«

»So einfach ist das – da wird der Hund in der Pfanne verrückt!«

»So einfach ist das! Macht nach der Rechtsanwaltsgebührenordnung hundertdreiundfuffzig Euro plus Mehrwertsteuer.«

»Mann hast du Nerven! So schnell würde ich meine Kohle auch gerne verdienen! Aber ich hab Verständnis für einen armen Advokaten, deshalb trinken wir demnächst ein Fläschchen zusammen. Ein Wohltäter hat mir neulich einen herrlichen Eiswein vermacht.«

»Hört sich gut an! Wann?«

»Nächste Woche bin ich bei dir in der Gegend, Lietzensee – am Amtsgericht Charlottenburg, das muss doch deine Ecke sein. Ich rufe dich vorher an, okay?«

»Alles klar – bring doch Karla mit, Gila mault sowieso, sie käme überhaupt nicht mehr aus dem Haus. Die Mädels haben sich bestimmt was zu erzählen und wir checken im Hobbyraum die Bar bei der Eisenbahn.«

»So machen wir das – Grüße an Gila, und danke für die Aufklärung.«

Frank überlegte: So einfach war es im Grunde, schnell zu viel Geld zu kommen. Man musste nur skrupellos genug sein. Und von dieser Sorte Zeitgenossen gab es genug! Frank betrachtete das Formular genauer. Den Firmennamen kann sich jeder ausdenken: Argus Gewerbedatenbank – wahrlich nicht besonders originell. Darunter stand in kleinstem Druck und kaum lesbar *'Sirius Corporation'* – klar, die übliche Übertreibung. Aber alles andere sah nicht danach aus, als hätte das eine Hausfrau am Küchentisch ausgebrütet. Sauberer Druck, der ganze

Formularaufbau tip top, die Gestaltung hatte etwas Professionelles. Und oben in der Ecke fand sich auch eine Art Firmenzeichen, so ähnlich wie ein Fuchskopf mit dem Slogan ‚Fast alles ist möglich‘. Schlauer Fuchs passt irgendwie zu dieser Masche, dachte Frank. Und dann das angehängte Überweisungsformular mit eingedrucktem Betrag, unterschriftsfertig. Nicht schlecht, Herr Specht! Nur eine Bank war nicht angegeben, aber da genügte die Bankleitzahl – auch ein Segen der Datenverarbeitung. Trotzdem wärs interessant zu wissen, welche Bank diese üppigen Geldströme einsammelt, dachte Frank.

Eine andere Direktwahltaste, Fred Monas meldete sich sofort.

»Hallo Fred – hier Frank Artman, alles im Lot bei dir?«

»Hallo Frank – geht so, raue Zeiten für Banker – du weißt schon!«

»Hoppla – etwa auch für dich? Ich hör wohl schlecht!«

»Bewahre – ich bin gottlob in einer krisensicheren Aufsichtsfunktion bei Vater Staat. Aber ich kenne da einige Kollegen aus dem Bankfach, die wechseln schneller die Straßenseite, als man sie nach dem Wetter fragen kann. Du – ich bin etwas in Eile – was kann ich für dich tun?«

»Kannst du mir sagen welche Banken sich hinter einer Bankleitzahl versteckt? Ich kann diese im Internet absolut nicht finden.«

»Sieh da – die alte Spürnase! Bist du schon wieder einer heißen Story auf der Spur? Du solltest Kriminalist werden!«

»Das kann ich mir nicht leisten mein Lieber, die Jungs haben ein zu schlechtes Image – von den Tatort-Hauptkommissaren abgesehen.«

»Sag das nicht zu laut«, lachte Fred, »sonst erfährst du von denen garantiert nichts mehr! Um welche Bankleitzahl gehts denn?«

Frank nannte die Bankleitzahl, und Fred Monas antwortete: »Kein Problem – das ist die Genossenschaftsbank in Radevormwald.«

»Danke, super.«

»Kann ich sonst noch was für deinen Wissensdrang tun?«

»Ach, ehe ichs vergesse: Sagt dir eine Sirius Corporation irgendwas?«

»Nie gehört. Soll das was aus dem Bankfach sein, oder ein Investmentgeschäft?«

»Keine Ahnung, vermutlich nur eine der handelsüblichen Übertreibungen. Tschüss Fred, und danke für den Hinweis – bis Mittwoch im Verein?«

»Du meinst, ich soll mir diesen langweiligen Jahresbericht des Vorstandes anhören? Der wird doch nur jedes Mal vom Vorjahr kopiert! Bewahre! Du kannst mir dann erzählen, ob ich recht hatte! Servus, bis demnächst – ich muss Gas geben.«

Wenn er recht hat, hat er recht, dachte Frank und strich seinerseits den lästigen Mittwochtermin aus seinem Kalender. Also beleuchten wir zuerst diese Genossenschaftsbank in Radevormwald – wo liegt denn das überhaupt? Zirka 50 Kilometer von Essen, stellte Frank nach einem kurzen Blick auf den Monitor fest.

»Von den Herren der Geschäftsleitung ist jetzt nur Herr Dr. Donner im Haus – einen Moment bitte.« Nur? Aha, dachte Frank. Das blecherne Knacken im Hörer ließ Frank auf eine steinalte Telefonanlage schließen. »Ja, Donner hier.«

»Guten Tag Herr Dr. Donner, ich bin Frank Artman, Wirtschaftsjournalist aus Berlin. Herr Donner, ich bin mit einer Recherche beschäftigt, die Sie interessieren wird. Es geht um eine merkwürdige Rechnung über einen Handelsregistereintrag in ein angebliches Gewerbeverzeichnis. Ich nehme an, sie kennen derartige Vorgänge?«

»Nun ja, Herr Hartman, ich…«

»Entschuldigen Sie Herr Donner, Artman ist mein Name, ohne H am Anfang – aber ich wollte Sie nicht unterbrechen.«

»Also Herr Artman, natürlich hört man immer wieder von diesen Dingen, aber wir als seriöse Bank sind davon nicht betroffen – jedenfalls ist mir so etwas bis heute nicht bekannt geworden. Was kann ich also für Sie tun?«

Treffer! dachte Frank. Der Mann weiß genau wovon die Rede ist, und das ohne die kleinste Gegenfrage.

»Herr Donner – direkt betroffen ist Ihr Haus vielleicht nicht, mir liegt aber eine solche angebliche Rechnung vor, die Ihre Bank als Konto führendes Institut ausweist. Kontoinhaber ist demnach eine Argus Gewerbedatenbank GmbH – kennen Sie das Unternehmen?«

»Kennen, kennen? Kennen ist sicherlich zu viel gesagt – wir führen sehr viele Firmenkonten, einige Tausend darf ich wohl sagen – ähem für welche Zeitung schreiben Sie, Herr Artman?«

»Ich bin freier Journalist, Herr Donner, und ich wähle die Zeitungen und Zeitschriften sorgfältig aus, denen ich meine Beiträge anbiete. In diesem Fall wird es wohl der Handelsanzeiger sein, vielleicht auch die Weltwoche. Jedenfalls haben mir beide Redaktionen versichert, dass sie an diesem Thema sehr interessiert sind.«

»Ach so, der Handelsanzeiger, sehr interessant, ja, ja. Das Blatt wird auch bei uns regelmäßig gelesen, ja…«

»Und die Argus Gewerbedatenbank GmbH ist Ihnen als Kunde bekannt, sagten Sie, Herr Donner…«

»Argus Gewerbedatenbank, als Kunde, ja – ich meine, sagte ich das? Sie müssen verstehen, bei so vielen Kunden kann man nicht alle kennen – nicht wahr? Insbesondere die vielen kleinen Unternehmen nimmt man kaum wahr, in der Tat…«

»Herr Donner, so klein ist das Unternehmen dem Umsatz nach nun wirklich nicht, jedenfalls kann man das bei etwa neunzig Millionen Euro pro Jahr nicht sagen, oder wie würden Sie das einstufen?«

»Neunzig – ach so, ha ha ha, neunzig Millionen Euro per annum sind bei einem jungen Unternehmen wie der Argus Gewerbedatenbank nun doch bemerkenswert, ja. Aber Sie werden…«

»… vor allem dann bemerkenswert, Herr Donner, wenn diese Umsätze nicht durch eine korrekte Geschäftstätigkeit zu Stande kommen. Jedenfalls hat es den Anschein, dass diese Geschäfte doch eher an der Grenze der Legalität gemacht werden, oder sehen Sie das anders?«

»Aber bester Herr Artman, das sagt sich so leicht. Das mag nun Ihre Auffassung sein und…«

»Herr Donner mir liegt hier eine dieser Scheinrechnungen der Argus Gewerbedatenbank im Original vor, und wenn Sie mir Ihre Faxnummer nennen, dann haben Sie in zwei Minuten eine Kopie dieser Rechnung auf dem Tisch.«

»Das ist außerordentlich freundlich von Ihnen, Herr Artman, aber wir vertrauen unseren Kunden völlig – in den meisten Fällen kennen wir auch die bestens beleumundeten Geschäftsführer persönlich – und deshalb habe ich erhebliche Zweifel, dass…«

»Herr Dr. Donner, geben Sie mir Ihre Faxnummer und Sie können sich sofort von der Richtigkeit meiner Feststellung überzeugen.«

»Herr Artman, ich zweifle nicht an dem, was Sie mir da sagen, aber dass die Argus Gewerbedatenbank auch tatsächlich in diese Sache involviert sein soll – verzeihen Sie, wenn ich da meine Zweifel anmelden muss, ganz gleichgültig, was Sie mir da zufaxen könnten.«

»Verstehe ich das richtig, Herr Donner, dass Sie an diesem Beweisstück nicht interessiert sind, auch wenn…«

»Nicht interessiert, das ist genau richtig, Herr Artman. Und selbst wenn die von Ihnen erwähnte Argus Gewerbedatenbank bei uns ein Konto unterhalten sollte, was bis jetzt noch nicht fest steht…«

»Entschuldigen Sie, Herr Donner, habe ich Sie richtig verstanden, dass Sie die Argus Gewerbedatenbank noch vor einer Minute als junges und erfolgreiches Unternehmen bezeichnet haben?«

»Herr Artman, es ist nicht unsere Sache die Geschäftstätigkeit unserer Kunden zu bewerten, zumal uns dazu in aller Regel der Einblick und die fachliche Kompetenz fehlen. Unsere Aufgabe ist es, lediglich die Konten unserer Kunden zu führen. Und wenn diese Konten banktechnisch ordnungsgemäß bedient werden und…«

»Darf ich Sie in meinem Artikel so zitieren, Herr Dr. Donner?«

»Was wollen Sie zitieren?«

»Dass Sie als Genossenschaftsbank lediglich die Konten Ihrer Kunden führen, und dass es Sie als Bank nicht interessiert, welchen Ursprungs die Gelder sind, die auf diesen Konten eingehen?«

»Nun hören Sie mal genau zu, bester Herr Artman! Im Namen unseres Instituts lege ich ausdrücklich Wert auf die Feststellung, dass dieses Telefonat niemals stattgefunden hat! Guten Tag.«

Die Leitung war tot. Nachdenklich hielt Frank den Telefonhörer in der Hand, überrascht war er nicht mehr. Tat sich hier vielleicht eine Dimension auf, die er nicht vermutet hatte? Die nächste Bank auf Franks Liste hatte ihren Sitz in Hirschegg, im lauschigen Allgäu. Vielleicht beginnen wir hier gleich mit der Direktbefragung der Beteiligten, der Argus Gewerbedatenbank GmbH, überlegte Frank. Da müsste er bei der Industrie- und Handelskammer in Augsburg etwas erfahren können.

»Nein – eine Firma Argus Gewerbedatenbank Ges.m.b.H. haben wir in unserem Kammerbezirk nicht, bestimmt – das wüsste ich! Wo hat die denn ihren Firmensitz?«

»In Hirschegg im Allgäu.«

»Hirschegg, Hirschegg, Hirschegg – das ist aber ziemlich weit weg. Versuchen Sie es doch mal bei der Industrie- und Handelskammer in Kempten oder in Memmingen.«

»Genau können Sie mir nicht sagen, welche Industrie- und Handelskammer für Hirschegg zuständig ist?«

»Nein, leider nicht. Wenn Sie also in Kempten oder in Memmingen anrufen wollten – bittschön. Oder auch in Lindau – so genau wissen wir das hier heroben fei nicht.«

»Gibt es da kein Verzeichnis, in dem Sie kurz nachsehen könnten?«

»Nein, so ein Verzeichnis gibt es nicht. Weil – das haben wir auch noch nie gebraucht, das wüsste ich. Aber in Memmingen oder Kempten können die Ihnen schon was sagen. Oder in Lindau, ganz sicher...«

»Natürlich! Oder in Buxtehude oder in Brunsbüttelkoog...«

»Sie, da brauchen's aber jetzt fei nicht ordinär werden, gell! Ja gibts denn sowas! Was man sich heut gefall'n lass'n muss von die Leut! Und das als ordnungsgemäßigte Industrie- und Handelskammer!«

Frank verzichtete auf den Hinweis, dass offenbar genau ein solches Verzeichnis dringend gebraucht würde, denn die Dame hatte bereits aufgelegt. Weil er Lindau am schönen Bodensee in angenehmer Erinnerung hatte, versuchte er dort sein Glück. Bei der Industrie- und Handelskammer wurde Frank nach nur einem Fehlversuch mit der zuständigen Mitarbeiterin, Fräulein Dernhohler verbunden. Von ihr erfuhr er zu seinem Erstaunen, dass für Hirschegg weder die Industrie- und Handelskammer in Lindau, noch in Memmingen oder Kempten zuständig waren. »Nein, aber da kann Ihnen bestimmt die Handelskammer in Bregenz weiter helfen«, sagte das Fräulein.

»Aber, entschuldigen Sie bitte, Bregenz liegt doch in Österreich – oder irre ich mich?«

»Da irren Sie sich nicht«, freute sich das Fräulein Dernhohler. »Immerhin gehört Hirschegg zu Österreich, jedenfalls politisch.«

»Politisch? Was heißt das genau?«

»Nun, Hirschegg liegt auf deutschem Staatsgebiet, gehört politisch aber zu Österreich. Deshalb zahlen die Leute in Hirschegg ihre Steuern in Österreich – oder auch nicht.«

»Das ist interessant«, sagte Frank, aber ihm war so, als hätte er das schon mal gehört.

»Und wie interessant, das können Sie laut sagen! Nicht nur für Leute, die in Hirschegg wohnen. Auch für die Firmen, die in Hirschegg nichts als einen Briefkasten haben.«

»Und so was gibts mitten in Deutschland?« heuchelte Frank.

»Das kann ich Ihnen versichern! Ich habe einen Freund in Hirschegg, der dort die Region wirtschaftlich erschließen wollte und ein Bürohaus gebaut hat – der kann Geschichten erzählen! Geschichten, sage ich Ihnen...«

»Wieso denn das, steht das Bürohaus etwa leer?«

»Ja fast, leider! Aber der kommt trotzdem auf sein Geld, sagt er jedenfalls.«

»Mit einem fast leeren Bürohaus? Erstaunlich!«

»Wissen Sie, da sollten sogar zwölf Firmen einziehen, heute steht das Bürohaus zur Hälfte leer, obwohl schon zehn Firmen dort logieren. Aber jetzt muss ich hier weitermachen, mein Chef wartet dringend auf eine Liste und ich hab noch nicht mal angefangen damit. Aber es war nett mit Ihnen zu plaudern – echt nett!«

Frank wünschte einen weiterhin guten Arbeitstag und fand per Suchmaschine schnell die Telefonnummer der Gemeindeverwaltung von Hirschegg. Die Gemeinde habe fünftausendzweihundertundelf Einwohner erfuhr er dort, und natürlich sei man an der Ansiedlung von Firmen, besonders von Dienstleistungsunternehmen sehr interessiert. Nein, Arbeitskräfte gäbe es auf Grund der besonderen Struktur und Lage nur wenige, aber auf die steuerlich besonders günstige Lage im Kleinwalsertal wolle man doch aufmerksam machen. Und Büroräume? Natürlich seien Büroräume für interessierte Firmen in bescheidenem Umfang verfügbar, so zum Beispiel im Bürotel Alpenblick, das dem Herrn Staufacher gehöre. Und soweit man beim Gemeindeamt wisse, sei da wohl noch Kapazität frei – übrigens – der Herr Staufacher und seine Frau könnten auch das Telefon bedienen, wenn man selbst nicht anwesend sei.

Nett, dachte Frank und heftete den Notizzettel an die Pinnwand. Dann wählte er die Nummer der Gewerbebank in Hirschegg. Der zuständige Kundenbetreuer, ein Herr

Josef Kicherer, war ein freundlicher und zuvorkommender Mann. »Natürlich kennen wir die Argus Gewerbedatenbank Ges.m.b.H. – aber bitte, nicht GmbH, nein sondern Ges.m.b.H. – das ist die korrekte österreichische Firmenbezeichnung. Wie gesagt, die Firma ist hier gut bekannt – Hirschegg ist nicht groß, wie Sie vielleicht wissen. Die erwähnte Firma hat sich, wie gesagt, als junges Unternehmen schnell und optimal gut entwickelt. Nur ob die Gesellschaft bei uns ein Kontokorrent unterhält, darüber kann ich Ihnen beim besten Willen nichts mitteilen, Sie verstehen – mit dem Bankgeheimnis sind wir hier sehr streng, wie gesagt, aber etwas Negatives über das Unternehmen hätte ich nicht zu berichten.«

»Das hört sich sehr gut an – äh, sagen Sie, das Büro der Firma in diesem Bürotel – wie war denn gleich der Name…?«

»Im Bürotel Staufacher, beim Staufacher in der Walserstraße sitzt die Argus Gewerbedatenbank Ges.m.b.H. schon von Anfang an, wie gesagt und…«

»…und das Büro ist dann wohl auch ständig besetzt, so dass ich…«

»Nein, nicht ständig besetzt, wie gesagt, weil, bei den vielen internationalen geschäftlichen Aktivitäten der Argus Gewerbedatenbank muss dann der Herr Staufacher viel von dem Telefon- und Faxverkehr abwickeln, und manchmal hilft ihm da auch die Walpurga, die Frau Staufacher – wie gesagt.«

»Sie können mir wohl keine genauere Auskunft über die Firma geben – das ist schade.«

»Nein – so genau eigentlich nicht. Aber ich weiß auch nicht, was Sie da präzis wissen wollen, wie gesagt…«

»Lassen Sie nur Herr Kicherer, dann werde ich mich wohl an die Wirtschaftskammer in Bregenz wenden müssen. Wissen Sie, die Sache ist schon sehr vertraulich. Es geht da um eine größere Beteiligung, und da möchte der Investor schon genauer wissen, mit wem er es zu tun hat.«

»Ach so, dann sind Sie doch sicher von einer Wirtschaftsauskunftei, nicht wahr…«

»Aber Herr Kicherer, wie kommen Sie denn auf diese Idee, ich hab doch davon hoffentlich nichts gesagt…«

»Ach lassen Sie nur, Herr Marmann, man hat eben seine Erfahrungen, wenn man Jahre lang im Bankgeschäft erfolgreich tätig ist, wie gesagt – und die Walpurga Staufacher sagt auch, dass so viele Geschäftsleute immer anrufen für die Argus Ges.m.b.H., auch aus dem Ausland, dass sie manchmal gar nichts mehr versteht – wie gesagt – und sogar aus USA – aber nur zu Ihnen gesagt, und ganz im Vertrauen, Sie wissen – unser Bankgeheimnis ist gar streng…«

Der Timer auf Franks Schreibtisch blinkte in hektischem Rot und erinnerte ihn daran, dass sein selbst gesetztes Zeitlimit in Kürze erschöpft war. »Ich verstehe vollkommen, Herr Kicherer, deshalb will ich auch nicht weiter in Sie dringen. Jedenfalls vielen Dank für Ihre Hilfe, auf Wiederhören.«

»Nichts zu danken, Herr Haarmann, es war mir ein Vergnügen, auf Wiederhören – und wenn Sie mal wieder, wie gesagt…«

Frank war unzufrieden, weil er das Gespräch hatte beenden müssen. Da war vielleicht viel mehr drin! Andererseits wäre es gewiss kein Problem, den Kontakt mit diesem freundlichen Menschen jederzeit wieder aufzunehmen. Beim zuständigen Finanzamt im österreichischen Bregenz wurde Frank mit dem

Abteilungsleiter und Steuerkommissär Dr. Ludwig Licht verbunden.

»So so – über unser deutsches Hirschegg wollen Sie was wissen – dann will ich mal sehen ob ich Ihnen da Auskunft geben kann. Wissen's das ist dort, wo mich früher jeder scheel angeguckt hat, wenn ich mit österreichischen Schilling hab zahlen wollen. Aber heuer hammer ja den Euro, also – um was gehts denn?«

»Ich interessiere mich für eine Firma, die in Hirschegg ansässig ist, die Argus Gewerbedatenbank Ges.m.b.H. Können Sie mir sagen, Herr Dr. Licht, ob dieses Unternehmen bei Ihnen steuerlich erfasst ist?«

»Lieber Herr Artman – Artman war der werte Name? – Aha! Und Sie sind Journaliiiist? – also bester Herr Artman, wenn die Firma bei uns in Bregenz steuerlich erfasst wäre, dann dürfte ich Ihnen gar nichts sagen. Aber ich weiß aus dem Kopf, dass die hier nicht erfasst ist – so ist das mit den meisten Firmen in Hirschegg – und damit gilt auch kein Steuergeheimnis. Aber warum fragen Sie, ist mit der Firma was nicht sauber?«

»Man könnte das vermuten, Herr Dr. Licht. Die Firma bietet Veröffentlichungen in einem Gewerberegister an, das aber vermutlich überhaupt nicht existiert.«

»Ja mein Lieber, das kann schon sein. Da sieht danach aus, als würde sich da schon wieder jemand den profitablen Hirschegg-Status zu Nutze machen. Schauen's – von Ausnahmen abgesehen können wir gegen solche Geschäfte wenig machen. Solche Firmen besitzen hier keinerlei Gewerberechtigung und haben deshalb mit uns *NullkommaJosef* zu tun. Da kann ich Ihnen nicht helfen.«

»Ach bitte, Herr Dr. Licht, dann sagen Sie mir wenigstens wo ich über das Unternehmen was Genaueres erfahren kann.«

»Da fragen Sie am besten bei der Österreichischen Wirtschaftskammer Vorarlberg an, ob die Argus Gewerbedatenbank dort ihren Sitz hat. Falls Sie den Dr. Schuggler sprechen können – das ist der Leiter dort – dann sagen Sie ihm einen Gruß von mir.«

»Danke, Herr Dr. Licht, das ist sehr nett – das mache ich gerne.«

»Übrigens Herr Artman, wenn Sie vermuten, dass die Initiatoren dieser Ges.m.b.H. deutsche Bundesbürger sind, dann möchte ich fast wetten, dass der Notar Dr. Rapfinger hier aus Bregenz den Gesellschaftsvertrag beglaubigt hat; den können's auch anrufen.«

»Danke für den Hinweis, Herr Dr. Licht.«

»Und sagen Sie auch dem Herrn Notar Rapfinger einen Gruß von mir – vielleicht hilfts.«

Frank zeigte sich beeindruckt und auch Herr Dr. Licht war angetan als er den Hörer auflegte und sich wieder seinem Aktenstapel zuwandte.

Die zuständige Bearbeiterin für das so genannte Firmenbuch beim Landesgericht Feldkirch bestätigte, dass die Argus Gewerbedatenbank tatsächlich dort eingetragen war. Das Gesellschaftskapital von 10.000 Euro war bei der Anmeldung vor zwei Jahren in bar einbezahlt worden – etwas ungewöhnlich für eine solche Summe, dachte Frank. Als Geschäftsführerin war Viktoria Elisabeth Alexandra Kirchgang eingetragen, ausgewiesen durch einen deutschen Personalausweis.

»Sagen Sie, gibt es in Vorarlberg große Druckereien?« fragte Frank die erstaunte Beamtin.

»Was meinen Sie mit groß?«

»Ich meine eine Druckerei, die auch gedruckte Briefe gleich kuvertieren kann – vielleicht so etwa zehntausend Stück pro Stunde.«

»Ja, das glaub ich schon – die müsste aber schon sehr groß sein. Ob Sie das hier heroben finden – vielleicht eher in Innsbruck. Mein Mann arbeitet bei einer Werbefirma, und die lassen – das weiß ich – sehr viel bei Hermes in Innsbruck drucken.«

»Ach das ist doch bestimmt die Vital-Werbe Ges.m.b.H. – die ist sogar hier in Berlin bekannt«, log Frank ungeniert.

»In Berlin? Ach so! Sie rufen aus Berlin an! Nein, die Firma kenne ich nicht – jedenfalls nicht dass ich wüsste. Mein Mann arbeitet bei der Profilia & Arte AG in Bregenz, schon seit fünfzehn Jahren. Roman, hab ich erst neulich zu ihm g'sagt, Roman du musst sehen, dass du endlich in einen anderen Betrieb kommst, sonst wird man dich dort noch mit den Füßen voran aus dem Kontor tragen. Aber eine Vital-Werbe Ges.m.b.H. hat er bestimmt noch nie erwähnt.«

»Ah – da hab' ich bestimmt was verwechselt, aber das kommt vor. Also gut Frau ...? Entschuldigen Sie bitte – da hab ich doch tatsächlich Ihren Namen vergessen – falls ich Sie nochmals bemühen muss...«

»Ich bin die Frau Stellinger, Eva Stellinger – und Sie haben mich nicht bemüht, absolut nicht bemüht...es war mir ein Vergnügen!«

Von der Telefonistin der Druckerei Hermes in Innsbruck erfuhr Frank, dass der für Großkunden zuständige Prokurist, Dr. Helmut Saalburger im Betrieb unterwegs sei, aber jeden Augenblick in seinem Büro zurück erwartet würde.

Frank wartete.

Helmut Saalburger war erfreut über den Interessenten aus Berlin, den ihm sein Kunde Roman Stellinger von Profilia & Arte AG in Bregenz geschickt hatte. »Aber klar geht das, Herr Artman. Briefdrucke sind unsere Spezialität und zehntausend Briefe pro Stunde zu drucken und kuvertieren ist für uns überhaupt kein Problem.«

»Das glaube ich Ihnen gerne, Herr Saalburger, aber da werden dann mit jeder Lieferung monatlich so zirka 200.000 Stück gebraucht. Und das ist eine sehr wichtige Umwelt-Image-Aktion für Greensleafs, da muss einfach alles klappen.«

»Greensleafs, Greensleafs? Umwelt? Hab ich schon irgendwo gehört, bestimmt sogar. Aber machen Sie sich keine Sorgen, das werden wir schon hinkriegen, bei unserer Kapazität ist das wahrhaftig kein Problem. Übrigens haben wir da noch einen großen Kunden in Deutschland, warten Sie…«

Frank hielt den Atem an.

»…das ist die Argus Gewerbedatenbank in Hirschegg. Für die liefern wir mehrmals im Jahr 500.000 Stück per Lastzug bis nach Essen, direkt zum Briefzentrum der Deutschen Logistika in Mülheim. Also, glauben Sie mir – so was können wir gut!«

»Ach sieh an, für die Argus Gewerbedatenbank arbeiten Sie auch – die Direktorin Frau Kirchgang kenne ich schon viele Jahre. Ist das nicht seltsam, wie klein die Welt ist!«

»Herr Artman, wenn Sie mit der Frau Kirchgang bekannt sind, dann werden wir uns bestimmt einig werden.«

»Wir werden sehen Herr Saalburger, die Argus Gewerbedatenbank ist eine gute Referenzadresse, auch wenn die Frau Kirchgang so einen großen Bedarf doch wohl nicht hat, oder?«

»Jaja, Herr Artman, man täuscht sich leicht in der stillen freundlichen Dame – die ist enorm tüchtig. Glauben Sie mir, wenn ich Ihnen sage, dass wir in den letzten zwölf Monaten fast zehn Millionen Stück gedruckt und expediert haben?«

»Das ist allerdings enorm«, stellte Frank beeindruckt fest. »Und können Sie in Deutschland auch andere Briefzentren anfahren – oder fahren Sie nur nach Mülheim?«

»Nein, nein! Wir fahren wohin Sie wollen. Für die Argus Gewerbedatenbank fahren wir sogar schon nach Brüssel und Amsterdam – dann mit den französischen und englischen Drucksachen.«

»Ja, wer hätte das gedacht! Herr Saalburger, was Sie mir da erzählen hat mich überzeugt. Wenn das alles spruchreif ist, werde ich Sie bestimmt nochmals anrufen – wegen der Details.«

»Das würde mich freuen, und – Herr Artman – bitte warten Sie nicht zu lange. Wir sind zwar sehr leistungsfähig, aber für repräsentative Drucksachen brauchen wir Zeit und…«

»Ich werde bestimmt daran denken, Herr Saalburger, versprochen. Auf Wiederhören.«

Frank überlegte: Das Drucken und Kuvertieren dieser Scheinrechnungen war also selbst in riesigen Auflagen kein Problem. Dann kam es nur noch darauf an, die Massenbriefe von einem deutschen Postamt aus zu verschicken. Aber wo lassen sich in der Republik solche Mengen unauffällig und schnell verarbeiten?

Die freundliche Dame im Briefzentrum Deutsche Logistika AG in Köln verstand sofort, und schnell war Frank mit dem zuständigen Leiter, Herrn Kälbermacher verbunden. Frank brauchte nicht viel zu erklären, denn Herr Kälbermacher war in solchen Fragen kompetent.

Zwar bestritt er nachdrücklich, von derartigen Geschäften im eigenen Hause auch nur gehört zu haben. Denn niemals würde die Deutsche Logistika AG als immerhin halbstaatliches Unternehmen bei solchen Machenschaften mitwirken – das versteht sich doch von selbst, nicht wahr, Herr Artman?

»Das ist wohl keine Frage des Verstehens, lieber Herr Kälbermacher«, sagte Frank. »Jedenfalls nicht für Leute, die sich zum Nachteil anderer bereichern.«

»Ich bestreite nicht, dass man das auch so sehen kann.«

»Abgesehen von der Sichtweise, Herr Kälbermacher, stellt sich hier nicht auch die Frage aus dem moralischen Aspekt?«

»Ich gebe Ihnen jetzt einen Tipp, Herr Artman – den haben sie aber nicht von mir…«

»Aber Herr Kälbermacher«, lachte Frank, »was glauben Sie, wie viel Papier ich bei dieser Recherche mit Tipps bekritzelt habe, die am Ende jeder abstreitet! Was doch bedeutet, dass jeder der Tippgeber dabei ein schlechtes Gewissen hat, oder haben sollte.«

»Ein schlechtes Gewissen ist die eine Seite, Herr Artman. Die andere Seite ist die Tatsache, dass so etwas hierzulande einfach nicht strafbar ist. Und selbst wenn diese Frage von einem deutschen Gericht morgen anders entschieden würde, dann scheitert die Strafverfolgung an der Tatsache, dass solche Vertriebsmodelle auf der anderen Seite der Staatsgrenze nicht beanstandet werden.«

»Eine letzte Frage, Herr Kälbermacher: In welches Ursprungsland laufen denn Ihrer Ansicht nach diese hier gesponnenen Fäden? Kennen Sie den Endknoten?«

»Ja beim Sirius, lieber Herr Artman, das herauszufinden ist doch sicherlich den Schweiß eines tüchtigen Journalisten wert!« Leider wollte Herr Kälbermacher nicht weiter an einer Aufklärung mitzuwirken. »Sie müssen das verstehen, Herr Artman, wenn wir Sie bei einer solchen Recherche unterstützen, dann verlieren wir möglicherweise einige bedeutende Kunden, und das kann nicht in unserem Interesse sein. Und auch nicht im Interesse unserer Aktionäre, Sie verstehen!«

Frank hatte verstanden: Die Welt ist klein, aber rund. Am Ende solcher profitablen Ketten halten umtriebige Banken die munter sprudelnden Profite bereit, natürlich in steuerfrei veredelter Form, zur Freude der Initiatoren. Ohne Zweifel, sinnierte Frank, bedeutet das für ein emsiges Unternehmen wie die Argus Datenbank jährlich einen steuerfreien Profit von rund hundert Millionen Euro, mindestens! Hut ab, meine hoch geschätzten Jungburschen! Ich will aber nicht darüber nachdenken, wofür das Geld letzten Endes verwendet wird.

Ob ich mir doch mal 'nen anderen Klingelton runterladen sollte? Allerdings passt ‚Yesterday‘ zu Sibylle ganz gut, dachte Frank amüsiert. »Hi, Sibylle – welch ein Sonnenstrahl auf meinem Display«, lachte er.

»Wenn du dich beeilst, dann kannst du den Sonnenstrahl noch live erleben«, antwortete sie. »Wenig später werde ich vermutlich im Pulk der japanischen Kollegen verschwinden. Die fallen vermutlich in Kürze hier ein, oder hast du das vergessen?«

»Wie könnte ich? Ich sitze in sieben Minuten im Auto. Na gut, in siebeneinhalb. Wir sehen uns!«

18 Der Großmeister

»Guten Tag Herr von Wenningen. Sie ahnen nicht, mit welchen Erwartungen ich zu Ihnen komme. Ich bin Ihnen sehr dankbar, dass Sie mir die Gelegenheit zu diesem Gespräch geben. Doch zunächst eine Frage: Wie darf ich Sie nennen? Exzellenz?«

Der kleine weißhaarige Mann schüttelte lächelnd den Kopf. Nachdenklich sah er sie an und reichte ihr die Hand. »Guten Tag Frau Yalmiz. Ich freue mich ebenfalls. Zuerst möchte ich Ihre Frage beantworten, damit wir dieses Thema verlassen können. Mein offizieller Titel ist Leuchtender Großmeister. Und nun bitte ich Sie, alle Förmlichkeiten zu vergessen. Also keine Titel, wir bleiben einfach beim Namen.«

»Danke, sehr gern. Trotzdem war meine Frage berechtigt, denn immerhin repräsentieren Sie als Großmeister des Lichtordens eine, wenn ich so sagen darf, weltweite Vereinigung frei denkender Männer, so jedenfalls habe ich das gelesen.«

»Liebe Frau Yalmiz, was den Anspruch des Lichtordens betrifft, so haben sie zweifellos recht. Ob wir, als Träger dieser Idee dem Anspruch gerecht werden – darüber zu entscheiden steht uns nicht zu.«

»Sie überraschen mich. Bei meinen bisherigen Gesprächen zu dieser Frage habe ich bei Ihren Brüdern ein ausgeprägtes Selbstbewusstsein erkannt.«

»Frau Yalmiz, jeder stellt sich doch gern so dar, wie er einst auf der Stufe der Vollendung gesehen werden möchte. Das ist menschlich. Und was Sie jetzt vielleicht als Selbstbewusstsein vermissen, das ist nichts als Bescheidenheit, die sich ziemt.«

»Ich bin beeindruckt, und auch davon«, sagte die Kommissarin mit leichter Verlegenheit und trat an die große Fensterfront mit dem Ausblick auf das Grün des Berliner Tiergartens, das sich tief unter ihr ausbreitete. »So hoch über dem Lärm der Stadt lässt es sich leben«, sagte sie mit einem Anflug von Neid.

»Beeindruckt? Dafür gibt es keinen Grund«, antwortete der Großmeister, ging aber auf ihre Begeisterung über das Panorama nicht ein. »Die erste Regel des Lichtordens lautet, mehr zu sein als zu scheinen. In unserer Satzung steht geschrieben, was ein Freimaurer auf die Frage zu antworten hat ‚Sind Sie ein Freimaurer?‘ Die richtige Antwort lautet nicht ja oder nein, sondern: ‚Wenn mich meine Brüder dafür halten‘. Ist damit nicht alles gesagt?«

»Ein hoher Anspruch! Aber hat die Mitgliedschaft in ihrem Lichtorden nicht auch einige Schatten? Sonst wären wir uns jetzt wohl nicht begegnet.«

»Wir müssen hinnehmen was menschlich ist, Frau Yalmiz. Und die Tatsache, dass Menschen ihre eigenen Gesetze brechen, gehört dazu.«

»Aber wir reden doch nicht über Gesetze im Allgemeinen. Wir reden über Mord! Wir reden auch nicht nur über einen Mord. Und vielleicht sind das nicht die letzten beiden Morde in diesem Fall.«

»Deshalb ist nicht nur die Tat, sondern auch das Verharmlosen der Vorbereitung verdammenswert. Das gilt besonders für unseren Lichtorden als Institution, die sich gerne als elitär darstellt und dabei übersieht, dass *elitär* leicht auch *kriminell* sein kann.«

»Falls diese Gefahr besteht, dann sind Sie doch zweifellos derjenige, der entschlossen Einhalt gebieten würde.«

»Leider entsteht hier gelegentlich der Eindruck, der Großmeister sei absolut entbehrlich. Ja, er sei zum Vermögensverwalter verkommen und werde von listigen Lobbyisten als Alibi missbraucht. Ebenso seien Toleranz und Brüderlichkeit, die hohen Ideale der Freimaurerei, wohl nur noch das Aushängeschild einer Institution, die sich inzwischen überlebt habe.«

»Irritiert es Sie nicht, dass Ihre alten Ideale vielfach als überholt, als Relikt der Vergangenheit gesehen werden?«

»Nein. Freimaurerei ist notwendig, Freimaurerei war immer.«

»Was wollen Sie – nein, was können Sie tun, um …«

»Sie kommen hierher, eine junge Frau – wie alt sind Sie eigentlich? In meinem Alter darf ich Sie das fragen!«

»Neununddreißig.«

»Neununddreißig, und schon Hauptkommissarin! Sie müssen sehr gut sein in diesem Job!«

»Danke, ich gebe mir Mühe! Aber Hauptkommissarin bin ich erst ab nächsten Monat«, lächelte sie.

»Und dann kommen Sie als Frau in diese Männerfestung und fragen mich, was ich tun kann! Die Antwort ist einfacher als Sie denken: Ich kann nichts tun, ich kann weniger tun als nichts! Die Kräfte, die hier längst die Richtung vorgeben, wollen verhindern, dass ich tue, was der Freimaurerei nützt. Ich bin dazu verurteilt, meine Amtszeit als Großmeister abzusitzen, lebenslänglich! Das jedenfalls ist die Zuversicht meiner Widersacher.«

»Sie bezeichnen Ihre Brüder als Ihre Widersacher?«

»Einige ja, mit Entschiedenheit!«

»Würden Sie mir erklären…«

»Ja, warten Sie, nur einen Augenblick bitte. Mein entschiedener Widersacher ist, wer vor allem die jungen Brüder irreleitet und verführt. Oder wer aus seiner Position eines höheren Grades junge Brüder zum unbedingten Gehorsam und zu unmoralischem Schweigen verpflichten will. Aus dieser falsch verstandenen Verpflichtung, dem Gehorsam im Namen des Zirkels, werden Denkweisen zu Normen, die man längst geächtet hat, an deren Existenz niemand mehr glauben mochte, die man als vergangen ansah.«

»Sie meinen neonazistische Strömungen?«

»Jawohl, aber nicht nur bei uns, auch in Südeuropa, nehmen Sie Griechenland als Beispiel, entstehen solche Strömungen neu, und die Kontakte von hier nach dort sind rege und entwickeln sich. Vereinigungen wie ‚*Leuchtender Mittag*‘ um nur ein Beispiel zu nennen, ist eine solche Strömung, die rassistische Ziele verfolgt und eine fremdenfeindliche Gesinnung schüren. Vor wenigen Wochen erst hat mir der Großmeister der griechischen Großloge sein Leid geklagt.«

»Bewerten Sie diese Leute als neue Gruppierung oder eher als eine Gemeinde der Ewiggestrigen?«

»Bedenken Sie: Es sind junge Menschen, die unsere Zukunft tragen, das war immer so. Das darf aber nicht unter einer Orientierung sein, die nach der Reinheit des Blutes ruft, die arische Grundsätze wie ein Banner vor sich her trägt und – schon wieder – danach ruft, alles andere, alles Nichtarische auszumerzen. Wenn wir das nicht verhindern, dann werden diese Forderungen lauter werden, so lange, bis sie sich im Gleichklang eines Marschtritts zu neuen Normen entwickeln – wieder einmal. «

»Ist die Gemeinschaft, der Sie vorstehen, nicht grundsätzlich der Menschlichkeit verpflichtet?«

»Welche Gebote der Menschlichkeit hätte unsere Zivilisation nicht schon gebrochen, nicht nur angesichts der Armut in der Welt! Auch angesichts der Armut direkt vor unserer Tür. Wie ich jetzt in diesem Hause erfahren musste, wird zurzeit der Grabstein eines unserer Gründerväter – er lebte im vorletzten Jahrhundert – aus dem fernen Königsberg hierher transportiert nach Berlin, wo diese Loge vor Jahrzehnten einen neuen Sitz gefunden hat. Eine irrwitzige Summe wird dafür sinnlos verschleudert. Damit diese unwürdige Aktion möglich wurde, ist eben so viel Geld versickert in jenem anderen Land, in den dortigen Kanälen der Korruption. Natürlich geht es nur darum, dass sich jemand ein Denkmal setzt, für eine Tat, die diesen Namen nicht verdient. Eingefädelt von jenen, die von ihrer Unfähigkeit und den angehäuften Misserfolgen eines eitel verstandenen Logenamtes nicht lassen können.«

»Ich verstehe aber nicht«, sagte die Kommissarin, »dass Sie sich für den Lichtorden trotzdem große Dinge vorgenommen haben – das neue Ordenshaus zum Beispiel, als sichtbares Zeichen dafür, dass die Freimaurerei lebt. Als sichtbares Zeichen zukünftig wegweisender Aktivitäten, als Signal zum Aufbruch, heraus aus dieser Erstarrung, die Sie beklagen. Dafür sind erhebliche finanzielle Mittel erforderlich. Glauben Sie, dass die Freimaurerei allein dadurch wieder an Glanz gewinnen wird?«

»Diese erheblichen Mittel, wie Sie sagen – was wäre, wenn diese erheblichen Mittel schon bereit gestellt wären, im Geheimen?«

»Schon bereitgestellt, sagen Sie? Ich hörte von 150 Millionen Euro, das ist nicht wenig!«

»Das ist nichts! Was, wenn diese bereitgestellten Mittel aus Quellen stammten, deren Ziele nicht nur mit dem Wesen und den Zielen der Freimaurerei völlig unvereinbar wären? Aus Quellen, die zu verstopfen jeden Fahnder entzücken würde?«

»Denken Sie an Geldwäsche oder ...?«

»Keineswegs! Ich denke an Quellen, die der Rechtsstaat selbst anbietet, also selbst zur Verfügung stellt.«

»Die der Staat selbst zur Verfügung stellt? Wie meinen Sie das? Ich verstehe nicht...«

»Ich denke an grob fahrlässig ausgearbeitete Gesetze, die den profitablen Steuerbetrug begünstigen. Gesetze, ausgearbeitet von findigen, externen Beratern, von der Regierung beauftragt. Unprofessionelle Beratungsleistungen die nicht das Papier wert sind, worauf man sie druckt. Das ist der Zugang zu immensen internationalen Pfründen.«

»So also finanziert sich eine weltweit aktive Institution, die sich der Toleranz und der Menschenliebe verschrieben hat?«

»Ich sagte lediglich, dass es diese Möglichkeit gibt! Sonst nichts. Außerdem geht es in Wahrheit nicht um materielle Dinge von heute, sondern es geht um die globalen Machtstrukturen von morgen.«

»Sehe ich das richtig, dass dabei weniger die materiellen Mittel, sondern vor allem die ideellen Mittel entscheidend sind?«

»Dass es dabei nicht um große Summen gehen muss, wissen Sie selbst Frau Kommissarin. Macht über andere lässt sich für wenige Millionen Euro, Schweizer Franken oder Dollar kaufen. Und ebenso leicht wieder verkaufen – zu einem vielfachen Preis.«

»Das ist aber nicht nur ein deutsches oder ein europäisches Problem.«

»Ich rede nicht nur von Freimaurern in Deutschland, in Europa oder in Amerika – ich spreche von der ganzen Welt. Freimaurerlogen gibt es überall, wohin in alten Zeiten die Idee der Humanität und der Toleranz getragen wurde.«

»Dann könnte das schon morgen ein Fall für Interpol sein?«

»Wahr ist, dass in diesem Kulturkreis wieder einmal Kräfte wirksam werden, die eine elitäre Gesinnung – im schlechtesten Sinne – zur Schau tragen. Verdammenswerte Orientierungen, die wir überwunden glaubten, treten von neuem fordernd hervor und nehmen für sich in Anspruch, die alten Maßstäbe neu in Kraft zu setzen.«

»So weit gehen Ihre Befürchtungen?«

»Ja, denn bedenklich ist, dass wir diese Bewegung auch hier im eigenen Haus haben. Auch fürchte ich, dass sich ihr nur wenige entgegenstellen werden. Jene Kräfte, die das könnten, sind schon zu sehr geschwächt, und sie werden weiter an Kraft verlieren. Damit diese Schwächung nicht weiterhin zunimmt, müssen erhebliche finanzielle Mittel aufgebracht werden. Aber auch die Gegenseite bereitet die Wege, sich diese Mittel zu verschaffen.«

»Und darüber haben Sie sichere Erkenntnisse?«

»Zwar nur einen einzigen Fall, aber der ist erschütternd.«

»Wenn Sie darüber die Meinung eines Außenstehenden, wenn auch nur einer Frau, hören wollen, dann…«

»Liebe Frau Yalmiz, vergessen Sie Ihre Rede nicht. Ich weiß seit einigen Tagen, dass sogar in unserem Ordenshaus, also am Hort unserer Arbeit am Rauen Stein, wie wir sagen, sogar der Holocaust geleugnet wird. Dass dies in dem mir bekannten Fall während eines geselligen Beisammenseins, bei einem Umtrunk geschah, kann den Vorfall keinesfalls entschuldigen. Und dass in den erhabenen Zirkeln dieses Ordens selbst erleuchtete Brüder darüber räsonieren, Hitler hätte seinen Krieg gewinnen können, wenn die Transporte der Reichsbahn in den Osten besser organisiert gewesen wären. Es soll auch gesagt worden sein, dass dann sogar Hitlers Endsieg möglich gewesen sei.«

»Das ist – das ist ungeheuerlich! Wie können Sie das dulden? In diesem Haus, unter dem Mantel von Humanität und Toleranz!«

»Eben dieses, Frau Kommissarin«, sprach der Großmeister, »ist es, was solche Absurditäten möglich macht.«

»Ich verstehe nicht?«

»Nicht jeder kann Toleranz von Ungesetzlichkeit unterscheiden. Oder will es auch nicht. Hier entstehen sehr schnell – ich nenne das *Unschärfen.* Leichtgläubige und Illusionisten lassen sich immer finden und begeistern. Das sind vor allem solche Menschen, deren wenig attraktives Leben leicht zu einer verzerrten, oder besser gesagt *bizarren* Wahrnehmung der Tatsachen führen können.«

»Was geschah mit dem, der hier solche Weisheiten verbreitet hat?«

»Er wurde entfernt. Niemand kennt mehr seinen Namen.«

»Sie haben keine Strafanzeige erstattet?«

»Die Staatsanwaltschaft hat uns abgeraten. Das seien vereinsinterne Dinge, untauglich für eine Strafverfolgung. Wissen wir nicht beide, wie geschmeidig sich die Staatsmacht verhält, wenn solche Dinge ins Spiel kommen?«

»Das war zu erwarten. Aber ist das Problem für Sie, für den Lichtorden, denn damit gelöst?«

»Nein, denn das ist noch nicht alles, Frau Kommissarin. Es lassen sich hier sogar Meinungen finden, dass selbst das »Erlösen» Lebensuntüchtiger und geistig Schwacher durchaus dem Zweck dienen könne, die Eliten der westlichen Zivilisation für die Anforderungen einer düsteren Zukunft zu stählen. Dass diese düstere Zukunft zwingend folgen werde, sei ausgemacht. Dabei waren die dereinst zu erwartenden leeren staatlichen Rentenkassen nur eines dieser ungeheuerlichen Argumente.«

»Herr von Wenningen, mich schaudert. Und das bei Ihnen, in einer Vereinigung mit hohen Idealen, mit absolut moralischem Anspruch? Kommt Ihnen da nicht in den Sinn, den Lichtorden aufzulösen, je eher desto besser?«

»Keineswegs! Obwohl ich Ihre Entrüstung teile! Und ich betone deshalb mit Entschiedenheit: Die Freimaurerei wird dauern, sie soll Freude bereiten, des Menschen Bewusstsein erweitern und ihn in seiner Entwicklung weiter bringen. Auf wen unsere Königliche Kunst so nicht wirkt, der muss sich anderem zuwenden.«

Das Gespräch wurde durch einen Summton vom Handy des Großmeisters unterbrochen, und der Gerufene bat mit einer Geste der Entschuldigung um Nachsicht. »Es wird nur eine Minute dauern«, sagte er hinter vorgehaltener Hand. »Ali Kharim, mein lieber Bruder«, rief er mit Wärme. »Ich bitte dich, mir zu verzeihen, wenn ich hier zuerst ein wichtiges Gespräch mit einem Besucher – nein, einer Besucherin – zu Ende führen möchte.« Doch dann lauschte der alte Mann mit wachsender Spannung, und obwohl er sich abwandte erkannte die Kommissarin einen Ausdruck von Entsetzen und Abscheu in dem alten weisen Gesicht. »Also hat sich mein Verdacht bestätigt. Wir werden dieses am Abend in aller Ruhe besprechen, mein lieber Bruder, und dann erwägen was zu tun ist – das ist ungeheuerlich! Ich rufe dich an, wir bleiben im Lichte!« Sein Blick war in eine ferne Weite gerichtet. Als er sich der Kommissarin wieder zuwandte, sagte er: »Lassen Sie uns – ich bitte Sie herzlich darum – dieses Gespräch ein andermal zu Ende führen, nicht jetzt – bitte. Ich stehe jederzeit zu Ihrer Verfügung – ich verspreche es!«

»Aber nicht doch, das war kein Verhör«, sagte Brigitte Yalmiz. »Dennoch wäre ich Ihnen sehr verbunden, wenn wir unser Gespräch beim nächsten Mal ohne Unterbrechung zu Ende führen könnten. Ich habe noch viele Fragen.«

316

»Auf Zirkelwort, Frau Kommissarin!«

Die Kommissarin konnte ein kleines Lächeln nicht verbergen. »Darf ich trotzdem wissen, was Sie bei diesem kurzen Telefonat so sehr bewegt hat?« fragte sie leise und beobachtete aufmerksam die Erschütterung des greisen Alten.

»Unser moslemischer Bruder Ali Kharim, der Mitglied der Großloge von London ist, hat auf meine Bitte in diesem Hause inkognito um Aufnahme in unseren christlichen Lichtorden nachgesucht. Man hat ihm die Aufnahme in Aussicht gestellt, wenn er dafür eine größere Summe zu spenden bereit sei. Das ist ungeheuerlich! Damit ist nun also der Zugang zum Licht, die Aufnahme in den Kreis der Eingeweihten wohlfeil geworden und für Geld zu haben«, antwortete er, und seine Stimme zitterte.

»Ich kann Ihre Entrüstung verstehen. Wenn Sie mir zum Schluss noch eine Frage gestatten: Wie verhindern Sie, dass Menschen mit unredlichen Absichten in diesen Orden aufgenommen werden? Dazu haben Sie doch sicherlich wirksame Maßregeln getroffen.«

»Frau Yalmiz, das ist eine Illusion. Wir nehmen Suchende auf, Menschen, die wie unbehauene Steine sind. Diese Menschen haben erkannt, dass es jenseits ihres äußeren Lebens unverzichtbare, aber bisher ungelebte Werte gibt. Diese zu entdecken und sich diese Erkenntnisse zu erarbeiten, das ist die selbst gestellte Aufgabe eines jeden Suchenden. Nur dann wird er zum Kubus, zum ideal behauenen Stein im Tempel der Menschenliebe.«

»Das heißt, es gibt in dieser Gemeinschaft auch andere als materielle Voraussetzungen, die ein Suchender zwingend erfüllen muss?«

»Ja. Er muss vor allem das Wesentliche erkennen. Er darf sich nicht blenden lassen durch Äußerlichkeiten, die es in solchen Gemeinschaften immer geben wird.

Ordensgeklingel, eine bunte Schärpe hier und noch ein schillerndes Ehrenbijou dort – damit verpflichtet man nur kleine Geister, ganz im Sinne der alten Ritterspiele. Beim Lichtorden von heute geht es um mehr.«

»Aber sind Sie das nicht selbst, als Großmeister, der diese Überzeugung vermitteln muss. Und das, obwohl Sie andererseits in kommerziellen Bereichen über alle Maßen engagiert sind, wie ich hörte!«

»Ja, das ist meine Aufgabe. Was meine irdischen Güter angeht, so bin ich nur Sachwalter für einen anderen, für einen jungen Mann, den Sohn eines alten Freundes, auf den ich warte, und der kommen wird, sobald die von mir beauftragten Brüder ihn ausfindig gemacht haben. Wie ich jetzt erfahren habe, soll er in Australien leben.«

»Wird Ihre Zeit ausreichen? Man sagt, Sie seien…«

»Ich weiß, dass mein Leben bedroht ist. Das Leben eines jeden ist bedroht, von Geburt an. Bei mir kommt hinzu, dass ich manch einem im Wege stehe, und deshalb werde ich meinen Platz räumen. Aber noch muss ich bleiben, bis ich alle Vorkehrungen getroffen habe, die dem Lichtorden die Zukunft sichern.«

»Also keinesfalls ein baldiger Rücktritt?«

»Doch. Bald. Sehr bald. Auch zwingt mich eine tückische Krankheit zum Handeln.«

»Wird Ihnen so nicht die Möglichkeit genommen sein, Weichen für die Zukunft des Lichtordens zustellen? Und – werden Sie ohne Nachfolger gehen?«

»Ein Nachfolger für das Amt, das ich bekleide, steht immer bereit.«

»Hatten Sie nicht Ihren Ordenssenior Karl von Gemmern als Nachfolger ausersehen?«

»Er ist nicht mehr, wie Sie wissen. Auch lebte Karl von Gemmern im Gestern. Er war untadelig im Sinne des Lichtordens, davon bin ich überzeugt. Er lebte winkelrecht – wie wir sagen. Aber seine Zeit war vorbei, schon lange vorbei. Deshalb wird es ein anderer sein, der den Lichtorden führt. Auch wenn jenem das noch nicht bewusst ist.«

»Wie mir gesagt wurde, soll auch ein gewisser Jo Schartek zu diesem Kreis Ihrer Auserwählten gehören?«

»Jonathan Schartek?«

»Jedenfalls habe ich das gehört.«

»Seien Sie sicher: Ich werde einen unwürdigen Großmeister zu verhindern wissen. Selbst wenn es mich das Leben kosten sollte.«

19 Flur Funk

Frank steuerte den roten Mini durch den dichten Montagmittagsverkehr. Über seine erprobten Schleichwege vom Prenzlauer Berg zum Alexanderplatz erreichte er wenig später die Flaniermeile ‚Unter den Linden‘ und kurvte durch das ‚Brandenburger Tor‘ und kurz darauf in die Tiefgarage unter dem Potsdamer Platz – hoffnungslos, keine Chance, also wieder nach oben. Ein prüfender Rundumblick – keine Ordnungshüter in Sichtweite. Also klappte er die Sonnenblende mit dem Presseschild in die Frontscheibe und parkte den Wagen am Sony Center auf dem Bürgersteig so, dass er aus der Kaiser-Bar gegenüber zu sehen war. Im Vorbeigehen rief er Hutch ein fröhliches *Mahlzeit* zu, legte dem Barkeeper die Zulassung, den Schlüssel und einen Schein auf die

Theke und verschwand kurz darauf durch die Drehtür in der Hotelhalle des Spree Hotels.

Die repräsentative Lobby verbreitete eine gediegene Atmosphäre, wie man sie bei Hotels dieser Kategorie erwarten konnte. Frank schätzte diesen Hotelstil nicht besonders, denn bei zu viel Beton, Glas, Chrom und Leder hatte er das Gefühl von Bahnhofsatmosphäre.

»Schön, dich zu sehen, alter Ausbrecher«, sagte jemand leichthin und mit dem Augenaufschlag eines treuen Bernhardiners. Vor ihm stand Sibylle und strahlte ihn an.

»Von wegen Ausbrecher«, schnaufte Frank entrüstet. *Heimatvertriebener* trifft die Sache besser. Aber das war deine Entscheidung, oder sehe ich das falsch? Außerdem – wann war das? Vor hundert Jahren?«

»Und – noch immer heimatlos?«

»Nicht mehr, wie dir sicherlich bekannt ist.«

»Ach weißt du Frank, ein bisschen Abstand zwischendurch tut uns beiden ganz gut.«

»Abstand? Zwischendurch? Was soll denn das heißen? Das sehe ich aber anders.«

Sibylle verdrehte ihre großen dunkelbraunen Augen zur Decke, wiegte leicht den Kopf und spitzte die Lippen. Dann legte sie ihm leicht zwei Finger auf den Mund, machte *schschsch*, schlenkerte ihr Handy und sagte: »Klaus Lorbacher für dich, ich glaube er hat ein Problem. Leih mir doch inzwischen mal dein Handy.«

»Klaus und ein Problem? Schon wieder oder immer noch?« griente Frank. Er bemühte sich, nicht allzu sehr auf Sibylles sommerliches Dekolleté zu starren, was sie genoss. Sie steckte ihr Handy kurzerhand in Franks Hemdtasche, sagte, sie sei an der Bar zu finden und schritt wie eine Königin davon. Frank sah ihr nach bis er einen

Knuff in seinen Rippen spürte und jemand neben ihm sagte: »Leiser denken, Frank. Die gibts für dich nicht mehr.« Es war Lothar Rodenser vom Bauhaus-Archiv, der Jugendstil-Spezialist. Frank und Lothar kannten sich lange, seit einer gemeinsamen Projektstudie im Normenausschuss für Bauprodukte.

»Das muss ich irgendwann anders gesehen haben«, sagte Frank und lächelte matt.

»Und jetzt? Unglücklich?«

»Auf keinen Fall, oder sehe ich so aus?«

»Oh nein, das war nur so 'ne Idee. Aber wer dich gerade sah, hatte bestimmt nicht den Eindruck, dass du über den nächsten Börsen-Hype grübelst«, feixte Rodenser.

»Weißt du, wie sie es mit Diethardt Hallbach aushält?«

»Auch wenn dich das sicherlich nur am Rande interessiert«, grinste Rodenser, »das scheint eher eine lockere Sache zu sein, vermutlich tagesformabhängig ...«

»Tagesform von Sibylle oder von Hallbach?«

»Wir kennen doch Billie. Gegen die muss sich Hallbach ganz schön strecken. Und das ist es, was ihm das Leben ziemlich schwer macht. Du und Billie – Ihr hättet damals heiraten sollen – seither hat sie allen Kerlen den Kampf angesagt.«

»Du hast keine Ahnung, Loddel. Wir sind wie – wir waren wie Feuer und Wasser.«

»Beides unverzichtbar, denn ohne gäbe es keinen Espresso.«

»Wer steht schon auf Espresso? Ich trinke am liebsten Mate-Tee.«

»Und jetzt – alles zu Ende?«

»Vermutlich schon, aber du weißt doch – die Erbsünde ist unser Vermächtnis des Paradieses, hat ein schlauer Mensch gesagt.«

»Nicht schlecht, Bruder. Das werde ich mir merken. Übrigens – ist das nicht Sibylles Handy, da in deiner Hemdtasche? Dieses irre Klimt-Design gibts nicht oft!«

»So'n Schiet, der arme Lorbacher! Der hat doch bestimmt schön aufgelegt! Hallo Klaus? – Gut dass du noch dran bist, ich musste hier nur noch schnell was Wichtiges klären. Also, was gibt es?«

»Bevor ich darauf antworte – gestatte eine Frage: Bist du noch zu retten? Lässt mich hier Ewigkeiten rumhängen, ich glaubs einfach nicht!«

»Sorry, war mein Fehler – aber nun machs kurz, ich kann doch bestimmt was für dich tun, oder?« Wenn das nicht unterhaltsam gewesen wäre, dann hätte der doch bestimmt aufgelegt, dachte Frank schmunzelnd.

»Also, du musst mir helfen, Frank! Du bist meine letzte Hoffnung. Ich hab schon von Sibylle einen Korb bekommen und bin deshalb in der Klemme.«

»Klar werde ich dir helfen Klaus, aber können wir das nicht morgen beim Stammtisch besprechen? Du kommst doch, oder?«

»No Sir, das geht absolut nicht, weil ...«

»Schade, ich hab hier eine technische Nuss zu knacken, was Interessantes, speziell für dich. Dabei kommt auch Kohle rüber! Aber was ist denn dein Problem?«

»Frank, hör zu: Heut Abend ist doch der traditionelle Geburtstagsempfang bei Boris Ushkinov und da...«

»Ich hab davon gehört. Aber heute, am heiligen Montagabend? Sowas erledigt ein solider Mensch am Wochenende!«

»Du kennst doch Ushkis Marotten. Seine Geburtstagsfeten finden immer exakt an seinem Geburtstag statt, nicht nur exakt am Kalendertag, auch exakt zur Stunde seiner Geburt. Zum Glück hat der nicht morgens früh um viere das Licht der Welt erblickt.«

»Hochinteressant. Und was soll ich für dich tun – ihn anrufen?«

»Anrufen? Machst du Witze? Das kann ich selbst! Du sollst für mich hingehen. Frank, ich weiß, das ist sehr kurzfristig...«

»Wie bitte? Das ist nicht dein Ernst!«

»Frank, du bist meine letzte Hoffnung, bitte!«

»Klaus, schlag' dir das aus dem Kopf, solche Veranstaltungen sind absolut nichts für meiner Mutter Sohn, das muss ich mir nicht antun, und schon gar nicht am Montagabend. Und auf keinen Fall am heutigen Montagabend. Null Chance.«

»Frank, hör zu. Ich weiß das ist super kurzfristig, aber ich muss hier auf standby ausharren, ein irrer Auslandauftrag, wenn das klappt – die einmalige Chance...«

Frank überlegte fieberhaft, wer ihm das Notebook knacken könnte, wenn er Klaus Lorbacher jetzt verärgerte. Aber es fiel ihm beim besten Willen niemand ein, der das tun würde ohne viele Fragen zu stellen. Und vor allem ohne sämtliche Dateien auf dem Rechner zu inspizieren – oder gar zu kopieren. Da konnte er nur bei Klaus Lorbacher sicher sein. Also blieb ihm wohl nichts übrig, als sachte einzulenken.

»Klaus, wenn ich da mitspiele, dann ist das ein brutaler Akt der Selbstüberwindung...«

»Frank, das ist wichtig für mich, gib dir einen Ruck! Du hast auch was gut bei mir! Sagtest du nicht vorhin – du hättest ein Problem? Ich werde mich bestimmt revanchieren.«

»Naja, das kannst du tatsächlich! Aber das geht nur heute!«

»Schieß los, ich höre.«

»Also, ich hab hier ein Notebook, an das ich nicht rankomme – ich hab vermutlich das Passwort verändert und weiß nicht mehr wie. Wenn du mir das Ding knacken könntest...«

»Grundsätzlich schon, aber das hört sich nach viel Zeit an, Frank.«

»Eben! Deshalb muss das ein Profi machen, jeder andere steht da auf verlorenem Posten. Deshalb dachte ich…«

»Ich bin momentan auch nicht mit viel Freizeit gesegnet, aber wenn du mir das date heut Abend abnimmst, dann werde ich das versuchen.«

»Du, das ist aber kein Job für irgendwann. Ich brauch' das Teil morgen!«

»Morgen klappt bestimmt nicht, Frank. Aber sagen Ende der Woche?«

»Also Freitag? hm...« Er würde Klaus keinesfalls verraten, dass er am Wochenende zum Segeln an der Ostsee sein wollte. Hauptsache, der knackt die Kiste erstmal.

»Dann müssen wir nur noch klären, wie das Notebook zu mir kommt. Hey – kannst du es nicht bei Hutch in der Kaiser-Bar deponieren? Ich komme heut Abend sowieso am Potsdamer Platz vorbei und könnt' es mir da abholen.«

»Ungern, weißt du weil...«

»Menschenskind, hab dich nicht so! Hutch ist doch absolut vertrauenswürdig.«

»Kein Zweifel, außerdem – ich sehe überhaupt keine andere Möglichkeit.«

»Halt, ich hab 'ne Idee – du kannst es Sibylle geben. Die hängt heut vermutlich bis in die Puppen dort rum, mit den Leuten aus Kyoto. Und wenn nicht, dann sehe ich sie morgen früh; wir müssen noch einen Messebericht aktualisieren.«

»Klaus, das ist gut, ich werde das Teil Sibylle geben. Übrigens – was soll ich denn auf Ushkis Fete darstellen? Du wärst doch nicht nur wegen Champagner und Kaviar dorthin gegangen, oder?«

»Also – um ehrlich zu sein…«

»Klaus, machs kurz! Also?«

»Okay Frank, ich bin da an einer Sache dran, bei der Boris Ushkinov eine höchst undurchsichtige Rolle spielt, die ich aber noch nicht durchschaue. Und deshalb...«

»Etwa die Romberg-Sache?«

»Definitiv nicht! Es geht um die Billingstors. Aber mehr werde ich dir dazu nicht sagen. Und noch was Frank, das ist *meine* Story und ich will, dass du dich da raus hältst, egal was passiert! Versprochen?«

»Versprochen, Klaus. Also, was soll ich auf der Fete?«

»Ganz einfach Frank. Du brauchst dich nur umzusehen, wer sich aus dem Messing-Kartell dort rumtreibt. Da du die Leute kennst, ist das für dich eine easy Übung.«

»Klaus – versprechen kann ich nichts, denn jeden aus dieser Clique kenne ich auch nicht. Aber ich halte die Augen offen, okay?«

»Frank, das ist Klasse – du machst das schon! Außerdem erwirbst du dir bleibende Verdienste und...«

»Klaus – geschenkt!« lachte Frank. »Wir sprechen darüber, wenn ich das geknackte Notebook bei dir abhole.«

Da hab' ich was Schönes am Hals, dachte Frank. Aber was soll ich machen, ein Händchen wäscht das andere! Da fiel ihm ein – er würde Karla anrufen und sie fragen, ob sie nicht Lust hätte mitzukommen, das wars! Der Nippes, der dort rum stand und vor allem Boris Ushkis respektable Bildersammlung würde Karla sicher Spaß machen, sie liebte Expressionisten über alles. Moment, wie war Karlas Büronummer? Sein Handy war bei Sibylle! Verflixte Technik, noch vor ein paar Jahren hatte ich mindestens zwei Dutzend Nummern im Kopf, und zwar spontan abrufbar. Aber seit es Handys gibt, merkt sich die kein Mensch mehr. Aber Karlas Nummer hatte er im Kopf, das wär' ja noch schöner!

»Hallo mein Hase, wie gehts dir denn?«

»Frank, du? Bist du noch im Presseclub? Und auf wessen Kosten telefonierst du denn – das ist doch nicht deine Handynummer, die ich hier sehe?«

»Das ist Sibylles Handy und ich...«

»Ach ja?«

Frank spürte wie die drahtlose Verbindung zu Eis gefror. »Sibylle hat mir ihr Handy ausgeliehen, weil sie…«

»Frank, das ist lieb von dir, aber sicherlich wolltest du mich nicht nur anrufen um mich zu fragen, wie es mir geht – und da kann ich nur sagen: danke, prima! Oder wo brennts?«

»Oh – eigentlich gar nicht. Ich habe eine Einladung zu Boris Ushkinovs Geburtstagsfete heut Abend – das hatte ich total vergessen – und da dachte ich, dass dich Ushkis Expressionisten vielleicht interessieren. Oder willst du lieber beizeiten schlafen gehen, weil…«

»Frank, du bist so lieb zu mir, aber morgen habe ich erst am Nachmittag einen Termin bei einem Notar in Oranienburg und da hab ich keinen Bock, vorher noch ins Büro zu fahren; das lohnt einfach nicht. Also, wann soll denn die Sache steigen?«

»Um 23.11 Uhr, pünktlich.«

»Wie bitte? Ich hör' wohl schlecht – wieso denn das?«

»Weil unser Konsul Boris Ushkinov genau um 23.11 Uhr das Licht der Welt erblickt hat.«

»Ist der Mann noch frisch? Das ist doch eher die Zeit für 'ne Karnevalssitzung!«

»Denk was du willst – aber das ist das, was er für seine Tradition hält.«

»Soll ich dir sagen, was ich von dieses Konsuls Tradition halte, seit ich weiß, dass er aus Villenauflösungen alte Bücher am laufenden Meter kauft? Und dann noch behauptet die seien seit anno Maikäfer in seinem Familienbesitz! Und gelesen habe er die auch alle. Natürlich!«

»Oha! Aber sei trotzdem nachsichtig, Karla. Das ist seine Auffassung von ...«

»Jeder verschafft sich das, was er am nötigsten braucht«, lachte Karla. »Also meinetwegen. Und wie komme ich da hin? Wie ist denn überhaupt die Adresse? Oder holst du mich ab?«

»Mein Schatz, was wäre zu umständlich. Ich muss vorher unbedingt nach Hause zum Duschen und Umziehen. Und es wäre albern, vom Westend nach Frohnau zu fahren um dich abzuholen – da bin ich mehr als eine Stunde unterwegs. Das Beste ist, du nimmst dir in den Grunewald ein Taxi, das geht schneller.«

»Kein Problem, und die Adresse?«

»Im Schwarzen Grund.«

»Im Schwarzen Grund, okay. Keine Hausnummer?«

»Die weiß ich nicht, aber wenn man in den Schwarzen Grund einbiegt, dann sieht man sofort die Neureichen-Supervilla mit den großen Bäumen und den Stuck-Säulen mit Freitreppe.«

»Stuck-Säulen mit Freitreppe – das wird mich sicherlich enorm beeindrucken. Oder meinst du Pappmaché-Kulissen, wie im Theater?« lachte Karla. »Wird vielleicht sogar Cäsars Ermordung gespielt?«

»Karla – bitte!«

»Ist schon gut, ich werde das Gehöft bestimmt finden. Und wann wirst du dort sein?«

»Sagen wir – Viertel vor elf, ich warte auf dich vor dem Eingang.«

»Was ziehe ich an?«

»Egal, am besten leger.«

»Ich hoffe, dass die Leute dort nicht im feinen Putz rumlaufen.«

»Aber Karlchen, du läufst doch immer im Feinputz rum, selbst wenn du leger kommst.«

Karla schniefte. »Wir werden sehen. Und was machen wir danach?«

»Erst mal sehen, wie sich das entwickelt«, sagte Frank. Und er dachte, da wir in der letzten Woche wenig Zeit für einander hatten, wird uns da schon was einfallen. Wenn sie morgen erst am Nachmittag diesen Notartermin hat, dann könnte man sehr schön zusammen ausschlafen. Bei Karla waren viele Dinge vom Ausschlafen abhängig. Ein Grund, warum so manches zu kurz kam. Uff, jedenfalls war das Abendprogramm in trockenen Tüchern.

***

»Hey Lisa, du hier und nicht in Hollywood – und das vor einem fast leeren Glas an der bestsortierten Bar Berlins, ich fass' es nicht!«

»Ach Sibylle, du bist es. Bis jetzt trinke ich noch Coconut Kiss, weil alkoholfrei – man kann nie wissen – vielleicht geschehen noch Zeichen und Wunder«, antwortete Sibylles Kollegin Lisa Scherer.

»Lisa! Coconut Kiss? Und davon bekommt man so eine wiegende Aussprache und so glänzende Augen?«

»Billie, ich sag dir was – du solltest meine Augen erstmal danach sehen!«

»Danach? Aha! Und – was trinken wir jetzt?« wollte Sibylle wissen und hievte sich auf den freien Barhocker neben ihr.

»Ich gebe zu – ich war vorhin schon beim Gin-Fizz angekommen, weil ich mir den Scheuringer schön saufen wollte…«

»Olaf Scheuringer?«

»Genau, den Langen, den Blonden aus deiner Feuilleton-Redaktion. Aber ich sage dir… (Lisa rülpste dezent) ich sage dir, dieses Ekel, dieser Affe, haut einfach ab, mitten im Satz!«

»Hey du«, tröstete Sibylle und legte den Arm um die Kollegin, »so schlimm war der Verlust bestimmt nicht – glaubs mir!«

»Die Guten kriegt man nicht und die anderen – dazu muss man erst blau genug sein«, maulte Lisa.

»Und was haste dann davon?« Sibylle winkte dem Barkeeper und orderte mit einer Handbewegung ebenfalls einen Coconut Kiss, »…dann fällste ab, wenns schön wird.«

»Menschenskind Sibylle, wenn ich so viel vertragen würde wie du, dann hätte ich nur noch ein Problem.«

»Nur noch ein Problem? Welches eine denn?«

»Wasmeinstujetzt?«

»Welches Problem du dann hättest?«

»Mensch Sibylle, ich bin langsam am Verenden. Wenn ich nicht bald 'nen Kater ins Bett kriege, dann platze ich, in echt!«

»Dann musste dir nicht den Scheuringer greifen, der bringt gar nichts, ich schwörs!«

»Sibylle – jetzt mal im Ernst, hast du den etwa getestet?«

»Wollte ich. Dazu kams nicht, er war wohl gerade nicht so gut drauf.«

»Und was habt Ihr dann gemacht? Die Zigarette anstatt?« griente Lisa.

»Nö – Petting.«

»Petting? Hör ich recht? Ich hab wohl was am Ohr – oder?«

»Wieso, was ist daran schlecht?«

»Du spinnst! Einfach so?«

»Einfach so.«

»Und wo?«

»Im Taxi.«

»Und – wie wars?«

»Schön.«

»Einfach ... Petting? Und das soll so schön sein?«

»Es geht nichts über starke Hände. Wenn nur der Taxifahrer mit seinem Gebrabbel nicht so genervt hätte.«

»Mensch Billie, du hast auch noch nie was anbrennen lassen, oder sehe ich das falsch?«

»Mal so – mal so«, setzte Sibylle leicht hinzu und löffelte in ihrem Glas. Lisa sah irritiert drein und betrachtete die Kollegin von der Seite. »Du, Lisa, bist du in der letzten Woche mit der Recherche über diesen Hauseinsturz vorangekommen Das hörte sich recht spannend an!« Sibylle sah die Kollegin erwartungsvoll an.

»Recherche? Welche Recherche meinstu?« antwortete Lisa zerstreut und löste ihren Blick nur zögernd von dem breiten Rücken des karibischen Barkeepers.

»Hey, zieh ihm nicht das Hemd aus, der friert sonst«, grinste Sibylle. »Also, wie war das mit der Recherche, oder ist das inzwischen streng geheim – das war doch diese Gasexplosion in Steglitz, oder?«

»Ach diese Geschichte! Oh je, da lag ich wieder voll daneben, wie üblich. Nichts von wegen großer Familienfehde, da hatte nur der Filius des Hausmeisters am Gaszähler rumgespielt... rummmms!«

»Und das haut dich so um?«

»Ach, weißt du, es ist zum Heulen! Alles was ich anfasse entpuppt sich am Ende als alberne Sache mit dem Sensationsfaktor einer Brausetablette.«

»Menschenskind, das ist doch kein Grund...«

»...und wenn ich denke, ich bin an einer großen Sache dran, dann wird sogar die Leiche im Swimmingpool zur geschminkten Schaufensterpuppe vom letzten Kirchenbasar.«

»Mensch Lisa«, sagte Sibylle und nahm tröstend die Hand der anderen, »verlier nicht den Mut. Irgendwann erwischst du den großen Knüller, wirst schon sehen! Wer so viel Fleiß investiert wie du, landet früher oder später die Mega-Story – da bin ich sicher.«

»Ich doch nicht, nie!« seufzte Lisa und sah Sibylle aus schwimmenden Augen an. »Bei mir verwandelt sich am Ende alles in banalste Banalität. Und die interessanten Fälle angeln sich immer die anderen.«

»Und ich glaube, dass du zu schwarz siehst! Du hast oft bewiesen, dass du ein scharfes Auge und einen guten Riecher für Details hast. Du registrierst Dinge, die würden mir glatt entgehen. Ja wirklich«, setzte sie hinzu, als sie den zweifelnden Blick der Kollegin bemerkte.

»Ganz ehrlich?«

»Ich schwöre! Vor einem Jahr hatte ich auch so 'ne Phase, echt wahr! Es gibt eben Zeiten, da stimmts vorne und hinten nicht. Da muss man einfach durch!«

»Dann hat mich jetzt wohl so 'ne Phase erwischt«, jammerte Lisa. »Bei mir stimmt zurzeit überhaupt nichts. Auch meine Kerle angeln sich am Ende immer die anderen.«

Sibylle kannte Lisas Problem. Die treue Seele hatte das Talent, sich in solche Männer zu vergucken, denen sie zu bieder war, zu sehr Hausmütterchen, zu sehr Pflegelieschen. Auch Lisa Scherers Erscheinung war so, nicht hoch gewachsen, eher zu pummelig, keine Vorzeigefigur, wie Lisa oft beklagte. Zudem trug sie meist Rüschenblusen, die ihren biederen Typ unterstrichen. Dabei hatte sie ein hübsches Gesicht, oval geschnitten, mit leicht schräg stehenden Augen und hohen slawischen

Backenknochen. Ihr Gesicht wurde umrahmt von wilden roten Locken. Sie hatte große weiße Zähne, um die sie nicht nur von Sibylle heftig beneidet wurde. Wenn Lisa lachte, was sie gerne und manchmal zu oft tat, und auch leider zu laut, dann zeigten sich in ihren Wangen die hübschesten Grübchen, die man sich denken konnte. Das alles kommt davon, dass Lisa ständig solo ist. Das ist mit Anfang Dreißig nicht gut, dachte Sibylle. Da wird man leicht egozentrisch. Andererseits achtete Lisa sehr auf ihre Linie, auch wenn man die Mühe angesichts des Ergebnisses anzweifeln konnte. Bei den Kollegen war sie geschätzt, vor allem wegen ihrer Loyalität, die immerhin soweit reichte bis Lisa mit einem echten Konflikt konfrontiert werden würde. Konflikte waren Lisas Sache nicht. War ein Konflikt unvermeidbar, dann erkrankte Lisa unversehens und meist schon im Voraus. Dann zog sie sich tagelang in ihre kleine Souterrainwohnung zurück, war für niemand erreichbar, ging nicht aus dem Haus und war Selbstversorger. Das war für Lisa einfach, da sie gern und vorzüglich kochte, vegetarisch natürlich, wie sie betonte. Wenn sie ein Problem hatte, wartete Lisa auf ihre Magenbeschwerden, die sich auch prompt einstellten. In Selbstbeobachtung war Lisa unübertroffen. Dass sie zuvor alle vermuteten Symptome genau studiert hatte, wusste jeder. »Jetzt bekomme ich bestimmt wieder meine Gastritis«, stöhnte Lisa, hielt sich den Bauch, atmete tief ein und lehnte sich leicht zurück, was ihre Figur vorteilhaft zur Geltung brachte. »Oh jeh, spätestens in zwei Tagen kann ich nicht mal mehr ein Glas Wasser trinken, ohne dass es mich zwickt.«

»Menschenskind Lisa, hör schon auf«, ätzte Sibylle. »Ein normaler Mensch registriert, wenn ihm was weh tut. Aber du wartest darauf, bis es endlich soweit ist.«

»So ist das immer«, jammerte Lisa. »Wenn es mir schlecht geht, dann will keiner was von mir wissen.«

»Du, ich glaub einfach, dass dir das dauernde Alleinsein nicht bekommt. Du solltest…«

»Das weiß ich selber, aber diesen Zustand kann ich doch nicht einfach abschalten. Was würdest du denn an meiner Stelle tun? Für eine BAN-Beziehung bin ich nicht geschaffen.«

»Was ist denn eine BAN-Beziehung?«

»Na ja, *B – A – N* eben, besser als nichts.«

»Lisa! Oh no!« Sibylle spürte, wie sie von Lisa wieder mit deren Dauerproblem zugedeckt wurde. »Man fühlt sich wie von einer Krake umklammert«, dachte sie. Und dafür war Sibylle heute nicht in Stimmung.

»Sag mal Sibylle, wie machst du das nur? Warst du immer so direkt?«

»Was meinst du mit direkt?«

»Wie soll ich sagen, so – zielstrebig, meine ich.«

»Nö, früher nicht. Aber dann hab ich mal 'n Kerl sausen lassen, mit dem ich wirklich zusammen gehöre. Und was frau braucht, das beschafft sie sich. Leider – aus und vorbei!«

»He, meinst du etwa den?« Lisa wies mit dem Kopf in Richtung Foyer woher Frank geradewegs auf die Bar zusteuerte.

»Das weiß doch fast jeder«, antwortete Sibylle leise. »Weißt du was«, sagte sie schnell, »ich gehe mir jetzt die Nase pudern – nein, bleib du hier und pass auf unsere Sachen auf, ich bin gleich wieder da.«

Lisa sah Sibylle zweifelnd an: »Wenn du meinst – jedenfalls bestell ich dir auch noch einen s-s-s-solchen, also beeil dich.«

»Ja, mach das, Lisa.« Damit rutschte Sibylle von ihrem Barhocker und ging die Treppe hinab, wobei sie die Backen aufblies und ihre Augen den Stuckornamenten an der Decke folgten.

»Hallo Frank, falls du Sibylle suchst – sie ist nur kurz für kleine Mädchen... und bei dir? – alles roger?«

»Danke Lisa, alles paletti! Und ihr beiden Hübschen habt die Strichliste verlängert«, antwortete Frank ungalant und betrachtete neugierig die beiden Bierdeckel.

»Wir halten uns geziemend zurück, wer weiß was sich heut noch alles ergibt«, flötete Lisa unbestimmt.

»Du Lisa, ich lass dir Sibylles Handy hier, das vergess' ich sonst. Ich will nur kurz zum Wagen, bin gleich zurück.«

»Okay Frank, ich halte hier sowieso die Stellung.« Nicht mehr der Jüngste, dachte Lisa als sie Frank nachsah. Aber top fit, der Mann. Und nicht ohne!

***

Frank war zurück: »Raus mit der Sprache, hab ich was verpasst?«

»Aber Frank, hier gibts doch nichts, was du nicht wüsstest. Was trinkst du?« wollte Sibylle wissen. »Ich gebe einen aus! Einen Planters Punch für dich, wenn ich mich nicht irre.« Der Barkeeper hatte schon verstanden und nickte.

»Huuuh«, machte Frank. »Ist das nicht zu früh für so was?«

»Es ist nie zu früh und selten zu sp-p-pät.« Lisa kicherte, als habe sie einen guten Witz gemacht, und Frank sah fragend von einer zur anderen.

»Lisa, wie soll das noch mit dir enden! Der Spruch bezog sich meines Wissens auf ein Haarwuchsmittel«, lachte Frank.

»Frag Sibylle, die wird dir das bestätigen!«

»Das mit dem Haarwuchsmittel?« wollte Frank wissen, und zu Sibylle: »Wie man hört, bist du inzwischen zum Stadtflüchtling geworden?«

»Das stimmt nur noch zur Hälfte. Die Flüchtlingsfrau ist wieder auf dem Rückweg in die Stadt. Konkret – ich lasse das Landleben hinter mir«, war die Antwort.

»So schnell? Warum denn das?« staunte Frank. »Wohnt man nicht gut in den grünen Weiten Brandenburgs? Wo war das genau?«

»In Michendorf, nur ein Katzensprung von Berlin.«

»Und? Nicht schön dort?«

»Das will ich nicht sagen – im Gegenteil, jedenfalls was die Landschaft und die herrliche Luft betrifft.«

»Aber?«

»Man hat kaum Kontakt zu den Nachbarn, und selbst nach mehr als einem Jahr sagt man sich dort nichts als guten Tag und guten Weg.«

»Gestehe, Sibylle!« sagte Frank streng, »dein wilder Lebenswandel schockiert die braven Leute!«

»Mein wilder Lebenswandel! Dass ich nicht lache! Dorthin verirrt sich doch keiner! Wenn ich zu Hause bin, lebe ich still und bescheiden vor mich hin wie eine Grille.«

»Und das soll man glauben? Woran liegts dann?«

»Frank, da draußen kannst du machen was du willst, du wirst ewig der fremde Wessi bleiben! Wessi sein – das allein reicht schon, dass dich die Nachbarn wie mit der

Pinzette anfassen, mindestens ein Jahr lang. Das hat mir ein Einheimischer bestätigt!«

»Dann hast du es doch bald überstanden! Wann ist dein Probejahr abgelaufen?«

»Das war schon vor zwei Monaten um! Inzwischen musste ich einen herben Rückschlag hinnehmen – meine Probezeit soll offenbar unbefristet verlängert werden. Und darauf hab' ich nicht den geringsten Bock!«

»Das heißt was?«

»Stell dir vor, ich fahre am späten Nachmittag nach Hause. Die Sonne steht schon ziemlich tief und scheint mir durch die Windschutzscheibe direkt ins Gesicht. Also klappe ich die Sonnenblende runter, ohne mir was dabei zu denken. Noch zwei Wochen später haben sich meine Nachbarn dezent verdrückt, wenn ich nur auf den Parkplatz eingebogen bin.«

»Ich verstehe kein Wort!«

»Das ging mir genauso. Dann fiel mir ein, dass mein Presseschild zu sehen ist, wenn ich mit runter geklappter Sonnenblende fahre. Und Presse ist für viele der netten Leute dort noch immer wie Stasi, wenn nicht schlimmer.«

»Du machst Witze!«

»Das hab ich auch geglaubt – Pedro! Noch einen Coconut Kiss. Und noch so einen«, setzte sie hinzu und wies auf Franks leeres Glas. Aber Frank hatte schon zuvor dankend abgelehnt und sich einen Kaffee bestellt.

»Sibylle, wenn wir so weiter machen, dann werden wir die Kollegen aus Kyoto mit rheinischem Gesang begrüßen«, warnte Frank.

»Ist doch optimal, deutsche Gemütlichkeit, deshalb kommen die Leutchen hier her. Doch weiter im Text: Mein Nachbar hats mir dann zartfühlend beigebracht.

337

Übrigens, der Mann ist promovierter Mathematiker, arbeitet im Umweltministerium in Potsdam. Er meinte, man sei dort eben zurückhaltend gegenüber neugierigen Mitbürgern. Dass er sich dabei selbst nicht ausschloss, war offensichtlich.«

»Spinnst du? Das ist doch nicht zum Aushalten!«

»Und irgendwie krank«, warf Lisa Kopf schüttelnd von der Seite ein. »Ach, halt mir doch bitte meinen Platz frei, Sibylle, ich bin gleich wieder da.«

»Okay Lisa« – und zu Frank sagte sie: »Ganz meine Meinung! Krank! Deshalb wohne ich demnächst wieder in Berlin.«

»Ernsthaft?«

»Klar! Meine Doppelhaushälfte wird gerade renoviert, deshalb wohne ich für eine Woche hier im Hotel, oben im Penthouse. Bist du interessiert?«

»Ich interessiert? Woran?«

»An meiner Doppelhaushälfte! Komm doch mal vorbei.« Frank ignorierte Sibylles Angebot, ebenso ihr Grinsen.

»Kannst du mir 'n Gefallen tun, Sibylle?«

»Fast jeden sofort, Frank. Und welchen?«

»Ich hab ein Notebook für Klaus Lorbacher im Wagen, der kommt heut tagsüber nicht, ist aber am späten Abend nochmal hier. Ich aber nicht. Kannst du ihm das dann geben?«

»Klar, kein Problem!«

»Und schließ das Ding bitte so lange in deinen Safe ein, ja?«

»Hey – was sind denn da für Daten drauf? Heiß?«

338

»Ach nein – nur normaler Kram, aber das Teil gehört mir nicht. Und mit einem Electron sollte man schon vorsichtig sein.«

»Okay, mach ich gerne. Aber mit Safes hab ich so mein Problem, meistens vergesse ich die Kombination.«

»Dann schreib sie dir eben auf«, lachte Frank. »Und verliere den Zettel nicht!« Sibylle war schon immer etwas schusselig gewesen, und manchmal vergesslich wie eine Feldmaus. Dadurch hatte sie sich schon oft in problematische Situationen manövriert.

»Gib doch diese Maschine mir, Frank«, meldete sich Lisa zurück und rutschte wieder auf ihren Barhocker. »Ich werds auch gut für dich aufbewahren, so lange du willst. Bei mir würde die Steuer so etwas nie suchen! Kannst auch gern jeden Abend zum Spielen vorbeikommen.«

»Danke Lisa, nett von dir. Ist schon alles geklärt – nicht wahr Sibylle?« Sibylle nickte und sah sehr zufrieden aus.

»Und ich darf mal wieder nicht mitspielen!« maulte Lisa und rührte heftig in ihrem werweißwievielten Drink, dessen Unschuld der Barkeeper diskret mit einem Schuss Myers Rum vernichtet hatte.

»Was ist denn mit dem verdammten Flieger aus Frankfurt!« schimpfte Lothar Rodenser, der dazu kam. »Ich bin drauf und dran, mich abzuseilen. Da fliegen die Leute mit einer exotischen Airline um die halbe Welt nach Europa, kommen fast pünktlich an, und unsere Kranich Airline kriegt nicht mal einen Flug von Frankfurt nach Berlin auf die Reihe.«

»Keine Ahnung«, sagte Sibylle. »Ich werde jetzt meine Quelle in Tegel anzapfen«, und hatte bereits das Handy am Ohr.

Oh – eine Kurzwahltaste, registrierte Frank, das kann also kein Fremder sein.

»Hallo Brian«, sagte Sibylle, »wie ist das denn mit eurem Kranich aus Frankfurt – gibts den überhaupt noch oder fliegt der schon Richtung Andromeda? – Ah, ich verstehe – ja, das wäre superlieb von dir, danke!«

»So ein Mist«, sagte Sibylle, und alle Augen waren auf sie gerichtet. »Da gibts ein Problem mit dem Triebwerk. Er ruft mich an, sowie die Mühle losfliegt, das kann aber noch zwei Stunden dauern.«

»Menschenschicksal!« sagte Lothar Rodenser. »Je brillanter der Plan, desto grausamer der Zufall!«

»Das ist das Schöne an unserem Loddel!« lachte Sybille. »Immer einen flotten Spruch auf der Lippe. Und manchmal sogar einen brandneuen!«

»Ich könnte schon mal das Notebook aus dem Wagen holen – was meinst du Sibylle?« sagte Frank.

»Gute Idee. Ich werds dann unter deiner Aufsicht gewissenhaft im Safe verwahren.«

»Nicht nötig – du hast mein vollstes Vertrauen«, grinste Frank.

»Frank, mach keinen Fehler! Du weißt, wie schnell ich Safe-Kombinationen vergesse.«

Frank machte eine unbestimmte Handbewegung und ging durch die Halle zum Ausgang um das Notebook zu holen. So ist sie, dachte er. Ganz schön zäh, wenn sie sich was in den Kopf gesetzt hat. Aber nicht mit mir, meine Liebe. Nicht jetzt und nicht heute! Hey, dachte er, was soll denn das heißen: Nicht jetzt und nicht heute? Frank du bist wohl übergeschnappt! Musst du in deinem Alter verjährte Geschichten aufwärmen? Das hast du früher nie getan, fang also jetzt nicht damit an! Frank wunderte sich über sich selbst, und vor allem darüber, dass er ein kleines Abenteuer mit Sibylle schon als durchaus verzeihlich ansah.

340

***

»Es ist ein Elend!« brummte Sibylle aufgebracht. »Warum hab ich mich nur dazu hinreißen lassen, mit Frank Schluss zu machen?« Mürrisch nestelte sie Puderdose und Lippenstift aus dem Täschchen und begann ihr Make up aufzufrischen. Dabei fand sie, dass ihr ein Wellness-Wochenende richtig gut tun würde – unter anderem, wie sie in Gedanken hinzufügte. Nachdenklich registrierte sie die zwei kleinen steilen Fältchen, die sich über ihrer Nasenwurzel zu bilden begannen, seit etwa zwei Monaten schon, und dagegen war offenbar nichts zu machen.

»Entschuldigung«, sagte eine junge Frau, die vor dem Spiegel neben ihr stand, »kennen wir uns nicht?«

»Sollten wir?« fragte Sibylle uninteressiert.

»Ich bin Maren Fendlinger, bis morgen noch Tagesanzeiger, Feuilletonredaktion. Waren Sie nicht letzte Woche bei der Pressekonferenz des Innensenators?«

Wenn schon, dachte Sibylle, laut sagte sie: »Kann sein, freut mich. Ich bin Sibylle Hainau, Abendblatt, Wirtschaft.« Die Kollegin mochte Mitte Dreißig sein, hochgesteckte Haare, ein Tick mehr Rot als Mahagoni, mit bemerkenswert sportlicher Figur, wie Sibylle zugeben musste. Das sympathische, braun gebrannte Gesicht ließ auf einen gelungenen Urlaub an der See oder in den Bergen schließen. Sonnenstudio war das nicht. »Und was machen Sie übermorgen?« Sibylle beobachtet die andere im Spiegel während sie mit gespitztem Mund ihre Lippen nachzog.

»Übermorgen? Vermutlich nichts. Ausschlafen.«

»Das wär auch mal mein Traum ...«

»Was?«

»Eine Zeitlang nichts zu tun! Einfach so ...«

»*Einfach so* wäre in Ordnung, nichts dagegen einzuwenden. Aber das sieht anders aus, wenn man aus dem Urlaub zurück kommt und statt Blumen die Kündigung vorfindet!«

»Huuuuh«, machte Sibylle, »sorry – so was kenn ich! Das ist nicht das Gelbe vom Ei!«

»Und schon gar nicht, wenn mir während meines Urlaubs der Kerl ausgespannt wird... suboptimal.« Maren verschwieg der Kollegin, dass ihr Lover heute früh aufgrund eines Haftbefehls sozusagen aus ihrem Bett heraus abgeführt worden war. Da half zunächst auch nicht, dass sich Kevin Sickinger auf Konsul Dr. Boris Ushkinov als Referenz berufen konnte.

»Bestimmt nicht das, was frau sich wünscht!«

»Ganz sicher nicht! Sagen Sie, Frau Hainau, warum...«

»Sibylle.«

»Bitte?«

»Einfach Sibylle – was wolltest du sagen?«

»Freut mich, Sibylle, ich bin Maren – ach so, das sagte ich schon. Ja, ich wollte fragen, wenn Sie – wenn du einfach mal nichts tun möchtest, warum machst du es dann nicht?«

»Du kennst doch die Branche! Wenn du nicht ständig am Ball bleibst, dann bist du schneller weg vom Fenster als du gucken kannst!«

»Stimmt, man braucht nur ein paar Tage in Urlaub zu fahren«, schniefte Maren Fendlinger. »Aber ... sag mal ... ich meine ...«

»Was denn – raus damit!«

»Ich meine, wenn dir das Getöse momentan so auf den Senkel geht, kannst du mir nicht einfach was abgeben – Arbeit mein ich, vielleicht etwas von dem was du nicht so gern machst?«

Sibylle sah angestrengt in den Spiegel und ordnete mit Daumen und Zeigefingern eine kaum sichtbare widerspenstige kleine Haarsträhne über ihrem Ohr. So'n Mist, dachte sie, was mach ich jetzt? Natürlich jault man ständig über den ewigen Stress und wie gerne man einen Gang zurückschalten würde, aber wenns dann drauf ankommt, dann kneift man kleinmütig. Also werde ich die Frage einfach übergehen, dachte sie leichthin. Aber die erwartungsvolle Haltung der jungen Kollegin, die sie aufmerksam beobachtete, ließ das nicht zu.

»Hm, was kannst du denn gut? Besonders gut, meine ich. Weißt du, Feuilleton ist eine Sache für sich – und Wirtschaft eine andere.«

»Ich hab vier Semester Wirtschaft studiert, bevor ich mit Psychologie anfing.«

»Nicht schlecht«, antwortete Sibylle und spürte, wie sie Boden verlor.

»Recherche kann ich gut«, setzte Maren nach. »Da hab ich schon echte Lorbeeren erworben.«

»Das hört sich nicht schlecht an.«

»Heißt was?«

Verdammt – diese Maren ließ tatsächlich nicht locker.

»Recherchieren ist auch mein liebstes Ding, ich hab nur zu wenig Zeit dafür«, sagte Sibylle.

»Und wie kommst du an dein Material? Ich meine – jemand muss dir doch die Fakten beschaffen. In gleichen Zeit könntest du doch 'ne ganze Menge mehr und völlig entspannt schreiben, oder?«

»Nun brat' mir einer 'nen Storch! Du gehst vielleicht ran! Wo hast 'n das gelernt?«

»Ich sags ungern, aber es stimmt: beim Recherchieren. Anders kommt man doch zu nichts – oder?« Maren lachte.

»Ganz schön kess, das muss ich sagen! Vor ein paar Minuten haben wir uns zum ersten Mal gesehen, und schon bist du drauf und dran, mir edle Arbeit abzuzwacken!«

»Meine Großmutter sagte immer…«

»Und das ist eine gute Arbeit, eine verdammt gute Arbeit, will ich dir sagen, und die kann nur picobello abgeliefert werden.« Irgendwie war Sibylle über die Zielstrebigkeit und das unerschütterliche Selbstbewusstsein der anderen verstimmt. Ja, die Zuversicht mit der sich Maren für ihre Arbeit empfohlen hatte, machte Sibylle wider Willen mürrisch. Das war gegen ihre Natur, und besonders die jungen Kollegen im Verlag schworen Stein und Bein auf Sibylles Loyalität. »Und wie war das mit deiner Großmutter?« setzte Sibylle etwas versöhnlicher hinzu.

»Als ich ein kleines Mädchen war und noch sehr schüchtern (das muss lange her sein, dachte Sibylle bei sich), da sagte meine Großmutter, sie war damals schon über neunzig, ich könne nur eines aufmachen – meinen Mund oder mein Portemonnaie. Und dann sagte sie noch, Kind – du wirst immer nur das bekommen was du verlangst. Deshalb musst du es so verlangen, dass jeder versteht was du haben willst.«

»Das ist Klasse, und das von einer alten Frau aus dem letzten Jahrhundert«, lachte Sibylle. »Solche Weisheiten sollte man sich merken!«

»Und ...?« Maren sah die Kollegin erwartungsvoll an.

»Maren – ich denke wir sollten das einfach miteinander probieren. Über die Feinheiten reden wir noch. Aber jetzt müssen wir nach oben, vielleicht ist schon was über die Ankunft der Frankfurter Maschine bekannt.« Sibylle wollte dieses Gespräch unbedingt beenden. Der Himmel mochte wissen, wozu sie sich sonst noch hinreißen ließ.

»Toll! Super! Du wirst es nicht bereuen, versprochen!«

»Schaunmermal«, sagte Sibylle, denn sie wusste, dass sie im Team keine bequeme Partnerin war. Die beiden gingen zurück in die Halle, und Sibylle ärgerte sich, weil sie Franks Redensarten einfach nicht ablegen konnte – schaunmermal! – auch wenns ursprünglich gar nicht von Frank sondern von irgend so 'nem Sport-Grufti stammte!

»Lisa, das ist Maren – Maren: Lisa!« sagte Sibylle und rückte Maren einen Barhocker zurecht.

»Hallo Maren«, sagte Lisa. »Warst du das nicht, letzte Woche bei der Pressekonferenz im Rathaus Schöneberg?«

»Stimmt«, antwortete Maren und war beeindruckt. »Gratuliere, Lisa! Dein Gedächtnis kannste vorzeigen – da waren doch mindestens noch fünfzig andere Leute!«

»Aber nur eine einzige, die sich mit dem Innensenator angelegt hat, undaswarstu!« kicherte Lisa.

»Na und! Mir war eben so! Solche dümmlichen Tatsachenverdrehungen kann ich einfach nicht stehen lassen – die müssen hinterfragt werden. Alles andere wäre nicht ich!« Man konnte Maren ansehen, dass sie meinte, was sie sagte.

»Du Maren – 'ne andere Frage?«

»Ja, nur zu! Worum gehts denn?«

»Deine Haare sind toll! Wie kriegst du denn das so astrein hin? – mit dieser Welle, meine ich. Und dieser Kastanienton, sieht irre gut aus! Oder ist der natur?«

»Danke!« lachte Maren. »Kunst ist, wenn das Bemühen nicht auffällt, wissen wir doch. Um ehrlich zu sein – meine ursprüngliche Haarfarbe kenn ich schon nicht mehr. Sogar Blond hatte ich schon drauf. Naja, wenn der Kerl drauf steht, was kann man machen!«

»Kommst du, Maren?« rief Sibylle von einer der nächstgelegenen Sitzgruppen herüber. »Wir sollten hier noch einige Details durchgehen. Das könnte dir Stunden der Einarbeitung ersparen!«

»Ich glaube, ich muss mich jetzt in meinem neuen Job umtun. Ciao Lisa, man sieht sich!«

»Dann viel Spaß!« sagte Lisa etwas hinterhältig, denn sie wusste, dass Sibylle bei der Arbeit kreuzpingelig sein konnte.

***

Inzwischen hatte sich Frank von Hutch am Tresen den Wagenschlüssel geben lassen und ging hinüber zu dem Mini, der in der prallen Sonne stand. Seine Hand zischte fast, als er das Dach des Wagens berührte. Nicht gut, dachte er und sah sich nach einem schattigeren Abstellplatz um. Das Problem war nur, dass Hutch den Wagen im Auge behalten sollte. Frank zog die Notebooktasche unter dem Sitz hervor, kaum erwärmt, registrierte er. Dann schloss er sein Auto ab und brachte Hutch die Wagenschlüssel zurück. »Die Cops wollten schon anfangen zu schreiben«, grinste der. »Aber ich hab sie von der staatstragenden Bedeutung deiner Arbeit überzeugt. Da waren sie beruhigt und zogen davon.«

»Danke Hutch, prima gemacht!«

»Noch was Frank – in einer halben Stunde hat die Knöllchen-Truppe Schichtwechsel, und ich hab Zweifel, dass die Ablöser ebenso gut gelaunt sind.«

»Und was lässt dich so zweifeln, Alter?«

Hutch beugte sich über seinen Tresen nach vorne und raunte: »Weißt du Frank, gestern Abend hat unser Boss die Vietnamesen aus der Halle verscheucht und ihnen den sofortigen Heimtransport nach Saigon angedroht, falls sie sich noch einmal hier sehen lassen. Das wird zwar nicht lange anhalten, aber jetzt sind die Jungs erst mal für ein paar Tage verschwunden.«

»Hutch – mach mich nicht krank! Was in aller Welt hat das Wohlbefinden unserer vietnamesischen Mitbürger mit der Laune unserer Polizeitruppe zu tun?«

»Frank, wo lebst du denn?« lachte Hutch versöhnlich. »Das ist doch menschlich, dass unsere Freunde und Helfer zickig werden, wenn die steuerfreien deutschen Vietnamzigaretten für eine Weile nicht greifbar sind – oder wie siehst du das?«

»Die Ärmsten werden damit leben müssen, Hutch. Nur eines ist wichtig – das Abschleppen meines Autos musst du unter allen Umständen verhindern!«

»Mach ich, Sir! Bei meinen Flaschen und meinem Leben!«

»Und falls gar nichts mehr geht, ruf mich an! Ich bin in der Nähe.«

Hutch warf den Kopf in den Nacken und salutierte – er hatte verstanden.

***

»Oh Himmel, mich trifft der Schlag!« rief Frank, als er die Hotelhalle betrat. Dieser Temperatursturz aus der glühenden Mittagshitze hatte im gerade noch gefehlt. Er lechzte nach einem großen Glas kaltem Wasser – und zwar sofort! So steuerte er zur Bar hinüber, an der anderen Seite der Lobby, wo sich in den einzelnen Sitzinseln unter großblättrigen Amazonasgewächsen diskutierende Grüppchen niedergelassen hatten.

»Ich hab Ihnen einen Dash Zitronensaft rein getan – das hilft«, sagte Roberto, der kubanische Barkeeper.

»Danke«, sagte Frank ergeben und trank das Glas in einem Zug aus. »Das tut gut!« Er spürte, wie seine Lebensgeister zurückkehrten.

»Du solltest lieber heißen Tee trinken, das ist besser bei dieser Hitze«, sagte Sibylle und umfasste ihn leicht mit beiden Armen von hinten. Frank zuckte zusammen und drehte sich um.

Sibylle lachte. »Das ist Frank«, sagte sie zu Maren. »Er schreibt für die besten Blätter und vorzugsweise für die, die am besten zahlen. Frank – das ist ...«

»Hallo Maren, wie gehts?« sagte Frank.

»Danke Frank, und dir? Ich hab vermutlich einen längeren Urlaub vor mir – wie könnte mir da schlecht gehen?« sagte Maren so locker sie konnte.

Sibylle staunte. »Ach sieh an! Ihr beiden kennt euch! Da kann man sehen, wie klein unser Planet ist.« Sie fand, dass der Händedruck zwischen Frank und Maren etwas zu lange dauerte, und den Grund dafür würde sie herausfinden.

»Danke, fast alles bestens«, grinste Frank. »Jetzt eine Stunde aufs Ohr, dann ginge es mir wieder prima. Aber das klappt nicht, denn auf unsere Plattnasen werden wir vermutlich noch 'ne Weile warten müssen.«

Sibylle schniefte. »Und die Jappis werden sagen, seht mal diese deutschen Langnasen – nicht mal einen pünktlichen Flug von Frankfurt nach Berlin bringen sie zustande.«

Wenn sie recht hat, dann hat sie recht, dachte Frank amüsiert und sagte: »Und weshalb steht Ihr Beiden hier rum wie zwei vertauschte Findelkinder?«

Maren schluckte. »Was ist denn das für'n komischer Spruch?«

»Man könnte auch sagen, Ihr hängt hier rum wie Fallada«, lachte Frank.

»Fallada?« echoten die beiden fragend wie aus einem Munde.

»Na ja, Fallada, der sprechende Pferdekopf, war über'm Burgtor angenagelt und verkündete unheilvolle Orakelsprüche...«

»Stimmt!« rief Sibylle. »Das war doch dieses Grimm-Märchen...«

»Hä?« machte Maren. »Ich dachte, Fallada war 'n Schriftsteller, nein?«

»Stimmt, der war aber nicht mit diesem Pferd verwandt«, lachte Sibylle.

Frank rückte die Tasche mit dem Notebook zu Sibylle hinüber. »Das wolltest du für mich deponieren.«

»Sieh da – ein subversiver Datenaustausch! Fast alle Umstürze der Weltgeschichte haben in Kneipen begonnen«, sagte Maren, und die Neugierde war ihr an der Nasenspitze anzusehen.

»Funk' mir hier nicht dazwischen«, sagte Sibylle leise und lachte etwas bemüht. »Um diesen Deal hab ich hart mit ihm gerungen!« Und zu Frank sagte sie: »Am besten du kommst mit nach oben – ich vergess' sonst bestimmt die Safe-Kombination.«

»Na gut, wenns denn unbedingt sein muss«, murrte Frank. Sehr widerwillig klang das nicht, vermerkte Maren bei sich. »Ich bin dafür, dass wir vorher noch einen nehmen, dann gehts los, okay?« Frank sah Sibylle fragend an.

»Frank, vielleicht sollten wir zuerst das Notebook verstauen«, sagte Sibylle. »Wenn die erst in Tegel gelandet sind, dann werden sie auch bald hier sein.«

»Sagtest du nicht, dein Spezi von der Lufthansa wollte dich anrufen, sobald die Maschine in Frankfurt startet?«

»Hat er gemacht, die sind schon in der Luft, also komm endlich! Den Drink bekommst du bei mir, versprochen.« Eilig stopfte Sibylle ihre herumliegenden Siebensachen in die Schultertasche. Sie drängelt, registrierte Maren und streifte Sibylle und Frank mit einem verstohlenen Blick durch ihren Pony. Frank legte einen Schein auf die Bar und hängte sich die Notebook Tasche über die Schulter. »Wir telefonieren heut noch«, sagte er zu Maren und folgte Sibylle. »Ich sags ja, kein bisschen Ruhe ist unsereinem heute gegönnt!« stöhnte er mit leidender Miene.

»Bis dann! Halt dich aufrecht!«, sagte Maren mit leichtem Grinsen zu Frank und maß den dekorativen Pferdekopf über der Bar mit einem seltsamen Blick. Sibylle hängte sich bei dem leicht widerstrebenden Frank ein.

***

»Kennst du Maren näher«, wollte Sibylle wissen; sie warteten auf den Lift.

»Oooch – nicht direkt. Wir haben das zwar versucht, aber irgendwie wars nicht das Richtige.«

»Das muss dann wohl direkt nach mir gewesen sein, oder seh ich das falsch?« Sibylle war jetzt die Eitelkeit in Person.

»So ungefähr.«

»Der Altersunterschied zwischen euch beiden ist wohl etwas…«

»Was denn?«

»Sagen wir – etwas auffällig.«

»Findest du? Sie ist Mitte Dreißig, oder?«

»Sag' ich doch!«

»Na und? Ich kann daran nichts Nachteiliges finden«, lachte Frank und wich flink der Handtasche aus, die Sibylle wie ein Lasso um den Kopf wirbelte. Der Lift hielt, die Tür öffnete sich.

»Fahr nicht zu schnell, du hast was getrunken«, sagte Frank zu Sibylle, als sie den Knopf zur 18. Etage drückte.

»Ja, du hast recht, vielleicht solltest du fahren, mein Liebster.« Sie lachten. Rasch wurden sie nach oben getragen, und als der Lift hielt, lagen gegenüber zwei Türen aus edlem Teakholz.

»Oha«, machte Frank verblüfft, »was ist das hier, die Präsidenten-Suite?«

»Nein, hier links wohnt ein freundlicher alter Herr, weißhaarig, ein Typ, wie ich mir Sokrates vorstelle. Sogar ein Heiligenschein wäre für den richtig. Und hier gehts zum Penthouse von Kim Il Shang. Er ist zurzeit im Fernen Osten unterwegs und hat mir sein Refugium so lange überlassen.«

»Du verzeihst mir meine Unwissenheit – ist das der Housekeeper von dieser Herberge?«

»Shangy ist der Europa-Manager«, korrigierte Sibylle nachsichtig.

»Shangy! Aha, und da kannst du einfach so...?«

»Kann ich. Einfach so!«

»Wenn das so ist, dann lass' uns nicht hier anwachsen – Sesam öffne dich – simsalabim!« machte Frank mit Grabesstimme und ging beschwörend auf die Tür zu.

»Warte Frank«, lachte Sibylle, »dafür gibt es einen Code.« Sie kramte einen Zettel aus ihrer Handtasche und tippte die Zahlenkombination an der Tastatur der Tür ein. Ein leises Summen ertönte, die Schiebetür aus Ornamentglas öffnete sich und gab den Blick in einen riesigen, Licht durchfluteten Raum frei. Gewaltige Blattpflanzen standen in Kübeln umher, dazwischen wand sich ein plätscherndes Rinnsal, unterbrochen durch kleinere Wasserfälle.

»Wouww – die Entdeckung des Paradieses!« Frank war beeindruckt. »Ich glaube, ich werde mich hier bewerben«, stellte er fest und ließ sich wohlig grunzend in einen der riesigen weißen Leinensessel fallen. Es war angenehm kühl, nicht so untertemperiert wie die Hotelhalle. »James, bringen Sie alles was Küche und Keller zu bieten haben, meine Kollegin hier zahlt alles!«

Sibylle prustete los: »Steht dir gut, die Rolle!«

»Ist leider immer noch die Rolle, aber ich übe weiter! Du – darf ich kurz deine Dusche benutzen, ich bin völlig groggy. Das ist vermutlich das Einzige, was mich in den Kreis der Lebenden zurückbringt!«

»Das hatte ich auch vor, wir können ...«

».. knobeln, meinst du, wer zuerst duschen darf? Machen wir! Kopf oder Zahl?« Frank hatte einen Schweizer Franken in der Hand.

»Nein, wie früher, Frank«, sagte Sibylle leise.

352

»Also Kopf für dich, Zahl wolltest du ja nie...« Frank biss sich auf die Lippen und schwieg. Er warf die Münze hoch und fing sie gekonnt auf. »Zahl«, sagte er ohne hinzusehen. »Dann bin ich jetzt dran – bitte um Vergebung Gnädigste, aber mir lacht heute das Glück.« Damit verschwand er trällernd im Bad.

»Große Handtücher findest du hinter den schwarzen Glastüren«, rief ihm Sibylle hinterher.

»Madonna!« rief Frank durch die Tür. »Badesaal könnte man dazu auch sagen!« Beeindruckt maß er die riesige runde Wanne, die in den Boden eingelassen war und überlegte, ob wohl Zeit genug sei, ein Bad zu nehmen. Das wäre die Krönung des Tages! Mit leichtem Bedauern kam er zu dem Schluss, dass es wohl besser sei, mit der Dusche Vorlieb zu nehmen – aus mehreren Gründen. Und kurz darauf ließen zwei Dutzend Wasserdüsen dichte Kaskaden über ihn herab rauschen. Das sollte Karla sehen, aber Karla machte sich nichts aus Duschen zu zweit.

»Hast du alles was du brauchst«, fragte Sibylle draußen. »Oder fehlt dir etwas?«

»Ich wäre wunschlos glücklich, wenn das heute hier nicht mehr aufhörte. Lass doch bitte vom Zimmerservice sämtliche Uhren entfernen, ja? Übrigens, wie spät ist es?«

»Ich hab keine Ahnung«, antwortete Sibylle. Frank konnte ihre Silhouette durch die beschlagene Duschtür sehen.

»Dann wirf doch bitte einen kurzen Blick auf die Uhr – auf irgend eine, ich bin heut nicht wählerisch!«

»Hier gibt es keine Uhr«, sagte Sibylle leise und schloss die Duschtür hinter sich.

»Nein Sybille, bitte nicht – wir sollten vernünftig sein. Und außerdem – Sibylle bitte!«

»Ja?« sanft legte sie die Arme um ihn. »Was soll das hier werden, Frank? Eine Podiumsdiskussion?«

»Bitte nicht, Sibylle.« Doch sie antwortete nicht. Er spürte ihre Hände auf seinem Rücken und atmete kaum.

»Du Frank…«

»Ja?«

»Ich glaube, ich bin etwas beschwipst!«

»Das glaube ich auch. Ich glaube, wir sind beide etwas beschwipst. Vielleicht sogar sehr beschwipst – ja, sehr beschwipst trifft wohl den Punkt! Und deshalb…«

»Also – was tun wir dann hier in der Dusche, Frank?«

»Sibylle, du bist ein Luder, und du weißt es. Außerdem machst du mich wahnsinnig …«

»Frank, du hast bestimmt recht, wie immer! Also komm endlich…«

***

»Du, Frank …«

»Hmmm«

»Ich glaub wir waren ziemlich laut …«

»Kann schon sein – und?«

»Der Gärtner ist auf der Dachterrasse …«

»Der Gärtner? Na und! Lass den Gärtner gärtnern, denn das ist sein Beruf!«

»Außerdem klingelt mein Handy!«

»Hör ich selbst – zur Hölle mit dem Ding, oder in die Wanne!«

»Sei mal leise ... ja bitte? ... okay ... danke! ... du, der Flieger ist gestartet!«

»Moment – wer war das? Und was heißt: Der Flieger ist gestartet?«

»Das war Brian, Lufthansa.«

»Hatte der dich nicht vorhin schon angerufen?«

»Frank – ich weiß, das war falsch, ich hab dich angeschwindelt. Ich hätte das nicht tun sollen, aber...«

»Nein Sibylle, das hättest du nicht tun sollen!«

»Frank, was ändert das?«

Frank ignorierte die Frage. »Jedenfalls sollten wir uns wieder unters Volk mischen.«

»Wenn du meinst, Frank ...«

»Sibylle ...«

»Ja, Frank ...«

»Es war schön mit dir ... aber wir wollen es dabei belassen – okay?«

»Wenn es schön war, ist es dann nicht Zeit für eine Veränderung – oder was meinst du?«

»Das meine ich nicht, nein. An welche Veränderung denkst du?« fragte Frank und angelte einen seiner Schuhe unter dem Bett hervor.

»Frank, wenn so etwas passiert, dann ist das ein Zeichen, dass einem von uns beiden was fehlt. Weil man etwas vermisst, das der Partner nicht hat.«

»Interessante Theorie«, rief Frank aus dem Badezimmer, wo er sich vor dem Spiegel die Krawatte band.

»Wenn du sagst *'Es war schön'* – dann ist das doch eine Aussage, richtig?«

»Und?«

»Nun, jede Aussage ist ein Vergleich, hat schon der alte Heidegger gesagt, Frank.«

»Heidegger? Müsste ich den kennen?«

»Frank! Soll ich dir ein Buch von ihm schenken?«

»Bloß nicht! Heidegger führt bei mir zu Alkoholmissbrauch.«

»Wie bitte? Warum denn das?«

»Weil dieser Ewiggestrige ohne Schnaps nicht zu ertragen ist, wenn du mich fragst.«

»Dann werde ich dir eben dieses hochwichtige Zitat in einem Goldrähmchen schenken, okay?«

»Sibylle, du bist mal wieder unschlagbar«, lachte Frank und beobachtete, wie Sibylle das Notebook im Safe verstaute. »Vergiss nicht, die Kombination für den Safe aufzuschreiben – bloß nicht! Wir sehen uns unten.«

»Ich liebe dich, du Halunke«, nuschelte Sibylle an Franks Ohr als sie die Tür öffnet um ihn hinauszulassen.

»Sehr interessant, also doch!« sagte Brigitte und musterte die beiden kühl von oben bis unten. Dabei wippte sie leicht auf den Zehen, drehte sich um und stieg in den Lift. Mit einem saugenden Geräusch schloss sich die Tür, und die Kommissarin entschwand in die Tiefe.

»Was war das denn?« fragte Sibylle und sah ratlos drein.

»Das war eine Komplizin der Staatsmacht, Kripo Berlin – um genau zu sein«, antwortete er und schüttelte ungläubig den Kopf.

»Oh! Hast du was angestellt? Aber der weiße Tarnanzug war äußerst sexy, keine Frage!«

»Ich muss sie anrufen. Sofort!«

»Wieso das denn? War ich nicht gut?«

»Sibylle, lass den Scheiß! Nach diesem Schock krieg‘ ich nicht mal mehr ’nen Teelöffel hoch.«

20 Scherben

Machs mir nicht so schwer, geh schon ran, brummte Frank, zehn Mal Klingeln ist genug. Na endlich…!

»Gib dir keine Mühe«, sagte Brigitte knapp, »ich bin nicht zuhause.«

»Genau das war meine Hoffnung«, sagte Frank. »Dann bist du also noch hier in der Nähe, und wir könnten sofort etwas Wichtiges klären.«

Schweigen.

»Oder wie siehst du das?« hakte Frank nach.

»Das geht jetzt nicht. Ich bin im Gespräch. Außerdem ist alles geklärt.« Ein Piep, und weg war sie. Ich kann mit Frauen umgehen, die wissen was sie wollen – aber diese hier ist ein besonderes Kaliber. Da gibts keinen Zweifel. Und deshalb finde ich das jetzt einfach sch…ade!

Was tun? Sibylle anrufen? Nein, Frank beschloss, in der Lobby vorbeizuschauen ob die japanischen Kollegen schon angekommen waren. Wenn ja, dann wäre er hier ohnehin noch zwei Stunden festgenagelt, mindestens! Und wenn nicht, dann würde er auf dem Nachhauseweg im Ordenshaus vorbei fahren. Er brauchte für seinen Vortrag unbedingt diese Biografie über Friedrich den Großen.

Sibylle zupfte ihn am Ärmel. »Da bist du ja! Wir treffen uns gleich mit den Jappis im Salon Sanssouci. Dort gibts ein kaltes Buffet, damit die Ärmsten wieder zu Kräften kommen. Die haben vielleicht einen Höllenritt hinter sich, sage ich dir!«

»Mir gingen diese Longdistance flights auch immer auf den Keks«, sagte Frank und wand sich aus Sibylles Arm. »Der Mensch ist für solche Strapazen einfach nicht geschaffen.«

»Wenn es nur das wäre«, sagte Sibylle. »Du ahnst nicht was denen passiert ist. Die wären um ein Haar die Beute von israelischen Abfangjägern geworden.«

»Das gibts doch nicht! Was war denn da los?«

»Das lass dir live erzählen; ist hier das Thema des Tages.«

Frank entdeckte Rodenser und Lefebvre an einem Stehtisch abseits der brodelnden Meute von eincheckenden und abreisenden Gästen. Sieh da, registrierte Frank, mein geliebter Bruder und Konkurrent Pierre! Was hat der hier zu suchen? Vermutlich wieder auf der Pirsch nach Gratis-Häppchen! Die Beiden lauschten interessiert, aber wohl nicht zum ersten Mal der haarsträubenden Story, die über die Sender ging. Danach sei der in den Morgenstunden aus Hongkong auf Tel Aviv anfliegende Jumbo der Japan Airlines mit 279 Passagieren an Bord um ein Haar abgeschossen worden. Etwa 180 km vor der israelischen Küste über dem Mittelmeer meldete sich der Pilot ordnungsgemäß beim israelischen Kontrollturm an. Wenige Minuten später sollte er weitere Anweisungen für den Landeweg auf dem Ben Gurion Flughafen bekommen, als die Funkverbindung ausfiel. Sofort war im Kontrollturm von Tel Aviv höchste Alarmstufe. Schließlich konnte ein Entführer dem Piloten eine Pistole an die Schläfe gesetzt und ihm befohlen haben, den Funkruf zu ignorieren. Sofort wurden dem Jumbo zwei Kampfflugzeuge auf Übungsflug über dem Mittelmeer entgegengeschickt. Weitere Kampfjäger waren schon in Alarmbereitschaft. Natürlich befürchteten die Israelis eine

Neuauflage des 11. September in New York. Immerhin bestand die Wahrscheinlichkeit, dass eine Verkehrsmaschine in eines der Hochhäuser am Airport von Tel Aviv oder in ein Wohngebiet gelenkt werden könnte. Als sich die Jagdmaschinen dem Jumbo auf Sichtweite genähert hatten, meldete sich der japanische Pilot über Funk. Er hatte lediglich vergessen, von der Funkfrequenz der libanesischen Luftraumkontrolle auf die israelische Frequenz umzuschalten. Nachdem der Jumbo in Tel Aviv gelandet war ließ sich nicht mehr feststellen, ob ein technischer oder menschlicher Fehler die Situation verursacht hatte. Natürlich vergingen einige Stunden bis die Israelis diese Erklärung akzeptiert hatten und den Weiterflug genehmigten.

Als Frank der hartnäckigen Sibylle soeben erklärte, warum an einen gemeinsamen Abend nicht zu denken sei, konnte er trotz des Stimmengewirrs aus einer dezenten Lautsprecheransage deutlich verstehen: *„Jemand möchte ein Kind der Witwe an der linken Säule treffen.'* Oh! Hier scheint jemand ein Problem zu haben, registrierte Frank und sah sich diskret um, woher der Hilferuf wohl kommen mochte. Er hob den linken Arm hoch über den Kopf und machte mit der Hand eine Bewegung als wolle er eine Glühbirne in eine Lampenfassung drehen. Aber da war niemand, der auf sein Zeichen reagierte.

»Aha, geheime Botschaften?« wollte Sibylle wissen.

»Das war nichts, was euch Mädels interessieren könnte«, lachte Frank. »Um deinen Wissensdrang zu befriedigen – das ist die Antwort auf den freimaurerischen Notruf, der gerade eben über den Lautsprecher kam. Darauf reagiert jeder Freimaurer, der in der Nähe ist und helfen will.«

»Ist das deine Erfindung?«

»Bewahre, das stammt schon aus den napoleonischen Kriegen.«

»Und wo ist diese brüderliche Rettungsstation?« Sibylle sah sich um.

»Keine Ahnung. Ich sehe jedenfalls keine Säule oder etwas ähnliches, das als Treffpunkt gemeint sein könnte. Doch – dort drüben neben dieser Sitzgruppe steht ein dekorativer Totempfahl, Marke Sioux, so wie das Teil aussieht.« Frank nutzte die Gelegenheit, Sibylle zu verabschieden und schlenderte durch die Halle hinüber, wo ein offensichtlich wartender Mensch interessiert die indianischen Schnitzereien des Totems studierte. Er mochte Ende Vierzig sein, mittelgroß, breitschultrig, unter einem beigefarbenen Stetson eine wilde, graue Künstlermähne, auffallende Hornbrille. Frank ging auf den Unbekannten zu und sagte: »Die Zeit ist nicht das, was sie scheint.« Die Antwort kam prompt: »Die Zeit ist des Ewigen und sie ist unendlich.« Amerikanischer Slang, stellte Frank fest, vermutlich aus dem Westen, Arizona. Die Beiden gaben sich die Hand, und Frank erkannte den Handgriff eines Meisters. »Hey, ich bin Bill Rustler, Three Torches Lodge. Aber du bist nicht Karl – oder du hast dich sehr verändert«, lachte er.

»Ich? Karl? – Nein, wieso?«

»Weil ich hier mit Karl verabredet war, schon vor zwei Stunden. Deshalb habe ich auch den Ruf senden lassen«, sagte der fremde Bruder.

»Hey Bill, welcome. Ich bin Frank, ein Freund von Karl. Wie kann ich dir helfen?«

»Hat Karl dich geschickt, mich zu treffen?« Bill sprach das langsame Deutsch eines Ausländers, der die gelernten grammatikalischen Regeln korrekt anwenden will.

»Nein, ich bin nur zufällig hier und habe auf deinen Notruf reagiert. Und von deinem date mit Karl weiß ich nichts.«

»Und Karl? Konnte er vielleicht nicht kommen?«

»Nein. Karl ist tot.«

»Tot?« Ungläubiges Staunen.

»Ja, seit Donnerstag, exakt seit Mittwochabend letzter Woche.«

»Oh, wie schrecklich! Dann ich hätte ihn besser treffen sollen am Mittwoch? Da haben wir telefoniert.«

»Ja.«

»War Karl krank?«

»Nein, das war ein Unfall.«

»Oh, das tut mir leid!«

»Es war ein schwerer Schock für uns alle!«

»Das verstehe ich. Ich denke…«

»Warum warst du mit Karl verabredet? Kann ich etwas für dich tun?«

»Ich habe an Karl einige Dokumente gesandt, mit der Post, schon vor einem Monat. Und ich sollte ihm noch Fragen beantworten.«

»Welche Dokumente?«

»Solche, die Karl hat bei mir bestellt. Ich habe für Karl in USA Informationen recherchiert.«

»Ich verstehe. Hattest du mit Karl schon lange Kontakt?«

»Ich traf Karl zufällig vor zwei Jahren in Zürich, bei der Swiss Grandlodge, heißt sie Alpia?«

»Ja, Alpia ist richtig. Eine sehr angesehene Großloge in Europa.«

»Ich traf Karl zusammen mit … ich habe den Namen des anderen Bruders vergessen.«

Frank betete, großer Manitou, lass' das nicht Ben Dietrich sein.

»Wenn ich nicht irre – sein Name war Ben, ahem Benjamin ... Dietrich, ich glaube.«

Peng! dachte Frank. Treffer! »Ben Dietrich, das ist richtig«, sagte er.

»Könnte ich Ben treffen? Du kennst sicherlich seine Telefonnummer?«

Frank fühlte sich wie vor dem Lügendetektor. »Es tut mir sehr leid«, sagte er. »Auch Ben Dietrich ist verstorben, leider.« Wenn er jetzt noch nach Victor Sartorius fragt, dann versinke ich hier an dieser Stelle in den Boden. Oder ich drehe mich einfach um und lass' ihn stehen.

Bill Rustler sah Frank wortlos an und schnappte mit offenem Mund nach Luft. Wie ein Fisch auf dem Trockenen, dachte Frank. »God Heaven!« rief Bill aus. »Entsetzlich! Auch Ben? Wie ist das möglich?«

»Ein großes Unglück«, sagte Frank. »Wir sind alle sehr betroffen.«

»Oh, ich glaube das, du musst mir erzählen!« Dann schwieg der andere verunsichert.

»Wo kann ich dich erreichen, vielleicht in der nächsten Woche? Dann haben wir ein Fest im Ordenshaus, und ich möchte dich gerne den Brüdern vorstellen, sei unser Gast.«

»Danke, das wäre schön. Ich bin noch zwei Wochen in Berlin, bei einem Freund, sein Name ist Cliff Lamaktewa. Er lebt mit einer deutschen Freundin. Du kannst mich mobil erreichen. Auf die deutschen Brüder freue ich mich sehr.«

»Willst du mit mir kommen zum Segeln, Bill, am Wochenende an die Ostsee, Baltic Sea? Ich würde ich mich sehr freuen. Meine Freundin wird dabei sein, und das Schiff ist groß genug.«

»Oh, danke, nein! Das tut mir leid, ich bin nicht… ich bin nicht… wie sagt man? ‚seefest‘?«

»Ja, Bill, ‚seefest‘ ist korrekt. Wo hast du so gut Deutsch gelernt?«

»Nicht sehr gut, nur ein wenig.«

»Gehen wir zusammen auf einen Snack? Oder auf einen Drink, wenn du möchtest?«

»Lass mich überlegen. Die Freundin von Cliff kocht phantastisch, und ich möchte zum Dinner lieber pünktlich dort sein«, lachte Bill. Während sie die Handynummern austauschten wurde Frank durch eine SMS irritiert, ohne Absender, auch die angezeigt Handynummer kannte Frank nicht: *Finde was du suchst, zu Füßen des Schweigenden, sobald heute die Zeit erfüllt ist.*

Frank verstand die Nachricht. Er würde etwas finden, in den tiefen Gewölben des Ordenshauses, zu Füßen des übermannshohen Standbildes mit dem ägyptischen Kopftuch. Dies war jedoch erst möglich, nachdem die Zeit erfüllt war − also nach der heutigen Tempelarbeit. Die Tempelarbeit des zweiten Grades dürfte gegen acht Uhr zu Ende sein, jetzt war es kurz vor halb acht. Also würde er sich sofort auf den Weg machen. Nur, was er dort finden sollte, war ihm nicht klar. Aber das würde sich zeigen. Während er sich von Bill verabschiedete, machte sich Lisa aus einiger Entfernung bemerkbar. Sie winkte heftig mit einem bunten Prospekt, der offenbar nur den Zweck hatte, sie ins Gespräch zu bringen.

»Übrigens Bill, das ist Lisa, eine Kollegin. Lisa, das ist Bill Rustler, ein Freund aus den Staaten.«

»Oh«, machte Lisa und strahlte wie der Frühling.

»Hello Lisa, schön dich zu treffen, ich freue mich sehr.«

Es zeigte sich, dass Bill für einen Drink mit Lisa noch Zeit hatte. So machte sich Frank erleichtert davon, weil ihm so die unvermeidliche Erörterung über dahingeschiedene Logenbrüder erspart blieb. Auch dass der gemeinsame Segeltörn mit Bill nicht zustande kam, wäre ihm wie die Fügung eines gütigen Schicksals erschienen, wenn er an solche Mächte geglaubt hätte.

* * *

»Hallo Bitti, das ist mein nächster Versuch. Bist du wieder ansprechbar?« fragte Frank und fügte schnell hinzu, als er ihr Schniefen hörte: »Falls du noch im Gespräch sein solltest, rufe ich gern später nochmal an.«

»Das dürfte nicht so einfach sein, wie du dir das vorstellst.«

»Keine Zeit?«

»Doch.«

»Nicht wichtig genug?«

»Sagen wir: nicht mehr wichtig. Das trifft den Punkt ziemlich genau.«

»Schuldig bei Verdacht, oder was soll das werden? Bitti!«

»Hör auf rumzuschmusen! Du weißt genau, dass ich das nicht vertrage! Nicht jetzt! Und wenn du glaubst, ich sei so was, das sich herumreichen lässt, nach Lust und Laune, dann lernst du jetzt was dazu, mein lieber Herr Artman. Und auf dumme Ausreden hab ich absolut null Bock, darauf zuallerletzt, damit das klar ist. Auf keinen Fall bin ich dein Trophäenweibchen!«

Frank staunte. Sie hatte kaum die Stimme erhoben, sondern sprach ruhig und gelassen. Etwa so, wie jemand ein Kochrezept diktiert, oder über einen Film spricht. Allerdings glaubte er zu hören, dass ihre Stimme vibrierte, kaum merklich zwar, aber für ihn deutlich erkennbar!

»Gut«, sagte er, »also keine Ausreden. Und ich gebe zu, das war absolut Scheiße, auch wenns nicht das war wonach es aussah!«

»Dass ich darauf nicht selbst gekommen bin!«

»Und was machen wir mit dem in den Brunnen gefallenen Kind?«

Schweigen.

»Was hältst du davon: Wir treffen uns bei Giovanni, dann besprechen wir das in Ruhe. Ich bin hier im Ordenshaus um ein Buch zu holen, und Giovanni ist doch hier fast um die Ecke.«

»Da habe ich eine bessere Idee: Wir vergessen alles andere auch und denken erstmal nach.«

»Das ist jetzt nicht dein Ernst! Ich denke…«

»Und ich denke, dass du jetzt völlig falsch denkst. Schon deshalb halte ich meinen Vorschlag für den besseren. Außerdem geht ein date auch deshalb nicht, weil ich heute krank bin.«

»Du bist krank? Du bist doch den ganzen Tag unterwegs! Was fehlt dir denn?«

»Ich war heute nur deshalb unterwegs, weil ich den mühsam arrangierten Termin mit deinem Großmeister nicht sausen lassen wollte. Offiziell bin ich krank, ich habe Rücken, wie meine neue Assi Melek Gayharneh sagen würde…«

»Das hat mir dein Kollege Schurigl gestern schon erzählt. Aber da du nicht mit mir telefonieren wolltest, konnte ich mich nicht nach deinem Befinden erkundigen.«

»Danke, mein Befinden ist okay. Jedenfalls spätestens dann, wenn sich dieser Staatsanwalt endlich die Obduktionsgenehmigung für Sartorius abschwatzen ließe.«

»So oder so – sollte ich dir nicht einen Krankenbesuch…«

»Vielen Dank, nicht nötig. Vielleicht solltest du noch wissen, dass mir der leitende Staatsanwalt diesen heißen Fall entzogen hat…«

»Bitti! Sag sofort, dass das nicht wahr ist! Da muss doch sofort…«

»Kein Grund zur Aufregung, das kommt in diesem Geschäft gelegentlich vor. Ciao, man sieht sich.«

»Bitti – nur noch eine Frage…«

»Ja, machs kurz.«

»Ich bin hier im Ordenshaus…«

»Das sagtest du schon.«

»…und ich wollte hinunter in die Gewölbe. Aber die Tür ist immer noch versiegelt. Weißt du, wann…«

»Die wird wohl auch bis auf weiteres versiegelt bleiben. Jedenfalls so lange, bis es einen Durchsuchungsbeschluss gibt. Und der fehlt noch immer, soviel ich weiß. Das wars dann, Ciao.« Sie hatte aufgelegt.

Dieser Idiot von einem Staatsanwalt. Wohl völlig ahnungslos, der Kerl! Oder vielleicht geschmiert, wer weiß? Wenn ja, die nächste Frage: Wer hatte da seine Finger im Spiel? Frank konnte den Adrenalinschub spüren. Er fühlte sich mitschuldig. Und stinksauer. Und außerdem – was sollte das hier? Warum hatte man ihn hierher gelockt? Und wer? Was konnte das sein, was er hier finden sollte? Trotz des noch immer von der Kripo versiegelten Zugangs? Gab es in den Gewölben etwas, das so wichtig war? Oder war das alles nur Finte? Frank fühlte sich elend. Er verstand auch nicht mehr, warum er sich von Sibylle so hatte einlullen lassen! Aber das war nur eine rhetorische Frage, denn Frank wusste wie gut Sibylle in solchen Situationen war. Missmutig durchsuchte er die ungeordneten Stapel der noch nicht einsortierten Bücher. ,*Friedrich der Große als Freimaurer und König*' sollte in den letzten Tagen zurückgegeben worden sein, überlegte er, aber nein. Ungläubiges Staunen war in seinem Gesicht zu lesen, als er Minuten später erneut Brigittes Nummer auf seinem Display erkannte, nanu?

»Welche Freude!« sagte er. »Was verschafft mir…?«

»Damit wir uns richtig verstehen«, sagte Brigitte, »ich will nichts korrigieren und nichts hinzufügen. Aber ich hätte ein schlechtes Gewissen wenn ich dir eine Neuigkeit vorenthielte, die du kennen solltest. Jedenfalls sagt mir das ein Gefühl.«

»Schön, deine Stimme zu hören«, sagte Frank. »Und außerdem…«

»Das wichtigste zuerst!« erwiderte Brigitte ungerührt. »Und nur deshalb rufe ich dich an: Ich vermute, dass euer Großmeister in Kürze zurücktreten wird. Jedenfalls hat er mir das heute Morgen im Gespräch angedeutet. Frag mich nichts – mehr weiß ich auch nicht!«

»Der Großmeister tritt zurück? Wieso denn das? Hat er irgendwas gesagt – ich meine, warum er das tun will, oder…«

»Wenn du mich fragst, dann solltest du jetzt keine Zeit verlieren, sondern das tun, was jetzt getan werden muss. Doch frag nicht mich – ich hab keine Ahnung was das sein könnte. Also, mach das Beste draus und …«

»Willst du damit sagen, dass auch ein klitzekleines date bei Giovanni heut keine Chance hat?«

»Ich hab nur noch eine einzige Vorstellung vom Rest des Abends und falle jetzt in mein Bett.«

»Allein?«

Keine Antwort, doch Frank wusste, dass Brigitte die Frage noch mitgekriegt hatte. Geschieht mir recht, weil ich manchmal einfach meine Klappe nicht halten kann. Eines ist klar: Für Unterhaltung wird hier richtig gesorgt. Es ist doch schon so, dachte er, dass ich bei jeder Neuigkeit schon überlege, was das nächste Highlight sein könnte. Jedenfalls hat Brigitte recht, jetzt kommt es darauf an, wie wir die Folgen aus dem bevorstehenden Rücktritt des Großmeisters in den Griff bekommen. Wenn das bekannt wird, dann reagieren vermutlich einige Leute hektisch. Gott sei Dank, bis jetzt weiß das noch keiner. Und überhaupt – wie sollte das bekannt werden? Denn dass unser Großmeister seine Pläne an die große Glocke hängt kann ich mir nicht vorstellen.

In dieser Sekunde zuckte ein Blitz in Franks Gehirn, und er spürte wie es ihm kalt über den Rücken rann. Vorsichtig, sehr vorsichtig sah er sich um als ihm klar wurde, dass er soeben selbst dazu beigetragen haben könnte, die Neuigkeit zu verbreiten. Natürlich, wie konnte er nur so einfältig sein! Hier hatten die Wände Ohren. Auch falls ein heimlicher Lauscher Brigittes Äußerungen nicht mitbekommen hatte – aus seinen eigenen Antworten konnte sich jeder den Rest zusammenreimen. Wie auch immer – jedenfalls musste er sich sputen, wenn er vor dieser Fete noch zuhause vorbeifahren wollte. Duschen und Umziehen stand jetzt ganz oben auf der Liste.

***

»Herr Schartek, es gibt da einen Flug nach Athen, morgen um 10.30 Uhr mit der Lufthansa. Oder auch schon heute Abend, die Nachtmaschine von Frankfurt nach Adis Abeba, mit Zwischenlandung in Athen um 23.50 Uhr?«

»Fein gemacht, Annchen! Also heut Abend, je eher desto besser!«

Anna errötete vor Stolz. »Das wird erledigt, die Reservierung mache ich sofort«, sagte sie bevor sie ihrem Chef den Anruf von Thomas Richter durchstellte.

»Hallo, hier Thomas. Kannst du mir erklären, warum wir schon jetzt mit Plan A starten sollten?« Thomas Richter hatte viele Argumente dagegen. Jo legte die Beine auf den Schreibtisch, brachte seinen uralten Longchair in Relaxposition und ließ den Richter reden. Dampf ablassen hat noch niemand geschadet, dachte er.

»Menschenskind, das ist doch kein Beinbruch«, sagte Jo vorsichtig, als sich der andere zu beruhigen schien. »Das ist doch genau das, was wir als beste Lösung beschlossen hatten! Oder hast du das vergessen? Notfalls müssen wir uns eben über einen Plan B verständigen.« Jo erwähnte nicht, dass Plan B mit Hus Schmidt schon längst abgestimmt war.

Dann lauschte er einige Minuten geduldig dem wortreichen Ausbruch seines Gesprächspartners. »Das alles ist nur eine Frage der Organisation, aber du kannst beruhigt sein«, sagte Jo dann beschwichtigend. »Es war nämlich die kleine Kommissarin selbst, die unserem Frank diese Neuigkeit gesteckt hat. Unser Großmeister hat ihr die Neuigkeit verraten, als sie ihm dienstlich einige Fragen zum derzeitigen Totentanz in der Großloge stellen musste.«

Die Antwort des Richters schien Jo nicht zu interessieren, er sah gelangweilt aus dem Fenster. »Wann das war? Du kannst beruhigt sein, das ist keine halbe Stunde her.« Jo angelte sich eine knusprige Brezel aus der Papiertüte und betrachtete gelangweilt die grünen Baumwipfel des Zoologischen Gartens. »Nein, deiner Meinung bin ich absolut nicht«, antwortete er nach kurzem Zuhören. »Im Gegenteil! Jetzt werden wir vor allem dafür sorgen, dass dieser Cornelius Frey schnellstens nach Athen verschwindet. Sonst richtet der junge Wilde hier womöglich größeres Unheil an.« Der sture Bock ist heute absolut nicht zu überzeugen, dachte er und sandte Thomas Richter einen bösen Blick durch den Telefonhörer.

Jo war jetzt richtig aufgebracht: »Was soll denn das heißen, ,warum ausgerechnet nach Athen?' – Ganz einfach, weil der Knabe dann weit weg ist. Außerdem war er da schon mal, er spricht auch etwas griechisch soviel ich weiß und kommt dort also gut zurecht. Übrigens – Befehl von Hus! Sonst noch Fragen?« Widerborstiger Hund, dachte Jo. »Also ruhig Blut, mein Lieber! Du wirst sehen, das wird sich alles prima ordnen. War sonst noch was?« setzte Jo hinzu, der das Gespräch jetzt satt hatte. »Mein Lieber, wir sind keine Anfänger, und deshalb hat Anna für unseren Youngster ein Ticket nach Athen organisiert, genauso, wie wir das vereinbart hatten, alles klar?«

Der Kerl kann nerven, dachte Jo und warf den Hörer auf die Gabel. Das Alter beginnt in der Birne und macht sich spätestens dann bemerkbar, wenn die Leute nicht mehr klar voraus denken können, knurrte er. Ein kurzer Blick hinüber zu Annas Schreibtisch – sie schob Flugpläne, Buchungsunterlagen und Hotelprospekte in eine Schublade und wandte sich der Kaffeemaschine zu. Der Knabe wird also morgen aus der Kampfzone sein, brummte Jo. Und das sogar mit Bodyguard. Dieser Lorbacher wird mal gut, der stellt keine überflüssigen Fragen! Ganz anders als unser pingeliger Cornelius. Aber Hauptsache, wir haben den Knilch sicher im Griff! Lasst mal Jo das alles machen, Freunde. Dann klappts auch! Am besten, Ihr gewöhnt euch so langsam daran!

»Aha, eine Email von der Lufthansa«, meldete Anna aus dem Nebenzimmer. »Der Flug für Cornelius Frey ist bestätigt!«

»So so, Cornelius Frey? Wer war das gleich?« brummte Jo und winkte mit seiner leeren Kaffeetasse in Annas Richtung.

21 Inferno

Schon fast neun Uhr, erkannte Frank, als er ziemlich groggy die letzten Stufen zu seinem Dachgeschoss hinaufstieg. Wahrlich, solche Marathon-Tage sollte man sich ersparen, man ist keine Dreißig mehr. Er spürte mit Widerwillen, wie ihm das alles auf den Nerv ging. Vor allem wuchs seine Abneigung gegen diese Logen-Intrigen – nahm das denn kein Ende? Und überhaupt, konnte man sicher sein, ob nicht im nächsten Moment irgendwo die nächste Leiche auftauchen würde? Aber, musste ihn das überhaupt interessieren? Dafür war schließlich die Polizei da, die wurde dafür bezahlt. Und sogar von seinen Steuern! Also sollten die gefälligst ihre Arbeit machen. Und er für seinen Teil würde sich auf seine Arbeit konzentrieren, die er perfekt beherrschte. Sonst nichts. Dazu hin und wieder einen Vortrag in der Loge. Das machte nicht nur ihm Spaß, auch seine Brüder waren davon stets angetan. Man glaubt nicht, sinnierte Frank, wie gesund Treppensteigen ist! Das hier war wieder ein gutes Beispiel: Treppensteigen eröffnet erfrischend neue Denkweisen, dabei werden die besten Ideen geboren.

Doch jetzt musste er sich sputen, sonst würde Karla allein auf der Ushki-Fete herumirren. Er zog den Wohnungsschlüssel aus der Hosentasche, da stockte ihm der Atem, denn seine Wohnungstür war nur angelehnt, und durch den Spalt fiel ein schwacher Lichtschein. Auf Zehenspitzen schlich er geräuschlos die letzten Stufen hinauf, vermied dabei vorsichtig das knarrende Dielenbrett am obersten Treppenabsatz und spähte hinein. Mehrere Minuten lauschte er, jedes Geräusch vermeidend. Was solls, dachte er, wenn da jemand drin ist, dann lauert er mir entweder auf oder er ist tot. Jedenfalls muss ich da rein, keine Frage! Frank wischte sich die feuchten Hände an der Hose ab und atmete tief durch. Er würde die angelehnte Tür öffnen und blitzschnell den Hauptschalter einschalten, so dass die ganze Wohnung in der nächsten Sekunde hell erleuchtet war. Von dieser Tüftelei hatte ihn vor Jahren ein Kollege überzeugt, der beim Nachhause kommen von zwei versteckten Einbrechern halb tot geprügelt worden war.

Das Licht flammte auf, und Frank konnte die Diele, den großen Wohnraum und den Wintergarten sofort überblicken, kein Eindringling war zu entdecken, aber er mochte nicht glauben, was ihn da erwartete! In den Regalen stand kein einziges Buch mehr, Bilder waren von der Wand gerissen und brutal auf dem Fußboden zertreten worden. Viele der Bücher waren mit Blumenerde bedeckt, als hätte hier ein Begräbnis stattgefunden. Hunderte von Zeitschriften lagen umher, mit den großblättrigen Blattpflanzen drapiert, alle aus den Töpfen gerissen. Der schwache Lichtschein kam aus dem offenen Kühlschrank in der angrenzenden Küchenzeile. Der Kühlschrank war wie leergefegt, ebenso das kleine, darüber liegende Tiefkühlfach. Gemüse, Butter, Käse, Radieschen, Wurstaufschnitt, Obst, auch eine große Schale frische Erdbeeren mit Sahne bereicherten das Chaos aus Büchern und Zeitschriften auf dem Fußboden. Das Weinregal war umgestürzt und die Flaschen lagen dekorativ zwischen Akten, Lebensmitteln und Journalen verteilt, manche waren zerbrochen, wobei besonders der Rotweinsumpf dem beigefarbenen Berberteppich eine interessante Note verlieh. Dazu Milch, Eier, Bier, mehrere Marmeladen verschiedener Farben – hier war an nichts gespart worden. Garniert war das Ganze mit dem Inhalt sämtlicher Küchenschubladen, Essbesteck und einigen Kochtöpfen und Bratpfannen. Frank schlüpfte mit dem linken Fuß aus dem Mokassin, der in einer dicklichen grünen Pfütze aus Bio Tannenhonig auf dem Teppich festklebte.

Wenn ich jetzt diese Situation beschreiben müsste, dachte er grimmig, dann etwa so: *In der gleichen Sekunde verstand Artman, was es mit dieser rätselhaften SMS auf sich hatte.* Eines war klar: So hatte ihn jemand im Ordenshaus beschäftigt, so hatte sich dieser Jemand für die ungestörte Durchsuchung seiner Wohnung genügend Zeit verschafft. Und er Idiot war darauf herein gefallen. Punkt. Mehr war dazu nicht zu sagen.

Ein Gefühl tiefer Dankbarkeit befiel ihn, als er im Schlafzimmer lediglich seine Anzüge, Jacketts und Wäsche aus dem Wandschrank gerissen vorfand. Zwar auf dem Boden verstreut und zertrampelt, aber weitere Schäden waren nicht zu erkennen. Auch seine Bonsaibäume, die wegen des Nordfensters hier ihren Platz hatten, waren unversehrt. Selbst das Aquarium war eine Insel des Friedens. Nur der südamerikanische Antennenwels zeigte sich wegen der ungewohnten nächtlichen Illumination irritiert und verschwand schnell wieder in seinem Pflanzendschungel. Frank grauste bei dem Gedanken, dass hier ebenso gut tausend Liter Wasser in den Teppichboden gesickert sein könnten. Da das Schlafzimmer nicht weiter in Mitleidenschaft gezogen war vermutete er, dem Täter könnte die Zeit knapp geworden sein.

Dass es dabei nur um das verfluchte Notebook ging, war klar. Er erkannte schlagartig, dass dies hier eine brutale Bedrohung war, eine Gefahr, die er auch körperlich zu spüren glaubte. Hier wollte ihn jemand fertig machen, ihn ruinieren und seine Existenz vernichten. Er wusste genau, wie leicht so etwas zu machen war. Er kannte solche Fälle, wo Menschen durch rachsüchtige Kreaturen völlig kaltgestellt, sogar zum Suizid getrieben worden waren. Mobbing hieß das Rezept, und es funktionierte auf vielfache Weise. Dass dazu sogar Leute fähig waren, denen das Opfer persönlich nahe gestanden hatte, mochte er lange nicht glauben. Menschen, die so etwas überlebt hatten, versicherten ihm, dass sie zeitweise an ihrer Existenzberechtigung gezweifelt hätten. Nichts für schwache Nerven, dachte er. Die Frage war nur, ob er so etwas durchstehen konnte. Schaffte man das überhaupt alleine? Wem konnte er noch vertrauen?

Frank wurde klar, dass er sich mit einer Macht angelegt hatte, die aus dem Dunkel agierte und von der er weder die Strukturen noch deren Ziele kannte. Nur schemenhaft begann er Zusammenhänge zu ahnen, gegen deren Erkenntnis er sich bisher heftig gesträubt hatte. Auch wenn ihm dies nicht gefiel, immer klarer wurden die Anhaltspunkte dafür, dass zwischen jener Attacke gegen ihn, gegen die Kommissarin und der Gier nach diesen Daten ein Zusammenhang bestand. Um Himmels willen, so überlegte Frank, musste das nicht bedeuten, dass diese Bedrohung aus dem Kreise seiner Brüder kam? Frank war so, als sei ein böser Dämon aus einer Flasche entwichen. Was er jetzt brauchte war ein Weg, der ihn nicht zwang, seine Überzeugungen aufzugeben. Nur weil irgendwelche Finstermänner ein Drohpotenzial aufbauten würde er niemals kapitulieren. Es kommt nur darauf an, so sinnierte er, die in vielen Jahren gewachsenen Ideale zu bewahren. Dabei muss ich auch akzeptieren, dass jeder unweigerlich ein Teil des Systems ist, dem er angehört. Also Loyalität um jeden Preis? Die Frage der Loyalität kläre ich später, entschied er. Jetzt hatte Selbstschutz die erste Priorität. Jetzt war vor allem wichtig, Herr der Dinge zu bleiben. Andernfalls endet das alles in einer Depri Phase. Niemals! Nicht für mich. Ich bleibe wer ich bin. Und dass dieses hier nur ein Schatten ist, ein kleines Fleckchen auf einer sauberen Sache, das lass' ich mir nicht ausreden! Man muss nicht nur seine Träume haben, man muss auch alles tun, sie zu behalten. Klar, dass auch Träume der Veränderung unterworfen sind. Das muss man zulassen, denn was sich nicht anpasst, stirbt.

Wer war das, der so entschlossen hinter diesen Daten her war? Welche Informationen konnten das sein, die ein solches Inferno auslösten? Wenn nur der Lorbacher endlich mit dem Knacken des Notebooks vorankäme. Oh Schreck, fiel ihm siedend heiß ein, der liebe Klaus wird mich eiskalt hängen lassen, wenn ich nicht bei dieser Geburtstagsfete die Messingfritzen für ihn beobachte. Was tun? Es gab nur eine Lösung: Sibylle durfte das Notebook auf keinen Fall an Lorbacher herausgeben. Hoffentlich konnte er sie jetzt erreichen!

»Sibylle, das ist schön, dass ich dich erwische! Ich wollte dir nur sagen, dass du das Notebook nicht an Klaus weiter zu geben brauchst. Ich hab den Fall anders gelöst!«

»Oh, wie schön für dich, Frank! Dann hast du jetzt einen doppelt gelösten Fall. Sowas kommt selten vor!« lachte sie.

»Und das heißt was?«

»Dass Klaus vor zehn Minuten hier war und ich ihm das Notebook übergeben habe. Wie von dir befohlen.«

»Vor zehn Minuten, sagst du? Dann ist Klaus doch vermutlich noch in der Nähe. Kannst du ihn irgendwo sehen?«

»Kann ich nicht!«

»Sibylle sei nicht bockig! Du hast das doch überhaupt nicht versucht!«

»Das brauch' ich auch nicht, weil er vor zwei Minuten mit Maren zusammen durch die Drehtür hinausgesegelt ist. Und zwar Händchen haltend, falls dich das interessiert – was dir aber wurscht sein kann, weil das wie Hänsel und Gretel aussah!«

»Hänsel und Gretel?«

»Na, wie Brüderchen und Schwesterchen eben.« Sibylle kicherte, und das klang sehr nach Gin-Fizz oder sowas.

»Scheißspiel!«

»Und das ist alles, was du mir zu sagen hast? Macho!«

»Wie bitte?«

»Liebster Frank, man schläft nicht miteinander – jedenfalls nicht so, wie wir beide heute Mittag - und tauscht dann wenige Stunden später nur Banalitäten aus. Da warst du früher besser!«

»Sibylle, kannst du mir verzeihen? Ich hab' hier gerade mächtig Stress. Wir telefonieren morgen. Ich ruf' dich an, bestimmt! Gutnacht!« Dass sich ihr Chef den Irak-Artikel hinter den Spiegel stecken kann, muss ich ihr jetzt nicht sagen. Sonst ist die Kacke richtig am Dampfen. Denn eines war klar, bei diesem Chaos war er überhaupt nicht arbeitsfähig. Er konnte noch nicht mal sicher sein, ob seine Computeranschlüsse und die Datenleitung noch funktionierten. Wer weiß, ob mir dieser Schweinehund hier einen Störsender installiert oder einen Sack voll Viren eingeschleust hat. Vielleicht ist die ganze Wohnung verwanzt und wird abgehört. Doch ruhig Blut, das alles kann ich sowieso erst morgen regeln.

Oh verdammt! Um ein Haar hätte er Karla verpasst, die sich jetzt zu diesem Geburtstagsumtrunk auf den Weg machen würde. Fünf Minuten später, so sagte sie etwas zickig, hätte sie bereits im Taxi gesessen. Natürlich war sie stinksauer, wurde aber ganz still, als sie erfuhr, was bei ihm zuhause los war. Er versprach Karla, morgen ausführlich zu erzählen.

Dann rief Frank die Kripo an und meldete den Fall. Nein, keine Personenschäden. Er sagte den Leuten der Nachtschicht, dass er in einem Apartment Hotel an der Heerstraße übernachten würde. Morgen früh sei er wieder hier anzutreffen. Außerdem hätte die Hauswartin Jule Krieschke einen Zweitschlüssel zu seiner Wohnung. Nach einem angewiderten Blick auf die Verwüstung zog er die Tür hinter sich zu. Er klingelte Frau Krieschke aus dem Bett und trug der verdutzten Frau auf, morgen beizeiten alles Nötige mit dem Roomservice zu veranlassen. Im Keller holte er sein eigenes Notebook aus dem Wand Safe, für alle Fälle, und verließ das Haus. Gern wäre er die wenigen Schritte zu Fuß durch die klare Nacht gegangen, aber es schien ihm sicherer, den Mini in der Tiefgarage des Hotels zu parken. Nach einigen Gin-Tonic an der Bar in der Lobby fiel Frank in das nicht übermäßig breite Hotelbett und schlief den Schlaf eines Toten.

Kurz nach sechs Uhr früh stieg er aus dem Swimmingpool im Tiefgeschoss des Hotels und fühlte sich gewappnet für die Dinge, die der Tag unweigerlich bringen würde. An der Rezeption sagte man ihm, dass ein Hauptkommissar Schurigl angerufen und um seinen Rückruf gebeten habe. Frank verabredete sich mit Schurigl zu elf Uhr in seiner Wohnung und widmete sich dann in aller Ruhe dem Frühstück auf dem Balkon des Apartments. Danach brachte er mit einem Dutzend Telefonaten seinen Terminkalender auf den aktuellen Stand. Beinahe hätte er vergessen seinen Versicherungsagenten über den Vorfall zu informieren. Der machte ihn darauf aufmerksam, dass er nun wohl nicht mehr um eine Prämienerhöhung herumkommen würde. Frank beauftragte den Telefonservice, alle Anrufe entgegen zu nehmen. Nach kurzem Überlegen ließ er den Mini in der Tiefgarage und ging zu Fuß die wenigen Schritte zurück nach Hause.

Er hatte nicht erwartet, den Roomservice schon bei der Arbeit zu finden, doch nicht weniger als fünf Leute wuselten geschäftig durch seine Wohnung. Der Teppichboden im Wohnraum war provisorisch gesäubert, allerdings musste die gesamte Auslegeware ausgetauscht werden. Das würde jedoch erst zum Wochenende möglich sein, wurde ihm gesagt. Einige Stapel Bücher warteten zwar unsortiert, aber immerhin schon ordentlich auf dem Fußboden zusammengetragen darauf, wieder in die Regale eingestellt zu werden. Große blaue Müllsäcke standen umher und füllten sich zunehmend mit allem was absolut nicht mehr zu retten war, so wie Frank das Frau Krieschke aufgetragen hatte. Sie war in ihrem Element und beaufsichtigte das Treiben mit der grimmigen Miene eines Feldobristen. Die Geschirrspülmaschine lief auf Hochtouren. »Das ist schon die Dritte. Besteck und alles was nicht zerbrochen ist«, erklärte ihm Frau Krieschke.

»Wenn ich Sie in mein Schlafzimmer bitten dürfte«, sagte Frank artig mit einer einladenden Handbewegung zu Schurigl, der das Durcheinander im Wohnraum nachdenklich betrachtete. Frank sah irritiert zu, wie der Hauptkommissar aus dem Uhrentäschchen seiner braunen Lederweste ein weißblaues Plastikdöschen zog, worauf das bayerische Staatswappen prangte, rechts und links flankiert von wild dreinblickenden Löwen. Frank vermutete einen Schnupftabak der guten Sorte.

Versonnen und mit einem milden Blick, den Frank bei Schurigl bisher nicht beobachtet hatte, öffnete der mit einem Schnippen seines Daumennagels das flache Döschen und schüttelte durch ein kleines Loch die

378

schwarze, krümelige Masse auf den Handrücken, genau in die Beuge von Daumen und Zeigefinger. Nachdem er das Behältnis wieder in seiner Westentasche hatte verschwinden lassen, teilte er die schwarze Schnupftabak-Raupe mit dem kleinen Finger der rechten Hand in zwei Hälften, die er abschätzend betrachtete. Das Weitere vollzog sich so schnell, dass selbst ein aufmerksamer Betrachter kaum folgen konnte. Der Hauptkommissar brachte seine Nase in Position, und mit einem leichten Neigen seines markanten Schädels nach rechts und links schnupfte er jede der beiden Raupen ruckartig in das jeweils dafür bestimmte Nasenloch auf.

Schurigl sah sich aufmerksam um, als suche er hier etwas Bestimmtes. Ein tanzender Sonnenfleck auf dem Boden bei der Terrassentür weckte seine Aufmerksamkeit. Dort reckte er seine Nase in die Luft und spähte durch die Jalousie aus dem Fenster in die gleißende Mittagssonne. Seine große Nase zitterte mehrmals nach rechts und nach links, verharrte dann unbeweglich, die weiten Nasenflügel hoben und senkten sich wie die Flügeldecken eines Maikäfers. Ergeben hob der Hauptkommissar den Kopf in den Nacken, holte mehrmals tief Luft, fast wie ein Erstickender, dann klappte sein Unterkiefer herunter, seine Hände griffen unter heftigen Zuckungen ins Leere, ballten sich zur Faust, öffneten sich, ballten sich erneut und den himmelwärts gerichteten Augen folgte eine gewaltige Eruption, deren Ausbruch der Hauptkommissar mittels eines gigantischen roten Taschentuchs auffing, das er in letzter Sekunde aus seiner verbeulten Cordhose hervorgezogen hatte.

»Das sollten Sie auch versuchen, Artman, das klärt den Verstand! Und nun sagen Sie mal ehrlich, was wollen die Leute von Ihnen?«

Frank wartete ab.

»Um was gehts denn hier wirklich?« setzte der Hauptkommissar sanft hinzu wobei ein entspanntes Lächeln seine Miene erhellte. Sorgsam faltete er das Taschentuch zusammen und sah Frank erwartungsvoll an. »Sagten Sie nicht, dass hier nichts fehlt? Diese Leute suchen offenbar was Bestimmtes! Das fühlt ein Blinder mit dem Krückstock! Und wenn ich das hier nicht völlig falsch einschätze, dann geht die Show jetzt erst richtig los – oder was meinen Sie?«

»Keine Ahnung. Ich hab nicht die geringste Idee!«

»Was ist denn das hier für'ne Maschine? Da blinkt was, das macht mich total kribbelig! Können Sie das nicht abschalten?«

»Das ist mein Anrufbeantworter, hab ich noch gar nicht gesehen, muss ich nachher mal abhören…«

»Na denn los! Sie müssen schon entschuldigen, aber mich interessiert jetzt alles. Das hier ist nämlich ein Tatort! Und deshalb muss mich auch alles interessieren.«

Frank war nicht wohl in seiner Haut, doch was konnte er tun? Kurz entschlossen drückte er die grüne Taste, ein Anruf mit unterdrückter Nummer, was sonst! Na bitte – genau das hatte er befürchtet: ‚Entweder du rückst das Notebook raus, und zwar plötzlich, oder ich werds dir stückweise aus den Rippen schneiden. Und dann solltest du packen – du willst doch für ein paar Jahr aussteigen, sowieso oder nicht? Hab ich noch andere gute Idee für dich: Komm nicht wieder! Oder wie willst du Gin Tonic bezahlen, wenn du keine Auftrag mehr hast? Niemand will lesen die Scheiß, was du schreibst! Und bist du in falsche Verein auch noch!'

»Äntwädar du rrrrigst das Noddbuck rrrraus unzwarrr ädwas plezlich odärrr…«, zitierte Frank und ließ sich in den nächsten Sessel fallen. Für den Bruchteil einer Sekunde tauchte in seinen tiefsten Gehirnwindungen die

Idee auf, Brigitte habe ihm schon mal etwas Ähnliches erzählt. Aber der Gedanke entglitt ihm, als er Schurigls grimmige Miene sah.

»Sieh an, ein Notebook? Jetzt wissen wir immerhin schon, worum es geht! Artman, was ist hier los? Höchste Zeit, dass Sie die Hosen runter lassen! Handelt es sich etwa um das Luxus-Teil, von dem wir da drüben (Schurigl deutete mit einer Kopfbewegung an, dass er die Wohnung von Sartorius meinte) schon am Sonntag das Anschlusskabel sichergestellt haben? Ich rede von einem (Schurigl blätterte in seinem Notizbuch) ...ja, hier! Von einem ääää... Electron-Notebook, zwar schon fast zwei Jahre alt, unter Brüdern immer noch schlappe drei Riesen wert, wie unser Profi zuverlässig weiß.«

Das flaue Gefühl in Franks Magengegend wurde stärker.
»Ein Electron-Notebook?« echote Frank.

»Ja, Artman, das hat unser Mann über die Seriennummer des Anschlusskabels schnell herausgefunden. Und genau dieses Teil wird jetzt bei Ihnen gesucht? Per Einbruch sozusagen! Oder wie?«

»Okay, Sie haben gewonnen, sorry, war mein Fehler. Das ist schnell erklärt. Ich hatte das Notebook von Sartorius in Verwahrung, als Pfand sozusagen.«

»Und das fällt Ihnen jetzt ein? Na prima! Als Pfand wofür?«

»Für geliehene zweihundert Euro.«

»Für zweihundert Euro verlangen Sie ein Pfand, das mindestens zehnmal so viel wert ist?«

»Ich hab das nicht verlangt, Sartorius hats mir aufgedrängt.«

»Das Pfand? Ihnen aufgedrängt? Warum?«

»Weiß ich nicht, er war so!«

»Hat er öfter von Ihnen Geld geliehen?«

»Nein, noch nie.«

»Artman, hier wird noch einiges zu klären sein. Ich mag diese Fälle gar nicht, wenn sich unerwartet völlig neue Landschaften auftun. Nun eine andere Frage: Wo ist das Notebook jetzt?«

»Ich hab keine Ahnung.« Der Teufel soll mich holen, dachte Frank, wenn ich nur einen Ton dazu sage. Auf keinen Fall durfte er da den Lorbacher mit reinziehen.

»Eines scheint mir sicher, der oder die Einbrecher habens nicht. Und da stellt sich doch die Frage, warum nicht – nach dieser Power-Vorstellung hier?«

»Keine Ahnung, Herr Hauptkommissar. Vielleicht haben Sie recht und es waren zwei Einbrecher am Werk. Ich meine, nicht gleichzeitig, sondern nacheinander.«

»Ah? Das halten Sie für möglich? Interessante Theorie! So oder so, jedenfalls bleibt die Frage – wo haben Sie das Notebook zuletzt gesehen? Ich meine, wo war das Notebook als es noch hier war?«

»Hier hatte ich es reingelegt.« Frank zog irgendeine Schublade in seiner Schrankwand auf.

»Und wann haben Sie es zuletzt da gesehen?«

»So genau weiß ich das nicht, ich habe es gar nicht benutzt. Ich habs nicht mal versucht. Ich hab' nämlich ein eigenes. Und jetzt ist es nicht mehr hier.« Frank machte eine unbestimmte Handbewegung über das Chaos hinweg.

»Nächste Frage: Warum haben Sie mir das alles am Sonntag verschwiegen?«

»Ich habe gar nichts verschwiegen, sondern Sie haben mich nicht danach gefragt.«

»Sind Sie verrückt, Mann? Halten Sie das etwa für eine unwichtige Tatsache wenn hier eines Menschen Notebook verschwindet, der sich von Ihnen Geld geborgt hat und danach vom Balkon fällt?«

»Eigenartig ist das schon.«

»Ei – gen – ar – tig?« Der Hauptkommissar betonte jede Silbe und seine buschigen Augenbrauen wackelten bedrohlich. »Eigenartig!« wiederholte er. »Sie finden das also eigenartig. Sieh einer an!«

Frank erkannte seine Chance, dem heiklen Thema Notebook zu entgehen. »Stimmt. Jedenfalls nicht gerade das, was man als normal empfinden könnte.«

»Hör sich einer das an! Wo habt Ihr Pressefritzen diese gestelzten Sätze her? Auf so was käme ein normal und geradeaus denkender Mensch nie. Neidisch könnte man werden!« knurrte der Hauptkommissar. »Sie sagten, Sartorius habe in bescheidenen Verhältnissen gelebt?« Das war eindeutig eine Feststellung, keine Frage. Frank konnte sich nicht erinnern, das so gesagt zu haben. Also schwieg er und sah den Hauptkommissar abwartend an. Er traute diesem hemdsärmeligen Menschen nicht eine Sekunde, mochte der sich noch so harmlos und jovial geben. »Wie erklären Sie sich das alles, Artman? Hat Sartorius etwa für Sie gearbeitet?«

»Nein, hat er nicht. Außerdem muss ich mir gar nichts erklären Hauptkommissar! Sie sind der Ermittler.« Jetzt ließ Frank ebenfalls den ‚Herrn' vor der Anrede weg.

Schurigl ignorierte die Spitze. »Und Sie sind sicher, dass Sartorius nicht auf Ihrer Lohnliste stand?«

»Keine Spur, das ist sicher wie das Amen in der Kirche.«

»Schön, dass Sie so sicher sind. Doch ich bin mir absolut nicht mehr sicher, worum es hier überhaupt geht. Die Frage ist die: Ist das hier die Fortsetzung des Falles 'Victor

Sartorius' oder haben wir es jetzt mit einem neuen Fall 'Artman' zu tun?«

Ich kann warten, dachte Frank und schwieg.

»Dieser Fall hier…«, der Hauptkommissar beschrieb mit beiden Armen eine umfassende Kreisbewegung über dem Chaos, »hat viele Schubladen, das steht fest. Immerhin müssen wir von der Vortäuschung einer Straftat nicht ausgehen«, setzte er sanft hinzu. »Das erspart uns viel Arbeit. Artman, und ich sag' Ihnen was: Ich hätte gern eine unterschriebene Aussage von Ihnen, sagen wir… warten Sie … morgen Vormittag passt prima. Bei mir im Büro, bittschön. Am besten um zehn Uhr. Oder nein – besser Sie kommen schon um halb zehn –Sie sind doch Frühaufsteher! Oder soll ich Ihnen eine Vorladung schicken?« Frank wollte noch erwidern, dass er morgen Vormittag im Ausschuss Öffentlichkeitsarbeit bei der Industrie- und Handelskammer eine Sitzung habe, doch für den Hauptkommissar schien das Thema beendet. »Pfüat Gott«, sagte er im Gehen und zog die Tür von außen zu.

Frank sah ihm betreten nach und wetterte los: »Haste Kacke am Schuh, haste Kacke am Schuh! So langsam geht mir dieser Mist auf den Keks! Warum hab ich das Notebook nicht in der Spree versenkt?«

Frank fuhr herum. Verdammt! Schon wieder das Telefon! Ob er überhaupt abnehmen sollte? Frank unterdrückte mühsam ein Zittern in den Knien, kein Wunder – hier musste man ja neurotisch werden. Er wartete, nahm dann aber erleichtert den Hörer ab, als er im Display Karlas Nummer erkannte.

»Was ist los? Ich wollte gerade auflegen. Hast du inzwischen Durchblick und alles wieder gefunden? Und ist der Polizei-Selbstschutz weg?«

»Was heißt denn Polizei-Selbstschutz?«

»Na, weil die Jungs meist dann erscheinen, wenn der Gefahrenherd kalt ist.« Karla kicherte.

»Guter Spruch, danke. Den werde ich morgen bei dem Schurigl anbringen.«

»Das lass' lieber bleiben. Sag mal, hast du morgen etwa ein date mit der Obrigkeit?«

»War unvermeidbar. Er meint, bei ihm in seinem Büro hört sich die Wahrheit anders an. Vielleicht ist er auch nur scharf auf ein Heimspiel.«

»Das ist die Macht einer deutschen Uniform. Sonst alles klar bei dir?«

»So ziemlich.«

»Du, können wir uns schon um 18 Uhr am U-Bahnhof Weinmeisterstraße treffen?« wollte Karla wissen.

»Um 18 Uhr U-Bahnhof Weinmeisterstraße?« echote Frank.

»Na klar! Wenn die Meute zu dem Fußballspiel ins Olympiastadion drängt, werde ich bestimmt nicht mehr mit dem Auto unterwegs sein. Deine Hertha spielt doch heute gegen, gegen – naja, gegen irgendwen!«

»Gute Idee.«

»Außerdem bekommen wir bessere Plätze, wenn wir früh da sind – sag mal, hörst du mir überhaupt zu?«

»Aber – ja doch! Ich war nur – können wir uns – was meinst du, wo können wir uns treffen?«

»Hey, was ist los mit dir? Heut Abend ist doch diese Dixieland Session bei Karolus im Biergarten, oder hast du das vergessen? Immerhin hab ich die Karten schon vor Monaten besorgt.« In Karlas Stimme vibrierte die gerechte Empörung. Dann, doch etwas besorgt: »So kommst du wenigstens auf andere Gedanken! Und keine faulen Ausreden!«

»I wo, was denkst du denn! Ich bin gleich unter der Dusche! Ich fliege!«

»Also los! Und vergiss nicht, einen hübschen Menschen aus dir zu machen, tschüss du, bis nachher, und zwar am U-Bahnhof Weinmeisterstraße – oder soll ich das buchstabieren...?«

Frank holte tief Luft, aber sie hatte schon aufgelegt. Bloß nicht hetzen, dachte er, immerhin fährt die U-Bahn in Berlin alle fünf Minuten. Dann verpasste er sich ein lässiges Outfit und machte sich auf den Weg.

***

Hauptkommissar Schurigl war schlecht gelaunt, wie immer, wenn sich ein Fall nicht nach seinen Erwartungen entwickelte. Dabei mangelte es dem erfahrenen Kriminalisten keineswegs an Flexibilität. Doch seine gesammelten Erfahrungen hatten sich in vielen Dienstjahren zu einem Geflecht von konkreten Ereignismustern verdichtet. So unterzog er jeden Fall schon nach den ersten Erkenntnissen seinem speziellen Prüfschema. Schurigls Überzeugung war nicht nur, dass sich jeder Fall irgendwann wiederholte. Es war auch seine Überzeugung, dass ihm jede Art von Fall schon einmal untergekommen war. Wie damals in Lüdenscheid, oder in Köln, pflegte er dann gelegentlich zu sagen, wenn er mit den Kollegen diesen oder jenen Sachstand erörterte. Das klang dann so, als hätte es lediglich noch dieser Feststellung bedurft, um einen Sachverhalt nach Art und Ursache in die richtige Schublade zu sortieren. Nach seiner Theorie erforderte die Detailaufklärung dann nur noch etwas Kleinarbeit, für die er selbst nicht zuständig zu sein brauchte.

»Ist das nicht ein Scheißjob?« hatte Schurigl erst gestern zu einem Kollegen gesagt. »Aber nach ökonomischen Regeln ist das gar nicht anders zu machen! Mich wundert nur, dass die Aufklärungsquote nicht noch weiter abrutscht. Kein Wunder, wenn qualifiziertes Personal immer knapper wird. Oder soll ich zugucken, wie mir die unerledigten Fälle langsam aber sicher über den Kopf wachsen? Dann möchte ich die Sesselfurzer von der Staatsanwaltschaft mal hören!« Es war dem Kollegen anzusehen, dass er Schurigls Meinung teilte.

Ein Glück, dachte Schurigl, dass unsere kleine Blonde morgen wieder zum Dienst erscheinen soll. Nicht untüchtig, das musste er zugeben. Doch wie kann man mit solch einem Namen leben, Yalmiz? Ob so was in Bayern überhaupt ginge? Schwierig! Naja, war auch egal, und Berlin ist nicht München. Hauptsache, die ist morgen wieder vor Ort. Seit die kleine engagierte Kommissarin so eine Art von Ermittlungsstandard benutzte, chinesische Strategie oder so ähnlich, fand er sie insgeheim noch besser als zuvor. Auch wenn man nach Schurigls Überzeugung in Europa nicht auf Theorien aus China angewiesen war, Gottseidank!

Trotzdem fand er es ätzend, wenn seine Leute mitten in einem Fall ausstiegen – gleichgültig, ob sie nun erkranken oder per Verfügung abgezogen werden. Ohne konstante Zusammenarbeit mit der Stammtruppe ließ sich kein Verbrechen zügig und professionell aufklären. Deshalb war es für Schurigl selbstverständlich, dass jeder seiner Leute zu wissen hatte, was den jeweils aktuellen Fall mit Lüdenscheid oder Köln oder Buxtehude vergleichbar machte. Natürlich hatte der eine oder andere Neue auch schon versucht, auf die Marotte des Hauptkommissars zu reagieren und eine vermeintlich witzige Bemerkung eingeschoben, etwa: »...oder wie in Hamburg«! Dann wanderte des Hauptkommissars linke Augenbraue bedrohlich nach oben, bis zur unteren Stirnfalte: »Was soll denn da mit Hamburg vergleichbar sein, kannste mir das mal erklären? Na also!« setzte er dann hinzu, ohne eine Erklärung auch nur abzuwarten. War er gut gelaunt, dann gab er dem so Zurechtgewiesenen noch einen Wink mit auf den Weg, etwa: »Hamburg ist nicht überall, mein Lieber.«

»Nix Köln, nix Lüdenscheid«, brummte er jetzt angewidert und zerbröselte die dritte, nur halb aufgerauchte Havanna im Aschenbecher. »Solange wir nicht wissen, was es mit diesem sakrischen Notebook auf sich hat, werden wir keinen Schritt weiter kommen. Kein Mensch klaut irgendein Notebook, das gibts in jedem Mediendiscount für wenig Geld.« Er angelte seine Schnupftabaksdose aus dem Täschchen seiner Lederweste, denn so eine Priese, in aller Ruhe – die bescherte ihm kreative Momente. Doch damit war es nichts, denn sein Assi Heini Assauer stellte soeben eine große Papprolle an seinem Schreibtisch ab. Aufmerksam betrachtete er Schurigls Vorbereitungen. »Was'n los, Chef? «

»Gar nichts ist los! Was'n das da?« Schurigl winkte mit einer Augenbraue in Richtung der Papprolle.

»Nichts Neues zu diesem Wohnungseinbruch?« fragte der Assi neugierig.

»Nein! Außer, dass niemand einfach so vom Balkon fällt. Oder nach Schnaps stinkt, ohne dass er einen Tropfen getrunken hat. Da passt noch nicht mal Wuppertal drauf.«

»Ich meine nicht den Mord, Chef. Ich meine diese talibanische Wohnraumverwüstung. Wissen wir genau, dass der Mann nichts getrunken hatte, Chef?«

»Sagt der Leichenfledderer, und dann stimmts wohl. Außerdem weiß jeder, dass Schnapsleichen anders aussehen! Hier kommt noch dazu, dass der arme Kerl erstochen wurde, mit einem Messer, Klinge knapp dreißig Zentimeter lang und viereinhalb breit. Fast schon ein Hirschfänger. Waidmannsheil!«

Heini Assauer ließ sich nicht vom Thema abbringen: »Und wieso stinkt einer nach Schnaps, wenn er nichts getrunken hat – wie Sie sagen? Vielleicht vom Gurgeln mit Schnaps, von wegen Erkältung oder so...?«

»Assauer, kann es sein, dass du zu selten Kriminalromane liest? Vielleicht sollt' ich dir mal welche verschreiben lassen!«

»Zu wenig Kriminalromane, Chef? Wieso?«

»Weil du dann wüsstest, dass man die einzelnen Fälle strikt voneinander getrennt halten muss. Oberstes Gebot! Und nicht untereinander vermauscheln. Das bringt nur Chaos!«

»Hab ich das gemacht, Chef? Wollt' ich nicht.«

»Hast du aber! Du redest in ein und demselben Satz von der Schnapsleiche und dem Einbruch. Also – in Zukunft besser aufpassen, klar?«

»Klar Chef. Obwohl..., naja...« Heini Assauer übersah geflissentlich die knurrige Miene seines Chefs, der immer noch das Schnupftabaksdöschen in den Fingern drehte. »Also, wenn man das von der anderen Seite betrachtet, Chef, könnte es nicht sein, dass das keine zwei Fälle sind, sondern ein und derselbe. Ich meine nur Chef, obwohl – mir fehlt da natürlich die Erfahrung.«

»Was? Wieso denn das? Rede weiter, sonst wirds hier ungemütlich! Also...?«

»Das war nur, weil diese Nachbarin, Frau Lustig? – weil die was von Möbeltragen sagte.«

»Und?«

»Können das nicht auch zwei Leute gewesen sein? Ohne Möbel, meine ich. Früher nämlich, wenn mein Großvater vom Skat nach Hause kam, dann musste der immer den ollen Hitzfeld über die morsche Holztreppe mit hoch zerren, wenn der dicht war. Und wenn er den Brocken da nach oben gewuchtet hat, dann hörte sich das auch an wie Möbelschleppen. Ich meine ja nur, Chef.«

»Und wer soll der zweite Mann gewesen sein, Heini? Der Mörder?«

»Oder der Einbrecher, Chef. Oder beide?«

»Also drei Leute?«

»Oder der Mörder vom Sonntag und der Einbrecher von gestern? In einer Person, Chef.«

»Mensch, Heini! Liest du vielleicht doch zu viel Krimis?« Schurigl blickte ins Leere. »Ich hab dich vorhin schon gefragt, was diese Papprolle hier soll!«

»Das da? Is 'ne Schrotflinte, Chef. Gehört zum Gasflaschen-Fall. Hab ich noch eben im Vorbeifahren mitgenommen, war sowieso in der Nähe.«

»Offiziell mitgenommen oder mitgehen lassen?«

»Ich wollte schon immer anregen, Chef...«

»Du kannst anregen, was du willst. Nur aufregen darfst du mich heute nicht! Also, wie war das mit der Schrotflinte, Heini?«

»Heinrich, Chef! Nicht Heini, nur das nicht. Das wollten Sie sich doch merken! Heinrich, wie Heinrich der Große!«

»Von mir aus Heinrich der Sechste. War das nicht der mit den vielen Frauen?«

»Nein! Der Achte, Chef. Das war der achte Heinrich, der mit den vielen Frauen...«

»So, der mit den vielen Frauen! Das würde dir auch gefallen, eh? Wem nicht...« grinste der Hauptkommissar, um im nächsten Moment loszufauchen: »Und jetzt schaff mir endlich dieses Kanonenrohr aus dem Horizont. Darüber reden wir morgen.« Schurigls Augenbrauen hüpften.

»Oha«, dachte Heini Assauer, »da waren wir doch aus Versehen eine Sekunde lang Mensch.« Er schulterte die Papprolle wie einen Büffeltöter und verschwand eilends in Richtung Asservatenkammer.

»Taschen-Casanova«, brummte der Hauptkommissar und dachte schmunzelnd an seine eigene Assi-Zeit.

22 Abgefackelt

»Perfekt, diese Dixieland Session!« brummte Frank. »Aber ohne gehts auch!« Leider wurde Franks Tinnitus durch den Schallpegel am Stehtisch dicht neben der Band noch am nächsten Tag zu höchster Aktivität angeregt. Immerhin hatte er in den letzten Jahren gelernt mit diesem gelegentlichen Piepen im Ohr zu leben. Was solls, derlei muss durchgestanden werden, sagte er sich. Auch der Medizinmann von der Berliner Charité hatte ihm damals prophezeit, dass er sich mit diesem lästigen Ohrpfiff für den Rest seines Lebens arrangieren müsse. »Aber der regelmäßige Kollegenschwatz in lockerer Kneipenatmosphäre gehört eben zur Würze der Arbeit. Um auf dem Laufenden zu bleiben ist sowas unverzichtbar, da musste durch!« hatte ihm auch der Kollege Rodenser gesagt, der das Problem ebenfalls kannte. Frank war mit seinem Senioren Shopper, wie er seinen Einkaufs-Trolley nannte, unterwegs zum Getränkemarkt um seinen Vorrat an Tonic-Water zu ergänzen. Jeden Dienstag früh kam die neue Lieferung, und da war es gut, zeitig vor Ort zu sein. »Ein Leben ohne Feierabend-Gin Tonic wäre nur ein halbes!« war seine Überzeugung. Danach würde er sich auf den Weg machen, denn er hatte heute diesen lächerlichen Termin bei Schurigl. Gegen den Mann kann man zwar einiges einwenden, aber auf Zack ist der Bursche, und fit wie ein Turnschuh – musste sich Frank eingestehen.

Vor seiner Einkaufstour war grundsätzlich der kurze Besuch bei Ellas Zeitungskiosk dran. Nach einem kurzen Schwatz, je nach Kundenandrang, nahm er dort aus der reichen Auswahl einiges an aktueller Lektüre mit. Heute ging es ihm vor allem um ein Belegexemplar der »EU Wirtschaftswelt«, die seinen Artikel der letzten Woche tatsächlich ungekürzt veröffentlicht hatte. Bis die Verlage sich zum Versenden von Belegexemplaren an die Autoren bequemten, konnten leicht zwei Wochen verstreichen. Als Frank auf den Marktplatz einbog, war das Karree komplett abgesperrt. Fünf Löschzüge der Feuerwehr, ein Notarztwagen und mehrere Einsatzfahrzeuge der Polizei waren angerückt. Schon zwei Querstraßen vorher hatte er geglaubt, Blaulicht und Brandgeruch wahrzunehmen, hatte jedoch nicht sonderlich darauf geachtet. Frank bahnte sich einen Weg durch die Schaulustigen und stand vor den noch qualmenden Resten des abgebrannten Kiosks. Ein beißender Gestank nach verbranntem Papier und Plastik lag in der Luft. Frank wollte über das Absperrgitter steigen, was ihm jedoch ein Ordnungshüter energisch verwehrte. Erst der Presseausweis verschaffte ihm Zutritt. Erstaunt sah Frank, dass auch Hauptkommissar Schurigl mit einem stattlichen Trupp von Beamten vor Ort war.

»Moin, Herr Artman, Sie auch schon am frühen Morgen im Dienst?« Hauptkommissar Schurigls Ironie war unüberhörbar.

Was will denn dieser Maibock hier! Sollte der nicht in seinem Büro sitzen, wo wir nachher verabredet sind? »Ich wusste gar nicht, dass Sie auch für Brandfälle zuständig sind, Herr Hauptkommissar«, gab Frank ebenso spitz zurück.

»Wenn irgendwo was brennt und stinkt, bin ich immer zuständig«, knurrte Schurigl, und es klang ziemlich beleidigt. »Und bei diesem Zeitungsgrill hier sowieso!«

»Schon was zur Brandursache?« Frank blätterte sein Notizbuch auf.

»Nanu Artman, ich denke Sie sind Wirtschaftsjournalist? Dann ist das hier doch nichts für Sie!«

»Warum nicht, Hauptkommissar? Wenn mich nicht alles täuscht, dann liegen hier jede Menge verbrannte Wirtschaftsmagazine rum, also bin ich doch hier richtig – oder?«

»Wenn Sie das so sehen Artman! Ihnen ist wohl jeder Anlass recht«, setzte Schurigl bissig hinzu.

»Nicht jeder, aber dieser schon. Wer ist zu so etwas imstande?«

»Das sollten Sie am besten Frau Lint fragen. Oder gehören Sie auch zu den Kunden, die sie Ella nennen durften?«

»Natürlich ist das Ella – seit ich sie kenne, und das ist schon paar Jahre her. Ihren Familiennamen kannte ich bisher nicht. Wo ist sie denn, die müsste längst hier sein – immerhin ist es sieben Uhr vorbei. Ella macht ihren Laden immer pünktlich auf.«

»Darüber hatte ich mich zuerst auch gewundert, aber ...«

»Sie hatten ...? Also kommt sie nicht? Wo ist Ella?« fragte Frank ahnungsvoll.

»In der Hautklinik, oder schon im Leichenschauhaus – wer weiß!«

»Heißt das, sie war… Ella war da drin?«

Schurigl nickte.

»Wann kann der Brand ausgebrochen sein? Und wodurch?«

»Vermutlich zwischen vier und fünf Uhr, würde ich sagen – nach dem was wir bis jetzt wissen.«

»Und die Ursache?«

»Es sieht nach einem primitiven Kohleöfchen aus. Doch darüber brüten die Spezialisten.«

»Mord?«

»Sehen Sie nicht gleich Gespenster, Artman. Ich kann verstehen, dass das alles etwas viel für Sie ist, gestern – und heute schon wieder...«

»Und warum sind Sie mit dem Fall befasst, Herr Hauptkommissar?«

»Jedenfalls nicht wegen des Personalmangels beim Versicherungsdezernat, Artman. Übrigens – auch zu diesem Kioskbetrieb hier hätte ich ein paar Fragen an Sie.« Schurigl wartete keine Antwort ab, sondern wandte sich zu einem Kollegen um, der ihm etwas zugerufen hatte. Der machte eine Geste, die offenbar Fotografieren bedeuten sollte. Der Hauptkommissar ging hinüber. »Wir sehen uns, Artman«, rief er über die Schulter zurück. »Heute klappt das zwar nicht mehr, aber dafür am Freitag, gleiche Zeit, wenn ich bitten darf!«

»Hat der gerade *'bitte'* gesagt? Ich hör wohl schlecht!« Nachdenklich umrundete Frank den verkohlten Kiosk. Stapel ausgebrannter, stinkender und vom Löschwasser zermatschter Zeitungen und Hefte lagen herum. Das ziegelgedeckte Spitzdach des alten Holzhäuschens war bis auf die Grundmauern herunter gebrochen, als die Fensterrahmen der Last nicht mehr Stand hielten. Mein Bekanntenkreis reduziert sich rapide, dachte Frank. Minus zwei Leute in den letzten vierundzwanzig Stunden, das ist hart. Der Hauptkommissar hatte seltsam reagiert, fand Frank im Nachhinein. Das war bestimmt kein Unfall. Erst kürzlich hatte Ella mit fataler Ergebenheit gesagt, man könne nie wissen, was die Zukunft bringe. Und fast übergangslos erzählte sie von einer guten Freundin in ihrem Alter, die wegen einer Krebserkrankung versucht habe sich umzubringen. Am Ende hatte sie gar von sich selbst gesprochen? Ella und Selbstmord? Auf diese Weise? Hatte sie nicht erst neulich gesagt, aus dieser Hütte würde man sie irgendwann raus tragen, mit den Füßen voraus? Niemals wolle sie in einer Klinikmaschine totgepflegt werden. Hatte sie hier übernachtet? Wohl nicht! Aber wenn das Feuer gegen fünf Uhr ausgebrochen war, wie der Hauptkommissar meinte, dann musste sie schon sehr früh hier gewesen sein. Aber warum? Und sich auf diese Weise umzubringen – das schien Frank wenig wahrscheinlich.

Das blecherne Schlagen der Kirchturmuhr riss Frank aus seinen Gedanken. Es war höchste Zeit, wenn er nicht zu seiner Telefonkonferenz zu spät kommen wollte. Die Kollegen in Paris, New York und Athen waren es gewohnt, sich auf ihn zu verlassen. Unpünktlichkeit war das Letzte, das man Frank nachsagen konnte. Er schnappte sich im Getränkemarkt seine Tonic-Flaschen und legte den Weg um die drei Häuserblocks trotz Shopper im Spurt zurück. Das lästige Seitenstechen erinnerte ihn daran, dass er unbedingt was für seine Kondition tun musste. Karla kochte nicht oft, aber zu gut. Und ganze Wochenenden im Bett und auf der Terrasse zu vergammeln hatte eben Folgen. Karla hasste Joggen.

23 Heiße Spuren

»Welch ein lauschiger Tag, na Klasse!« Frank schaltete den Anrufbeantworter ab, der ihm soeben verkündet hatte, dass Diethard Halbach seinen Irak-Artikel nicht mehr haben wollte. Sibylle war so nett gewesen ihm das mitzuteilen, und die Erleichterung war ihr anzuhören weil sie ihn nicht selbst am Telefon erwischt hatte. Zwar würde der Bericht wie vorgesehen in der Sonntagsausgabe erscheinen, aber nicht Frank würde der Autor sein, sondern Pierre Lefebvre. »Darauf kommt es nun auch nicht mehr an!« maulte Frank und beschloss, dass dieser aussichtsreiche Morgen unbedingt einen Gin Tonic wert sei. Eigentlich viel zu früh, klar, aber.... verdammtes Telefon! Das Display ließ Frank vermuten, dass Maren ihre Neuigkeiten loswerden wollte.

»Hallo Maren, wie kommst du voran?«

»Hi Frank, es geht, es lässt sich an. Aber eine andere Frage: Wie siehts denn bei dir aus? Bist du schon wieder funktions- und arbeitsfähig?«

»Das wäre nun übertrieben. Zum Arbeiten habe ich mich vorerst im Schlafzimmer etabliert – jedenfalls so gut es geht. Was in der übrigen Wohnung los ist, kannst du dir sicherlich vorstellen. Aber ich kann mich nicht beklagen, die Handwerker arbeiten flott und morgen soll die neue Auslegeware geliefert werden. Spätestens wenn wir nach nächste Woche von Rügen zurück sind, wird wohl wieder alles intakt sein.«

»Dann wünsche ich dir weiterhin viel Geduld beim frohen Schaffen!«

»Danke, kann ich brauchen! Aber spann' mich nicht auf die Folter! Was gibt es Neues?«

»Einiges. Allerdings muss ich gestehen, dass meine Erkenntnisse über Konsul Ushkinov noch etwas lückenhaft sind. Zwar war ich bei ihm zum Interview verabredet, konnte aber nur zu wenigen Fragen eine Antwort von ihm bekommen, weil...«

»Du willst mir jetzt hoffentlich nicht erklären, dass Ushkinov mauert und dass du nichts erfahren hast?«

»Langsam, Frank! Lass mich ausreden. Herr Konsul Ushkinov hat mir erklärt, dass er dringend verreisen muss, und deshalb...«

»Maren, ich bitte dich, machs kurz! Wann bekomme ich die Informationen zu Ushkinov?«

»Lieber Frank, wenn du mich ausreden lässt, dann erzähle ich dir jetzt, dass er in einer Konsulats-Angelegenheit nach Tonga reist und mich anrufen wird, sowie er wieder in Berlin gelandet ist. Und weil ich...«

»Ushki ist abgereist? Nach Tonga? Und glaubst du ernsthaft, dass der sich wieder bei dir meldet? Maren, bleib' auf dem Teppich! Oder hast du etwa mit ihm gefrühstückt?«

»Zusammen gefrühstückt wird erst, wenn er wieder in Berlin ist. Das hab ich ihm unmissverständlich klar gemacht.«

»Meinetwegen. Das ist deine Sache. Und was weiter? Du wolltest...«

»Frank, nun hör' endlich zu, und sei nicht so ungeduldig! Sonst wirst du nie erfahren, dass ich Konsul Ushkinov im Taxi zum Flughafen begleiten durfte. Außerdem habe ich mit eigenen Augen gesehen, dass er sein Gepäck nach Nuku'alofa auf Tonga eingecheckt hat. Er fliegt über Abu Dhabi und Sydney. Flugdauer ca. 40 Stunden, inklusive vier Stunden Aufenthalt in Abu Dhabi und zwölf Stunden in Sydney. Beim Einchecken konnte ich einen Blick in sein Ticket werfen, und der Flugpreis von rund 13.000 Euro – First Class, versteht sich – hat mich ziemlich beeindruckt. Dann hat er noch erwähnt, dass er sich in Sydney mit einem schottischen Lord Sinclair treffen wird. Außerdem…«

»Sinclair… Sinclair? Sag mal, da ging doch in den letzten Tagen eine Meldung durch die Presse - war das nicht im Zusammenhang mit diesem mysteriösen Kampfpanzer-Deal?«

»Frank, das war doch jener untergetauchte Staatssekretär, ein Mann Mitte Vierzig, wenn ich mich nicht irre. Aber dieser Lord Sinclair auf Tonga scheint mir ein Jugendfreund des Konsuls zu sein.«

»Maren, das ist immerhin ein Name, der doch recht selten vorkommt, jedenfalls in Deutschland! Oder was meinst du?«

»Was es mit diesem Lord Sinclair auf sich hat, werde ich meinem Konsul nach seiner Rückkehr entlocken, verlass dich drauf.«

»Und was macht dich so sicher, dass er dich wirklich anrufen wird, wenn er zurück ist?«

»Der nette alte Herr ist scharf auf meine roten Fußnägel, so was spüre ich.« Maren feixte hörbar.

»Schön für dich, Maren. Aber wann hast du die restlichen Fakten zusammen, die du recherchieren wolltest? Wie sind seine Geschäftsverbindungen, wer agiert für ihn in Paris, wer in der Schweiz und in den USA? Denn er selbst tut eigentlich nichts, er repräsentiert nur. Der muss über ein Ameisenheer von Leuten verfügen, das in seinem Rücken arbeitet.«

»Ach Frank, jeder schimpft über den Stau, wenn er zum Flughafen fährt. Ich finde so einen Stau wunderbar.«

»Ich verstehe überhaupt nichts!« knurrte Frank, obwohl er ahnte worauf Maren hinaus wollte.

»Okay, ich beginne mit ein paar unwichtigen Kleinigkeiten.« Maren konnte Frank ungeduldig schniefen hören. »Dass Konsul Uschkinov schon alle Fäden gezogen hat und in der Ethik-Kommission des Olympischen Komitees einen Platz einnehmen wird, erwähne ich nur am Rande. Dann hat mich sehr überrascht, dass Uschkinov in Berlin zwei Patenkinder hat und...«

»Als Randinformation vielleicht interessant, aber nicht wichtig, denke ich. Bitte weiter.«

»Auch nicht, dass eines dieser beiden Patenkinder Victor Sartorius heißt – oder vielmehr: hieß?«

»Victor...! Oha! Und das andere Patenkind? Kenne ich das etwa auch?«

»... ist Klaus Lorbacher.«

»Ist wer? Klaus Lorbacher? Unser Kollege Lorbacher?«

»Ich kenne jedenfalls keinen anderen, der so heißt.«

»Maren, weiter! Hier fehlen aber noch eine Menge Details!«

»Zum Beispiel?«

»Maren, mach mich nicht wahnsinnig. Wer sind die Eltern dieser beiden Sprösslinge?«

»Der Vater heißt Thomas Richter.«

»Das glaube ich jetzt nicht!«

»Dann wappne dich, verehrter Kollege, es kommt noch besser!«

»Ich warte!«

»Du bist nicht neugierig, wer die Mutter war?«

»Also war – oder ist? Thomas Richter ist vermutlich mit einer Frau Sartorius verheiratet?«

»Nein, aber war! Und zwar mit einer Elisabeth Lint, geborene Sartorius. Lint war früher ihr Künstlername.«

»Sag das nochmal! Bist du sicher?«

»Daran ist nicht zu rütteln.«

Frank verschluckte sich an seinem Mate Tee, ließ sich in einen Sessel fallen und schnappte nach Luft.

»Ja, erstaunlich, nicht?« Maren genoss die Wirkung ihrer Worte.

»Wahrhaftig! Und du meinst Ella Lint, die gestern in Ihrem Kiosk…«

»… in ihrem Kiosk verbrannte, wolltest du sagen? Ja, genau die. Übrigens, lieber Frank, auch diese Information hattest du mir vorenthalten. Aber Gottseidank lese ich alle Berliner Morgenzeitungen schon, bevor andere Leute aufstehen.«

»Maren, stimmt das wirklich? Weißt du was das bedeutet?«

»Was es bedeuten könnte, kann ich bis jetzt nur vermuten. Denn du schweigst ja über diese Zusammenhänge wie eine Mumie.«

Frank antwortete nicht auf diesen Angriff. »Findest du nicht auch, dass man hinter solch einer Patenschaft eine dicke Freundschaft der Eltern vermuten könnte?«

»Das könnte man tatsächlich vermuten. Und ich denke, du hast recht!«

»Dann überlegen wir mal: In einer freundschaftlichen Beziehung ist man sich doch gegenseitig verpflichtet, oder?«

»Das kann durchaus sein.«

400

»Fragt sich nur, wer in diesem Fall wem mehr verpflichtet ist!«

»Verpflichtet ist oder verpflichtet war, Frank?«

»Was ist der Unterschied? Ist das nicht Jacke wie Hose?«

»Das glaub ich nicht, Frank. Manche Dinge ändern sich schnell.«

»Ich verstehe kein Wort.«

»Das liegt doch auf der Hand. Bisher war Konsul Ushkinov meinem Thomas Richter verpflichtet, weil…«

»Was heißt das: *meinem* Thomas Richter?«

»Hab ich ‚*meinem*‘ Thomas Richter gesagt?«

»Hast du!«

»Hab ich aber nicht gemeint. Also: Konsul Ushkinov war diesem Thomas Richter verpflichtet, weil der ihm einen Menschen namens Laumann auf Distanz gehalten hat, der Ushkinovs Geschäfte störte.«

»Laumann? Auf Distanz gehalten?« Frank staunte, das waren völlig neue Gesichtspunkte.

»Ja. Aber seit Ushkinov weiß, dass ihn Thomas Richter einen senilen Idioten nannte, ist die Liebe deutlich abgekühlt.«

»Oh! Und von wem hat Ushki das erfahren?«

»Von mir. Dafür gibt er meinem Kevin eine Chance.«

»Kevin? Dein Lover?«

»Na und? Ein Händchen wäscht das andere. Konsul Ushkinov ist übrigens der gleichen Meinung, was Thomas Richter angeht – hat er mir jedenfalls gesagt. Außerdem muss dieser Thomas Richter hin und wieder kräftig zurück gepfiffen werden…«

»Hat das auch Boris Ushkinov gesagt?«

»Ja. Er ist der Meinung…«

»Hört, hört! Die beiden scheinen sich gut zu kennen!«

»Keine Ahnung! Konsul Ushkinov sagte, dass man nicht so dämlich sein sollte, sich mit der Polizei anzulegen. Was er damit genau meinte, weiß ich nicht.«

Frank hielt die Luft an und sagte vorsichtig: »Stimmt, da soll jemand ziemlich übel mitgespielt worden sein… irgend einem Ermittler, hab ich jedenfalls gehört.«

»Keinem Ermittler, aber einer Kommissarin, glaub‘ ich. Jedenfalls hält Konsul Ushkinov ein solches Verhalten für dumm und naiv. Er hat deshalb noch vor seiner Abreise einen persönlichen Brief an die Justizsenatorin geschrieben, die er sehr gut kennt. Da dürfte sich der zuständige Staatsanwalt heftig die Finger verbrennen…«

»Hat Ushkinov gesagt?«

»Den Brief hat er mir gegeben, und ich hab ihn auf der Rückfahrt vom Flughafen bei der Senatsverwaltung eingeworfen.«

»Aha! Hat er dir erzählt, was da genau drin steht?«

»Nein, ich hab ihn gelesen. Oh, Frank, ich ruf‘ dich nachher nochmal an. Hier kommt gerade eine Email rein, auf die ich sofort reagieren muss. Bis dann…!«

Merkwürdige Gepflogenheiten haben manche Leute, dachte Frank und überließ Maren ihren Emails. Was jedoch Maren da las, brachte ihr Blut in Wallung:

Tommy: »Hallo, ich war ein paar Tage nicht in Berlin. Deshalb habe ich soeben erst aus der Zeitung erfahren, was gestern passiert ist, das tut mir sehr leid. Sie war doch eine anständige Seele – und solch einen schrecklichen Tod hatte sie gewiss nicht verdient! Beileid und Gruß T.«

Maren antwortete: »Und das sagst ausgerechnet du?«

Tommy: »Man muss gerecht sein. Und außerdem – schon Viktors Tod am Sonntag! Das war gewiss ein harter Schlag für sie. Ich hab daran gedacht, ob sie vielleicht den Brand selbst gelegt hat. Depression oder was weiß ich!«

Maren: »Selbstmord? Ella? Und dann auf solche Weise? Du spinnst!«

Tommy: »Wer weiß schon, was in einem anderen Menschen vorgeht? Oder wozu er fähig ist!«

Maren: »Dazu werde ich mich nicht äußern, wie du dir denken kannst!«

Tommy: »Trotzdem wirst du nicht darum herumkommen zu klären, was da alles verbrannt ist. Das werden wohl nicht nur ein paar alte Zeitungen gewesen sein! Immerhin gehört das alles zu deinem Erbteil – nachdem Viktor...«

Maren: »Das ist nicht nur mein Erbteil, das weißt du genau! Aber Wovon redest du? Was könnte denn sonst noch verbrannt sein?«

Tommy: »Sie hat immer gesagt, ihr Kiosk sei der sicherste Safe der Welt. Was liegt also näher, als dass sie wichtige Sachen dort deponiert hatte? Oder Geschäftsunterlagen, was weiß ich!«

Maren: »Mach dir darüber keinen Kopf. Wir werden schon alles finden, was da noch wichtig ist – falls die Kripo die Reste jemals wieder freigeben wird.«

Tommy: »Das könnten auch Unterlagen sein, die steuerlich wichtig sind. Vergiss das nicht! Bekanntlich ist mit der Steuer nicht zu spaßen. Ich könnte dir beim Durchsehen helfen.«

Maren: »Wieso denn die ungewöhnliche Anteilnahme? Bemüh' dich nicht. Ich werde das mit Klaus zusammen schon hinkriegen.«

Tommy: »Vorausgesetzt, da ist nicht alles verbrannt und verschmort. Ich denke da auch an Datenträger, wie CDs oder Ähnliches. Vielleicht hat sie auch Material ausgelagert...«

Maren: »Falls du mit ‚ausgelagert‘ ein Notebook meinst...«

Tommy: »Ich meine, falls es da Probleme gibt – ich kenne einen Spezialisten, der macht fast alles wieder lesbar. Ein echter Profi. Hat meines Wissens schon beim BKA gearbeitet.«

Maren: »Das ist deine Sache nicht. Außerdem ist Klaus selbst Spezialist genug. Also, vergiss es!«

Die Antwortmail kam nach fünf Sekunden, aber Maren verschob sie ungelesen in den Papierkorb.

***

»Hallo Frank, hier bin ich wieder. Wo waren wir stehen geblieben...?«

»Warte, Maren...ja, das war der Brief von Ushkinov, den du auf der Rückfahrt vom Flughafen bei der Senatsverwaltung eingeworfen hast. Sieh an, der alte Ushkinov! Da denkt jeder, das sei ein Junggeselle mit null Familienhistorie, und dann tauchen plötzlich gleich drei mögliche Erben auf.«

»Von denen allein in den letzten Tagen schon zwei das Zeitliche gesegnet haben.«

»Das heißt, wir haben es nur noch mit einem Erbberechtigten zu tun«, kommentierte Frank.

»Der wird uns wohl auch erhalten bleiben, nachdem die anderen Miterben nicht mehr länger stören – oder was meinst du?«

»Du meinst…?«

»Was könnte ich wohl meinen?«

»Hältst du es für möglich, dass…«

»…dass was?«

»Klaus Lorbacher hätte – das ist unvorstellbar!«

»Das Leben ist hart!«

»Weißt du, wo sich Lorbacher zurzeit aufhält?«

»Ich hab ihn seit Montagfrüh weder gesehen noch gesprochen.«

»Wann zuletzt?«

»Den hab ich gesehen… lass mich überlegen – das war am Montagvormittag, etwa eine Stunde bevor du mit ihm dort von der Lobby aus telefoniert hast.«

»Du hast ihn dort zuletzt gesehen?«

»So wahr mein Dackel lebt! Wieso, was ist daran komisch?«

»Zum Beispiel, dass mir Sibylle mir am Montagabend sagte, du hättest zusammen mit Lorbacher so gegen 21 Uhr die Spree Hotel-Lobby verlassen. Kann das sein?«

»Garantiert nicht, Frank. Vielleicht hatte Sibylle einen Gin-Fizz zu viel. Auch Lisa Scherer…«

»Vergiss Lisa. Sie ist ein leeres Kuvert.«

»Ein leeres Kuvert?«

»Ja, nichts drin! Wie auch immer – wir versuchen jetzt, eins und eins zu addieren. Erstens: Du hast Lorbacher am Montagvormittag zuletzt gesehen. Zweitens: Von Montag auf Dienstag brannte der Kiosk ab. Drittens: Dabei kommt seine Mutter ums Leben…«

»Frank, das ist viel Stoff für anderthalb Tage. Und harter Stoff noch dazu! Dann setze ich jetzt noch einen drauf: Kein Mensch scheint zu wissen, wo sich dieser Lorbacher jetzt rumtreibt. Oder ob der überhaupt noch am Leben ist.«

»Maren, wie kommst du denn auf diese Idee?« Ich werd irre, dachte Frank, was mache ich, wenn Lorbacher samt dem Notebook hopps gegangen ist?

»Ganz einfach, nicht nur ich versuche ihn schon seit gestern telefonisch zu erreichen. Inzwischen hat er von mir drei Nachrichten auf der Mailbox, aber auf seinen Rückruf warte ich noch immer. Außerdem scheint seine Mailbox überzulaufen, die nimmt keine Message mehr an.«

»Ob er weiß, dass seine Mutter tot ist?«

»Das war das erste, was ich ihm per Mailbox mitgeteilt habe, mit meinem herzlichen Beileid – wie sich das gehört.«

»Weißt du, für wen oder woran er zurzeit arbeitet?«

»Ich hab' keine Ahnung, darüber redet der nie!«

Das ist prima, dachte Frank. Also weiß Maren nicht, dass Lorbacher für mich Victors Notebook knacken soll. Aber seltsam ist, dass Maren diesen Klaus besser zu kennen scheint, als sie zugibt. Also bleibt die Frage: Was verschweigt Maren und weshalb?

»Maren, sag mir eines: Ist das sicher, dass Victor Sartorius, Klaus Lorbacher, Ella Lint und Thomas Richter eine Familie sind, oder besser gesagt: waren? Können wir das beweisen?«

»Für mich steht das so fest, wie das Amen in der Kirche. Sowie die Dokumente vorliegen, ist das auch beweisbar.

Willst du mir nicht sagen, warum das für dich so wichtig ist?«

»Aber wenn du sagst, dass das sei so sicher wie …« Ich werde den Teufel tun und ihr sagen, dass es mir nur auf Victor Sartorius ankommt, dachte Frank. Sie muss nicht alles wissen.

»Lieber Frank, bis die Dokumente vorliegen wirst du dich schon noch gedulden müssen. Sicher ist sicher – oder?«

Frank biss sich auf die Lippen. Sollte er sich von einem Grünschnabel belehren lassen? Halt dich zurück mein Junge, ermahnte er sich. Nur ruhig Blut, wenn sie recht hat, hat sie recht!

24 Sarkophag Limmat

»Hallo Frank, schön dass du dich meldest!« flötete Clarissa Krekel. »Gibts was Neues? Wir erfahren gar nichts mehr. Sind denn die anderen alle verreist oder in Urlaub? Wir wissen nur, dass Cornelius unterwegs ist, irgendwohin! Aber mehr hat er uns nicht erzählt! Weißt du irgendwas?«

»Nein, nichts so Wichtiges, dass der Bruder Frey deshalb extra aus Rom bei euch anrufen müsste.«

Bingo, das hat gesessen, dachte Frank als Clarissa sofort reagierte: »Du, der Cornelius ruft uns aber sehr oft von unterwegs an, wenn er Zeit hat, nicht wahr...?«

Zu wem hat sie jetzt wohl ‚nicht wahr‘ gesagt, schmunzelte Frank.

»Außerdem«, setzte Clarissa triumphierend hinzu, »ist Cornelius nicht in Rom, sondern in Athen!«

»Na sieh an! Er ist eben oft unterwegs, der agile junge Mann. Übrigens – dass unser Großmeister tödlich verunglückt ist, weißt du sicherlich auch schon...?«

»Wer ist tot, unser Großmeister? Der liebe Gernot? Oh Gott, oh nein! Wie ist denn das passiert, und wann?«

»Heute früh in Zürich, die BBC Meldung kam vor ein paar Minuten in den TV-News. Auch Jo Schartek war mit in der Maschine.«

»Wie schrecklich! Und sogar in der Bibisi, Ogottogott, was ist denn da passiert? Wie oft hab ich dem Gernot gesagt, dass er vorsichtig fliegen soll...! Und was hast du gesagt, wo das war?«

»Er hatte vermutlich einen Motordefekt mit seiner Piper Arrow und ist kurz nach dem Start abgestürzt, bei Birrfeld, das liegt in der Schweiz, in der Nähe von Zürich.«

»Mit seiner Peiper – wie war das? Du das musst du unbedingt dem Rüdiger erzählen, ich glaube er kommt gerade zur Haustür herein – warte Frank...«

Das muss ich mir nicht antun, dachte Frank und sagte kurz angebunden, er habe eine Verabredung, sei aber mobil erreichbar und trennte die Verbindung. Dann ließ er nachdenklich und bedrückt viel heißes Wasser und massenhaft Badeschaum in die breite Wanne laufen, während er nochmals der aufgezeichneten BBC-Meldung lauschte:

Ein Sprecher des Schweizer Verkehrsministeriums berichtete, dass der Pilot dem Tower kurz nach dem Abheben auf dem Flugplatz Birrfeld, westlich von Zürich, ein Motorproblem gemeldet habe. Kurz darauf habe er einen Notlandeversuch auf dem benachbarten Flughafen Zürich angekündigt. Der Tower Zürich-Kloten hielt darauf eine Piste frei und ließ mehrere abflugbereite Maschinen warten. Allerdings habe der Pilot der deutschen Piper

Arrow den Flughafen Kloten wohl nicht mehr erreichen könne und die Maschine sei bei Oetwil in die Limmat gestürzt. Beide Insassen konnten inzwischen von Tauchern nur noch tot geborgen werden. Bei der abgestürzten Maschine sei ein Sabotageakt nicht auszuschließen. Allerdings sei nach Expertenansicht auch ein Fehlverhalten des deutschen Piloten in Betracht zu ziehen. Die tatsächliche Absturzursache, so der Kommentator, werde jedoch erst nach dem Abschluss der Unfalluntersuchung feststehen. Der Flugplatz Birrfeld ist ein nicht kontrollierter Platz. Infolge der fehlenden Kontrollzone können deshalb unbefugte Personen ungehindert auf das Gelände gelangen und sich vor allem bei Nacht an den im Freien abgestellten Maschinen zu schaffen machen.

Ein Piep von der Mailbox, dann Karlas Stimme: »Gibt es dich überhaupt noch? Muss ich für deinen Rückruf einen schriftlichen Antrag stellen? Ich warte jetzt einfach so lange, bis du dein Telefon abnimmst. Ich hab viel Zeit.«

Frank klinkte sich in die Leitung. »Hallo du, mich gibt es noch, und nur mein rauschendes Badewasser hat mich am Telefonieren gehindert.«

»Wie kommst du zu diesem Luxus, und das mitten im Arbeitstag, wenn sich die Werktätigen ihrem Broterwerb hingeben?«

Frank berichtete Karla was vorgefallen war.

»Das nimmt dich sehr mit, stimmts?«

»Das kannst du laut sagen. Da gibt es Leute, denen ich so etwas eher wünsche als unserem Großmeister. Außerdem hatte ich von solchen Zwischenfällen in letzter Zeit mehr als genug!«

»Das versteh' ich! Es tut mir auch Leid um euren General, oder wie du ihn nennst. Das sollte aber nicht bedeuten, dass unser Segelwochenende vor Rügen ausfällt«, stellte Karla fest. »Und auch dir wird dieser Tapetenwechsel gut tun!«

»Vermutlich hast du recht.«

»Vermutlich hat Karla recht, wie immer! Was sonst? Bei aller Anteilnahme für den alten Herrn, aber wir wollten kurz nach Mittag losfahren. Den Wagen habe ich aus der Inspektion geholt, er ist gepackt und vollgetankt.«

»Ach Karlchen«, stöhnte Frank. »Können wir nicht lieber mit dem Mini fahren?«

»Mein Lieber, für eine Kaffeefahrt nach Rügen gibts da bestimmt kein Problem. Und wenn du auf alles verzichten kannst, was ich eingepackt habe, dann gehts auch mit dem Mini. Dass dann aber das Schlauchboot nicht mitkommt, und auch nicht die neuen Leinen, wirst du akzeptieren müssen. Und die neuen dicken Fender müssten gleichfalls hier bleiben. Das ist das Schicksal aller Leute, die mit *einem* Schiff nicht genug haben. Es geschieht ihnen recht! Also?«

»Ständig begleiten Frauen meinen Weg, die mir sagen was ich zu tun und zu lassen habe«, jammerte Frank.

»Ein Vorschlag zur Güte: Such dir eine andere!« lachte Karla. »Und jetzt sieh zu, dass du in die Hufe kommst. In einer Stunde stehe ich auf deiner Matte.«

25 Frischer Wind vor Rügen

»Liebste Karla…«

»Jawoll! Hier Smut Karla, an Bord der *Symphony*, Sie sprechen mit der Pantry, Sir!« meldete Karla von unten.

»Sehr See-fraulich!« lachte Frank. »Eigentlich wollten wir heute darüber nicht reden, aber eines geht mir nicht aus dem Kopf: Was meinte Sartorius neulich als er leicht angeheitert sagte: *'Bei Carina liegt die ganze Kohle!'* Was kann er mit Carina gemeint haben?«

»Hatte er denn eine Freundin?« überlegte Karla.

»Der? Glaub ich nicht, dann hätte er anders gelebt. Er war eigentlich der ärmste Hund unter der Sonne!«

»Ob Carina überhaupt ein richtiger Vorname ist?« warf Karla zweifelnd ein. »Vielleicht eher eine Abkürzung für irgendwas?«

»Ja, Charlotte – das kann man nie ausschließen!« Frank grinste breit und nach Karlas Eindruck recht unverschämt.

»Du sollst mich nicht Charlotte nennen – da werde ich richtig sauer! Das erinnert so penetrant an Zwiebeln.«

»Ahoi Frank, der Wind schläft auch schon – vielleicht läufts besser, wenn du ausreffst!« brüllte Schowi, der eine Bootslänge an Steuerbord vorbei rauschte. Er lachte dabei, und natürlich war seine *Tom Kyle* perfekt getrimmt. Seine Segel stehen immer wie 'ne Eins, so sagten alle Segler hier.

Jetzt fiel auch Frank auf, dass der Wind abgeflaut war, und schnell schüttete er das Reff aus. Sofort legte sich die *Symphony* leicht auf die Seite und nahm flott Fahrt auf. »Man soll eben beim Segeln nur Segeln, und sonst nichts!« murrte Frank etwas säuerlich.

»*Tom Kyle*? – Was heißt denn das?« wollte Karla wissen.

»*Tom Kyle* ist der alte Name von Kiel.«

»Der Hansestadt Kiel?«

»Ja. *Tom Kyle* stammt aus dem Mittelhochdeutschen und bedeutete – to dem Kyle = an dem Keil. Wohl deshalb, weil die Kieler Förde wie ein Keil ins Land hinein schneidet.«

»Was du alles weißt!« Karla war voll Bewunderung.

So was kann nie schaden, dachte Frank bei sich und verkniff sich die Bemerkung, dass ihm das Schowi erst neulich beim Ansegeln im Verein erzählt hatte. »Aber das war nicht das Thema, sondern …Moment mal…« sagte er.

»Wir sprachen über Abkürzungen oder Koseformen von Namen, Carina...«

»Stimmt. Carina ist wahrscheinlich dasselbe wie Billie für Sibylle – nur so, als Beispiel«, setzte Frank schnell hinzu, als er Karlas Stirnrunzeln bemerkte.

»Ach, deine Ex interessiert hier überhaupt nicht«, sagte sie streng und verkniff sich ein Lachen.

»Jedenfalls scheint Carina richtig gut versorgt zu sein…«

»Und offenbar mit Geld, das ihr gar nicht gehört! Übrigens – hast du nicht noch einen anderen Namen genannt, den Sartorius erwähnt hat?«

»Der hat in den letzten zwei Wochen viel wirres Zeug geredet, als wolle er einiges loswerden.«

»Ja, ich glaube der Mensch versucht sich von allem frei machen, was seine Seele belastet – wenn er in Depressionen schwimmt.«

»Aber irgendwas war da noch, erinnere dich – als du mir sagtest, so wolltest du nie von mir genannt werden, er sagte…«

»Ja, natürlich: Puppe oder nein – Püppi! Ekelhaft! Ich würde dir mit dem Hintern ins Gesicht springen!«

»Versprochen?«

»Aber Frank!« sagte Karla irritiert.

»Vielleicht sind Püppi und Carina identisch.«

»Frank – hieß Schowis Schiff nicht früher Carina?«

»Stimmt, genau wie seine Ex–Frau. Aber die wird wohl nichts mit dieser Geschichte zu tun haben. Immerhin – im Kapitalmarkt war die sehr aktiv, Risikokapital aus trüben oder gar finsteren Quellen – wenn ich mich nicht irre.«

»Wer weiß, Frank. Du könntest Schowi fragen, warum er sein Schiff umgetauft hat.«

»Moment – sein Schiff umgetauft? Das macht kein Segler!«

»Nein? Und warum nicht?«

»Ein Schiff umtaufen bringt Unglück, sagen die alten Salzbuckel.«

»Dann frag ihn jetzt!«

»Wen?«

»Schowi!«

»Wieso Schowi?«

»*Tom Kyle* hinter uns!« Und Karla zeigte lässig mit dem Daumen über ihre Schulter.

»Karla, ‚*hinter uns*‘ gibts nicht auf ’nem Schiff. Bestenfalls ‚*achteraus*‘!«

»Ay ay Sir! Schowi achteraus!«

»Karla, aus dir wird noch ein richtiger Segler«, sagte Frank und betrachtete die *Tom Kyle* mit geblähtem Spinnacker etwas querab in seinem Kielwasser.

»Danke Sir! Aber wenn schon – dann Seglerin bitte!«

Frank schnaufte hörbar, sagte aber nichts, weil Schowi jetzt schnell heran kam. Als er die *Symphony* passierte, winkte er kurz herüber und Frank hielt sich die Faust vor den Mund als wolle er hinein pusten. Schowi nickte.

»Was war denn das?« wollte Karla wissen.

»Er kommt nachher über Funk.«

»Ach so, das ist praktisch. Man glaubt gar nicht, wie viel Technik zum Segeln nötig ist«, frotzelte Karla.

Bald darauf lag die Mittagsflaute über der Ostsee, und kein Lüftchen regte sich. Karla liebte es über das Wasser zu schleichen, wie Frank sich ausdrückte, und sich über Gott und die Welt zu unterhalten. Das gab dem Segeln für Karla etwas Versöhnliches, denn sie mochte keine Rasereien, wie sie das nannte. Damit meinte sie das Segeln hoch am Wind, wenn sich die *Symphony* so richtig auf die Backe legte. Karla kam mit zwei Bechern Tee und einem Kuchenteller von unten und stellte das Tablett auf dem Tisch im Cockpit ab. »Jetzt sind wir genau solche Kaffeesegler, die du so liebst«, lachte sie.

»Wenn schon – dann Teesegler. Und gegen die ist nichts zu sagen, denn die haben erheblich zur europäischen Kultur beigetragen.«

»Aber nicht hier auf der Ostsee?« fragte Karla.

»Eher jene, die den Tee aus China nach Europa brachten.«

»Wie lange waren die denn damals unterwegs?«

»Von China nach England? – Knapp hundert Tage, mehr oder weniger.«

»Diese Segler waren wohl sehr schnell?«

»Naja, der heute noch bekannteste Tee-Klipper ist die *Cutty Sark*; sie konnte rund 18 Knoten laufen, also fast achthundert Kilometer pro Tag – bei gutem Wind jedenfalls. Aber es gab wohl noch einige andere, die sogar schneller waren.«

»Und warum ist dann die *Cutty Sark* so bekannt geworden?«

»Ganz einfach – sie hat überlebt.«

»Du meinst, sie ist nicht gesunken?«

»Nein, sondern sie wurde nicht verschrottet, wie das mit vielen anderen geschah.«

»Verschrottet?«

»Klar, als der Suezkanal eröffnet wurde, war die Zeit der schnellen Klipper vorbei. Wenn die Reeder geahnt hätten, was mit dem Suezkanal auf sie zukommt, dann hätten sie wenige Jahre zuvor bei den Werften nicht so viele Tee-Klipper in Auftrag gegeben.«

»Das musst du mir erklären…«

»Durch den Suezkanal wurde die Reisezeit von Ostasien nach England drastisch kürzer als um die Südspitze Afrikas herum. Deshalb waren nicht mehr die schnellen Klipper gefragt, sondern große Schiffe, die viel mehr Fracht transportieren konnten. Du siehst – solch ruinöse wirtschaftliche Umbrüche hat es immer gegeben. Andrerseits gab es auch immer Leute, die aus solchen Entwicklungen richtig fetten Nutzen ziehen konnten.«

»Da würde heute vermutlich ein europäischer Teeklipper-Verband laut nach Subventionen schreien.«

»Davon kannst du ausgehen«, grinste Frank.

»Und was ist aus der *Cutty Sark* geworden?«

»Ein herrliches Schiff – die kannst du heute noch in Greenwich besichtigen. Dort liegt sie restauriert am Ufer der Themse, vor dem Nautischen Museum.«

»Apropos Nautik – wie ging das mit der Navigation damals?«

»Man fand seinen Seeweg mit dem guten alten Sextanten – also nach Sonne und Mond.«

»Aber auch nach Sternbildern – genau wie heute noch in der Sportschifffahrt, oder nicht?«

»Mit den Sternbildern navigieren? Aber nur im Film! Du hast doch schon oft gesehen, wie schwierig es bei Seegang manchmal ist, die Sonne oder den Mond zu peilen. Und das mit einem winzig kleinen Stern? Das ist wohl eher was aus der Kiste mit dem Seemannsgarn.«

»Aber mit Sonne und Mond machen wir das doch heut noch!«

»Ich schon, aber viele Hochseesegler können heute nicht mehr mit einem Sextanten umgehen. Deshalb stehen sie dann im Dunkeln, wenn das Bordnetz aussteigt oder die Batterien im GPS-Gerät leer sind.«

»Wie ist das eigentlich mit den Sternbildern – die verändern sich auch, oder nicht?«

»Im Verlauf von tausend Jahren schon. Aber sonst sind die recht beständig.«

»Aber als du mir letztes Jahr auf dem Atlantik das Siebengestirn gezeigt hast...«

»Die Plejaden – ja, und?«

»Ich erinnere mich, dass einer der sieben Sterne schon lange nicht mehr existiert, obwohl sein Licht noch immer zur Erde unterwegs ist. Hast du jedenfalls gesagt.«

»Ja, Pleyone heißt der.«

»Der ist also noch zu sehen, obwohl es ihn gar nicht mehr gibt.«

Unten am Kartentisch ertönte ein Summton, dann ein Quäken aus dem Funkgerät: *Tom Kyle* an *Symphony. Symphony bitte kommen, over.*

Frank griff nach dem kleinen Handsprechgerät in der Teakholzkonsole am Niedergang: »Hier *Symphony*, hier *Symphony*. *Tom Kyle* bitte kommen, over.«

Tom Kyle an *Symphony*: Geh auf Kanal 28, over.

»Verstanden *Tom Kyle*, Kanal 28, over.«

»Was will Schowi?« fragte Karla.

»Wir gehen auf Kanal 28. Kanal 16 ist die Notfrequenz, wenn wir da rumquatschen, dann kriegen wir von der Waschpo eine gelbe Karte. Mindestens.«

»Waschpo?«

»Wasserschutzpolizei.« Frank schaltete auf Kanal 28 um: »Hier *Symphony*, hier *Symphony*. *Tom Kyle* bitte kommen, over.«

»Wo brennts denn, altes Haus, over?« kam jetzt Schowis Stimme aus dem Äther.

»Nur im Hals, weil der Rum alle ist, over.«

»Bei dir, Frank? Das kann ich mir nicht vorstellen – es sei denn, du hast jetzt ein anderes Schiff, over.«

»Niemals nicht! Aber sag mal, hieß dein Kahn früher nicht *Carina*? Und wenn ja, warum heißt sie jetzt *Tom Kyle*? – over.«

»Was soll'n das am hellen Nachmittag?« maulte Schowi. »So was kannste mich höchstens nach Mitternacht an der Bar fragen, over.«

»Schowi, sei nicht sauer! Ich bin da einer Sache auf der Spur und muss das jetzt gleich wissen. Hast auch was gut, over.«

Es knackte mehrmals im Lautsprecher und Frank dachte schon, Schowi hätte die Verbindung gekappt. Doch er war noch da: »Meinetwegen, und ausnahmsweise! Und nur weil du es bist! Also, mein erstes Schiff hieß *Kiel*, von wegen der alten Heimat und so. Dann kam Karin, der Schirokko soll sie zausen, also hieß das neue Schiff *Carina.* Als Karin die Kasse plünderte, mein Auto klaute, bei Nacht und Nebel mit diesem Macker verschwand und seither ominöse Geldgeschäfte macht, du weißt schon, da musste auch das Schiff einen neuen Namen kriegen – Unglück hin oder her – und seitdem heißt es *Tom Kyle,* also auch wieder *Kiel,* und Unglück hat mir das bisher nicht gebracht, das ist alles! over.«

»Schowi, thanks, over.«

»Und was soll die ganze Fragerei, Frank? over.«

»Frag ihn, ob *Carina* der Spitzname für Karin war«, tuschelte Karla eilig dazwischen.

»Frank sah sie irritiert an, fragte dann aber doch nach: Noch was, Schowi. Schönen Gruß von Karla, vermutet sie richtig, dass *Carina* von Karin kam? – over.«

»Frank, was haben wir ein Glück, dass Karla noch nie neugierig war. Grüß sie von mir und sag ihr, dass *Carina* auch nichts anderes als *Kiel* heißt! *Carina* ist doch eines der Sternbilder, die aus dem alten *'Argo Navis'* hervor gegangen sind und bedeutet bekanntlich nichts anderes als 'Kiel des Schiffes', wie wir irgendwann hätten lernen sollen.« Schowi konnte den Studienrat nicht verleugnen.

»Danke Schowi, das war alles. Nächste Woche im Club trinken wir einen zusammen, over.«

»Und wenn du mir dann nicht erzählst weshalb du so neugierig bist, dann wirst du mein Deck schrubben, over.« Und weg war er.

»Frank, ich glaube du wirst nächste Woche mit den Öffentlichen zum Club fahren«, sagte Karla sanft.

»Kann schon sein. Auf jeden Fall vom Club nach Hause.«

»Vielleicht erzählt dir Schowi, was seine Ex jetzt genau macht. Immerhin sprach er von ominösen Geldgeschäften. Aber sag mal Frank…«

»Mal«, sagte Frank gehorsam.

»Nichts als Kneepe im Kopf«, sagte Karla streng. »Kannst du dich noch erinnern, dass neulich auf irgendeiner Fete die Rede von schwierigen Finanzierungen war?«

»Ich nix wissen, worum ging es da?«

»Ich glaube, dieser Konsul Ushkinov sagte damals, wenn ein aussichtsloses Projekt auch nur eine minimale Finanzierungs-Chance hätte, dann würde Carina das schon hinbiegen.«

»Weißt du das genau? Also sollten wir uns doch für Schowis Ex-Frau interessieren.«

»Übrigens, Frank…«

»Hm?«

»Wenn ich mich nicht irre, dann sagte darauf jemand, er könne einen Kontakt herstellen weil er mit einem Carina-Prokuristen jede Woche Golf spielt.«

»Stopp! Mit dem Carina-Prokuristen? Das hört sich doch so an, als sei Carina keine Person, sondern eine Firma!«

»Oder vielleicht eine Bank?«

»Beim Rasmus – du hast recht! Jetzt fragt sich nur, wo dieser Laden residiert.«

»Könnte es nicht sein, dass sich solch ein hoffnungsvolles Unternehmen auch in Berlin etabliert hat?« überlegte Karla laut. »Könnte man nicht beim Handelsregister nachfragen, ob dort eine Firma namens Carina eingetragen ist?«

»Schon unterwegs«, sagte Frank und war bereits unten am Kartentisch dabei, eine Internet-Verbindung aufzubauen.

»Gib zehn Grad Steuerbordruder, der Wind legt zu«, rief Frank von unten.

»Ich drehe also das Steuerrad nach rechts – richtig?«

»Karla – ‚rechts' gibts nicht auf einem Schiff!«

»Ay, Käpt'n – zehn Grad nach Steuerbord, mach ich.« Karla hörte wie Franks Finger über die Tasten klapperten. »Und?« rief sie nach einer Weile hinunter, »findest du was?«

»Nichts mit Carina – gibts einfach nicht! Hab schon alle Schreibweisen durchprobiert.«

»Du, Frank, sagte Schowi nicht, dass *Carina* – was im Lateinischen wohl *Kiel* heißt – ein neuer Teil des alten Sternbildes *'Argo Navis'* sei?«

»Ja, warum?«

»Ich frage mich, was aus anderen Schiffsteilen geworden ist. Bug und Heck zum Beispiel?«

»Karla, du spinnst!« rief Frank von unten, reichte ihr aber sofort das Astronomische Handbuch nach oben: »Sieh bitte unter Argo nach.«

Während Frank die Handelsregistereinträge von Hamburg, München und Frankfurt nach einer Firma Carina durchsuchte, rief Karla nach unten: »Frank, hier steht, dass im Jahr 1933 durch die Internationale Astronomische Vereinigung 88 Sternbilder weltweit neu definiert wurden. Das alte Sternbild ‚*Argo Navis*' teilte man auf in seine ‘Schiffs'-Bestandteile. Frank hörst du zu?«

»Ja, weiter!«

»Und zwar teilte man es auf in den Kiel *(Carina)*, das Heck *(Puppis)*, das Segel *(Vela)* und Kompass *(Pyxis)* – die alle sind aber in Europa nicht immer zu sehen – so steht es hier.«

»Und was weiter?«

»Frank! Frank, hast du nicht gehört: Puppis! Puppis, Frank – nicht Puppe oder Püppi – sondern vielleicht ‚Puppis‘, das Heck!«

»Ja, hab ich gehört. Zwar gibts hier nichts mit Puppis, dafür aber eine Pyxis Finanz GmbH in München, was sagst du jetzt!? Wenn das ein Zufall ist, dann fress‘ ich meine Ruderpinne zum Frühstück.«

»Vorsicht Frank, ich glaube nicht, dass die schmeckt«, sagte Karla.

»Dann hältst du es sicherlich für einen Zufall, dass hier ein gewisser Victor Sartorius als alleiniger Geschäftsführer eingetragen ist!«

»Oh!« machte Karla.

»Und nicht nur das. Er war offensichtlich auch der einzige Gesellschafter dieser bemerkenswerten Firma.«

»Was heißt das?«

Frank stieg nachdenklich an Deck und setzte sich zu Karla in die Sonne. »Das heißt, dass er bei der Gründung der Gesellschaft das gesamte Stammkapital sofort einzahlen musste – damals also 50.000 DM.«

»Kann Victor Sartorius so viel Geld gehabt haben?«

»Nie im Leben!«

»Wie hat der das dann gemacht? Vielleicht hat ihm jemand das Geld geliehen?«

»Kein Mensch hätte dem verhuschten Kerl diese Summe geliehen, höchstens als Spielgeld.«

»Spielgeld?«

»Ja, und vermutlich so, dass Sartorius das Geld genau nach der Anweisung seines Geldgebers verwenden musste. Geldwäsche – wer weiß?«

»Also war Victor Sartorius war ein Strohmann?«

»Ja, ein Strohmann, eine Marionette, sonst nichts.«

»Der arme Kerl! Aber für wen?«

»Das ist wohl sonnenklar: für seinen Vater, Thomas Richter, oder was meinst du? Übrigens…«

»Ja?«

»… wollten wir nicht die Finger davon lassen?«

»Aber Frank! Jetzt, wo wir schon so weit sind?«

»Du hast recht, das denke ich auch!«

»Frank, was glaubst du, was hat diese Firmenkonstruktion mit diesen vielen nautischen Begriffen zu tun? Da muss ein echter Fan dahinter stecken!«

»Hab ich mir auch schon überlegt. Nachdem hier Sartorius im Spiel ist, oder war, fällt mir ein, dass bei ihm zuhause jede Menge Schiffsmodelle rumstehen. Darüber hat sich dieser Schurigl auch gewundert.«

»Und? War Sartorius denn Segler?«

»Nö, konnte der mit seiner Behinderung überhaupt nicht, sagte er jedenfalls. Mir hat der Junge erzählt, dass er bei seinem Großvater in der Nähe von Lübeck aufgewachsen sei, einem ehemaligen Fregattenkapitän. Der soll dort seinen Lebensabend in einer alten Kate verbracht haben, die mit Schiffsmodellen nur so vollgestopft war. Die schönste Zeit seiner Kindheit, wie Sartorius erzählte.«

»Das glaub' ich gern«, sagte Karla. »So eine Kindheit wirkt nach.«

»Sartorius hatte richtig Ahnung davon. Er war einer der wenigen Menschen, die *Kielschwein* nicht als Beleidigung verstehen.«

»Kielschwein? Was um Himmels willen ist denn das?«

»Das ist ein Holzbalken, der im Schiff das innenliegende Gegenstück zum Kiel bildet.«

»Na sowas«, sagte Karla und ging nach unten um sich noch einen Tee zu holen. Gleich darauf rief sie: »Frank, du solltest lieber runter kommen. Hier steht eine ziemlich lange Email auf dem Bildschirm – und rate von wem!«

»Lies vor!«

»Frank, wenn das Englisch wäre – aber Französisch ist nicht meine starke Seite.«

»Hey – etwa von Jeff Britts aus Canada?«

Frank las: *Bonjour Frank, ca va bien? Entschuldige die Verspätung, aber als deine Email ankam war ich drei Wochen in Alaska, da gibt es jetzt die prächtigsten Lachse des ganzen Jahres. Über diese Sirius Cube Finance Inc. in Rapid City, South Dakota habe ich herausgefunden, dass die Leute ihr Geschäft in Cats and Dogs machen, also Vorsicht kann nicht schaden! Dort gibt es einen Mann namens Lee Wallbergh, der aber nicht die Fäden zieht. Das ist ein Rechtsanwalt, der vermutlich nur die Bürokratie erledigt. Über den Hauptdarsteller weiß ich bisher nichts, er ist nur ein- oder zwei Mal im Jahr dort. Kaum jemand kennt ihn, und nur wenige Leute hatten schon was mit ihm zu tun. Jedenfalls war das mein Eindruck. Der Mann ist bekannt als Mr. Giant, vielleicht ist ‚Gigant‘ gemeint. Das scheint jemand zu sein, der schwer reich ist. Jedenfalls war mein Gesprächspartner bei der Bank of America voller Hochachtung und redete ihn am Telefon sogar mit ‚your honour‘ an, was in den Staaten so viel wie ‚Euer Ehren‘ bedeutet. Hört sich so an, als sei das ein Typ mit enormem Einfluss. Nur einer der Leute, ein gewisser Claus Steiner, ein Schweizer, sprach von ihm etwas abfällig als ‚Stulle' – könnte das ein Deutscher sein? Da ich so tat als kenne ich den Mann persönlich, konnte ich nicht genauer nachfragen. Wenn du mehr wissen musst, dann sag Bescheid, für heute viele Grüße, auch an Karla, sag ihr, die Rhabarber-Ingwer-Marmelade sei leider restlos aufgegessen, aber meine Adresse ist noch immer dieselbe.*

»Dieser Schnorrer!« sagte Frank, aber das stand nicht in der Email.

Jetzt war Karla tief gekränkt. »Jeff hätte ja mal schreiben können, wie herrlich die leckerste Marmelade des Jahrhunderts geschmeckt hat! Aber nein, dieser Stoffel!«

Frank grinste, sagte aber nichts.

»Frank, wenn du mich jetzt noch aufklärst, was ich mir unter ‚*Cats and Dogs*' vorstellen muss, dann bin ich schon fast glücklich. Ob hier einer mit Katzen und Hunden handelt, hmmh?«

»Ganz sicher nicht. Ich kenne zwar den Ausdruck, ‚*it's raining cats and dogs*' – auf Deutsch würden wir sagen: Es schüttet wie aus Eimern, aber das kann hier nicht gemeint sein. Wir werden einfach Jeff fragen. Schreib ihm doch 'ne Email, das klappt auch in English. Da fällt mir ein, das hat mich neulich schon jemand gefragt, warte… Ja! Das war Karl, am letzten Mittwoch, beim Eindecken der Tafelloge, und zwar kurz bevor er… na ja, kurz bevor er das Haus verließ.«

Karla war schon beim Tippen, und die Antwort kam prompt: »Ich vermute, Ihr habt keinen Wind, so dass Ihr euch mit Börsenchinesisch unterhalten müsst? (smile), also: Der Begriff ‚*Cats and Dogs*' steht an der Wallstreet für hoch spekulative Wertpapiere. Alles klar?«

»Du, Frank, hier kommt noch was von Jeff, er schreibt: *'Nachtrag: Folgende brandneue Information zu Mr. Giant: Kennst du einen Thomas Dankwart Richter? Das könnte dein Mann sein! Außerdem habe ich das Gefühl, dass du ,Cube' nicht übersehen solltest. Best regards Jeff.'* Natürlich kenne ich Thomas Richter, aber dass der auch Dankwart heißt, wusste ich nicht. Und was meint Jeff mit Cube?«

»Wie bitte, sag das nochmal! Thomas Richter ist Dankwart? Das war der Name auf dem Display des Handys, das aus Karls Tasche fiel, als wir ihn tot aus dem Schrank hoben!«

»Ich versteh' gar nichts mehr, Frank …!«

»Außerdem meint er ,*Cube*' wie Würfel. Oder wie ,*Kubus*' – verstehst du nicht?«

»Keine Ahnung. Vielleicht hat das was mit euren Jungmaurern *zu tun*?«

»Auf keinen Fall! Als Jungmaurer bezeichnen wir nur unsere Lehrlinge. Die sind absolut harmlos. Nicht zu verwechseln mit dem Deutschen Jungburschen Corps – die gehören bei uns nicht zur Familie.«

»Die haben mit diesem Kubus also nichts zu tun?«

»Nein, eher im Gegenteil. Der Kubus ist bei uns der vollkommen behauene Stein, der sich makellos in ein Bauwerk einfügt. Er steht für die Vollendung, die aus dem ursprünglich unbehauenen Stein entsteht. Damit wird der Kubus bei uns zum Symbol der obersten Meister. Es könnte sich also eher um unsere Trojaner handeln, also unsere so genannte Elite.«

»Frank, das hört sich schrecklich perfekt an!«

»Perfekt könnte stimmen, aber *schrecklich* wahrscheinlich auch!«

»Und was ist dann ‚*Sirius Cube Finance Inc*‘?«

»Ich müsste mich sehr irren, wenn wir es bei dieser ‚*Sirius Cube Finance Inc*‘ nicht mit einer zwielichtigen Schattenbank zu tun haben, und vermutlich mit einer gigantischen Geldwaschmaschine!«

»Könnte das bedeuten, dass du Karl völlig unterschätzt hast?«

»Sieht so aus. Das war also Absicht von Karl, als er Thomas Richter letzte Woche beim Zirkelgespräch mit ‚Euer Ehren‘ anredete.«

»Was meinst du mit ‚*Absicht*‘?«

»Karl benutzte – vermutlich ohne dass ihm das bewusst war – das Strategem Nr. 13, das Versuchsballon-Strategem: ‚*Auf das Gras schlagen, um die Schlangen aufzuscheuchen*‘. Als Karl dann auch noch ‚*Sirius*‘ erwähnte, hatte er tatsächlich die Schlangen aufgescheucht.«

»Ach Frank, diese chinesischen Strategeme sind mir zu theoretisch – zu konfuzius, wenn du verstehst, was ich meine. Wenn ich einen Immobilienvertrag verhandle oder Marmelade koche, dann weiß ich genau, was ich am Ende erwarten kann. So sieht doch die praktische Seite des Lebens aus, oder?«

»Karla, lernen wir nicht gerade, dass wir an den theoretischen Seiten des Lebens nicht vorbeikommen?«

»Kann sein, Frank. Aber wie konnte Karl das wissen? Ich versteh' so langsam gar nichts mehr!« protestierte Karla.

»Ich beginne so langsam zu verstehen, und ich halte inzwischen fast alles für möglich. Karl hat offenbar schon lange in USA recherchiert. Daraus ergibt sich eine andere Frage, die Maren recherchieren könnte – ich werde sie am besten gleich anrufen.« Karla rümpfte die Nase, aber Frank hatte schon die Verbindung: »Hallo, hier ist Frank, kann ich Maren sprechen?«

Karla beobachtete interessiert, wie Franks Gesicht länger wurde, als er fragte: »Wie bitte? Maren ist abgereist? Nach Tonga? Soll das ein Witz sein?« Nach einigen Sekunden setzte er hinzu: »Das ist einleuchtend. Wenn mir einer ein Ticket nach Tonga schenkt, dann frage ich auch nicht lange, sondern pack' meine Badehose ein – und tschüss!«

»Was ist mit Maren? Was macht die?«

»Sie hat ihre Stullen eingepackt und ist unterwegs nach Tonga. Sagt jedenfalls ihre Kollegin.«

»Oh, Tonga! Schön! Und was macht sie dort?«

»Vermutlich Karriere. Oder etwas, das sich so ähnlich anfühlt!«

»Halleluja! Das möcht' ich auch«, sagte Karla. »Übrigens, Frank, da fällt mir ein: Sprach Jeff nicht von *Stulle*? Das ist doch überhaupt kein amerikanisches Wort, oder? Weißt du, wer oder was damit gemeint sein kann?«

»Stulle – Stulle – Stulle?« überlegte Frank laut, dann wurde er still, und seine Gesichtsfarbe war wie das Segel, das sich leicht in der frischen Brise blähte. »Karla, das darf nicht wahr sein!«

»Was meinst du denn, Frank?«

»Ich kenne nur einen Menschen, der einen anderen jemals *Stulle* genannt hat, und das war Jo Schartek.«

»Und wen hat Jo Schartek damit gemeint?«

»Niemand anderen als Thomas Richter! Deshalb auch *your honour'* – also ,Euer Ehren'. Na klar! Da konnte nur ein Richter gemeint sein. Und jetzt ist mir auch die Bedeutung von *Giant'* klar, der Gigant, der Riese. Nicht nur im Sinne von Macht oder Reichtum, sondern auch im

Sinne von einsneunzig Körpermasse. Das trifft genau den Punkt, oder siehst du das anders?«

»Frank – du meinst doch nicht…?«

»Doch, genau das meine ich. Jetzt weiß ich auch wohin die Summen der Deutschen Jungburschen und die doppelt erstatteten Steuern versickern.«

»Hilfe! Wo ist mein Riechsalz!«

»Karla, wir müssen unbedingt morgen früh in Berlin sein. Großschot dichtholen, klar zur Wende?«

»Aber Frank, nein! Verdammtnochmal!«

»Falsch! Die Antwort auf ‚klar zur Wende‘ heißt: Ist klar!«

»Nö! Bei mir ist nur dann alles klar, wenn wir nächste Woche wieder hier sind und endlich Urlaub machen.«

»Sind wir, versprochen! Klar zur Wende – na?«

»Aber ohne Funkgerät und ohne Notebook, Frank!«

Mit gemischten Gefühlen erkannte Frank, wie sehr sich Karla auf die nächste Woche freute. Er empfand ein unangenehmes Ziehen in der Magengegend, denn er fühlte, er musste Karla beibringen, dass für sie beide eine schöne gemeinsame Zeit zu Ende ging.

Auch Brigitte Yalmiz ahnte zu diesem Zeitpunkt noch nicht, wie schnell sich ihr Leben verändern würde.

26 Licht am Ende des Tunnels

Brigitte war am Handy: »Hallo Frank, schon wieder zurück aus dem Urlaub?«

»Ja, wenn auch nicht freiwillig. Und du bist wieder in Amt und Würden? Das ist schön!«

»Ich verstehe es zwar nicht, aber vermutlich hat sich ein unbekannter Wohltäter für mich ins Zeug gelegt. Sogar der Autopsie-Bericht der Pathologie für Benjamin Dietrich soll schon in Arbeit sein.«

»Hört hört!«

»Ja, wenn wir erstmal den Sand aus dem Getriebe heraus haben, dann schaffen wir manches. Aber sag mal, willst du deinem Verein was Gutes antun?«

Frank verkniff sich seine Verstimmung über den ‚Verein‘ und antwortete: »Aber gerne, wenn du mir sagst, was das sein könnte und wie das gehen soll.«

»Bevor ich eine Fahndung auslöse – wo ist denn euer dynamischer Cornelius Frey geblieben?«

»Weshalb denn eine Fahndung?« fragte Frank verdutzt.

»Das werde ich dir erst sagen, wenn wir den Bengel haben! Weißt du, wo der steckt?«

»Kein Grund zur Aufregung, den haben unsere Trojaner nach Athen geschickt.«

»Diese Trojaner sind eure Besten, richtig?«

»Das ist ihr Auftrag«, bestätigte Frank diplomatisch.

»Und Cornelius Frey in Athen? Ich staune. Weshalb die überraschende Reise?«

»Er vertritt die Großloge bei einem feierlichen Anlass.«

»Eine steile Karriere!«

»Ich würde eher sagen: Personalmangel. Außerdem ist es kein hochrangiger Anlass«, lachte Frank.

»Gibt es die Möglichkeit ihm dort einige Fragen zu stellen, ich meine – kennst seine jetzige Adresse?«

»Im Moment leider nein!« Frank prustete vor Lachen, und Brigitte war irritiert. »Es scheint so zu sein, dass er sich sozusagen in Gewahrsam befindet.«

»Aha! Die Kollegen der griechischen Polizei?«

»Den Eindruck hatte ich nicht. Es scheint sich da eher um ein Privatquartier zu handeln.«

»Ich verstehe gar nichts mehr. Willst du mich aufklären?«

Frank gluckste vor Vergnügen: »Also gut, gestern Abend fand ich auf meinem Handy folgende SMS vor *,Zu mir, zu mir, Ihr Kinder der Witwe von Naphtali'*. Dazu musst du wissen, dass dies der freimaurerische Notruf ist. In diesem Fall muss jeder Freimaurer helfen, wenn er kann. Da ich von hier aus wenig tun konnte, auch telefonisch konnte ich Cornelius Frey nicht erreichen, habe ich meinen Bruder Georgios Fürst in Athen eingeweiht. Der gute Georgios war die ganze Nacht aktiv und hat diesen Cornelius inzwischen aufgespürt. Und jetzt kommt die Pointe: Unser Bruder Cornelius ist sicher verwahrt in einem Hühnerstall – und deshalb sozusagen unabkömmlich.«

»Was wird das?« wollte Brigitte wissen. »Griechische Volksmärchen?«

»Griechisches Volksbrauchtum trifft die Sache eher«, lachte Frank. »Der gute Cornelius hatte bei seinem letzten Aufenthalt in Griechenland vermutlich ein Techtelmechtel mit einer jungen Aphrodite namens Eleni und hat dieser – wie sie behauptet – die Ehe versprochen. Nun ist Eleni die Tochter von Christiannos Markos, einem wohlhabenden Weinbauern in Kiaton. Das ist ein Kaff auf dem Peloponnes, in der Nähe von Korinth. Und weil Elenis Vater vor einem Jahr verstorben ist, hat sie nun Anspruch auf seine staatliche Pension; so sorgt der griechische Staat für seine unverheirateten Töchter.«

»Frank! Du machst Witze! Das gibts nicht mal im Schlaraffenland! Es sei denn, dieser Staat würde in Öl oder in Gold schwimmen!«

»Im Lande der Hellenen gibts das, glaubs mir! Immerhin war Christiannos Markos zu seinen Lebzeiten der Nomarch des Bezirks Korinth, was einem deutschen Landrat entspricht. Und weil Griechenland seine Staatsdiener fürstlich entlohnt, kann Eleni bei diesem noblen Monatseinkommen durchaus als gute Partie gelten. Für unseren allzeit bedürftigen Bruder Cornelius tat sich also eine Geldquelle auf, die ihm sehr willkommen war. Pech für Cornelius ist, dass man Heiratsversprechen in Griechenland sehr ernst nimmt, auch wenn sie offensichtlich nur einem bestimmten Zweck gedient haben. Vermutlich wollte sich Cornelius ein paar amüsante Tage gönnen und ist sofort nach seiner Landung in Athen zu Eleni gefahren. Da hat der Onkel des Mädchens den richtigen Moment abgewartet und mit kräftigem Beistand des orthodoxen Popen unseren Bruder Cornelius kurzerhand im Hühnerstall eingesperrt. Dort wird er wohl so lange bleiben, das hat mir Georgios Fürst versichert, bis er sein Heiratsversprechen einlöst.«

»Und das nehme ich jetzt alles ernst?«

»Du kannst mir glauben, genauso ist es!«

»Es wird dich hoffentlich nicht beunruhigen, dass ich das sehr leicht nachprüfen könnte, oder doch?«

»Nicht im Geringsten! Aber wie willst du das denn nachprüfen? Hast du eine Ahnung, wie schnell die griechische Polizei arbeitet?«

»Die Welt ist klein geworden, und unser Kriminalrat Lodenkamp verbringt derzeit seinen Urlaub in Loutraki. Das ist ein recht vornehmes Seebad am Golf von Korinth, also vermutlich nur ein paar Kilometer von diesem Ort entfernt. Es wäre für ihn sicherlich eine nette

Abwechslung, wenn er was zur Aufklärung des Falles beitragen könnte – da würde ich wetten!«

»Warum nicht? Vielleicht entwindet er sich ganz gerne für ein paar Tage seiner besseren Hälfte«, lästerte Frank.

»Vielleicht auch nicht«, überlegte Brigitte. »Seine bessere Hälfte, die du vermutest, ist ein griechischer Jüngling namens Dimitrios Kondogouris, den er alljährlich von Kreta einfliegen lässt. Jedenfalls wurde hier schon mal sowas erzählt. Aber lassen wir unseren Kriminalrat bei seinem Lustknaben. Und wie geht das jetzt mit eurem Bruder Frey weiter?«

»Die einzige Chance für Cornelius dürfte sein, dass er ein Geldgeschenk von zehntausend Euro abdrückt. Man könnte auch Lösegeld sagen. Vermutlich wäre dann noch eine ansehnliche Spende für das Kirchensäckel des Popen hilfreich, wie mir Georgios Fürst erzählte. Aber das wird der fesche Cornelius selbst regeln müssen.«

Brigitte lachte schallend: »Willst du mir jetzt allen Ernstes erzählen, dass Ihr euren Bruder Cornelius im Stich lassen wollt? Wo bleibt denn da eure brüderlich familiäre Gesinnung?«

»Wie bitte? Das wäre noch schöner, wenn das Ordensvermögen sogar für solche Amouren herhalten müsste! Und auch Karl als ehemaliger Offizier hätte so etwas selbst für sein Söhnchen nicht unterstützt, weil…«

»Wie du auf die Idee kommst, Cornelius Frey sei Karl von Gemmerns leiblicher Sohn, interessiert mich nun doch!«

»Ist er nicht? Das vermutet bei uns jeder. Immerhin war Karl seit Jahrzehnten der Lebensgefährte von Charlotte Mausberg, und sie ist die Mutter von Cornelius. Und was Karl mit Cornelius verbunden hat, das war eine richtige Affenliebe – man kann es nicht anders bezeichnen. Aber wenn du mehr weißt…«

»Ich gebe zu, auch ich hatte anfangs diese Idee. Inzwischen wissen wir, dass Cornelius das uneheliche Kind von Charlotte Frey ist. Sein leiblicher Vater war ein gewisser Ehrenfried Jenssen aus Hamburg, den seine Mutter 1968 in Prag kennenlernte. Jenssen hat Deutschland dann 1982 bei Nacht und Nebel verlassen und ist nach Leipzig ... nun ja, ausgewandert ist wohl der richtige Ausdruck. 1986 ehelichte Jenssen seine Freundin Charlotte, die inzwischen in Görlitz als systemtreue SED Parteisekretärin engagiert war. Ach, ehe ich das vergesse, Jenssen war zuvor in Hamburg als Unternehmer und Ingenieur im Solarenergie-Sektor überaus erfolgreich. Er hat vor seiner Ausreise in die DDR alle Patente und Konstruktionsunterlagen an euren späteren Großmeister verkauft, der schon damals in dieser Branche tätig war. Jenssen starb 1990 während der Volkskammersitzung an einem Herzinfarkt, just in dem Moment als die DDR den Beitritt zur Bundesrepublik beschlossen hat. Charlotte Frey zog 1990 von Görlitz nach Leipzig und heiratete Adalbert Mausberg, der drei Jahre später in der Justizvollzugsanstalt Spremberg in Untersuchungshaft verstarb. Ihren unehelichen Sohn Cornelius hatte sie ihrem neuen Ehemann zeitlebens verschwiegen.«

»Toll! Eine echte Fleißarbeit! Chapeau, meine Liebe!« Frank war hingerissen.

»Danke für die Blumen. Jedenfalls werde ich Cornelius Frey vorerst von der Vernehmungsliste streichen. Allerdings wird euer Youngster nun noch eine Weile warten müssen, bis er von der Millionenerbschaft erfährt, die ihm sein Großmeister hinterlassen hat.«

»Er wird das überleben, vermute ich. Ach, ehe ich's vergesse – da ist offenbar noch ein Freund von Cornelius mit von der Partie, der ihm jetzt im Hühnerstall Gesellschaft leistet. Ob der beim Fensterln die Leiter gehalten hat oder wer das ist, davon hab ich keine Ahnung.

Das sage ich dir nur für den Fall, dass du im Dunstkreis unseres flotten Cornelius jemand vermissen solltest.«

»Nicht dass ich wüsste. Jedenfalls, danke für die Auskunft. Also, bis dann!«

»Hey, Moment, nicht so schnell – da ist noch was!«

»Ganz egal, was dir noch alles einfällt – meine Zeit ist knapp!«

»Gut, dann fang ich mit dem Zweitwichtigsten an. Auf meiner Seele brennt immer noch die Frage nach deinem Hauptverdächtigen. Also?«

»Wie gesagt, meine ToDo-Liste ist lang…! Aber da du doch keine Ruhe geben wirst, gestatte ich dir jetzt ausnahmsweise einen Einblick in meine Innenwelt.«

»Und das so unromantisch am Handy?«

»Schweig und lausche. Ich beginne mit Ben Dietrich, weil er der erste in der ganzen Kette war. Daran kannst du erkennen, dass ich schon früh eine Serie befürchtet habe. Ich seh das so: Ben Dietrich hat durch sein Engagement für die sorbischen Fundamente die Verzögerung des Berliner City Center-Projekts verursacht. Das muss jemand enorm gegen den Strich gegangen sein – so war von Anfang an mein Eindruck. Und deshalb wurde Ben Dietrich in dem Ritualbecken dort unten in den Gewölben kurzerhand ertränkt. Das Steingefäß hat einen Durchmesser von 44 cm und ist 38 cm tief – da passt jeder Kopf rein.«

»Welche Brutalität, grässlich! Aber immerhin keine Hinrichtung am Galgen. Ach, was ist denn aus diesem Foto von dem Galgen geworden, den euer Assi dort in den Gewölben gesehen haben will?«

»Frag mich das nicht! Sonst kommt mir gleich der Kaffee von heut früh wieder hoch!«

»Also kein Galgen-Foto?«

»Nein. Aber einen Assi, den wir wegen Verschusselung von Beweismitteln erstmal mit Sonderaufgaben im Archiv betraut haben.«

»Sowas kommt vor«, sagte Frank gleichmütig. Er bemühte sich, jeden Anschein von Triumph zu unterdrücken. »Aber was ist mit Karl? Wie geriet er in diese tödliche Spirale?«

»Sorry, das vergaß ich zu erwähnen. Dein Logenbruder Karl von Gemmern musste zwangsläufig beseitigt werden, weil er diese amerikanische Geldwaschmaschine entdeckt hatte. Das fand nicht jedermanns Beifall. Und als sich Karl mit einem gewissen Bill Rustler im Spree-Hotel treffen wollte, um das Ergebnis seiner Recherchen mit ihm zu erörtern, da wars um den Ordenssenior geschehen. Sein Fehler war, dass er diese Verabredung von seinem Handy aus getroffen hat – und zwar aus dem Ordenshaus, kurz vor der Tafelloge. Das hat mir Mr. Rustler bestätigt. Dieses Gespräch muss sein Mörder mitgehört haben. Also hat er deinen Karl ins Handelszentrum Friedrichstraße gelockt …den Rest kennst du.«

»Und wer…?«

»Gedulde dich, mein Lieber. Das war derselbe, der auch Viktor Sartorius auf dem Gewissen hat. Der starb aber nicht nach dem Sturz von der Terrasse, er war vorher schon tot, erstochen. Jeder der Stiche in die Brust war tödlich. Der Sturz von der Terrasse war nur Tarnung. Auffällig ist, dass die Messerstiche, es waren drei, schräg von oben nach unten geführt wurden. Was uns auf einen Täter brachte, der ziemlich groß sein musste. Jedenfalls mehr als einsachtundachtzig, sagten unsere Leute.«

»Das vermutete Schurigl auch von dem Brandstifter von Ellas Kiosk…«

»Also von ihrem Mörder! Ella Lint kam zwar in ihrem Zeitungskiosk um, sie ist aber nicht verbrannt – auch wenn der Mörder das zur Tarnung geplant hatte. Frau Lint starb entweder an gebrochenem Genick oder an der klassischen Vergiftung durch Kohlenmonoxyd, das bekomme ich noch schwarz auf weiß. Jedenfalls haben Schurigls Leute dort nicht nur die Reste eines primitiven Kohleöfchens sichergestellt, das offenbar nicht mit verbrannt ist, wie das geplant war. Außerdem fanden sie Kohleasche in bemerkenswerter Qualität. Gute Kohle erzeugt beim Verbrennen bekanntlich zwei absolut geruchlose Gase, nämlich…«

»Chemie kannst du auch? Ich halts nicht aus!«

»Ich bin jetzt zwar in großer Versuchung, aber um ehrlich zu sein – das haben mir die Profis erzählt. Diese beiden Gase sind Kohlensäure und Kohlenmonoxyd, das letztere ist schon in kleinster Menge hoch giftig. So, das wars. Und jetzt hab' ich noch einige andere Dinge zu klären.«

»Halt!« rief Frank, »Noch eine Sekunde!«

»Wieso, was gibts noch?«

»Brigittchen, lass ums Himmels willen auch langsam denkende Menschen nicht unwissend sterben!« klagte Frank in komischer Verzweiflung.

»Wieso, fehlt was?«

»Eine wahrhaft beeindruckende Ermittlungsarbeit, aber gibts dazu vielleicht auch noch das eine oder andere Motiv? Nach dem einen oder anderen Mörder wage ich gar nicht zu fragen!«

»Keine Sorge. Das alles gibt es – ohne Zweifel. Aber was die Frage nach den Mördern angeht, muss ich dich enttäuschen.«

»Jetzt wirst du mir aber nicht erzählen, dass diese Leute alle freiwillig aus dem Leben geschieden sind.«

»Wer käme denn auf so etwas! Allerdings gibt es keine Mörder, sondern nur einen einzigen.«

»Wie bitte? Nur einen Mörder? Du wirst mich jetzt aber nicht auf die Folter spannen! Also nenne mir das Ungeheuer!«

»Und zu den Motiven willst du gar nichts wissen – obwohl damit auch die Frage nach dem Mörder beantwortet wäre?«

»Du hast gewonnen! Also sprich!«

»Dann beginne ich mit einer Tatsache, die einige Jahre zurück liegt. Diese angeblich freiwillige Versetzung von Thomas Richter an ein kleines Provinzgericht ist ein Märchen. Mein Anhaltspunkt war eine Notiz aus der Hand von Ben Dietrich, die ich kurz nach seinem Tod erhielt. Die Nachfrage beim Innenministerium hat ergeben, dass Thomas Richter sich selbst um einen attraktiven Richterposten gebracht hat. Gekränkter Stolz und seine Mimosenhaftigkeit haben bei ihm offenbar wahre Amokläufe ausgelöst. Er konnte es einfach nicht ertragen, wenn er nicht im Brennpunkt der Aufmerksamkeit stand. Oder wie der Psychologe vom BKA das ausgedrückt hat: Er war ohne roten Teppich nicht lebensfähig. Nach seiner Zwangsversetzung in die Provinz hat er letztlich aus der Not eine Tugend gemacht und sich eine profitable Schattenexistenz aufgebaut. Das heißt, er hat Gelder in großem Stil ins Ausland transferiert. Karl von Gemmern hatte ihn schon eine Weile im Visier und deshalb in den USA recherchieren lassen. Einen Auszug aus einem US Company Register hat ihm dieser Bill Rustler beschafft. Sein Brief war an die Loge adressiert und ist prompt bei Thomas Richter gelandet, wie alle englischsprachige Post, die im Logensekretariat eingeht. Das war Karls

Todesurteil. Er erstickte, weil man ihm mit einem Heftpflaster den Mund zugeklebt hat. Das hatte ich von Anfang an vermutet, weil die Totenflecken bei Karl sehr stark ausgeprägt waren. Dazu kam, dass Karl nicht frei durch die Nase atmen konnte weil er an einer chronischen Anschwellung der Nasenschleimhaut litt. Das heißt, Karl bekam ohne seine Dosis Nasenspray einfach keine Luft durch die Nase.«

»Aber wozu diese ekelhafte Komödie mit Karls Leiche im Schrank?«

»Unser Mörder war nicht nur produktiv, wenn ich das so ausdrücken darf, sondern in gewissem Sinn auch originell. Sein Hang zum Dramatischen zieht sich wie ein roter Faden durch die ganze Szene. Auch die Dekoration von Ben Dietrichs Leiche mit dem Ritualschwert ist dafür ein Beispiel. Möglicherweise ist das eine seiner Eigenarten als umgeschulter Linkshänder, wie mein alter Professor Rittmeister von der Freien Universität Berlin angedeutet hat. Und ich kann dir versichern, dass ihn der Profiler beim BKA als ‚bemerkenswerte Figur‘ bezeichnete.«

»Ein Umgeschulter Linkshänder? Was muss ich mir denn darunter vorstellen?«

»Das erzähle ich dir gelegentlich bei Giovanni – falls du dich erinnerst, wer das war.«

»Oh! Ich höre die Glöckchen des Paradieses, und wenn du…«

»Gibts noch konkrete Fragen – *andechenfahals* muss ich Schluss machen!«

»*Andechenfahals?* Halt! Du entkommst mir nicht, bevor ich nicht weiß, wie du diese aramäische Geisterstimme entlarvt hast! Hast du doch? Oder hat dein Anrufbeantworter ein Geständnis abgelegt?«

»Das, mein Lieber, war eine einfache Sache. Aber dazu wird dir dein Kollege Axel Sternberg sicherlich gerne was erzählen. Er hat nämlich für unseren Hauptakteur gearbeitet, für ein Minihonorar, und ohne zu wissen für welche finsteren Zwecke. Das hab ich gecheckt. Der gute Sternberg ist damit entlastet und kann euren Stammtisch also weiterhin mit Kaiser-Wilhelm-Zitaten oder Valentin-Sprüchen erfreuen. Aber jetzt...«

»Stopp! Hier fehlt mir jetzt aber noch ein wesentliches Detail. Wie hat es jemand geschafft, Karl in den Schrank zu kriegen? Das lässt doch ohne Gegenwehr niemand mit sich machen, und Kampfspuren hab ich da jedenfalls keine gesehen!«

»Du kannst vielleicht die Leute aufhalten! Also – ausnahmsweise! Dazu muss ich allerdings etwas weiter ausholen. Wer nicht nur von Thomas Richters Auslandsaktivitäten wusste, sondern daran aktiv mitwirkte, war Viktor Sartorius – sein Sohn, wie wir leider erst seit kurzem wissen. Andernfalls hätten wir ihn rechtzeitig aus dem Verkehr gezogen, und dann würde er vermutlich noch leben. Genau genommen war Sartorius mit allem vertraut, was in diesem Filz vor sich ging, denn er war der Geschäftsführer des gesamten Syndikats, natürlich nur ein Strohmann. Der Helfershelfer in USA dürfte ein Lee Wallbergh sein, wohnhaft in Rapid City, South Dakota. Als Sartorius erkannte, dass er für seinen Vater praktisch unentbehrlich sei und daraus Kapital schlagen wollte, war sein Leben nichts mehr wert. Für seinen behinderten Sohn hatte Thomas Richter ohnehin nie etwas übrig gehabt. Sartorius muss dann irgendwann gemerkt haben, wie schwach seine Position war. Ganz offensichtlich hat er dir deshalb das Notebook mit den Dateien des Syndikats zur Verwahrung übergeben. Verschleiert hat er die wahren Umstände damit, dass er dich um schlappe zweihundert Euro angepumpt hat, wie du mir erzählt hast, und du durftest das Notebook für ihn retten.«

»Ja, mein Gott, dann hatte Karla doch recht!«

»Karla? Wer immer das sein mag – ein schlaues Mädchen, in der Tat!«

»Aber Sartorius! Das muss ich erst mal verdauen – dieser Grünschnabel hat mich benutzt! Das wär ich mir nicht im Traum eingefallen!«

»Glaub ich dir gerne. Ebenso wenig wie die Tatsache, dass eine Maren Fendlinger – wohl eine Kollegin von dir? – dabei ebenfalls eine Rolle spielt. Sie ist die Schwester von Victor Sartorius und hat Berlin gestern früh vom Flughafen Tegel aus nach Abu Dhabi und Sydney verlassen. Gegen sie liegt nichts vor. Ebenso wenig wie gegen ihren Zwillingsbruder Klaus Lorbacher... Trotzdem brauchen wir den Mann dringend für ein Interview.«

»Wie bitte ? Klaus Lorbacher ist Marens Zwilling? Woher weißt du das denn?«

»Das Standesamt Berlin-Zehlendorf war sehr hilfsbereit und hat uns die Geburtsurkunden der beiden Sartorius-Kinder Maren und Klaus blitzschnell per Email zugeschickt.«

»Das ist komisch. Mir hat Maren erzählt, dass sie die angeforderte Geburtsurkunde von Klaus Lorbacher noch nicht bekommen habe.«

»Das musste sie dir erzählen, weil sie in diesem Dokument eindeutig als seine Zwillingsschwester ausgewiesen wird – was du vermutlich nicht erfahren solltest. Die beiden kamen im Abstand von nur wenigen Minuten zur Welt. Zuerst Maren, die Mädels sind nun mal schneller, und dann Klaus. Nach diesem Knaben suchen wir übrigens noch, das kann sich aber höchstens um Stunden handeln.«

Na dann Waidmannsheil, dachte Frank und schluckte vorsichtig. »Und warum hießen die beiden Zwillinge nicht Sartorius oder Richter – das wäre doch normal, oder?«

»Normal, was ist das?« lachte Brigitte. »Die Lösung heißt: weil der Zwilling Maren zwei Jahre verheiratet war. Die Tochter aus dieser Ehe ist Miriam, 17 Jahre, lebt in Berlin. Der Zwilling Klaus war mit dem bekannten Vater-Sohn-Konflikt behaftet und hatte bei einer Kürzest-Ehe von sechs Monaten den Familiennamen seiner Ehefrau angenommen. Das ist alles. Aber jetzt hätte ich noch eine andere Frage: Wo ist eigentlich dieses Notebook geblieben?«

»Darauf komme ich gleich. Aber erst du! Brigitte, lass dir doch nicht alles aus der Nase ziehen!«

»Wieso denn, Frank, mein Lieber! Vermisst du etwas? Das war doch schon fast alles!«

»Sei gnädig! Auf meinem Zettel gibts noch massenhaft Fragezeichen! Oder willst du mir erzählen, Ben Dietrich habe sich widerstandslos in einem Ritualgefäß ertränken lassen? Oder dass Karl freiwillig und ohne jede Gegenwehr erstickt sei – an einem Heftpflaster? Ben war Karatekämpfer und Karl war körperlich fit und hatte eine respektable Körpermasse.«

»Oh, sollte ich etwa vergessen haben zu erwähnen, dass nicht nur Ben Dietrich, sondern auch Karl von Gemmern vorher durch eine Dosis Chloroform außer Gefecht gesetzt wurden?«

»Chloroform? Wie kommst du auf diese Idee? Das Zeug ist doch schon seit Generationen nicht mehr in Gebrauch, jedenfalls nicht als Betäubungsmittel! Und darf auch nicht mehr frei verkauft werden, soviel ich weiß!«

»Mein lieber Frank, ob dieses Zeug als Betäubungsmittel frei verkäuflich ist oder nicht, spielt doch überhaupt keine Rolle. Jedenfalls gibts das immer noch für technische Anwendungen in der Industrie. Entscheidend ist, dass sich das fast jeder beschaffen kann. Auch an der Technischen Universität Berlin wird das Zeug heute noch als

Lösungsmittel für Forschungszwecke verwendet. Wenn du die richtige Telefonnummer kennst, dann kommst du da problemlos dran. Wie prima das klappt, habe ich am eigenen Leibe erfahren – zum Kotzen, kann ich dir versichern! Und nicht nur bei mir war die Chloroform-Attacke nachzuweisen. Außerdem – dass eine Überdosis davon tödliche Herzattacken auslösen kann, erwähne ich nur am Rande.«

»Weißt du etwas Neues zum Absturz unseres Großmeisters. Oder rücken deine Kollegen aus der Schweiz keine Informationen raus?«

»Ich vermute, dass du die Meldung der BBC mitgekriegt hast. Die Jungs waren da zuerst dran, weil gerade eine Sendung über Privatflieger über den Sender ging. Viel mehr weiß ich jetzt noch nicht. Aber nach meinem Gespräch mit eurem Großmeister halte ich die Kombination von seinem Suizid und dem Mord an … wie hieß der Mann…ja richtig, an Jo Schartek für sehr wahrscheinlich.«

»Wahrhaft tragisch!«

»Und vermutlich generalstabsmäßig durchgeplant! Das hätte ich dem stillen alten Herrn nicht zugetraut. Jedenfalls muss dazu noch einiges an Ermittlungsarbeit geleistet werden. Apropos – hast du eine Idee, ob und warum euer Großmeister diesen Jo Schartek aus dem Weg räumen wollte?«

»Nun, ich äh…«

»Also nichts Konkretes von deiner Seite. Kann es sein, dass der Mann Großmeister werden wollte?«

»Möglich ist alles«, sagte Frank etwas zögerlich. »Was ich nicht verstehe, wie konnte sich Thomas Richter sein transatlantisches Imperium aufbauen? Ein Richtergehalt reicht dafür wohl kaum aus, oder?«

»Lieber Frank, jetzt muss ich mich doch sehr wundern! Es kann dir doch nicht verborgen geblieben sein, wie diese brüderliche Gelddruckmaschine funktioniert. Ich rede nicht nur von simplen Scheinrechnungen, denn davon wurden nur Porto, Telefon und die Trinkgelder bezahlt. Da sind die zweifelhaften Geschäfte aus doppelten und dreifachen Steuererstattungen doch wesentlich lukrativer. Ganz unter uns – ein Finanzminister, dem solche Konstruktionsfehler im Steuerrecht unterlaufen, hat doch glatt das Zeug zum Bundeskanzler. Das sagte auch unser Oberstaatsanwalt«, lachte sie.

»Ich fasse es nicht!« Frank schüttelte den Kopf. »Natürlich habe ich nicht im Entferntesten solche Recherchemöglichkeiten wie du.«

»Die habe ich, und ich hab' sie genutzt! Eine kompetente Kollegin bei Interpol, die kenne ich seit dem letzten Urlaub auf Malta, hat mir dabei auf die Sprünge geholfen. Sie ist übrigens Mitglied einer österreichischen Frauenloge. Nach Ihrer Feststellung liefen die Gelder in die USA über eine österreichische Alpenbank, ALPIA… Irgendwas. Aber auch das wird wohl die Steuerfahndung interessieren.«

»Moment, willst du damit sagen, dass da auch österreichische…, ich meine…«

»…eine österreichische Loge beteiligt gewesen sein könnte? Österreichische, schweizerische, italienische, bayerische – suchs dir aus!«

»Und vorher weißt du das?«

»Mein Lieber, es ist doch nicht so, dass wir hier nichts tun – auch wenn das immer wieder behauptet wird. Und so kann ich dich beruhigen: Auch die Dokumente konnten wir inzwischen sicherstellen, allerdings erst vor zwei Stunden, um genau zu sein.«

»Dokumente? Sichergestellt? Oh, habt Ihr etwa Thomas Richters Computer beschlagnahmt?«

»Immerhin leben wir im 21. Jahrhundert. So was kriegen die Jungs vom BKA spielend hin, per *Fernwartung* – so heißt das dort, glaub' ich. Jedenfalls meinten sie, bei einer solchen Beweislage sei das legal. Natürlich nur auf richterliche Anordnung, versteht sich!«

»Claro – natürlich nur auf richterliche Anordnung, was sonst! Das wurde bei euch aber auch schon anders gehandhabt«, setzte Frank bissig hinzu.

»Was meinst du?« Brigitte war betont ahnungslos.

»*Verderblich ist die Macht der Gewohnheit* – hätte Cicero gesagt.«

»So? Cicero? – Ich glaube, der Mann kommt mir bekannt vor! Aber weiter. Dass die Dokumente irgendwo sein mussten, war klar, aber wo? Dann kam mir die Idee bei meiner morgendlichen Tai Chi Übung: Wenn die Dokumente nicht auf dem häuslichen Rechner liegen, dann finden wir sie vielleicht am Arbeitsplatz.«

»Und?« Frank hielt die Luft an.

»Treffer! Das ganze Material war perfekt digitalisiert und inmitten von Gerichtsakten archiviert, unter einem nichts sagenden Aktenzeichen, steinalt und noch aus DDR Zeiten. Da war es sicher verwahrt, denn kein Mensch wäre je auf die Idee gekommen hier so etwas zu suchen. Allerdings…«

»Nun? Soll ich raten: Du hast zwar eine Menge Dokumente erbeutet, aber die letzten Beweise fehlen dir?«

»Woran denkst du?«

»An ein Notebook, auf dem eine stattliche Liste von Namen und Kontonummern geparkt sein könnten. Vor allem solche, die es sonst nur jenseits des Atlantiks gibt!«

»Sprich weiter und verzaubere meinen Tag!«

»Wenn mir also träumte, wo man diese Daten sicherstellen könnte…«

»Zugegeben, das hört sich an wie Ostern und Weihnachten auf einen Tag.«

»Du meinst, das wäre das Sahnehäubchen auf deine Beweislage?«

»Schlauer Bursche! Und was weiter?«

»Ich müsste scharf nachdenken, wer da so ein altes Teil rum stehen hat – falls dir das hilft.«

»Und was würdest du vermuten, bis wann du diese Frage zuverlässig beantworten kannst?«

»Ein Kollege wollte sich das Teil noch näher ansehen, ist aber zurzeit nicht erreichbar. Ich vermute, das dauert noch ein paar Tage. Vielleicht spendierst du inzwischen ein Abendessen bei Giovanni?«

»Ich wüsste nicht, warum ich das tun sollte!«

»Vielleicht, weil ich mich so sehr um die Verbesserung deiner Beweislage bemühe, dass mir die Schwarte kracht?«

»Ich verwende mich doch schon zu deinen Gunsten! Andernfalls würde man dich bereits jagen – wegen Unterdrückung von Beweismitteln. Außerdem ist meine Beweislage keineswegs so dünn, wie du vermutest. Du kannst dir nicht vorstellen, wie unvorsichtig die Leute mit höchst leistungsfähiger Software umgehen! Und wer so naiv ist, sogar vertrauliche Telefonate per Diktatsoftware aufzuzeichnen, braucht sich über gar nichts mehr zu wundern.«

»Ich muss zugeben, du hast keine schlechten Karten. Bis jetzt ist mir allerdings schleierhaft, wie du das richtige

Dokumentenverzeichnis überhaupt ausfindig machen konntest. Eine Suche unter zigtausenden von Gerichtsakten ist doch so gut wie aussichtslos, oder? Ja, fast ein Lebenswerk! Denn dass diese Sammlung unter 'Thomas Richter' archiviert war, würde ich nicht vermuten.«

»Sieh da, mein Journalist!« lachte sie.

(Ich werde verrückt, sie hat 'mein' gesagt!)

»Also, wie hast du das gemacht?«

»Wir haben tatsächlich eine ganze Menge probiert – das darf ich gar niemand erzählen! Nachdem es zuletzt weder mit ‚Dörte‘, noch mit ‚Aubergine‘ geklappt hat, wollten wir schon hinschmeißen. Dann hab ichs mit ‚Priamos‘ probiert – auch vergebens. Weil ich aber fest überzeugt war, so was Ähnliches von dieser Dörte Zwieback gehört zu haben, kam ich schließlich auf ‚Priapos‘ und das war der Treffer.«

»Das gibts doch nicht! Eine Gerichtsakte mit solch einem Tarnnamen! Die hast du doch sicher sofort umbenannt!«

»Wieso? Könnte das nicht auch die Akte über einen ausländischen Mitbürger sein?«

»Du meinst, so ähnlich wie Giovanni?«

»Das war alles, vorerst. Man sieht sich, ciao!«

***

»Wie konnte ich das nur vergessen – hier feiert man heute die Aufnahme eines neuen, hoffnungsvollen Logenmitglieds«, sagte die Kommissarin und musterte mit einem diskreten Blick die festlich gekleidete

Männergesellschaft. »Ich komme doch hoffentlich nicht ungelegen!«

»Aber nein!« lachte Frank. »Welche Idee! Freunde des Zirkels sind hier immer willkommen.«

»Du ahnst nicht, wie mich das beruhigt«, sagte Brigitte lächelnd und ignorierte die kühlen Blicke der umstehenden Logenbrüder. Frank wurde das Gefühl nicht los, als wirke Brigitte außerordentlich angespannt.

»Darf ich dir etwas anbieten, einen Drink vielleicht? Das kalte Büffet wird erst nach der Tempelarbeit eröffnet.«

»Das ist sehr nett, aber nein, danke. Ich wollte Frau Dörte Zwieback ein Buch übergeben. Sie sagte mir am Telefon, dass ich sie hier treffen kann.«

»Von unseren Schwestern wirst du heute bestimmt niemand antreffen. Heute sind wir Maurer unter uns«, schmunzelte Frank.

»Aber vermutlich den Bruder Hieronymus Schmidt, als zukünftigen Leuchtenden Großmeister – oder irre ich mich?« Frank schnappte nach Luft. Ich kann mir nicht helfen, dachte Brigitte amüsiert, manchmal wirkt er wie ein etwas linkischer Student.

»Da bist du ja, Bullen-Schlampe!« dröhnt da Thomas Richters Bass durch die Halle. Der steht plötzlich in dem hohen Tempelportal und fuchtelt mit einer Schusswaffe. »Das Notebook oder du stirbst!«

Einer der festlich gekleideten Brüder, ein junger Mensch, geht zu ihm hin und sagt empört: »Hör auf mit dem Scheiß, Alter! Oder bin ich hier im falschen Film?«

»Verschwinde, Novize! Du hast zu gehorchen und zu schweigen!«

»Verpiss dich, alter Mann! Du bist hier verkehrt!«

Thomas Richter aber beachtet ihn nicht und richtet seine Waffe gegen die Kommissarin. Frank knickt aufheulend zusammen, als ihn Brigitte gegen den Knöchel tritt und mit sich zu Boden reißt. Noch im Fallen zieht sie ihre Waffe. Der Knall erreicht das Ohr von Thomas Richter nicht mehr. Das Projektil aus seiner Waffe würden die Spurensicherer aus dem Türrahmen freilegen, und die Vermutung der Kommissarin auf Kaliber neun Millimeter würde sich bestätigen.

»Ich weiß, dass ich mich auf meine Ohren verlassen kann«, sagte Brigitte später. »Manche Leute haben ein Ohr für Stimmen, ich habs eben mit Schusswaffen.«

»Es ist später geworden als ich dachte«, sagte Brigitte, »obwohl dieser Scharfrichter pünktlich war. Kommst du?«

»Langsam!« sagte Frank. »Pünktlich? Du wusstest nicht nur, dass Thomas Richter kommen würde, sondern auch wann?«

»Natürlich. Es blieb ihm gar nichts anderes übrig, wenn er mich ausschalten wollte. Und das sei seine feste Absicht, glaubte der BKA Psychoklempner. Deshalb hab ich dafür gesorgt, dass der Richter erfahren hat, wann er mich hier antreffen würde.«

Frank antwortete nicht.

»Was trägst du denn da für einen Stapel Papier unterm Arm?« Brigitte schielte neugierig auf das Titelblatt.

»Das ist der Text des Deutschlandlieds. Unser Würdiger Meister meinte, der sei für die nächste Tafelloge unverzichtbar. Schließlich seien wir ein Orden und kein Kegelclub!«

Epilog

Frank und Brigitte schlenderten durch den neblig-grauen Morgen.

»Und du willst nun sicherlich von Freimaurerei nichts mehr wissen«, sagte Frank und legte seinen Arm um ihre Schultern, aber es klang doch eher wie eine Frage.

»Heute gewiss nicht«, antwortete sie leise. »Obwohl ich ahne, dass mich das alles einige Jahre begleiten wird. Auch wenn ich vieles noch nicht verstehe.«

»Ich bin sicher, dass du darauf kommen wirst…«

»Worauf werde ich kommen? Was meinst du?«

»Dass Freimaurerei ein Weg zum Glück der Menschen sein kann.«

»Ein Weg zum Glück? Dass die Verblichenen der letzten Tage das auch so sehen würden, bezweifle ich.«

»Versteh' doch! Ich sagte, Freimaurerei *kann* ein Weg zum Glück sein, ein Werkzeug dazu – ist aber nicht das Glück als solches.«

»Aber ein Weg, den sich Menschen ausgedacht haben – oder nicht?« Sie sah ihn zweifelnd an.

»Stimmt genau! Und daraus erklärt sich, dass Freimaurerei mit den üblichen Mängeln aller Wege und aller Werkzeuge behaftet ist.«

»Soll das etwa eine Erklärung für das sein, was sich in der vergangenen Woche hier abgespielt hat?«

(Diese entzückende steile Falte über ihrer Nase…)

»Keineswegs, ich bitte dich! Das ist nur eine Erklärung dafür, dass dieser Weg nicht unfehlbar ist. Ebenso wie nicht jedes Werkzeug das bewirkt, wozu es erdacht wurde – manchmal sogar das Gegenteil davon!«

»Sogar das Gegenteil? Was meinst du damit?«

»Flugzeuge zum Beispiel!«

»Flugzeuge? Aha! – Warum verstehe ich jetzt nur Bahnhof?«

»Ganz einfach: Ein Flugzeug ist dafür gemacht, dass Menschen in ferne Länder reisen können, oder?«

»Das klingt logisch«, sagte sie ernsthaft. »Und weiter?«

»Flugzeuge verhindern aber auch, dass Menschen in ferne Länder gelangen...«

»Du meinst, weil Flugzeuge abstürzen? Das kommt vor...«

»Siehst du – deshalb wird man die beste Möglichkeit noch erfinden müssen, um in ferne Länder zu gelangen.«

»Zweifellos – aber worauf willst du hinaus?«

»Ach, auf nichts Bestimmtes! Hast du nicht gesagt, dass du heute von Freimaurerei nichts mehr hören willst?«

*Auch der neue
Wirtschafts-Thriller
von Peer Berling
garantiert
Spannung pur.*

»Die Rache der Trojaner«

erscheint Mai 2015

Print:
Deutsche Ausgabe ISBN 978-3-945072-10-3
Englische Ausgabe: "Revenge of the Trojans"
ISBN 978-3-945072-11-0

eBook:
Deutsche Ausgabe ISBN 978-3-945072-01-1
Englische Ausgabe: "Revenge of the Trojans"
ISBN 978-3-945072-09-7

Leseprobe:

Kap. 1 KRIEGSERKLÄRUNG

DING DONG - die kleine Brigitte Franka möchte im Kindergarten abgeholt werden.

Frank Artman sah zur Uhr und dachte, es ist kurz vor zwölf, naja – diese kleine Viertelstunde hätte die junge Dame nun auch noch durchhalten können. Aber wenn die Prinzessin das wünscht, bitte sehr, dann wird sie eben früher abgeholt.

»Es scheint, dass dein Typ verlangt wird«, lachte Kaus Lorbacher. Die beiden Journalisten standen im Rundgang der lichtdurchfluteten Glaskuppel über dem großen Sitzungssaal des Bundestages zusammen und erörterten die aktuellen Hauptstadtereignisse. Frank liebte den herrlichen Rundblick über den grünen Tiergarten bis hinüber zum Brandenburger Tor. Hier geht mir nicht nur das Herz auf, hier weitet sich auch das Gehirn und mein Verstand lüftet aus, pflegte er zu sagen.

»Vielleicht können wir dieses Thema noch kurz zu Ende bringen«, regte Lorbacher an und überflog seine Notizen. »Ich kann mir nämlich beim besten Willen nicht vorstellen, was die braven Leute im Sudan mit Schneepflügen anfangen wollen. Hier stinkt doch was! Und deshalb müssen wir in der Pressekonferenz des Untersuchungsausschusses konkrete Fragen stellen.«

»Klar, natürlich!« bestätigte Frank. »Das sehe ich genauso. Ich muss nur kurz Bescheid sagen, das ist aber kein Problem.« Er hatte bereits das Handy am Ohr, um Frau Windgassen, der Leiterin des Kindergartens im Bundestag mitzuteilen, dass Brigitte Franka noch einige Minuten länger beaufsichtigt werden müsste, er sei aber in spätestens einer Viertelstunde dort.

Lorbacher sah fassungslos zu, wie sein Freund Frank erbleichte, nach Luft schnappte und mit fürchterlicher Stimme brüllte: »Was? Eine Frau im roten Mantel? Nein! Sagen Sie sofort, dass das nicht wahr ist! Um Gotteswillen nein! Auch meine Frau kann sie nicht abgeholt haben, die ist nämlich heute in London! Ich bin in zehn Sekunden dort!« Zu Lorbacher sagte er: »Bis später. Wir telefonieren!« rief dann noch »Lieber Gott lass das nicht wahr sein!« und rannte davon.

Die Story:

Das Kidnapping von Frank Artmans Tochter ist nur der Auftakt zu einer mörderischen Intrige. So soll Frank Artmann gezwungen werden, geheime Insider-Informationen preiszugeben. Dabei geht es um profitable Wirtschaftsspionage.

Markt beherrschende Patente im weltweiten Energiegeschäft sind das Objekt der Begierde. Hier gelten Menschenleben nur wenig, auch wenn ehrenwerte Freimaurer-Institutionen die Spielregeln bestimmen.

Dabei kann nicht überraschen, dass auch eine geheime Vatikanloge in diesem Spiel der Finanzmächte die Fäden zieht.